Untamed

천년의 기다림

엘리자베스 로웰

이영욱 옮김

현대문화센타

이영욱

이화여자대학교 경영학과 졸업.
번역서로는 <장미와 가시> <인형의 세월> <천사들의 정원>
<죽음보다 낯선 사랑> <사이프러스 향기> <연인들의 동화>
<사랑의 또 다른 이름> <커튼 콜> 외 다수.

천년의 기다림

지은이 : 엘리자베스 로웰
옮긴이 : 이영욱
펴낸이 : 양장목
펴낸곳 : 현대문화센타
　　　　(122 - 030) 서울시 은평구 대조동 191-1
　　　　전화 : 384~0690 / 1　팩스 : 384~0692
　　　　E-mail : hdpub@elim.net　천리안 ID : hdpub
출판등록일 : 1992년 11월 19일(제3 - 448호)

초판 1쇄 인쇄일 : 1998년 2월 10일
초판 1쇄 발행일 : 1998년 2월 14일

값 7,800 원

ISBN 89 - 7428 - 084 - 1

※잘못 만들어진 책은 교환해 드립니다.

천년의 기다림

I

영국의 북부, 헨리 1세가 통치하던 시절 어느 해 봄

한낮을 가르며 울려 퍼지는 전쟁 나팔 소리는 블랙소른 성의 새 영주가 도착했음을 알렸다. 마치 막 소개가 끝난 배우가 팡파르와 함께 무대 위에 오르듯, 안개 속에서 검은 덩어리 — 완전무장을 한 채 거대한 종마에 올라 탄 기사가 불쑥 모습을 나타냈다. 말과 기사는 한몸인 듯 서로 어우러져, 폭풍우처럼 휘몰아치는 남성의 힘을 내뿜으며 광포한 분위기를 자아냈다.

「아가씨, 그 남자는 악마래요.」

미망인 에디스는 혐오스럽다는 듯이 몸서리를 쳤다.

「노르만 기사라고 하면, 사람들은 모두 그렇게 말하지. 하지만 그 중에는 친절하고 관대한 마음을 지닌 사람도 있어.」

마가렛은 아무렇지도 않은 듯 조용히 하녀에게 대꾸했다.

에디스 입술 사이로 코웃음이 흘러 나왔다.

「글쎄, 그렇기는 하지만, 아가씨 신랑은 강철 갑옷을 입고 무시무시한 말을 타고 왔어요. 전쟁의 속삭임이 들려 오는 듯해요.」

「이제 전쟁은 일어나지 않을 거야. 내가 이 결혼을 왜 하는데! 이제 더 이상 피를 보지 않을 거야.」

메그(마가렛의 애칭)의 목소리는 단호했다.

「판단 잘 하세요. 결혼보다는 전쟁이 일어날 가능성이 더 많으니까요.」

에디스는 잔인하리만큼 히죽거리며 장담했다.

「노르만 침략자들에게 죽음을!」

「조용히 해. 난 전쟁의 '전'자도 듣고 싶지 않아.」

에디스는 입술을 삐죽거렸으나, 더 이상 전쟁이란 말을 입 밖에 꺼내지 않았다.

며칠 후면 남편이 될 전사와 그 부하들을 보기 위해, 메그는 덧문 뒤에 몸을 숨긴 채 창 밖을 내다보았다. 하지만 들판을 가득 메운 은빛 안개 속엔 말을 타고 달려오는 단 한 사람만이 보일 뿐이었다.

어디선가 또다시 나팔 소리가 들려 왔다.

강철 갑옷을 입은 기사의 모습이 점점 뚜렷해졌다. 위풍당당하게 성을 향해 다가오는 그 모습에선 공포라곤 전혀 느껴지지 않았고, 종종걸음치며 뒤를 따라오는 부하나 번쩍이는 금속 무기도 보이지 않았다.

지금까지의 관습과는 다르게, 도미니크 르 사브르는 전쟁 나팔의 깊은 울림만을 호위병으로 삼고서 색슨족의 성으로 다가오고 있었다.

「사람의 탈을 쓴 악마가 틀림없어요. 나는 절대로 저런 남자와 결혼하지 않을 거예요.」

에디스는 가슴에 성호를 그으며 다짐했다.

「그래. 하지만 저 사람에게 손을 내밀 사람은 바로 나야. 네가 아니란 말이지.」

「하나님이 아가씨를 구원하시길…… 아가씨가 정말 걱정돼요. 아가씨는 자신을 전혀 걱정하지 않아서 큰일이에요.」

에디스가 걱정스런 얼굴로 혀를 찼다.

「천하의 글렌드뤼드의 딸이 어찌 노르만 사내의 이름만 듣고 벌벌 떨 수 있겠어?」

말은 그렇게 했지만, 그 순간 메그는 등골이 오싹했다. 도미니크 르 사브르가 가까이 올수록 하녀의 말이 옳을지도 모른다는 두려움에 사로잡혔다.

「아가씨, 하나님께서 함께 하실 거예요. 저 사람은 분명 악마예요.」

메그는 평온을 유지하려고 안간힘을 쓰면서 가까이 다가오는 기사의 오만한 모습을 바라보았다. 자신을 신부로 맞이함으로써 이 거대한 땅을 상속받을 사내……

'살 날이 얼마 남지 않은 블랙소른 영주의 사위'라는 역은, 왕국이 있는 국경 근처까지 노르만의 용맹한 기사를 끌어들일 수 있는 훌륭한 미끼였다. 블랙소른 영주의 재산에 눈독을 들이고 있던 사람이 많았기 때문에, 메그는 스코틀랜드 영주들 사이에서 최고의 신부감이었다. 하지만 윌리엄 2세에 이어 헨리 1세까지 메그의 결혼을 허락하지 않았다. 절대로.

아직 윤곽이 뚜렷하게 드러나진 않았지만, 약혼자가 홀로 말을 타고 온 이상으로 남다른 사람임을 메그는 쉽게 짐작할 수 있었다.

'추방된 기사처럼 화려한 의상은 전혀 걸치지 않았어. 하지만 영국 왕의 두터운 신뢰를 받는 사람이 분명해. 보통 사람이 아냐. 나중에 어떤 영주보다도 더 넓은 영토를 지배하겠군.'

'위대한 영국의 영주'가 된 축복 받은 노르만 기사를 말없이 바라보고 있던 메그는 또렷해진 기사의 모습에 깜짝 놀랐다. 물방울 모양의 방패에는 가문을 나타내는 어떠한 문장도 새겨 있지 않았고, 깃발도 없었다. 투구는 타고 있는 말처럼 새까맣고 이상했다. 갑옷 위로 입은, 검고 긴 망토는 말의 힘찬 움직임에 따라 무섭게 소용돌이쳤다.

'말과 기사가 마왕처럼 오만하고 강인하군.'

다가오는 검은 형체를 바라보며, 메그는 자신을 덮치는 공포를 애써 감췄다.

「우와, 몸집이 엄청나게 크네. 아가씨, 무섭지 않으세요?」

메그는 아무 대답도 하지 않았다.

검은 기사는 정말 무시무시했다. 하지만 장차 남편이 될 남자를 보고 두려움에 떨었다는 소문이 성안에 돌게 만들고 싶진 않았다.

「아니, 무섭지 않아. 말을 타고 강철 갑옷을 입은 남자, 그 모습 그대로 보일 뿐이야.」

「생각해 보세요. 사생아로 태어난 기사에 불과했는데, 지금은 왕의 사랑을 받는 사람이 됐어요. 영토도 없는데도 사람들은 '위대한 영주'라고 부르고요. 얼마나 무섭고 잔인한 사람이기에…….」

「도미니크 영주는 사브르라고도 불리는데 검이라는 뜻이야. 사생아든 귀족이든, 사라센(시리아, 아라비아 사막에 사는 유목민)에게서 귀족의 아들을 구했어. 저 기사가 없었다면, 십자군도 그리 좋은 결과를 보여 주지 못했을 거야. 그래서 왕이 상을 내리신 거지. 정말 현명한 처사였어.」

메그는 잔인할 정도로 도미니크를 미워하는 하녀에게 부드러운 목소리로 설명했다.

「우리의 땅을 말이죠?」

에디스가 쏘아붙였다.

「그건 왕의 권리야.」

「아가씨는 자신에 대해선 전혀 걱정하지 않는군요.」

「내 희망은 오직 한 가지, 피를 보지 않는 거야.」

'도미니크 르 사브르, 성지(팔레스타인)에서 동정심은 배우셨는지 모르겠군요? 나의 간절한 소망이 당신의 관용에 의해 이루어질 수는 있을는지……. 지금 입고 있는 갑옷을 좋아하나 보죠? 혹 미래의 희망보단 가혹함을 보여 줄 수 있어서 좋아하나요?'

에디스는 여주인의 가냘픈 옆모습을 곁눈질했다. 무슨 생각을 하고 있는지 전혀 짐작할 수 없었다. 하녀는 전쟁이 아닌 결혼을 위해 열심히 말을 달려 오고 있는 노르만 기사 쪽으로 다시 눈길을 돌렸다.

「싸움터에선 얼음같이 냉정하고 잔인해진대요.」

에디스의 목소리가 침묵을 뚫었다.

「나하고는 상관없는 일이야. 난 얼음도, 전사도 아니니까.」

「역시 글렌드뤼드 딸이군요.」

에디스는 들리지 않을 만큼 작은 목소리로 중얼거렸지만, 메그는 그 소리를 들었다.

잠시 후 에디스가 더 이상 근질거리는 입을 다물지 못했다.

「아가씨, 저 잔인한 전사는 알고 있을까요?」

「뭘?」

「아가씨가 아들을 낳을 수 없다는 사실이요.」

메그의 맑은 녹색 눈동자가, 아버지가 자신에게 떠민 그 미망인에게 고정되었다.

「날품팔이 농부나 농노, 소작농들과 그런 유언비어를 화제 삼아 자주 잡담을 하나 보지?」

눈빛이 몹시 날카로워졌다.

「그럼 아닌가요? 아가씨, 아들을 낳을 수 있어요?」

메그의 심중은 안중에도 없는 듯했다.

「괴이한 질문이군. 점쟁이도 아닌데 내가 어찌 태어나지도 않은 아기의 성별을 알아낼 수 있겠어?」

메그는 애써 웃음을 지었다.

「사람들은 아가씨를 글렌드뤼드의 마녀라고 불러요.」

에디스가 무뚝뚝하게 말했다.

「글렌드뤼드의 여자들은 마녀가 아냐.」

「사람들은 그렇게 생각하지 않아요.」

「상상력이 풍부한가 보지. 블랙소른 성에서 일 년만 지내면 너도 분명히 알게 될 거야.」

메그는 비꼬듯 대답했다.

에디스는 여주인을 곁눈질로 흘깃 보았다.

「사람들은 사실을 말했을 뿐이에요.」

「난 꽃을 바위 위에 활짝 피게 할 수도 없고, 나무들의 속삭임도 듣지 못해. 내가 마녀라니, 말도 안 되는 억지야.」

「매와 약초는 잘 다루잖아요.」

에디스가 지적했다.

「만약 내가 마녀라면 너도 마녀야. 이제 그런 말은 하지 마. 순진한 사람은 그 말을 진짜로 믿어 버릴 테니까.」

「하지만 그건 사실이에요. 사람들은 아가씨 어머니를 두려워했어요. 알고 계시죠?」

에디스는 어깨를 으쓱했고, 메그는 입술을 깨물었다.

메그의 어머니인 애나에 대해 에디스는 지긋지긋하게 들었다. 애나의 죽음을 둘러싼 소문은 언제나 참새들을 불러모으는 방앗간이었다.

「어머니는 돌아가셨어.」

「저번 보름날 밤, 세파드의 미망인이 공동묘지에서 애나 마님의 유령을 봤대요.」

「그 여자는 맥주를 너무 좋아해. 술에 취해 헛것을 본 걸 거야. 요정들이 우윳잔에서 춤을 추고, 돼지에게 주려고 산 맥주를 유령들이 마셨다고 한 그 여자잖아.」

메그는 어리석은 말에 짜증이 났다. 이제 블랙소른 성을 향해 홀로 말을 타고 오고 있는 전사에게 신경을 집중하고 싶었다.

에디스가 무어라 대답하려 했지만 메그는 차갑게 돌아섰다.

저 멀리 뒤쪽 ─ 매복한 병사가 공격해 와도 전혀 도울 수 없을 정도로 떨어진 곳에서 수행원들이 뒤따라오고 있었다. 도미니크 르 사브르는 자신의 용맹에 대단한 자부심을 가진 사내임이 분명했다. 혹은 그런 공격은 있을 수 없다고 자신하고 있는지도 모르고.

큰 키와 건장한 몸으로 이름을 날렸던 존은 자신의 단 하나밖에 없는 상속녀가 노르만 사생아와 결혼해야 한다는 말을 들었을 때, 그 큰 몸을 들썩이며 몹시 분노했다. 하지만 오만하게 성 앞으로 다가오는 노르만의 기사는 존보다 한 뼘이나 더 컸다.

'자신만만한 전사여, 용맹한 만큼 나를 유혹할 수 있다면, 당신은 글렌드뤼드 신부의 몸에서 딸을 얻을 수 있을 거예요. 만약 전설이 사실이라면 말이에요.'

맑은 녹색의 눈동자가 검은 망토를 입은 사내를 찬찬히 바라보았다. 머리는 투구 속에 감추어져 있었고, 말은 검고 사나웠다.

'나의 검은 영주여, 아들을 위한다면……, 아니, 절대로 그렇게 되지 않아요. 그건 글렌드뤼드의 저주랍니다. 천 년 동안 그 저주를 푼 사람은 아무도 없었어요. 당신을 보니, 그 저주가 영원히 계속될지도 모른다는 두려움이 생기는군요.'

메그의 강렬한 시선을 느꼈는지, 기사는 갑자기 멈춰 섰다. 말은 공격을 하려는 듯 한 번 뒷걸음질하더니, 튼튼한 뒷다리와 엉덩이로 균형을 잡고서 앞다리로 땅을 찼다. 말발굽이 공기를 갈랐다. 만약 보병이 공격한다면 아마 먼저 말굽에 찢겼으리라.

전혀 힘들이지 않고 그 사나운 말을 다루면서, 도미니크는 덧문이 조금 열린 성의 높은 창문에서 눈을 떼지 않았다. 빠끔히 열린 틈새로는 아무것도 보이지 않았지만, 블랙소른 성의 여주인인 마가렛이 그곳에 서서 성으로 들어서는 미래의 남편을 관찰하고 있음을 도미니크는 눈치채고 있었다.

자신의 아내가 될 여자가 존처럼, 윌리엄이 색슨족에게서 영국을 빼앗은 1066년 전투를 아직도 인정하지 않는지 궁금했다.

'색슨족의 아가씨, 당신은 전쟁 없이 내 씨를 받아들이겠소? 목마른 사슴이 물을 찾아 헤매듯, 내가 그리도 원하는 아들을 낳아 주겠소?'

한 기사가 수행원 대열에서 떨어져 나와 도미니크에게 다가왔다. 말이 앞다리를 높이 쳐들자, 말 주인은 재빨리 고삐를 당겨 말을 제지했다. 그 기사가 몇 걸음 떨어진 곳에서 멈춰 섰다.

그 기사 역시 무장을 한 채 군마를 타고 있었다. 보통 여행을 할 때는 값비싼 군마를 타지 않는 게 상례였지만, 지금은 블랙소른 성의 영주가 결혼식을 택할지 전쟁을 원할지 알 수 없는 상태라 그 옷차림을 이상히 여기는 사람은 아무도 없었다.

「가만있거라, 크루세이더. 음, 변절의 기미는 보이지 않는군.」

도미니크는 말을 달래며 예리한 눈을 반짝이며 주위를 훑었다.

「하지만…….」

도미니크는 옆에 선 동생을 보며 눈을 치켜 떴다. 사이먼의 검은 눈동자는 아무리 작은 위험이라도 놓치지 않을 듯 무척 예리했다. '로얄'이라는 별명으로 불리는 사이먼은 도미니크의 수행원들 중 가장 소중한 기사였다.

만약 사이먼이 없었다면, 도미니크는 영국 왕도 시기할 정도의 값진 영토를 가진 색슨족의 신부를 상으로 받지 못했으리라. 하지만 도미니크는 탐욕을 부리는 사람은 아니었다.

노르만의 왕은 많은 대가를 치른 뒤에야, 북쪽 국경의 성마른 색슨족들이 노골적으로 싸움을 걸기엔 너무 성가신 존재라는 사실을 깨달았다. 그래서 전쟁이 아닌 결혼이라는 우회적인 방법을 택한 것이었다.

「이상한 낌새라도 있니?」

도미니크는 다시 주위를 휙 둘러보았다.

「숲 속에서 스벤이 왔어요.」

「뭐라던?」

「말씀하신 대로 했다고 합니다.」

「역시 기사다운 기사야.」

이곳으로 오기 전에 스벤을 불러, 떠돌이처럼 변장하고 먼저 블랙소른 성으로 들어가 하녀를 하나 꼬셔 정탐을 하라고 했었다.

「그 여자가 기꺼이 응하더랍니다. 그런데 맥스웰의 덩컨이 성안에 있답니다.」

도미니크 입에서 끙 하는 신음 소리가 났다. 주인의 분노를 이해라도 한 듯 말은 다시 앞발을 절반쯤 되는 높이로 쳐들었다.

「마가렛은?」

목소리가 낮게 깔렸다.

「역시 성안에 있답니다.」

「밀회라……」

「두 사람이 함께 있는 모습을 본 사람은 아무도 없답니다.」

「그건 두 사람이 정숙해서가 아니라 영리하기 때문이지. 리버스는? 여기에 함께 있대?」

도미니크는 퉁명하게 내뱉었다.

「아뇨. 칼리슬에서 덩컨의 사촌과 함께 있답니다. 존 영주의 저택 중 하나죠. 아니, 당신의 저택이라고 해야겠군요.」

「아직은 아냐. 내가 그 딸과 결혼하고, 존이 죽기까지는 아니지.」

「이틀 후에는 결혼식입니다. 존은 결혼 피로연이 열릴 때까지 살아 있을지도 의문이고요.」

도미니크는 자신의 동생에게서 시선을 거두고 녹색 언덕에 어렴풋이 자태를 드러낸 블랙소른 성을 지그시 바라보았다.

존은 두꺼운 성벽과 모퉁이에 작은 탑을 세운 4층짜리 성을 짓느라 자신의 모든 정열을 쏟아 부었다. 하지만 성에서 30미터 정도 떨어진 곳에 반쯤 완성된 돌벽이 둘러쳐져 있었기 때문에, 그곳을 군사 요새로 만드는 데엔 비용이 거의 들지 않았다.

'존은 천천히 쳐들어오는 적들에 대비해서 넓고 깊은 해자(도랑 못)를 팔 만큼 감각은 있어. 하지만 저 성은 너무 약해. 말뚝 울타리에 불을 지르면 바깥벽은 금방 무너질 거야. 그렇게 되면 성도 기사들이 갈증을 견디는 시간보다 더 오래 견딜 수 없지. 만약 성안에 우물이 없다면 말이야. 그건 성안에 들어가 보면 알 수 있겠지.'

성벽의 높이는 어른 키의 두 배 정도나 됐지만, 돌과 나무가 이어진 부분이 약점이었다.

도미니크는 초록빛 언덕을 배경으로 하고 서 있는 성을 다시 한 번 바라보았다. 외벽에는 아직 완성되지 않은 망루가 있었고, 성을 둘러싼 못 위로 다리가 올려져 있었다.

「문지기는 어디 있죠? 포위당한 건 아닐까요?」

「인내심을 가져라. 존은 분노보다는 동정을 받아야 할 인물이야.」

사이먼이 조바심을 내자, 도미니크가 냉소를 머금으며 타일렀다.

「난 그놈 얼굴에 장갑을 내동댕이치고 싶어요.」

「그럴 기회가 올지도 모르지.」

「약속할 수 있어요?」

도미니크가 씩 웃었다. 강철 투구만큼이나 차가운 웃음이었다.

「불쌍한 컴브릴랜드의 존! 존의 아버지와 할아버지는 노르만의 기세를 꺾지 못했지. 그리고 그 자신도 마찬가지였고. 상속녀만 하나 달랑 남겨 놓고 병들어 죽어 가고 있다니, 정말 불쌍해. 사람들은 저주를 받았다고 생각할지도 몰라.」

도미니크가 혀를 찼다.

「그렇답니다.」

「뭐라고?」

그때 사슬과 톱니바퀴가 고음의 비명을 내지르며 다리를 내려보냈다.

「아, 골난 우리의 색슨족들이 노르만 귀족에게 굴복하기로 결정했나 보군. 다른 기사들에게 빨리 앞으로 나오라고 알려라.」

도미니크는 만족스런 표정을 지었다.

「군마를 타고 말입니까?」

「그래, 지금 위엄을 보이면 나중에 피를 흘리지 않아도 돼.」

도미니크의 냉철한 정세 판단은 그리 놀라운 일이 아니었다. 본래 용맹과 병술이 뛰어나면서도, 여느 기사들과는 달리 유혈에 대한 욕망이 없는 사람이었으니까. 하지만 싸울 때는 노르웨이의 겨울처럼 차갑고 침착했다. 그건 도미니크가 성공할 수 있는 비법이었다. 그러한 규율에 익숙하지 않은 기사들은 그런 태도에 불안해했지만 말이다.

사이먼이 막 말 머리를 돌려 숲으로 향하려는데 도미니크가 다시 불렀다.

「존이 결혼 피로연이 끝날 때까지 살 수 없단 말이냐?」

「생각보다 훨씬 병이 깊답니다.」

침묵이 흐르고 뒤이어 허벅다리를 탁 치는 소리가 들렸다.

「그렇다면 서둘러라. 장례식이 내 결혼식을 방해하도록 내버려 두고 싶지 않구나.」

도미니크의 눈이 날카롭게 반짝였다.

「마가렛도 그렇게 결혼을 원하고 있을지 의문입니다.」

「그건 문제가 되지 않아. 내 상속자는 다음 부활절 전에 태어난다.」

2

　4층에 있는 메그의 방. 메그는 낡은 황갈색 울 망토를 벗어 침대 위로 던졌다. 마룻바닥을 덮을 정도로 긴 드레스가 바로 그 위에 얹혔다. 목에 매달린 은십자가가 촛불을 받아 빛을 발했다. 한 걸음 떼어 놓을 때마다 마른 등심초와 약초, 지난여름에 따서 말려 놓은 꽃들이 발 밑으로 떨어졌다. 급히 옷을 벗어 던지고 평민의 복장으로 갈아입었다.

　여인의 간드러진 웃음소리가 아래층의 커다란 홀에서 들려 왔다. 덩컨에게 아양을 떠느라 바쁜 에디스가 자신을 보지 못하기를 간절히 바라며 메그는 숨을 죽였다. 에디스는 도미니크의 잔인한 힘이나 냉정한 태도에 대해 끊임없이 재잘거리고 있었다.

　더 이상 듣고 싶지 않았다. 내일 결혼식을 올릴 때까지 메그는 자신의 신랑감을 만날 수조차 없었다. 아버지가 침대에서 일어날 수 없을 만큼 건강이 악화됐기 때문이었다. 사실인지 아닌지는 알 수 없었지만, 자신은 어쨌든 내일 결혼을 해야 했다. 어제 먼발치로 처음 본 남자와 말이다.

　결혼식에 대한 생각이 잔잔한 메그의 마음에 파문을 일으켰다. 말을 타고 안개에서 불쑥 튀어나온 도미니크 르 사브르의 모습은 꿈속에서도 메그를 괴롭혔다. 생산 능력이 없는 자신의 몸 속에 남자가 씨를 심는 동안, 냉정한 전사의 몸뚱어리 아래에서 고통을 참으며 누워 있어야 할 자신의 처지가 비참했다. 그렇게 살고 싶지 않았다. 고통스런 만남…….

자신은 분명 아이를 낳지 못하리라. 잔인한 노르만 기사에게 작은 보복은 되겠지만…….

순간 피가 얼어붙는 기분이었다. 왜 어머니가 아버지의 냉정한 손에 딸을 홀로 내버린 채 숲 속으로 사라져 버렸는지 처음엔 무척 궁금해했다. 하지만 모르는 편이 더 나았을지도 모른다. 자신도 결국 어머니와 같은 전철을 밟아가야 하니까.

'전설은 사실일 거야. 어쩌면 어머니는 다른 세상으로, 좀더 밝은 세상으로 가신 걸지도 몰라. 그곳으로 가는 입구는 옛 무덤 어딘가에 있고 말이야. 따스한 햇볕 아래에서 어머니는 무릎 위에 고양이를 재우며 손목에 앉은 매에게 휘파람을 불어 주고 계실 거야.'

날카로운 여자의 웃음소리가 소용돌이치듯 위층으로 올라와 메그의 생각을 흩뜨려 놓았다.

메그는 얼굴을 찌푸렸다. 낯선 웃음소리……, 질퍽하고 관능적인 그 소리는 마치 여름 바람 같았다. 창 밖을 내다보았다. 노르만 여자였다. 상당히 떨어진 거리였으나, 그 여자의 검은 머리카락과 붉은 입술은 뭇 남성의 시선을 끌기에 충분했다.

'도미니크의 애인이 아름다운 게 나랑 무슨 상관이람! 에디스가 달려와 노르만 기사의 잔인함에 대해 늘어놓기 전에 여길 빠져 나가는 일이 더 급해. 사실이건 아니건, 에디스의 이야기를 들으면 기운이 빠진다니까.'

메그는 스스로에게 조용히 타이르고는, 익숙하고 날랜 손놀림으로 길게 땋은 머리칼에 감긴 에메랄드 리본을 가죽끈으로 다시 묶었다. 그리고 그 위에 두건을 썼다.

급히 방에서 나와 이층을 향해 날 듯이 내려갔다. 돌계단을 지나 바닥에 발을 내디뎠다. 불꽃처럼 밝고 붉은 황금색 머리칼 한 가닥이 흘러내려, 바랜 회색 코트와 선명한 대조를 이뤘다.

성의 입구를 지키고 있던 하인들은 밖으로 나오는 메그를 보자 재빨리 고개 숙여 인사했다. 열세 살, 덩컨과의 결혼이 왕의 허락을 받지 못한 이후, 메그는 항상 그런 차림으로 성안을 자유로이 다녔기 때문에 아무도 평민 복장을 한 영주의 딸을 이상하게 여기지 않았다. 열아홉 살, 그 나이의 여자들은 결혼해 아이들을 네댓 낳았지만, 메그는 아직 나이 든 처녀였다.

문을 열어 주는 하인에게 고개를 끄덕하며 메그는 가파른 돌계단으로 발을 내디뎠다. 부드러운 가죽 슬리퍼는 안개에 젖은 계단 위에서 아무런 소리도 내지 않았다. 곡물 창고를 지나, 꼬챙이에 묶인 닭들이 죽음을 기다리며 퍼덕거리는 소리와 달콤한 음식 냄새가 진동하는 안뜰로 곧장 내려갔다.

옅은 푸른색 줄무늬가 그려진 회색 하늘엔, 태양이 안개라는 장막에 가려 희미하게 빛을 발하고 있었다. 연약한 은빛 봄 햇살이 축복을 내리듯 메그 주변에 흩어졌다. 그리고 왼쪽에선 비둘기의 맑고 고운 지저귐이, 오른쪽에선 높고 날카로운 매 울음소리가 들려 왔다.

망루로 막 발길을 돌리는데, 흰 발과 녹색 눈동자를 지닌 검은 고양이가 행복한 듯 '야옹'거리며 꼬리를 높이 치켜들고 메그를 향해 달려왔다. 메그는 몸을 수그리고 팔을 내밀었다. 고양이가 가볍게 뛰어올라 품에 안겼다.

「블랙톰, 잘 잤니?」

메그는 환하게 웃으며 고양이를 꼭 안았다. 고양이는 가르랑대면서 메그의 어깨와 뺨에 머리를 문질렀다. 얼굴이 까매, 길고 하얀 눈썹과 수염이 도드라져 보였다.

「오, 정말 털이 부드러워. 왕의 망토에 달린 족제비 털보다 더 좋은 것 같아.」

동의하듯 블랙톰은 그르렁거리면서 여주인을 바라보았다. 메그는 고양이를 망루 안으로 데리고 들어갔다.

「아가씨, 좋은 아침입니다.」

문지기는 경의의 표시로 이마를 손으로 짚으면서 인사를 건넸다.

「네, 좋은 아침이에요. 참, 해리, 아들은 괜찮아요?」

「네. 다 하나님과 아가씨 덕분입니다. 다시 강아지처럼 생기 차고, 새끼

고양이처럼 호기심이 많은 아이가 됐죠.」

메그는 환하게 웃었다.

「잘 됐군요.」

「약초를 보신 다음에 사제의 매를 보러 가실 겁니까?」

에메랄드 같은 눈동자가 해리의 얼굴을 살폈다.

「그 작은 사냥꾼이 아직도 음식을 거부해요?」

「네.」

「그럼 봐야죠.」

해자 위로 다리가 내려오자, 해리는 성의 바깥뜰로 이어지는 거대한 문을 향해 절룩거리며 걸어갔다. 육중한 목재로 만든 문 한쪽에 조그만 입구가 있었다. 그 문을 열자 영롱한 햇살이 문지기를 향해 쏟아졌다. 뜰로 나가는 메그에게 해리가 조용히 말했다.

「덩컨 경이 아가씨를 찾던데요.」

메그는 얼른 문지기를 향해 몸을 돌렸다.

「아프대요?」

「덩컨 경이요? 에이, 그분은 떡갈나무처럼 강해요. 아가씨가 아픈지 걱정하시던데. 오늘 아침, 예배에 참석하지 않으셔서요.」

「착한 덩컨, 그렇게까지 신경 써 주다니 정말 친절한 사람이에요.」

해리는 목청을 가다듬었다. 맥스웰의 덩컨을 친절하다고 표현하는 사람은 그리 많지 않았다. 하지만 이 여주인은 신기한 힘을 지닌 글렌드뤼드의 여인이 아니던가. 글렌드뤼드의 여인들은 포악한 짐승도 잘 다루었다.

「제가 듣기로는, 그 사실을 알아챈 사람은 덩컨 경 한 분이 아니라고 하던데…… 노르만의 영주님도 아가씨가 그곳에 왜 없는지 정중하게 물어 보더래요.」

「덩컨에게 난 건강하다고 말해 줘요.」

「제가 그 말을 전하기 전에 아가씨가 덩컨 경을 먼저 만날 겁니다.」

「아버지가 병상으로 오지 말라고 하셨어요. 덩컨은 요즘 아버지 곁을 떠나지 않잖아요.」

메그는 고개를 저으며 서둘러 문을 나섰다. 어깨 위로 흘러내린 머리칼이 타오르는 불길 같았다.

「그럼, 도미니크 영주님이 물으시면 뭐라고 대답할까요?」

해리는 짓궂은 눈길로 여주인을 바라보았다.

「만약 물으면, 그럴지도 의문이지만, 사실대로 말해요. 오늘 옷을 잘 차려 입은 여자를 본 적이 없잖아요, 그쵸?」

문지기는 메그의 옷차림을 보며 웃음을 터뜨렸다. 그러더니 갑자기 웃음을 거두며 슬픈 표정으로 고개를 가로 저었다.

「아가씨는 항상 어머니처럼 이곳을 벗어나고 싶어하죠. 매처럼 자유를 갈망하고요.」

「어머니는 지금 자유의 몸이에요.」

「그랬으면 좋겠어요. 하나님이 불쌍하신 마님의 영혼에 안식을 주셨을 겁니다.」

메그는 해리의 연한 파란색 눈에서 시선을 돌렸다. 그 슬픈 눈에는 자신에 대한 동정심이 담겨 있었다. 글렌드뤼드 핏줄을 이어받은 딸, 어머니처럼 운명을 거역할 수 없으리라.

물총새 한 마리가 물위로 튀어 오르는 먹이를 잡겠다는 희망에 들떠 연못 위를 선회하고 있었다. 그 주변에 펼쳐져 있는 갈대밭 사이로, 연회색 왜가리가 꼼짝 않고 앉아 있었다. 성 꼭대기의 총구멍에는 갈가마귀가 소리를 고래고래 지르며 앉아 있었고, 이에 답하듯 한 정원사가 연약한 어린 식물을 밟았다며 조수를 꾸짖고 있었다.

메그의 머릿속에 어릴 적 어머니가 불러 주던 잃어버린 사랑의 노래가 떠올랐다. 어머니는 항상 아름다운 목소리로 노래를 불러 주었고, 그럴 때면 권은 옆에서 메그의 속옷에 북유럽의 고대 문자를 새겨 주었다.

순간 모든 걱정거리가 사라졌다. 오만한 노르만 기사가 아내와 영토, 상속자를 요구하며 자신을 아무도 모르는 어두컴컴한 미래로 끌고 가려는 일은 일어난 것 같지 않았다.

메그는 깊이 숨을 들이쉬며 정갈한 공기를 몸 속으로 끌어들이고 차가운 봄의 향기를 음미했다. 갑자기 불어온 한줄기 바람에 치맛자락이 다리에 감겼다. 다리를 훑고 지나가는 냉랭한 공기에서 봄이 희미하게나마 느껴졌다. 죽음을 앞에 두고 몸부림치는 겨울에 밀려 아직 자리를 잡지 못하고 있었지만 말이다.

겨우내 황량해진 들판에 연녹색 새싹이 푸릇푸릇 돋아났고, 그 위로 야생 매의 애절한 울음소리가 울려 퍼졌다. 근처에서 날개를 퍼덕거리며 먹이를 찾고 있는 모양이었다. 며칠 전 사제의 매도 바로 저렇게 공중을 배회하다가 사냥감을 덮쳤다. 하지만 사냥감으로 지목된 새는 그 매보다 세 배나 더 큰 야생 매였다. 눈 깜짝할 사이에 그 용감한 작은 새는 크게 부상을 당했다.

메그는 갑자기 몸을 돌려 망루로 돌아왔다. 식물은 자신을 기다릴 수 있지만, 매는 그렇지 못했다.

돌아오리라고 미리 알고 있었는지, 해리는 메그가 돌아서 세 발짝도 떼기 전에 재빨리 문을 열어 주었다. 안뜰의 자갈 위에 블랙톰을 내려놓았다. 블랙톰은 의심스런 빛으로 메그를 바라보았다.

「난 우선 매에게 가 봐야겠어. 조금만 기다려.」

메그의 설명에 고양이는 눈을 깜박였다. 그러고는 약초 밭에서 자라는 개박하(약초의 일종) 사이에서의 떠들썩한 유희를 기대한 적이 없다는 듯 시치미를 떼며 차분히 몸단장을 했다.

메그가 블랙소른 성의 사냥새들을 모아 놓은 나무 새장 앞으로 다가가자, 매를 돌보던 하인이 안도의 표정을 지으며 앞으로 다가왔다.

「아가씨, 감사합니다. 결혼식 준비에 바빠서 매를 돌보지 못할까 걱정했죠. 장갑 있으세요?」

메그가 고개를 가로 젓자, 윌리엄은 몇 년 전 메그 어머니가 쓰던 가죽 장갑을 내밀었다. 그 장갑은 딸에게도 꼭 맞았다. 오랫동안 사용한 탓에 여기저기 긁힌 자국이 많았으나, 사냥새들의 날카로운 발톱을 막아 주는 데는 전혀 문제되지 않았다.

메그는 상처 입은 매가 있는 새장으로 다가가, 몸을 약간 수그리고 안으로 들어갔다. 어둠에 익숙해지자, 가장 어두운 횃대 위에 앉아 있는 매가 보였다.

메그가 다가가 새 횃대인 양, 팔을 내밀었지만 매는 고개를 돌리고 모른 체했다. 하지만 부드럽게 휘파람을 불자, 한쪽 다리를 슬그머니 들었다. 다음 순간 다리를 바꾸어 들며 들썩거리더니, 마침내 날개를 질질 끌며 천천히 메그의 팔로 옮겨 앉았다.

메그는 작은 매를 데리고 햇살이 드는 새장 문 앞으로 갔다. 맑아야 할 눈동자가 구름 낀 듯 흐렸다. 청백색에서 담황색으로 반짝여야 할 깃털은 회백색으로 변해 있었다. 장갑을 움켜쥔 발톱에서도 힘이 느껴지지 않았다.

「작은 새야, 곧 어느 누구도 널 볼 수 없을 만큼 높이 날아오르게 될 거야. 하나님이 널 고통에서 구원하시겠지.」

메그는 슬픈 목소리로 속삭였다.

조심스레 매를 원래 있던 횃대에 내려놓았다. 그러고는 꽤 오랫동안 휘파람을 불러 주었다. 흐릿한 두 눈동자가 천천히 감겼다. 메그는 새가 잠들 때까지 기다렸다가 슬며시 몸을 돌려 그곳을 나왔다.

도미니크 르 사브르가 눈에 들어왔다. 윌리엄 뒤에 서 있었다.

도미니크의 회색 눈동자와 말끔한 얼굴은 주위 사람을 제압하고 있었다. 메그의 다리가 약하게 떨렸다. 다른 남자라면 긴 턱수염을 기르거나 말끔히 면도했을 자리에, 이 전사는 검고 짧은 콧수염과 턱수염을 단정하게 기르고 있었다. 숱이 많고 검은 머리칼은 투구 아래에 모두 가려질 만큼 짧게 깎여 있었다.

크고 건장한 도미니크를 보자 메그는 숨이 멎었다. 다친 매에게서 죽음을 감지했듯, 어떠한 감정이나 부드러움도 허락지 않는 전사에게서 강력한 힘을 느꼈다.

도미니크는 겨울보다 차고 예리해 보였다. 하지만 그 냉정함 뒤엔 고통의 함성이 울리고 있었다. 이러한 발견은 한밤중에 듣는 종다리의 날카로운 울음소리만큼이나 예상치 못한 일이었다.

‘하나님, 어째서 이 사내는 인간이라면 누구나 지니는 희미한 감정의 울

림조차 거부하고 있을까요?'

이런저런 생각이 꼬리를 물고 일어나 메그의 마음을 휘저었다. 도미니크의 저 깊은 곳에서 타오르는 사나운 불길이 메그를 알 수 없는 미지의 세계로 끌어당기고 있었다. 그에 동요한 메그의 본능이 기지개를 폈다.

메그는 두려웠다. 지금까지 사나운 짐승들은 물론, 그 어느 것도 두려워해 본 적이 없었다.

「아가……」

꼼짝하지 않고 서 있는 영주의 딸이 걱정되는지 윌리엄이 조심스레 입을 떼려는데, 메그가 눈을 찡긋하며 그 말을 막았다. 신분을 노출하고 싶지 않았다.

「영주님, 좋은 아침입니다.」

눈이 휘둥그레진 윌리엄을 무시한 채, 메그는 농노의 딸처럼 공손하게 도미니크에게 절을 했다.

「사제님의 작은 새는 곧 자유의 몸이 될 거예요.」

메그는 낮은 목소리로 윌리엄에게 말했다.

「아……」

윌리엄은 어찌할 바를 몰라 작게 신음했다.

「선량하신 사제님은 무척 슬퍼하실 거예요. 저 매와 함께 사냥하길 무척 즐겼거든요.」

「새가 다쳤나?」

도미니크가 끼여들었다.

「네, 밀레슨 신부님의 매인데……」

「병이 든 건가?」

도미니크의 질문에 윌리엄은 메그를 쳐다보았다.

「아뇨. 야생 매와 싸우다가 상처를 입었습니다. 새장의 새들을 모두 쓸어버리는 전염병은 아니에요.」

메그는 짧게 설명하고 나가려고 몸을 돌렸다. 그때 도미니크가 입을 열었다.

「잠깐.」

도미니크는 어둠 속의 불꽃처럼 새장을 환하게 밝히는, 에메랄드와 같은 눈동자의 젊은 여자에게 강한 호기심을 느꼈다. 화려한 눈동자엔 그 여자의 마음이 그대로 드러나 있었다. 죽어 가는 새를 두고 떠나는 슬픔, 자신을 보고 깜짝 놀라더니…….

'두려움? 맞다, 두려움이었다. 저 여자는 날 무서워해.'

하지만 잠시 후, 소녀의 눈동자는 밤바다처럼 평온하게 변해 있었다. 이젠 그 생각을 전혀 엿볼 수 없었다.

'색다른 처녀로군. 저 머리칼은 금색과 빨간색, 황갈색을 섞어 놓은 것 같애. 그래서 피부가 특히 하얘 보이는군. 저 여자를 데리고 자려면 누구에게 돈을 내야 할까. 아버지, 오라버니, 삼촌? 혹은 남편이…….'

짧게 다듬은 수염을 쓰다듬으면서 눈앞의 소녀를 관찰하던 도미니크는 눈살을 찌푸렸다. 결혼을 했을지도 모른다는 생각이 그리 마음에 들지 않았다. 노르만인을 증오하는 블랙소른 성의 주인에게 헨리 왕이 강요한 협정을 취소할 핑계를 제공할 생각은 없었다. 스코틀랜드와 색슨족의 귀족은 마음에 드는 여자가 있으면 결혼을 했든 안 했든 마음대로 건드렸지만, 노르만인은 유부녀를 탐하면 비난을 받았다. 게다가 그 즉시 왕의 귀에 전해져 질책을 들어야 했다.

'이 여잔 결혼했을까?'

그 질문은 차마 입 밖에 내지 못하고, 도미니크는 헨리 왕이 새로이 가신이 된 자신에게 선물한 매에 대해 물었다.

「내 송골매는 무사히 도착했나?」

「네, 영주님.」

윌리엄이 재빨리 대답했다.

「상태는 어떤가?」

도미니크는 윌리엄이 아닌 메그를 향해 질문했다.

「사납더군요.」

메그는 도미니크가 자신을 평민이라고 여기고 있음을 깨닫고 회심의 미소를 지었다. 그 상황이 무척 흥미로웠다. 피하지 말고 그 자리에 좀더 머물러야겠다고 마음먹었다.

「혈기왕성해요. 잘 길들이면 반드시 보답을 받을 겁니다.」

자신만만한 목소리였다.

도미니크는 갑자기 욕망이 솟구쳤다. 여자의 말과 웃음을 달리 해석하는 건 아니었지만, 끓어오르는 욕망을 억제할 수 없었다. 만약 망토를 입지 않았다면 자신의 감정을 들켰을지도 모른다.

「매를 보는 동안 내 옆에 있거라.」

노골적인 명령이었다. 사람을 휘어잡는 도미니크의 힘을 감지하며 메그는 불안을 간신히 억눌렀다.

그 모습을 보자 도미니크는 다시 호기심이 발동했다. 대부분의 소녀들은 영주의 관심을 매우 즐거워했지만, 이 여자는 달아나려고 하기 때문이었다.

「항상 첫 대면이 중요하지. 난 새로 온 매가 도망가려고 발버둥치다가 상처를 입길 바라지 않아. 무사히 날 주인으로 받아들이길 원한다고.」

「그럴 가능성도 있죠.」

메그는 아주 조그맣게 중얼거렸다.

「바로 그거야.」

그 작은 소리마저 들켰다는 사실에 메그는 깜짝 놀랐다.

농부가 계절을 본능적으로 읽을 수 있듯, 도미니크는 사람들의 의중을 쉽게 파악했다. 도미니크는 메그의 생각을 눈치채고 부드럽게 웃어 주었다. 하지만 메그는 그 점잖은 웃음 아래에 놓인 치밀한 계산을 꿰뚫었다.

「눈가리개를 씌워 놓았으니까 그런 걱정은 하실 필요 없어요. 아무것도 안 보이면 매는 어디에도 날아가지 못한답니다. 영주님의 부드러운 손길을 기다릴 거예요.」

「날 도와 줄 수 있나, 매 조련사 아가씨?」

「저, 전 메그예요.」

「난 도미니크 르 사브르.」

「영주님이실 줄 알았어요.」

도미니크는 여자의 혀끝에서 묻어 나오는 빈정거림을 감지하고 슬며시 웃었다.

메그도 살짝 웃음 지었다. 검은 전사의 얼굴에 떠오른 표정은 경계할 필요가 없을 듯했다.

긴장이 풀어진 메그를 보자, 도미니크는 더욱 기분이 좋아졌다. 이제 도망갈 기미는 전혀 보이지 않았다.

「자, 메그, 나와 함께 가지. 윌리엄이 함께 갈 테니 걱정하지 말고. 참, 남편은 있나?」

장차 남편이 될 이 남자는 내키지 않는 색슨족 아내보다 농가의 처녀를 더 편안해하는지도 모른다. 메그는 아무 말도 하지 않았다.

윌리엄이 옆에서 쿡쿡 웃었다. 메그는 일이 망치지 않길 기도하며 윌리엄의 옆구리를 세게 찔렀다.

「윌리엄, 내가 더 세게 때려야 해? 충분하지! 만약 비밀을 지켜 줄 수 없다면 나 혼자 매를 보러 갈 거야.」

메그는 귀엣말로 속삭였다.

윌리엄은 목청을 가다듬고 다시는 웃지 않을 사람처럼 입을 굳게 다물었지만, 곧 웃음이 다시 터져 나왔다. 즉시 손으로 입을 막았지만 손가락 사이로 소리가 흘러 나왔다.

「아무래도 저 사람은 남겨 놓아야겠군. 여기 있거라. 네 기침 소리 때문에 새가 겁을 먹겠다.」

메그는 도미니크를 슬쩍 곁눈질했다. 시선이 자신에게 향해 있었다. 눈동자엔 조금 전에 보았던 차가움 대신 욕정이 담겨 있었다. 심장이 세게 뛰었다.

‘도미니크는 나와 단둘이 있길 원하고 있다!’

「어느 새장인가?」

「저기예요.」

메그는 손가락으로 한쪽을 가리켰다.

「길을 안내해라.」

거절해야 한다고 끊임없이 되뇌고 있었지만, 메그는 무의식적으로 머리를 끄덕였다. 사로잡힌 사나운 매를 다루는 모습을 보면, 이 남자에 대해 더 많은 걸 알게 되리라.

경계를 늦추지 않고, 메그는 도미니크를 새로 온 송골매가 있는 곳으로 안내했다. 그곳은 성직자의 매가 있는 새장보다 세 배나 더 컸다. 벽에 난 창으로 신선한 공기와 햇살이 들어왔다. 눈가리개를 씌웠기 때문에 송골매는 감으로만 주변 상황을 감지했다. 자유를 위해 벽에 몸을 던지거나 가죽 끈 끝에서 발버둥치는 걸 막을 수 있는 유일한 방법은 눈가리개뿐이었다.

사람들이 들어왔음을 감지한 매가 불안하게 몸을 들썩이자, 작은 방울들이 딸랑거렸다. 새는 날개를 쫙 펴고 무슨 일인지 알아내려고 고개를 좌우로 돌리며 귀를 기울였다.

메그가 이상한 음조로 휘파람을 불었다. 송골매는 조용히 날개를 접었고, 작은 방울 소리도 적막 속으로 사라졌다.

「아주 훌륭한 새군.」

도미니크가 낮은 목소리로 감탄했다.

「왕족이나 귀족들을 위한 새입니다.」

메그가 맞장구쳤다.

「사람 손목에 앉은 적이 있나?」

「네, 제 손목에 앉았어요. 남자들은 아직 경계합니다.」

「우리가 자신을 사로잡았다고 생각하나 보지. 영리하군. 하지만 앞으로 함께 사냥을 나갈 동료인데…….」

송골매는 도미니크의 목소리를 듣고 불안한 듯 방향을 바꾸었다. 발을 옮길 때마다 발에 매단 가죽 젖갖(매의 두 발을 각각 잡아매는 가죽끈) 끝에서 딸랑거리는 소리가 났다. 새는 갈고리 모양의 부리를 벌리고 날개를 펴고는 방어자세를 취했다.

도미니크는 메그와 똑같이 휘파람을 불었다. 메그는 그 소리의 주인공을 놀란 눈으로 바라보았다. 매를 돌보는 사람도 자신의 휘파람 소리를 똑같이 흉내내진 못했다.

매는 친숙한 휘파람 소리가 어디서 나는지 알아내려고 두리번거렸다. 어루는 듯 휘파람이 계속 흘러나가자 송골매는 소리에서 가장 가까운 횃대로 다가왔다. 도미니크가 가죽 장갑을 앞으로 살며시 들이밀자, 새는 사뿐히 그 위에 앉았다.

「평소처럼 새를 쓰다듬어라.」

매를 어루만져 주려면 도미니크에게 바싹 다가서야만 했다. 메그는 잠시 망설였다. 이 사내의 사정거리 안에서 향기로운 체취와 부드러운 숨소리를 느껴도 될지 마음을 정할 수 없었다.

방울이 딸랑거렸다. 송골매도 불안해하고 있음이 분명했다.

「자, 어서. 아가씨가 가만히 있으니 매가 불안해하는군.」

메그는 작은 목소리로 매의 힘과 아름다움에 대해 칭찬을 늘어놓으며 머리와 날개, 가슴, 다리를 손으로 쓰다듬었다.

「넌 정말 세상에서 가장 완벽한 매야. 날개는 폭풍우처럼 빠르고, 발톱은 번개처럼 날카롭고, 용맹은 하늘을 가득 메운 천둥보다 더 우렁차. 아무리 사나운 상대라도 넌 절대 피하지 않을 거야. 깨끗하고 확실하게 상대의 숨을 끊어 놓겠지.」

목소리가 무척 부드러웠다.

눈을 가리고 있어서 매는 다른 감각이 발달했다. 자신을 달래는 체취와 손길, 소리에 송골매는 곧 침착해졌지만, 여전히 경계를 늦추지 않고 자신을 어루만지면서 부드럽게 말을 거는 여인에게 온 신경을 집중했다.

메그는 몸을 돌리고 말없이 시선을 던졌다. 그 뜻을 이해한 도미니크는 매의 머리와 가슴, 날개를 부드러운 손길로 쓰다듬었다. 자신의 아름다운 매를 안정시키는 일보다 더 중요한 건 없다는 듯이 도미니크는 진지하게 어루만지면서 특유의 휘파람을 불었다.

메그는 넋이 나가 그 모습을 바라보았다. 익숙하지 않은 숨결을 알아챈 매가 반항의 기색을 보였지만, 도미니크는 인내를 잃지 않았다. 한참이 흐르자, 새는 천천히 평온을 되찾았다.

다음 순간 도미니크는 섬세한 부리와 꼿꼿한 자태를 칭찬하며 송골매에게 말을 걸었다. 도미니크의 목소리에 익숙하지 않은 매가 또다시 움직였다. 다시 한 번 인내심이 필요했다. 도미니크는 매가 자신의 손길과 목소리, 숨결을 받아들일 때까지 모든 걸 되풀이했다.

더 이상 참지 못하고 메그는 숨을 내쉬었다. 감탄의 눈길로 매를 다루는 도미니크의 솜씨를 바라보았다. 섬세하고 가벼우면서도 흔들림 없는 손길이었다.

도미니크는 좀더 자세히 보려고 새를 밝은 곳으로 데려갔지만, 새는 전혀 동요하지 않았다.

「매를 아주 부드럽게 다루시는군요.」

메그가 칭찬했다.

「매는 부드러운 손길에 가장 잘 반응하지.」

「만약 맞아야 가장 좋은 반응을 보이면요?」

「그럼 때려야지.」

잠시 침묵이 흘렀다. 만약 도미니크의 가슴 깊은 곳에 흐르는 고통을 감지하지 못했더라면, 메그는 도미니크를 냉혈한으로 여겼으리라.

「메그, 다시 매를 만지는 네 손길을 보여 줘.」

시선을 메그의 우아한 손, 약간 열린 입술 그리고 코트 사이로 봉긋 솟은 가슴에 둔 채 도미니크가 속삭였다.

도미니크는 메그의 체취를 맡고 싶어 숨을 깊이 들이마셨다. 욕망이 세찬 기세로 몰려들었다. 불안했다. 자신을 완벽하게 통제하지 못하는 전사는 실수를 한다, 아주 치명적인 실수를.

오랜 경험으로 터득한 인내심으로, 도미니크는 여자를 침대로 끌어들이고 싶은 성급함을 억눌렀다. 본능적인 육체의 반응은 통제할 수 없었으나, 그러한 자극에 어떻게 대처할지는 결정할 수 있었다.

「그렇게 달콤한 손길을 받는다면 잡힐 만하겠군. 애인도 그렇게 만져 주나?」

깜짝 놀란 메그는 도미니크를 향해 눈길을 돌렸다. 바싹 붙어 서서, 매처럼 강렬한 눈길로 자신을 바라보고 있었다. 어슴푸레한 새장 안에서 눈동자가 빛을 발했다.

「저, 전 그런 거 몰라요.」

「남편이 그런 걸 좋아하지 않나 보지?」

「전 결혼하지 않았어요.」

「그래? 좋았어. 난 하나님의 축복으로 결합한 사이를 갈라 놓고 싶지 않거든. 난 널 첩으로 삼고 싶어. 네 몸값은 누구와 계산해야 하지? 아버지? 삼촌?」

메그는 허리를 꼿꼿이 펴고 턱을 치켜들고서 차갑게 말했다.

「무례하시군요, 영주님.」

목소리에 들어 있는 분노가 도미니크를 즐겁게 했다.

「어째서?」

「당신은 내일 결혼할 몸이잖아요!」

「아, 그거.」

도미니크는 몸을 돌려 송골매를 횟대 위에 올려놓았다.

「결혼은 영토와 상속자를 위해서 하는 거야.」

갑자기 도미니크는 몸을 돌려 메그를 잡아당겨 그 반응을 살폈다. 키스를 하려는 듯 고개를 수그리자, 몸이 뻣뻣하게 굳고 눈동자에 불길이 활활 타올랐다. 송골매보다도 더 자존심이 강하고 쌀쌀맞은 여자였다.

'이 여자는 새를 사냥하듯이 살그머니 다가가야만 얻을 수 있겠군. 힘으로 밀어붙이면 더 멀리 달아날 거야. 빌어먹을, 어째서 좀더 다루기 쉬운 여자가 내 욕망을 자극하지 않는 걸까?'

아직은 안 된다.

평범한 농가의 처녀와 즐기기 위해선 오랜 시간을 지체해야 한다는 사실에 저주를 퍼부으며, 도미니크는 메그의 뻣뻣한 턱을 들어올렸다. 만약 그래도 여전히 냉담하다면 희롱은 불가능했다.

「작은 매 아가씨, 이건 결혼과 아무 상관 없어.」

도미니크는 부드럽게 입술을 포개고는 혀로 메그의 아랫입술을 부드럽게 자극했다. 예상치 못한 도미니크의 행동에 메그는 몸을 떨었다. 마치 불꽃처럼 부서질 듯, 꿈인 듯 기분이 야릇했다.

'이렇게 무자비한 사내가 어찌 이리도 부드러울까?'

메그는 경탄을 금치 못했다. 가슴속 깊은 곳에서 글렌드뤼드의 희망이 고개를 쳐들었다.

'아마도 지금, 천 년이 지난 이 순간, 어쩌면 마침내 기다림은 끝이 날지도……'

그 순간 도미니크의 말이 떠올랐다. 이 남자는 새를 길들이기 위해 때려야 한다면 그렇게 하리라.

'이 남자는 송골매 대하듯 날 대하고 있어. 하지만 글렌드뤼드의 눈동자는 매보다 더 정확하지!'

메그는 도미니크의 손아귀에서 벗어나려고 몸을 뒤틀었다. 송골매도 놀랐는지 날개를 펴며 날카롭게 울었다.

「가만, 매가 놀라잖아.」

부드러우면서도 차가운 도미니크의 명령은 매의 젓갖에서 울리는 방울 소리만큼이나 또렷했다.

「매를 달래거라.」

「영주님이 달래세요. 저 매는 당신의 전리품이지, 내 것이 아니랍니다.」

메그가 부드러운 목소리로 응수했다.

3

　사이먼은 욕실 바로 앞에 서서 조심스럽게 자신의 형을 바라보았다. 이른 아침, 새장에 다녀온 다음부터 도미니크는 불안정한 기색이었다. 장차 아내 될 여자가 내일 결혼 피로연 때까지 함께 식사하지 않는다는 사실을 알고 나서도 기분은 그리 좋아지지 않았다.

　「여자가 쓸 만한 방이군.」

　검은 망토를 펄럭이며 도미니크는 허리에 손을 얹은 채 돌로 만든 텅 빈 방을 둘러보았다. 해자로 불어오는 외풍은 몹시 차가웠다. 벽에 거는 바람막이나 임시로 냉기를 막을 만한 칸막이도 없고, 욕조는 여자에게나 맞을 만한 크기였다. 하지만 물은 차가운 방 안에 따스한 기운을 돋아 주었다.

　「어째서 남자에게 여자들이 사용하는 이런 욕조를 줬을까?」

　도미니크가 다그쳤다.

　「존은 컴브릴랜드 바깥에 한번도 나가 본 적이 없대요. 사라센(십자군 때 이슬람교도) 방법을 한번도 배우거나 즐길 기회가 없었다는 거죠. 그 늙은이는 아마 목욕을 하면 자신의 인품이 떨어진다고 생각할걸요.」

　사이먼은 조용히 말했다.

「들판 가득 사생아의 씨를 심는 것보다 더 좋아하는 일이 있기는 했다던?」

현명하게도 사이먼은 아무 말도 하지 않았다. 도미니크가 계속 말을 이었다.

「안뜰은 나무보다 돌이 더 많아. 무기고는 녹슬고, 들판에는 곡식이 거의 자라지 않고, 저수지는 말라 갈라지고, 논밭은 바위에 의해 침식당하고, 연못에는 물보다 잡초가 더 많고, 새장은 엉망진창인데다 겨울 동안 식탁에 올라올 토끼 고기마저도 없어!」

「정원은 멋지던데요. 그리고 새장도 깨끗하잖아요.」

새장 얘기를 꺼낸 게 실수였다. 도미니크의 표정이 사납게 돌변했다.

「하나님은 게으른 영주를 썩어문드러지게 하실 게다. 그렇게 많은 걸 받으면서도 이토록 성을 엉망으로 만들다니!」

비참한 표정으로 서 있는 도미니크의 시종을 사이먼은 슬쩍 곁눈질했다. 그런 표정을 짓는다고 소년을 탓하고 싶진 않았다. 도미니크가 화를 내는 모습을 본 사람은 그리 많지 않았지만, 그런 모습을 보며 즐거워할 사람은 하나도 없었다.

「영주의 목욕을 도와 줄 사람이 너뿐이냐?」

사이먼이 물었다.

시종은 조용히 고개를 끄덕였다.

「그렇다면 영주님의 저녁식사를 준비해라. 맥주, 차가운 고기, 치즈, 맛있는 푸딩을 준비할 수 있나?」

「잘 모르겠습니다.」

「알아보도록.」

「그리고 내 약혼자가 어디에 숨어 있는지 알아봐라.」

도미니크가 끼여들었다.

소년은 커튼을 닫는 것도 잊고 후닥닥 방을 나갔다.

「터키 사람과 싸울 때도 이보다는 덜 무서워할 겁니다. 형은 아이를 겁먹게 했어요.」

사이먼은 바람을 막기 위해 문가에 드리워진 천을 여몄다.

도미니크는 대답 대신 그르렁거리며 얼굴을 찡그렸다.

「송골매가 아프던가요?」

「아니.」

「새장이 마음에 안 드세요?」

「아니.」

「목욕을 도와 줄 하녀를 찾아올까요?」

「빌어먹을, 아냐! 내 흉터를 보고 하얗게 질려 훌쩍훌쩍 울 여자는 필요 없어.」

도미니크가 버럭 소리를 질렀다.

사이먼은 자신의 형만큼이나 딱딱한 목소리로 다시 입을 열었다.

「그럼 검과 방패를 들고 무술 연습을 하고 싶으세요? 기쁜 마음으로 상대가 돼 드리죠.」

도미니크는 몸을 돌려 실눈을 뜨고 동생을 바라보았다.

긴장된 순간, 사이먼은 자신이 제안한 시합을 하게 되리라고 짐작했다. 하지만 뜻밖에도 도미니크는 땅이 꺼져라 한숨을 내쉬었다.

「사이먼, 짜증스런 목소리구나.」

「그저 형 뜻에 따르도록 하죠.」

「음, 그래? 그럼 내가 목욕하는 동안 함께 있어 줄래? 이 성에서 믿을 사람은 하나도 없으니까.」

수염 난 도미니크의 입술 한쪽이 슬쩍 올라갔다.

「내가 하고 싶은 말도 바로 그거예요. 약혼녀는 형을 피하고, 주인은 병을 핑계로 적절한 예의도 갖추지 않고…….」

「음.」

도미니크의 표정이 험악해졌다.

도미니크는 망토를 고정한 커다란 노르웨이산 핀을 풀러 탁자 위로 던졌다. 손질을 잘 한 동물 털가죽으로 덮여 있는 탁자였다.

사이먼이 힘들여 들여온 작은 상자 위에 망토가 놓이자, 촛대 위에서 불꽃이 바르르 떨렸다. 그 옆에 비눗갑이 있었다.

사이먼은 뚜껑을 열고 냄새를 킁킁 맡았다.

「장미향이 약간 나네요.」

재미있어하는 기색을 보이지 않으려 애쓰면서 온화한 표정으로 사이먼은 형을 바라보았다.

「하나님이 날 구원하시길……. 술탄의 성전에서 나던 냄새가 내게서도 나겠군.」

냉담한 말투였다.

사이먼의 검은 눈동자에 웃음이 어렸다. 금발 수염 사이로 웃음소리가 새어 나지 않도록 조심하느라 얼굴이 일그러졌다.

도미니크는 재빠른 동작으로 나머지 옷을 벗어 작은 상자에 넣었다. 근육질의 상체를 가로질러 길게 난 흉터가 춤추는 불빛 아래서 더욱 선명하게 드러났다.

도미니크는 물이 넘칠까 걱정하며 욕조 안으로 들어가 조심스레 앉았다. 뜨거운 물이 턱에서 찰랑거리자 탄성이 새어 나왔다. 피곤할 때면 특히 쑤셔 오는 묵은 상처의 고통이 조금씩 가라앉았다.

「비누를 드릴까요?」

도미니크가 말없이 손을 내밀었다. 비누가 손바닥 위에 놓였다. 낯익은 향기가 코를 자극했다. 이맛살을 찌푸리며 도미니크는 어디서 그 향기를 맡았는지 기억해 내려 애쓰면서 머리칼과 수염에 비누를 묻혔다. 그러고는 비누거품을 뚝뚝 떨어뜨리며 입을 열었다.

「자, 블랙소른 성의 영주가 저주를 받았다는, 말도 안 되는 소문에 대해 설명해 봐라.」

「존의 아내는 마녀였답니다.」

「이 세상 아내들이 모두 그렇다고 할 수 있지.」

사이먼은 픽하고 웃었다.

「하지만 존의 아내는 글렌드뤼드의 여자랍니다.」

도미니크의 손이 멈췄다.

「글렌드뤼드라……, 내가 그 이름을 들은 적이 있던가?」

「켈트족입니다. 여족장제를 지키는 부족이죠. 내가 알기론 그렇습니다.」

「젠장, 그렇게 어리석을 수가.」

그 말과 함께, 도미니크는 물 속으로 쏙 들어가 비누거품을 씻어내더니, 잠시 후 물방울을 튀기며 힘차게 물 밖으로 튀어나왔다. 사이먼은 투덜대며 펄쩍 뛰었다.

「형! 조심 좀 해주세요.」

「잔말 말고 계속 해라. 그리고 비누 좀 다시 줘.」

옷에 묻은 물을 털어 내면서, 사이먼은 도미니크의 손바닥 위에 비누를 털썩 올려놓았다.

「글렌드뤼드 아내를 얻은 남자의 들판은 풍성하고, 짐승들은 날로 번식하고, 인내심 많고 충성스런 부하를 거느리며, 연못에는 물고기가 넘치고…….」

「용맹한 군마 같은 참모들과 영원한 삶을 얻으리라.」

도미니크는 말도 안 되는 미신에 참을성을 잃고 끼여들었다.

「오, 벌써 스벤을 만나 보셨어요?」

사이먼이 빙그레 웃었다.

「그 미개한 글렌드뤼드족이 사는 곳은 어디지? 켈트족이 날뛰는 남쪽인가?」

도미니크가 조롱하듯 물었다.

「어떤 사람들은 그렇게 말하죠. 또 다른 사람들은 북쪽이라고 말하고요. 어떤 사람들은 동쪽이라고도…….」

「혹은 서쪽? 어쩌면 바다?」

사이먼은 어깨를 으쓱했다.

「그들은 사람이지 물고기가 아니에요.」

「아, 그것 다행이군. 가자미의 딸과 잠을 자는 일은 정말로 힘들 테니까. 그런 생물을 어떻게 안아야 할지 모르잖아. 어딜 잡아야 할지도 모르고.」

사이먼은 웃음을 터뜨리면서 자신의 형에게 수건을 건네주었다.

도미니크가 거대한 몸을 일으키자, 물방울이 후드득 떨어졌다. 모인 물은 다시 하수구를 통해 해자로 흘러들어갔다.

「말도 안 되는 글렌드뤼드 신화는 곧 끝을 보게 될 게다. 내 아들이 태어날 때!」

자신만만한 형을 보며 사이먼은 빙그레 웃었다. 결코 순순히 운명을 받아들일 사람이 아니었다. 그리고 자신이라 해도 그랬을 테지만.

「아들이 태어날 때까지, 사람들 앞에서는 글렌드뤼드에 관해서 함부로 이야기하지 마세요. 이 지역 사람들은 그 말도 안 되는 미신을 굳게 믿고 있으니까요.」

「그래, 사람들 앞에서는 믿는 척하지. 하지만 침실은 사적인 공간이다. 나는 반드시 상속자를 낳을 거야.」

「형의 건강을 위해서는 술탄의 왕궁으로 돌아가는 게 좋겠어요. 상속자를 낳으면 형수님도 불평하지 않을 겁니다. 왕궁의 소녀들은 훈련도 잘 되어 있어 형수님이 지내기에도 좋을 테니까요.」

도미니크는 자신의 침실에 누워 있는 메그를 상상했다. 불꽃 같은 머리칼이 베개에 흐트러져 있는 모습 — 마른풀이 타듯 순식간에 피가 타올랐다.

「내 침실에 다른 여자를 끌어들이라는 말이군.」

도미니크는 끓어오르는 열기를 식히려고 애쓰며 짜증스럽게 말했다.

「이 성안에서도 형의 손길을 달가워하지 않을 여자는 없을걸요.」

「한 명 있지. 날 교묘하게 피하는 마가렛이라고.」

도미니크가 조롱하듯 한마디 내뱉었다. 영주의 딸 마가렛을 말하는 건 아니었지만 굳이 설명하지는 않았다. 대신 기운을 내 몸의 물기를 닦았다.

「곧 괜찮아질 거예요. 그 여자는 귀족이죠. 자신의 의무를 좋아하지 않을지는 알 수 없지만, 해야 할 일은 할 겁니다. 그리고……, 성 주변에는 항상 여자들이 있습니다. 혹은 그 방면에 재능이 뛰어난 마리도 있고요.」

사이먼은 형을 달랬다.

「귀여운 창녀지. 그래도 역시 창녀야. 난 혈기왕성한 기사들을 위해서 마리를 데려왔지, 나 자신을 위해서 데려온 게 아냐. 난 내 부하들이 이곳의 여자들과 문제를 일으키지 않길 바래.」

「알죠. 하지만 그 말을 믿을 사람은 나밖에 없을걸요.」

도미니크는 툴툴거리면서 몸의 물기를 닦아 냈다. 자신이 데리고 온 기사가 매를 다루던 그 처녀에게 손을 댈지도 모른다는 생각이 들자, 분노로 몸이 굳었다.

「기사들에게 다시 한 번 경고를 해야겠다. 약탈을 하거나 원하지 않는 처녀를 건드리면 안 돼. 특히 불꽃 같은 머리칼과 크림색 피부, 에메랄드 같은 눈동자를 가진 여자는 절대 손을 못 대게 해.」

사이먼이 눈을 크게 떴다.

「형은 안색이 창백한 여자를 좋아하지 않잖아요.」

「크림색과 창백한 것은 달라.」

도미니크가 쏘아붙였다.

「그 여자에게 꽤나 깊이 빠졌나 봐요. 형답지 않으세요.」

도미니크는 어깨를 으쓱했다.

「특이한 여자야. 보통 처녀보다 훨씬 깨끗하고 우아해. 손가락도 섬세하고.」

「형은 항상 원숙하고 능동적인 여자를 좋아했잖아요, 활짝 핀 장미가 벌의 달콤한 침을 갈망하듯이 말이죠.」

「음.」

「그 아가씨도 형을 좋아하던가요?」

도미니크의 홀린 듯한 표정을 보고 사이먼은 웃음을 터뜨렸다.

「그렇게 될 거야. 지금은 두려워하고 있지만 곧 날 원하게 될걸. 생각만 해도 즐겁군. 그 여자는 봄 같아. 욕망의 계절 봄…… 그 따스한 품에 안긴 남자에겐 절대 겨울이 찾아오지 않을……」

도미니크는 갑자기 말을 멈추고 급히 다가오는 발소리를 향해 몸을 돌렸다.

「도미니크 영주님.」

커튼 뒤에서 시종이 불렀다.

「무슨 일이야? 아가씨를 찾은 거냐?」

도미니크는 성급히 물었다.

「마가렛 아가씨의 하녀가 드릴 말씀이 있답니다. 아주 급한 일이라고 하는데요.」

「빌어먹을. 왜 보기 싫은 여자들만 자꾸 나타날까?」

마른 수건을 엉덩이에 두르고 차가운 바람을 막기 위해 망토를 집어 들어 어깨에 걸치며 투덜거렸다. 사이먼이 입을 열려고 했지만, 도미니크의 말은 아직 끝나지 않았다.

「얼굴이 창백한 매춘부⋯⋯. 아주 성가신 여자야.」

「에디스의 알현을 거절할까요, 아니면 받아들일까요?」

사이먼이 형의 눈치를 살폈다.

「안으로 들이도록.」

도미니크는 평상시와 같은 목소리로 말했다.

바로 앞에서 듣고 있었는지, 커튼이 걷히고 에디스가 바로 안으로 들어왔다. 하지만 옷을 거의 입지 않은 도미니크를 보고는 눈이 휘둥그레졌다.

「네 주인이 어디에 있는지 말해 보거라.」

아주 신경질적인 말투였다.

「마가렛 아가씨는 지금 가벼운 병이 나셨습니다. 영주님이 이해해 주시길 바라고 계십니다.」

에디스는 서둘러 대답했다.

안절부절못하는 척하고 있지만, 미망인의 창백한 푸른 눈동자는 앞에 선 영주를 구석구석 살피고 있었다. 사이먼은 에디스의 그런 시선을 금방 알아챘다.

도미니크는 하녀의 창백한 안색과 연한 황갈색 머리칼, 얇은 입술을 보자, 사라센 여자들이 있는 곳으로 돌아가고 싶어졌다. 사라센 여자들의 어두운 황갈색 피부는 반짝거리는 검은 눈동자로 흘겨보는 것만큼이나 매혹적이었다. 그런데 북쪽 국경 지방(스코틀랜드와 잉글랜드)의 여자들은 치즈처럼 창백해 흥미가 생기지 않았다.

에메랄드 눈동자를 가진 처녀는 물론 제외였다. 그 여자는 도망치듯 그렇게 날아가 버렸다. 그 기억은 아직도 도미니크를 화나게 했다.

'빌어먹을, 그토록 부드럽게 애무했는데 도망가 버리다니…….'

「많이 아픈가? 혹시 심각한 건 아닌가?」

도미니크가 부드럽게 물었다.

「아가씨의 아버님이 아프시죠.」

「난 장차 남편 될 사람이야. 알 권리가 있단 말이지. 어때, 심각한가?」

검은 수염 사이로 하얀 이가 드러났다.

차갑게 번쩍이는 하얀 이를 보자 에디스는 불안하게 발을 꼼지락거렸다. 그 바람에 치마 주름에 잔잔한 파문이 일었다.

「물론입니다, 영주님.」

「마가렛 아가씨께 나의 반가운 마음을 전해라. 이제 아내가 될 여자를 빨리 만나고 싶다.」

도미니크는 사이먼에게 고개를 돌렸다.

「사이먼, 선물을…….」

동생은 주저했다.

도미니크는 눈썹을 치켜 떴다.

사이먼은 간단히 고개를 끄덕인 다음, 도미니크가 벗어 놓은 옷들을 들어 옆으로 치우고 작은 상자를 열었다. 그러고는 보석 한 점을 꺼냈다. 그것은 마지못해 자신에게 시집올 아내를 위해 도미니크가 가져온 선물이었다.

「이걸 아가씨께 전해라. 나의 작은 호의다.」

사이먼은 앞으로 걸어나가 에디스의 손에 번쩍이는 금브로치를 올려놓았다. 엄지손톱보다도 더 큰 녹색 보석이 그 위에서 빛을 발하고 있었다. 에디스는 귀에 들릴 정도로 거칠게 숨을 몰아쉬었다.

「우아, 마가렛 아가씨의 눈과 똑같은 색이에요!」

새장에서 만났던 처녀가 떠올랐다. 도미니크는 눈을 가늘게 뜨고 곰곰이 생각에 잠겼다. 농부의 딸이기엔 너무 자존심이 강하고 말을 잘했다. 그 여자의 관능적인 몸매에 눈이 멀지 않았다면 그런 사실을 쉽게 깨달았을 것이다.

「블랙소른 성에는 그런 눈을 가진 사람이 많은가?」

「아닙니다, 영주님. 아가씨와 그분의 어머니 외에는 녹색 눈을 가진 사람이 없답니다. 그건 글렌드뤼드의 피를 이어받았다는 징표니까요.」

도미니크의 눈이 더욱 가늘어졌다.

사이먼은 불안하게 자신의 형을 관찰했다. 그런 표정은 전쟁에 참가하기 전에나 볼 수 있는 표정이었다. 하지만 지금은 무장한 적이 앞에 있지도, 전쟁 나팔 소리가 들리지도 않았다.

「매우 무겁군요. 누구라도 좋아할 훌륭한 선물입니다.」

에디스가 눈을 빛냈다.

도미니크는 사이먼에게 또다시 눈짓을 보냈다.

아무 말 없이, 사이먼은 몸을 돌려 상자 쪽으로 다시 갔다. 잠시 후 금속이 맞부딪치는 소리가 침묵 속에서 희미하게 들렸다. 아름다운 소리였다.

사이먼은 투덜거리며 다른 상자에서 또 다른 브로치를 하나 집어 형에게 들어 보였다.

도미니크는 고개를 까닥했다.

사이먼은 앞으로 걸어나가 에디스의 나머지 한 손에 보석을 올려놓았다. 다른 보석은 박혀 있지 않았으나 무게로 보아 꽤 값진 물건임을 알 수 있었다. 깜짝 놀라 고개를 든 에디스는 도미니크의 차가운 회색 눈동자와 마주쳤다.

「네 것이다. 이곳 사람들의 생활이 요즘 힘겨운 것 같더구나.」

에디스의 입이 딱 벌어졌다.

도미니크는 엷은 눈동자와 얄팍한 웃음의 에디스가 마음에 들지 않았지만 친절한 목소리로 말했다.

「용감한 기사의 미망인은 이 정도의 대가를 받을 자격이 있지.」

에디스는 살이 베일 정도로 날카로운 브로치를 꼭 쥐었다.

「고맙습니다, 도미니크 영주님.」

「아주 작은 선물일 뿐이다.」

도미니크는 고개를 숙여 절을 하는 에디스의 눈길이 어디로 향하는지 보았다. 마치 철이 자석에 이끌리듯 시선이 상자 더미로 향해 있었다.

「다른 분부는 없으십니까?」

「없다. 그 브로치를 마가렛 아가씨께 전해 주어라. 내 안부와 함께. 그리고 저녁만찬 때 내 시종을 보내겠다.」

사이먼은 하녀가 다급히, 마치 브로치를 도로 내놓으라는 말을 들을까 겁내는 사람처럼 서둘러 문을 빠져 나가는 모습을 물끄러미 바라보았다.

다시 두 사람만 자리에 남자, 사이먼이 입을 열었다.

「이제 우리가 무엇을 가지고 이곳에 들어왔는지 성안의 모든 사람들이 알게 되겠죠.」

「새 영주가 기사들을 먹이고 무장시키기 위해 자기들을 쥐어짤 만큼 가난하지 않다는 사실을 아는 것도 좋겠지.」

「미래의 신부감을 위해서도요?」

사이먼이 씩 웃었다.

「보석을 보고 눈을 빛내지 않는 여자는 본 적이 한번도 없어.」

도미니크는 만족스럽게 말했다.

「언제나 치밀하군요.」

순간, 도미니크의 머릿속에 에메랄드 눈동자의 도도한 처녀가 떠올랐다.

「항상은 아냐. 하지만 난 실수를 통해 배우지.」

4

상쾌한 바람이 성벽에 둘러싸인 안뜰을 가로지르면서 사람들의 옷자락을 들추고, 부엌에서 나오는 연기를 몰아 회색 하늘로 끌어올렸다. 메그는 새싹의 향기가 담뿍 묻은 봄의 미풍을 좋아했으나, 이 순간 자신의 앞에서 안절부절못하며 서 있는 사슴 사육인을 보자 짜증이 났다.

「그게 무슨 말이죠, 사슴고기가 없다뇨?」

메그의 목소리는 유난히 날카로웠다.

사슴 사육인은 메그의 눈길을 피하며 불안하게 양손을 비틀었다.

「우, 울타리가 토끼도 뛰어넘을 만큼 내려앉아서요, 사, 사슴들이 다 도망갔어요」

「얼마나 오랫동안 사슴 농장이 그런 상태로 있었죠?」

사슴 사육인은 발끝만 내려다보며 무슨 말인가를 우물거렸다.

「내 눈을 똑바로 보고 크게 말해요」

메그는 하인들에게 그런 식으로 말하는 일이 드물었다. 그리고 거짓말을 들은 적도 없었다.

하지만 지금은 그렇지 않았다. 더듬거리는 하인은 거짓말을 하고 있음이 분명했다. 믿고 싶지 않았지만 그랬다.

「그, 그러니까 바람이, 음, 저…….」

창백한 푸른 눈동자가 메그의 동정심을 불러일으켰다.

「누가 거짓말을 하라고 시켰죠?」

목소리가 한껏 부드러웠다.

거칠어진 손이 메그의 친절을 갈구했다.

「영주님께서…….」

메그는 발끈했다.

「영주님은 침대에서 일어나지 못할 정도로 쇠약해요. 그럼 침실에서 이 성의 여주인에게 거짓말을 하라는 명령을 받았다는 말인가요?」

하인은 기름 낀 머리를 세게 흔들었다.

「덩컨 경이, 그분이 제게 말했어요.」

침묵이 메그를 덮었다.

「덩컨이 당신에게 무슨 말을 했죠?」

「노르만인에게 줄 사슴고기는 없다고요.」

「알았어요.」

그 말이 무엇을 뜻하는지 안 메그는 몸이 오싹했다. 사촌인 루퍼스가 헨리 왕과 평화를 유지하려 들지 않았기 때문에, 영국군과 함께 십자군 전쟁을 치르고 돌아온 덩컨이 매우 반가웠다. 북쪽 국경지대의 평화를 지키기 위해 낯선 노르만의 기사에게 시집가 인질이 되는 일이 맘에 들진 않았지만, 가능한 피를 덜 흘리기 위해선 어쩔 수 없었다. 한데 오히려 덩컨이 자신의 기대를 저버리다니…….

영국 왕에게 대항하는 동안, 블랙소른 성의 사람들은 지치고 들판은 황폐해졌다. 사람들은 이제 더 나은 미래를 희망하게 되었다.

사람들은 영주에게 내려진 불행을 글렌드뤼드 마녀의 복수라고 수군거렸다. 하지만 메그는 아버지의 부주의로 인해 — 딸을 맥스웰의 덩컨이라는 스코틀랜드 귀족과 결혼시키면 영국의 번성에 제동을 걸 수 있다는 망상에 사로잡힌 아버지 때문에 성이 황폐해졌다고 생각했다.

'덩컨, 아버지의 유혹에 굴복하지 말아요. 그것은 질병과 궁핍, 피에 물든 땅과 때 이른 무덤의 숫자를 늘리게 될 거예요.'

「아가씨?」

사슴 사육인의 목소리가 무척 긴장해 있었다. 영주의 딸은 열아홉 처녀라고 하기엔 너무나 원숙하고 지쳐 보였다.

「가도 좋아요. 사실대로 말해 줘서 고마워요. 너무 늦긴 했지만…… 수사슴을 잡도록 해요. 결혼식 피로연에 사슴고기를 내놓을 거예요」

메그는 빈틈없는 목소리로 말했다.

사육인은 지저분한 손가락을 앞이마에 대었으나 가지 않고 꾸물거렸다.

「더 할말이 있나요?」

「덩컨 경이…….」

「블랙소른 성의 주인은 덩컨이 아니에요. 그렇게 되지도 않을 거구요. 하지만 나는 이곳의 여주인이고 앞으로도 그럴 거예요.」

자신에게 향한 녹색 눈동자를 보고, 사슴 사육인은 영주와 아가씨가 그들끼리 싸우도록 내버려 두기로 결정했다.

「네, 아가씨.」

메그는 안뜰을 가로질러 망루 쪽으로 종종걸음치는 하인의 모습을 지켜보았다. 하지만 발소리가 주는 만족감은 이내 사라졌다.

'이 싸움은 반드시 끝나야만 해. 이제 이 성에 남을 사람도, 먹고 살 식량도 더 이상 없어. 한 해 더 흉년이 들면 블랙소른 성도 끝장이야.'

메그는 힘겨운 현실을 다시 한 번 떠올렸다.

쓱, 무엇인가가 발목에 와 닿았다. 메그는 깜짝 놀라 발 밑을 내려다보았다. 블랙톰이 강렬한 시선으로 쳐다보고 있었다.

「블랙톰, 아직은 안 돼. 먼저 덩컨을 만나야 하거든.」

블랙톰은 가르랑대더니 곡물 창고 쪽으로 걸어갔다. 메그는 고양이에게 행운이 생기길 기원했다. 하지만 그곳에 쥐를 유인할 만큼 쌀이 남아 있을지 의문이었다.

「교회는 네 결혼에 동의할 게다. 네가 할 일은 노르만인의 금을 차지하는 거야. 그리고 그의 아내도!」

존 영주는 쉰 목소리로 덩컨에게 말했다.

폭풍우가 번개를 동반하듯 웃음이 번지는 덩컨의 얼굴에 바이킹 조상의 흔적이 드러났다.

「할말은 이게 다.」

존의 파리한 입술이 성을 이룬 돌보다 더 차가운 웃음을 만들었다. 사생아 아들은 아버지를 그대로 빼 닮아, 엷은 갈색 눈동자와 흑색 머리칼을 가졌다. 두 남자 모두 자비심을 보이거나 요구하지 않았다.

「리버스족에게 밀서를 보내라. 그들을 교회 안에 들여 결혼식 하객들 사이에 섞어 놓거라. 그런 다음……」

갑자기 터진 기침이 약해질 대로 약해진 존의 몸을 뒤흔들었다.

덩컨은 침대로 다가가 아버지의 몸에 팔을 두르고 기침이 잦아들 때까지 상체를 들어올렸다. 그러고는 노인의 마른 입술에 맥주를 흘려 넣어 주었다.

「휴식을 취하셔야 합니다.」

덩컨이 걱정스레 말했다.

「아니, 내 말을 잘 들어라. 내가 살든 죽든, 더 많은 노르만인들이 이곳에 오기 전에 결혼식을 올려야 한다, 반드시! 그리고……」

기침이 다시 존을 삼켜 버렸다. 기침이 진정되자, 덩컨은 메그가 만들어 준 약을 맥주에 두 방울 떨어뜨린 뒤 아버지에게 마시게 했다.

「마음을 편안하게 가지세요. 제가 잘 듣고 있잖아요. 어떤 계획을 세우셨나요?」

덩컨은 놀라울 만큼 부드러운 손으로 아버지의 머리칼을 쓸어 넘겼다. 병이 기운을 갉아먹으며 다시 겨울을 나는 동안, 존의 머리칼은 하얗게 세어 버렸다.

「메그를 불러. 난 두 번 말할 기력이 없어.」

존은 기진맥진 겨우 말을 했다.

「제가 부르러……」

「그럴 필요 없어요. 저 여기 있어요.」

메그가 문가에 서 있었다.

연분홍빛 울 드레스 위에 화려하게 수놓아진 짙은 녹색 망토를 걸치고 있었다. 다른 여자들과는 달리 펄럭이는 옷을 좋아하지 않는 메그는 망토도 몸에 꼭 맞게 입었다. 가는 허리를 감싸고 있는 허리띠는 등에서 교차되어 엉덩이를 감싸고 앞으로 동여맸다. 약초 밭을 거닐 때 거치적거리지 않도록 옷을 잡아 주는 역할을 했다.

「제게 하실 말씀 있으세요?」

강렬한 메그의 녹색 눈동자는 건장한 덩컨에게서 죽음의 그림자가 드리워진 아버지에게 옮겨갔다. 약병의 마개가 열린 걸 보고 재빨리 덩컨을 쳐다보았다.

「딱 두 방울만 드렸소.」

덩컨은 묻기 전에 재빨리 변명했다.

「미사 전에도 그만큼 드셨어요.」

세 사람은 모두 그 독이 매우 강하다는 사실을 알았다. 여섯 방울은 환자를 영원한 잠의 세계로 빠지게 만들었고, 그 세 배의 양은 건장한 남자도 죽일 수 있었다. 아버지같이 쇠약한 사람에게는 대단한 주의를 기울여 약을 써야 했다.

「상관없어. 만약 내가 죽더라도 그냥 내버려 두어라. 글렌드뤼드 애나의 딸아, 잘 들어라. 넌 내일 결혼식을 올리게 된다. 축제 전에……」

존은 말을 잇지 못하고 숨을 가쁘게 몰아쉬었다.

「무슨 축제죠? 덩컨은 사슴 사육인에게……」

「조용히 해!」

메그는 긴장했다.

존은 다시 기침을 했으나 그리 심하지는 않았다.

「만약 사제가 네게 결혼에 동의하느냐고 물으면 아니라고 대답해라.」

「네? 하지만……」

46

존은 메그의 말을 가로막았다. 목소리는 육체만큼이나 힘이 없었으나, 눈동자만은 광기에 사로잡힌 듯 강렬한 불꽃으로 활활 타올랐다.

「네가 거절을 하면 노르만인들은 잠시 혼란에 빠지겠지. 그때 덩컨이 칼을 빼 들 테고, 노르만인들은 모두 죽음을 맞이할 게다. 복도의 피가 마르기 전에 넌 덩컨과 결혼하게 될 거야.」

「설마 진심은 아니겠죠.」

메그가 긴장된 얼굴로 덩컨을 쳐다보았다. 엷은 갈색 눈동자는 마노만큼이나 차가웠다. 도움 받을 여지가 전혀 없었다.

「여섯 달 전에 교회에서 우리 결혼을 반대했어요. 이유는 분명해요. 우리는 배다른 형제잖아요!」

메그는 다급히 덩컨의 동의를 구했다.

한참 동안 흐르던 침묵이 삶의 끄트머리에 매달린 한 남자의 연약한 숨소리에 의해 흩어졌다.

덩컨은 존을 바라보았다.

「저 애에게 말해 줘.」

노인이 말했다.

내키지 않는다는 듯, 덩컨은 방 안에 있는 남자들과 피가 전혀 섞이지 않는 여자의 강렬한 눈동자를 똑바로 바라보았다.

「사실은, 메기, 난 당신의 사촌이오. 형제가 아니라.」

「말도 안 돼요. 당신은 블랙소른 영주의 사생아예요. 두 사람을 보면 삼척동자도 다 알 거라고요.」

「암, 덩컨은 내 아들이지. 하지만 넌 내 딸이 아냐.」

메그는 뒷걸음질 쳤다. 충격을 달래며 허리를 꼿꼿이 세우고 오만한 자세로 섰다.

「무슨 말씀이죠?」

「네 엄마는 우리가 결혼할 때 임신 중이었어. 넌 내 이복형의 사생아일지도 몰라. 혹은 마부의 자식일 가능성도 있지. 내가 아는 한은 그래. 그 암캐는 죽었고 나도 곧 죽을 테니, 아무래도 상관없어.」

노인은 덩컨이 입을 열기 전에 먼저 퉁명스레 말했다.

「믿을 수 없어요. 거짓말과 금으로 성직자들의 눈을 가리고, 지킬 수 없는 약속으로 덩컨은 유혹해도, 난 아니에요. 나는 블랙소른 성의 딸이에요. 난 식물들이 태양을 향해 얼굴을 돌리듯 자연스럽게 그 사실을 알고 있어요!」

메그의 목소리에 긴장이 감돌았다.

존은 일어나려고 안간힘을 썼지만 쉽지 않았다. 색슨족들이 가장 모욕스러워하는 태생을 지닌 소녀 앞으로 몸만 겨우 돌릴 뿐이었다.

「날 봐라, 글렌드뤼드의 마녀야. 내가 죽는 건 명백한 사실이지. 넌 나의 혈육이 아냐. 하지만 덩컨은 내 아들이다. 영국 왕의 간섭과 글렌드뤼드 여자의 배신에도 불구하고, 나의 땅을 물려받을 사람은 내 아들이다.」

메그는 거짓말이 아니라는 사실을 깨달았다. 숨이 막히고, 온몸에 소름이 돋았다. 예전부터 아버지는 자신을 볼 때마다 노골적으로 고통스러워했다. 이제는 그 이유를 알게 되었다.

「당신의 아들이 물려받을 거라곤 오직 죽음뿐이에요.」

메그는 낮고 깨끗한 목소리로 말했다.

「난 네 저주를 듣고 싶지 않아, 마녀 같으니!」

존이 씩씩거렸다.

「저주라고요? 말도 안 돼요. 그건 평범한 진리일 뿐이에요.」

메그는 거칠게 말을 내뱉으며, 비참한 표정을 짓고 있는 덩컨에게 몸을 돌렸다.

「미안하오. 이런 식으로 알리고 싶지 않았는데……」

「내가 사생아든 아니든, 지금은 그게 문제가 아니에요. 내 말을 들어요. 아버지는 산 사람들에게 일어날 일에 대해 참견하기에는 죽음에 너무 가까이 다가선 사람이에요.」

「메기……」

메그는 손을 허리에 얹고 날카롭게 말을 가로막았다.

「덩컨, 날 그렇게 부르지 말아요. 우리가 혈육이라는 건 확실해요. 왜냐

하면 난 당신의 매력에 면역이 되어 있으니 말이에요!」

뜻 모를 웃음이 덩컨의 얼굴에 떠올랐다.

「과연 당신답군. 그래서 난 당신을 좋아하지. 우린 남편과 아내로서도 잘 해나갈 수 있을 거요.」

「하나님이 내 눈을 가리시면요. 아버지는 병이 깊어서 정신이 오락가락 할 수도 있다지만 당신은 뭐죠, 덩컨? 당신의 마음속에 든 야망의 구름이 아버지에게 드리워진 죽음의 그림자만큼이나 대단했어요?」

이를 악물고 말하는 메그를 보고 두 남자는 충격을 받았다.

덩컨은 대답을 하기 위해 입을 열었으나 메그는 분노와 애원이 모두 들 어 있는 목소리로 말을 계속했다.

「헨리 왕은 자신의 기사를 살해한 반역을 용서하지 않을 거예요」

「그 사람들은 남쪽에서 켈트족을 상대하느라 바쁠걸. 서로 암투를 벌이 거나 왕을 상대로 음모를 꾸미지 않을 때엔 말이오. 그들은 북부 국경 지방 을 차지하려 했지만 실패했소.」

덩컨이 무뚝뚝하게 말을 가로막았다.

「이제 그들은 계속 싸움을 벌일 필요가 없죠. 남쪽으로 차지하기 더 쉬 운 땅이 있으니까요.」

「바로 그거요. 그들은……」

「그들은 그렇게 할 거예요! 당신이 명분을 제공할 테니까요」

메그는 화를 터뜨리며 덩컨의 말허리를 잘랐다.

「그리 큰 명분을 주는 것도 아니오. 그리고 그만한 일엔 신경도 쓰지 않 을 거요.」

「덩컨, 만약 강도가 당신의 오른팔을 잘랐다면, 당신은 복수를 하려고 하 겠죠, 안 그래요?」

냉혹한 어조였다.

「나는 영국 왕이 아니오」

「하지만 당신은 영국 왕의 분노를 짐작은 하고 있죠? 노르만 귀족의 살 해 작전을 세우는 동안 그 점을 잊지 마세요.」

「메기…….」

「노르만의 귀족들은 자기네들끼리 다투죠. 그건 즐길 만한 더 좋은 게임이 없기 때문이에요. 도미니크 르 사브르를 살해하면 당신은 그들에게 최상의 기회를 제공하는 거예요. 전쟁 말이에요.」

덩컨은 어깨를 으쓱했다.

「우리가 이길 게임이오.」

「당신은 승리하지 못해요! 나도 아는 일을 어째서 당신은 모르죠?」

「천성이 착해서 당신은 전쟁을 이해할 수 없소 당신이 지닌 또 하나의 우아함이오.」

덩컨이 웃음 지었다.

「그런 아첨은 다른 여자들을 위해 아껴 두시죠. 난 그렇게 쉽게 넘어가지 않아요. 영국의 왕도 그럴 거예요. '살육'이란 단어가 런던에 닿자마자 왕과 귀족들은 단결해서 우릴 괴롭힐 거예요! 당신은 겨우 열두 명의 기사로…….」

「열여섯 명이오.」

「……그리고 짐승 같은 오합지졸들은 여자와 아이들을 마구 죽이겠죠.」

「그 정도면 충분하니 이제 그만 하시오!」

덩컨이 다그쳤다.

「아뇨! 당신이 이길 수 없다는 사실을 인정할 때까지는 충분치 않아요!」

「만약 당신이 노르만 놈과 결혼을 한다면 난 내 권리를 찾기 위해…….」

덩컨은 어깨를 부여잡고 메그의 눈을 똑바로 쳐다보았다.

「아뇨, 사생아에게는 권리가 없어요!」

메그는 격노했다.

「당신을 다른 남자의 손에 넘겨준다면……. 게다가 블랙소른 성 사람들이 하나님만큼이나 사랑하는, 녹색 눈의 신비한 글렌드뤼드의 딸을 야비한 노르만 놈에게 넘겨줄 순 없소 존이 당신의 상속권을 박탈한 이유가 바로 그거요. 그렇게 되면 농부들은 이 저주받은 땅을 떠날 거요.」

덩컨이 냉정한 목소리로 말했다.

메그는 눈에 띄지 않게 몸을 떨면서 덩컨의 손아귀에서 벗어나려 몸부림 쳤다. 하지만 덩컨은 눈치채지 못했다.

「마가렛, 이걸 아시오. 난 영토와 내 아이들을 잉태할 귀족 아내를 맞이할 거요. 만약 내가 열 아니 만 명의 노르만 기사를 죽여야 한다면 그렇게 해서라도 이곳을 차지할 거요.」

바르르 몸을 떨면서 메그는 덩컨에게서 빠져 나오려고 몸을 뒤틀었다. 사생아에게 냉정한 사회에서 자신의 입지를 확실히 세우겠다는 어릴 적 친구의 꿈을 이해하면서도, 자신이 사랑하는 땅과 사람들을 파괴하려는 음모를 막아야 했다. 가슴이 찢어지듯 아팠다. 그렁그렁 매달린 눈물 때문에 덩컨의 모습이 흐릿해졌다.

「블랙소른 성을 전쟁터로 만들라고 내게 요구하는군요.」

「난 당신이 잔악한 노르만인과 결혼하지 말라고 요구하는 거요. 그게 그리 대단한 거요?」

메그는 눈물을 흘렸다.

「글렌드뤼드의 마녀에게 호의를 기대하지 말아라.」

존은 숨을 몰아쉬며 메그를 돌아보았다.

「마가렛, 내 명령이다. 난 이 성의 영주이고 너는 이곳에서 사는 돼지처럼 나의 소유야. 넌 나에게 복종을 해야 하고, 만약 그렇지 않으면 내가 그랬던 것처럼 넌 태어났음을 후회할 것이다!」

「메기, 걱정 마시오.」

덩컨은 길게 땋은 메그의 머리채 하나를 부드럽게 만지며 말했다.

「당신을 교회로부터 보호해 주겠소.」

메그는 눈을 감고, 남자들의 야망을 향해 저주를 퍼붓고 싶었지만 참았다. 영국 왕과 평화를 유지하려고 여자를 볼모로 삼았고, 그것은 귀족의 여성에게 지워진 가혹한 의무였다.

「난 그럴 수 없어요.」

「넌 그렇게 해야 해. 넌 덩컨의 아내가 되지 않으면, 리버스족들에게 쾌락을 안겨 줄 창녀가 될 것이다. 난 아무래도 상관없어.」

존이 씩씩거렸다.

「존 영주님!」

덩컨이 불만을 표시했다.

「조용히 해! 넌 글렌드뤼드의 마녀가 아니더라도 좋은 아내를 맞이할 수 있어. 네가 원했기 때문에 난 결혼을 허락했던 거야. 그런데 저 애는 거절했어. 지금 당장 가서 너의 기사들에게 무기를 들고 일어나…….」

「안 돼요!」

메그가 소리쳤다.

「아버지…….」

「난 네 아버지가 아냐.」

메그는 숨을 거칠게 내뱉으며 덩컨과 존이 만들어 놓은 올가미에서 빠져 나올 길을 찾으려고 안간힘을 썼다.

방법이 없었다.

메그는 피가 통하지 않아 손가락의 감각이 없어질 만큼 깍지낀 손을 세게 맞잡았다.

「난…….」

입은 열었지만, 목소리가 갈라져 침묵 속으로 빨려 들어갔다.

네 개의 갈색 눈동자가 냉담하게 메그를 바라보았다. 존의 눈동자에는 어머니의 배신을 향한 증오심이, 덩컨의 눈에는 해묵은 희망이 들어 있었다.

「메기?」

덩컨이 조용히 불렀다.

메그는 고개를 수그린 채 중얼거렸다.

「난 해야 할 일을 할 거예요.」

5

메그는 재빨리 아버지의 방에서 나왔다. 달아나기 전에 해야 할 일이 많았다. 먼저 자신의 도움에 의존하는 사람들을 위해 약을 많이 준비해야 했다. 그런 다음 2주일 정도 버틸 수 있는 음식과 담요를 숨겨 놓아야만 했다.

'그런 다음 뭘 하지?'

메그는 자신에게 물었다.

단 한 가지를 제외하곤 어떤 대답도 나오지 않았다. 무엇을 하든 사랑하는 블랙소른 성을 무너뜨리는 돌이 되기보다는 나으리라.

날아갈 듯 발길을 재촉하여 나선형의 계단을 재빨리 뛰어 내려갔다. 커다란 홀에 발을 내디디자, 에디스가 다가왔다.

「아가씨…….」

「지금은 안 돼.」

메그는 잘라 말했다.

「하지만 도미니크 영주님이……..」

「나중에. 지금은 약을 준비해야 해.」

메그의 무뚝뚝한 태도에 놀란 에디스는 안주인이 다급히 사라지는 모습을 말없이 바라만 보았다.

에디스가 쫓아올까 겁이라도 난 듯, 메그는 발걸음을 두 배로 빨리 했다. 1층에는 하인들만 있었다. 메그는 발소리를 죽이고 작은 방으로 들어갔다.

작고 어두운 방 안 ― 방이라기보다는 창고에 가까운 ― 은 이상한 냄새로 가득했다. 바닥에 쌓인 식물의 뿌리와 맥주 냄새, 소금에 절이거나 훈제한 생선과 껍질을 벗겨 거꾸로 매단 닭고기 냄새가 섞인 야릇한 냄새였다. 그 사이로 애나가 만든 약초의 향기가 새어 나왔다.

메그는 어머니에 대한 기억이 생생했다. 약초 밭과 정원에서 가지각색의 식물이 가지는 특성과 사람들이 살면서 겪는 고통과 통증을 치료하는 방법을 설명하는 어머니의 아름다운 목소리……. 약초 밭, 정원, 욕실은 어머니의 요구대로 지어졌는데, 모두 글렌드뤼드 전통에 따른 것이었다.

방 입구에는 약초와 나무껍질들을 자르고 빻는 데 사용하는 탁자가 두 개 놓여 있었다. 방 안의 모든 물건이 약을 만드는 데 필요했다. 작은 상자, 단지, 우묵한 그릇, 절구와 절굿공이, 칼과 수저가 탁자 뒤쪽에 가지런히 놓여 있었다.

안쪽은 나무보다는 돌에 의지해야 할 것들이 놓여 있었다. 말리거나 빻은 물건들을 넣어 둔 자루들이 겹겹이 빛을 피해 그곳에 걸려 있었다. 방 한복판에는 커다란 대야가 신선한 샘물로 가득 채워지길 기다리고 있었다. 물은 글렌드뤼드 종교의식에서 아주 중요한 요소였다.

메그는 깊이 숨을 쉬어 익숙한 혼합물의 향내를 흠씬 들이마시면서, 병자의 침실에서 묻혀 온 고약한 냄새를 털어 버렸다. 몇 차례 호흡을 하고 나자, 떨리던 손이 멈추고 맘이 편안해졌다. 통증을 가라앉히고 병을 고쳐 주는 약초의 평온함과 관대함을 메그는 사랑했다.

'하지만 이 방 안에 있는 어떤 것도 굶주림과 피를 부르는 전쟁을 치유하지 못 해.'

불길한 예감은 또 한 번 메그를 긴장하게 했다.

「나의 백성들을 피의 구렁텅이로 밀어 넣을 수 없어!」

낮게 중얼거리며 약초를 둘러보았으나, 눈에 보이는 건 피비린내 나는 전쟁뿐이었다.

「무엇을 위해서? 우리에게 돌아오는 이익이라곤 하나도 없어! 덩컨은 이기지 못해. 자비로우신 하나님, 그가 눈을 뜰 수 있게 해주소서!」

하지만 그 순간에도, 메그는 어떠한 계획도 바뀌지 않음을 알았다. 덩컨은 블랙소른 성을 차지하거나 혹은 일찍 무덤 속으로 들어가리라.

「오, 덩컨. 당신이 죽는 걸 볼 수 없어요. 어릴 적부터 날 진정으로 생각해 준 사람은 오직 당신과 어머니 그리고 늙은 귄뿐이었어요. 내가 무엇을 할 수 있을까요?」

메그는 손에 얼굴을 묻고 중얼거렸다.

그때, 어머니의 목소리가 메그의 귀에 들려 왔다.

'내 딸아, 네가 할 수 있는 일을 해라. 나머지는 하나님께 맡기렴.'

잠시 후, 몸을 바로 세운 메그는 눈물을 닦고서 항상 자신을 진정시켜 주는 일에 몰두하려고 노력했다.

가장 좋아하는 일은, 매트리스나 침대 안에 숨어 사는 해충을 없애는 향기로운 약초다발을 만드는 것이었다. 임신 때문에 누워서 힘겹게 지내는 해리의 아내를 위해서도 특별한 조치가 필요했다.

자신을 위한 것도 만들었다. 순결한 첫날밤을 위해 신선한 짚으로 만든 결혼 침상과 작은 봉지!

사나운 매를 어루만져 진정시키던 도미니크의 손길이 떠올랐다. 메그는 그토록 조심스러운 손길이 어떤 느낌을 줄지 궁금했다. 지금까지 살아오면서 이름뿐인 아버지라는 남자로부터 부드러운 손길은 한번도 받아 본 적이 없었다. 도미니크는 가장 빠른 방법으로 승리를 이끌어 내는 냉정한 전술가였지만, 매를 다루는 손길은 그 누구보다도 부드러웠다. 그 점은 메그의 허기를 더욱 자극했다.

'만약 우리가 결혼하면 도미니크는 나를 어떻게 대할까? 매를 다루듯? 아니면 정복당한 적을 대하듯?'

메그는 자신의 입술 위로 따스하게 미끄러지던, 숨결처럼 가볍고 부드럽던 도미니크의 혀를 떠올렸다. 몸이 바르르 떨렸다. 촉각의 기억은 몸을 관통하는 이상한 전율을 불러일으켰다. 여태껏 그런 애무를 받아 본 적은 한 번도 없었다. 꿈속에서조차.

'만약 결혼이 이런 거라면, 결혼 생활에 안주하는 여자들이 전혀 이상하지 않아.'

하지만 몸값을 지불하겠다던 도미니크의 말이 떠올랐다.

'작은 매 아가씨, 이건 결혼과 아무 상관 없어.'

도미니크에게 결혼은 냉정한 계산의 문제였다. 글렌드뤼드의 희망과는 아무 상관도 없었다. 남자와 여자 사이의 애정은 더욱더 아니었다.

단지가 기울어지고 갑자기 불안정해진 메그의 손에서 마른 잎들이 떨어졌다. 약초다발이 머리 위로 날아가던 송골매의 그림자를 본 오리 떼처럼 흩어졌다.

「계속해요. 아가씨가 여섯 살 때처럼 내가 정원에서 잡초를 없애드리겠어요.」

메그는 귄의 친숙한 목소리를 듣고 놀라서 멈칫했다. 더 많은 약초들이 흩어졌다.

「아프세요?」

노파는 갑자기 진지해진 목소리로 물었다.

「아뇨. 단지…….」

메그는 말꼬리를 흐렸다.

「단지 뭐요?」

「서툴러서 그래요.」

「후후, 아가씨에게 서투르다고 비난하느니, 차라리 블랙소른 성의 고양이들이 운다고 욕을 하겠어요.」

메그는 몸을 돌려 노파를 꼭 껴안았다. 늙은 귄의 주름진 얼굴, 하얀 머리칼 그리고 엷은 녹색 눈동자가 친숙하게 다가왔다.

「아가씨, 왜 그러세요?」

「아버지…….」

　메그는 아버지가 아니라고 단호하게 말하던 존의 말을 떠올리며 말을 흐렸다.

　한참 동안 침묵이 흘렀다. 늙은 귄의 눈동자가 비상약을 담아 둔 병을 놓아 둔 선반으로 향했다. 선반은 비어 있었다.

　「병이 악화됐어요?」

　「아뇨.」

　「만약 약을 다 썼다면 살아 있기 힘들 텐데요.」

　「약?」

　메그는 어깨 너머로 눈을 돌렸다. 숨소리가 빨라졌다.

　「없어졌네!」

　「아가씨가 아버님께 갖다 드린 거 아니에요?」

　「아뇨.」

　메그는 탁자에 놓여 있던 단지들을 샅샅이 뒤졌으나, 나뭇잎과 마른 꽃뿐이었다. 잃어버린 약병을 찾기 위해 선반도 훑었지만 보이지 않았다. 이상한 점도 없었다.

　「이상하네!」

　메그는 이맛살을 찌푸리며 바깥쪽 통로로 가, 촛대에 꽂혀 있는 양초를 집어 들고 돌아왔다. 귄은 구석진 곳과 선반, 커다란 상자와 대야를 샅샅이 살피는 메그를 유심히 바라보았다.

　마침내 찾기를 포기했다. 전쟁과 사라진 약병, 공포가 두 배로 더해졌다.

　「못 찾으셨어요?」

　귄이 물었다.

　「네, 그리고 해독제도 없어졌어요. 아마 덩컨이 둘 다 가져갔나 봐요. 아버지가 기침을 심하게 하시니까…….」

　노파가 저주인지 축복인지 알아들을 수 없는 말을 중얼거리더니 메그에게 시선을 돌렸다.

　「좋지 않은 일이에요. 하지만 아무에게도 말하지 마세요. 더 이상 문제를 키우지 않는 게 좋겠어요.」

메그는 고개를 끄덕였다.

「좀더 만들 수 있겠어요?」

귄이 나직이 물었다.

「네, 아직 씨가 많이 있거든요. 한데 해독제는 좀 어려워요. 필요한 약초
가 사람의 발길이 닿지 않은 땅에서만 자라니까요. 올해 곡식을 많이 거두
기 위해 땅이란 땅은 모두 파헤쳐서 그런 곳을 찾기 힘들어요. 귄, 괜찮아
요?」

메그는 귄이 손가락 관절을 문지르는 모습을 보며 걱정스레 물었다.

「습기 찬 바람 때문이에요.」

「내가 만들어 준 약 먹었어요?」

노파는 마치 아무 말도 들리지 않는 듯 넋을 놓고 있었다.

「귄?」

「잠을 설쳐서 그래요. 요즘 꿈이 하도 심상치 않아서…….」

차가운 한기가 등줄기를 타고 흘러내렸다. 늙은 글렌드뤼드 여인네가 꿈
속에서 무엇을 보았는지 듣기 위해, 메그는 조용히 기다렸다.

「선조들의 예언은 앞으로 이루어질 겁니다. 영주나 백성들, 그 누구도 피
할 수 없어요. 전쟁 나팔 소리, 늑대 울음소리와 함께 변화의 바람이 불어
오고 있어요.」

귄은 눈을 깜박거리며 메그를 보더니 한숨을 내쉬었다.

「아버지에 대해 말해 봐요.」

「아버진 날 친딸이 아니라고 했어요.」

이상하게도 귄은 살며시 웃음 지었다. 입술의 곡선에 따스함과 익살이
묻어 있었다. 고령에도 불구하고 늙은 글렌드뤼드 여인네는 하얀 치아를 모
두 그대로 간직하고 있었다. 마치 늑대처럼 이가 번득였다.

「당신을 제쳐 두고 덩컨을 그 자리에 앉히겠다고 위협하던가요?」

「만약 내가 덩컨과 결혼하지 않으면요.」

「도미니크 르 사브르는 어떻게 하고요?」

「사제 앞에서 맹세하기 전에 죽일 거래요.」

메그는 덤덤하게 말했다.

귄은 조용히 숨을 몰아쉬며 생각에 잠겼다.

「교회가 가만있지 않을 텐데요.」

「대수도원을 지어 헌납하겠죠.」

「반역에 비해 너무 싼 비용이군요.」

「그런 것만은 아니에요. 교회는 헨리 왕의 힘을 줄일 방법을 찾고 있어요. 덩컨은 왕보다 교회에 더 많은 신세를 지고 있죠. 파문의 비명은 울리지 않을 거예요. 나도 그 정도는 아는데 아버지는 더 잘 알 거예요.」

메그가 퉁명스레 말했다.

「존은 영리한 사람이죠. 하지만 불쌍한 사람이기도 해요.」

귄이 중얼거렸다.

「아들에게 영토를 물려줘야겠다는 불타는 욕구 외에 아무 생각도 없어요.」

메그가 설명을 덧붙였다.

「아가씨는 어떠세요. 덩컨을 남편으로 맞이하겠어요?」

「아뇨.」

「그럼 그렇게 하세요.」

「그럼 존은 덩컨에게 도미니크를 죽이라고 명령을 내릴 테고……」

메그가 갑자기 말을 멈추고 주위를 둘러보았다. 노파는 고개를 갸우뚱하며 메그를 안심시켰다.

「안뜰에서는 여자들이 자신들의 연애담을 속삭이는 소리 외에는 아무것도 들리지 않아요.」

메그는 숨을 깊이 쉬며 손을 쫙 폈다.

「덩컨에게 난 내가 해야 할 일을 하겠다고 말했어요.」

불꽃이 촛농을 녹이는 소리마저 들릴 만큼 적막한 시간이 흘렀다. 한참만에 귄이 한숨을 내쉬었다.

「그게 사실인가요?」

메그가 다시 귄에게 물었다.

「아가씨가 존의 딸이 아니라는 얘기 말인가요?」

「네.」

「그래요. 존은 아가씨의 아버지가 아니에요. 그의 이복형은 항상 웃음과 사랑이 가득한 남자였지요. 어머니는 결혼식을 올리기 4주일 전에 그분을 만나러 갔어요.」

권은 아무렇지도 않게 말했다.

「왜죠?」

메그는 충격을 가라앉히며 조심스레 물었다.

「어머니는 존을 사랑하지 않았어요. 하지만 어찌되었건 글렌드뤼드 울프의 상속자는 태어나야만 하니까요.」

「글렌드뤼드 울프의 상속자? 지금 무슨 말을 하는 거죠?」

메그가 눈을 동그랗게 떴다.

「우리의 땅에 평화를 가져올 현명한 사내.」

「아, 글렌드뤼드의 피를 이어받은 전설의 남자 말이군요. 대신에 내가 태어났잖아요. 실망스럽게도 난 여자고요.」

늙은 권은 양초 불꽃처럼 부드럽고 메마른 손길로 메그의 뺨을 어루만졌다.

「어머니에게 아가씨는 은총이었죠. 존의 이복형과 즐겁게 지냈지만 사랑하진 않았어요. 존에게는 어떠한 열정이나 사랑도 느끼지 못했고요. 하지만 당신은 사랑했어요. 당신을 위해서, 백성들이 당신을 사랑할 때까지 존에 대해 인내심을 발휘한 거죠.」

「그런 다음 어머니는 유령이 나온다는 곳으로 가 다시는 돌아오지 않았군요.」

「그래요. 잘된 일이죠. 존 영주와 사는 건 어머니에게 지옥보다 더한 고통이었으니까요.」

권은 돌아서서 약초를 바라보며 중얼거렸다.

「이제 우린 축복을 받을지도 모르는 또 한 번의 가능성 앞에 서 있어요. 하지만 글렌드뤼드 울프를 지닌 아기가 진짜 태어날까 두렵기도 해요. 그 아이는 바람뿐일 수도 있으니까요.」

메그는 혼란스러웠다.

「권, 글렌드뤼드 울프가 무엇이죠? 사람들이 수군대는 소리를 가끔 듣긴 했는데, 내가 나타나면 모두 얼른 입을 다물어서……」

「그건 핀이에요. 천 년이나 된 핀이죠.」

「어떻게 생겼어요?」

「머리는 은으로, 눈동자는 그 어떤 것으로도 긁히지 않는 무색의 보석으로 만들어진 늑대죠. 남자 손만한 크기죠.」

「전에는 한번도 그런 말을 내게 하지 않았잖아요.」

「일부러 그런 건 아니에요. 아무 일도 일어나지 않았으니까요.」

「지금은요?」

「변화가 다가오고 있어요. 현명한 여자는 최상의 것을 희망하고 최악의 상황을 준비한답니다.」

「최악은 무엇이죠?」

「전쟁, 굶주림, 질병, 죽음.」

메그는 몸서리가 절로 났다.

「최상은요?」

「글렌드뤼드 울프를 지닌 남자가 평화를 가져오는 것.」

다툼이 멎은 평화로운 땅을 떠올리자, 희망이라는 전율이 메그의 몸을 관통했다. 더할 나위 없이 부드러운 손길로 송골매를 다루는 도미니크에게서도 느꼈던 감정과 비슷했다.

「그 핀에 대해 알고 있는 것을 모두 말해 주세요.」

「그리 많지 않아요.」

「아무것도 모르는 것보다 나아요.」

권이 희미하게 웃었다.

「글렌드뤼드 울프는 아주 오래 전 우리들의 추장이 달았던 핀이죠. 그 핀을 지니고 있는 한, 평화가 계속되었어요.」

「그런데 무슨 일이 일어났나요?」

「형제의 시기와 여인의 희롱. 사랑은 배신을 당했어요.」

메그는 쓴웃음을 지었다.

「어디선가 들은 이야기 같군요.」

「글렌드뤼드인들은 사람이에요. 추장은 누군가에 의해 살해되었고, 외투에 달았던 핀도 사라졌고요.」

귄은 더 이상 아무 말도 하지 않았다.

「그 이후에 무슨 일이 벌어졌죠?」

메그가 기다리다 못해 다시 물었다.

「그날 이후 싸움이 일어났어요. 글렌드뤼드 여인들은 아기를 거의 낳지 못했죠. 삶이 즐겁지 않았기 때문이에요. 기쁨이 없으면, 글렌드뤼드 여인들은 아이를 낳지 못했던 거예요.」

「핀을 다시 찾으려 하지 않았어요?」

노파는 어깨를 으쓱했다.

「백방으로 찾았죠. 하지만 찾은 거라곤 탐욕뿐이었어요. 핀은 다시 발견되지 않았죠. 소문에, 그 핀은 고대 고분에 감추어져 있는데, 음탕한 여자 유령이 지키고 있다고 하더군요.」

메그는 기분이 묘했다. 뭔가 더 묻고 싶었지만, 늙은 글렌드뤼드 여인네의 눈동자는 모든 질문을 거부하고 있었다.

「지금 그 핀을 내 손에 쥘 수 있다면 얼마나 좋을까요.」

메그는 푸념하듯 자신의 바람을 말했다.

「그런 건 바라지 말아요.」

「왜죠?」

「아가씨가 그 부적을 도미니크 르 사브르나 맥스웰의 덩컨에게 주더라도 블랙소른 성에는 맑은 물 대신 피가 흐를 거예요.」

메그는 고통스럽게 신음했다.

「할머니 말이 맞을까 봐 겁이 나요. 나의 불쌍한 백성들, 전쟁이 일어나면 백성들만 고생이에요.」

「항상 그렇죠.」

「어째서 남자들은 땅이 상처보다는 치료를 원한다는 사실을 모를까요?」
메그는 정말 답답했다.
「그들은 물과 자라는 생물체의 방법을 이해하는 우리와 달라요. 오직 불
의 방법만을 알 뿐이죠.」
「존의 계획은 블랙소른 성과 백성들을 망쳐 놓을 거예요.」
「만약 우리가 이번 봄에 곡식의 씨 대신 피를 뿌린다면, 겨울에 모두 굶
어 죽을 거예요.」
「헨리 왕이 먼저 나서지 않는다면 그렇겠죠. 하지만 존이 계획대로 반역
을 하면, 왕이 먼저 블랙소른 성을 무너뜨릴 거예요.」
메그는 눈을 감았다. 자신이 가장 사랑하는 영토와 백성들을 구할 방법
을 내일까지 찾아야 했다.
「메그 아가씨, 어떻게 할 거예요? 노르만 영주에게 귀띔할 건가요?」
메그는 귄을 응시했다. 자신의 마음을 꿰뚫어 보는 듯한 사람……
「무엇 때문에요? 차라리 독약으로 덩컨을 살해하는 게 더 친절하고 빠른
방법일 거예요. 난 덩컨이 목 매달리는 모습을 볼 수 없어요. 네, 그럴 수
없어요. 덩컨이 죽더라도 변하는 건 없어요. 리버스족은 앙갚음한답시고 노
르만인들을 살해할 테고, 그럼 블랙소른 성은 전쟁의 불길에 휩싸일 거예
요.」
귄은 고개를 끄덕였다.
「마가렛 아가씨, 당신은 어머니의 딸입니다. 통찰력이 뛰어하고 인정이
많으시죠. 어떻게 하시겠어요, 숲으로 달아나시겠어요?」
「어떻게 알았죠?」
「아가씨의 어머니가 그렇게 했으니까요. 하지만 별로 좋은 방법이 아니
에요. 덩컨 역시 예리한 사람이니까요.」
「무슨 뜻이죠?」
「덩컨은 망루에 부하를 상주시켰어요. 아가씨는 갇힌 거죠.」

6

　도미니크가 옷을 입고 있을 때, 사이먼이 방으로 들어왔다. 몸에 걸친 거라곤, 망토 하나와 방금 전에 끝낸 면도 뒤에 남은 물방울뿐이었다. 이발을 했는지 머리칼은 투구 아래로 사라지고 턱수염도 깨끗이 깎여 있었다. 그나마 부드러워 보이게 해준 턱수염이 사라지자, 짙고 빳빳한 눈썹이 더욱 눈에 띄어 모습이 전보다 더 무시무시해 보였다.

「준비는 다 됐나?」

도미니크는 얼굴을 닦으며 동생에게 물었다.

「예식 준비는 모두 끝났어요. 기사들은 하나님과 색슨족의 오합지졸 앞에서 형과 함께 서기를 기다리는 중이고, 무장한 사내들이 피로연을 준비하는 여자들을 감시하는 중입니다.」

「신부는?」

「직접 보지는 못했어요. 하녀들이 이리 뛰고 저리 뛰며 옷이 아직도 축축하다느니, 예복 가장자리가 제대로 꿰매지지 않았다느니, 신발이 너무 딱딱하다느니 하며 소리를 질러대고 있어요.」

도미니크는 투덜대며 마른 수건으로 자신의 단단한 몸을 닦았다.

「그럼 적어도 내가 나서서 마가렛을 질질 끌고 오지 않아도 되겠군.」
「신부가 화려하게 차려 입었으면 좋겠군요.」
사이먼이 들뜬 목소리로 말했다.
「상관없어. 난 옷과 결혼하는 게 아니니까.」
「그렇지만 신부는 결혼식에 참석하는 여자들 중에 가장 아름다워 보여야
해요.」
도미니크는 말없이 동생을 바라보았다.
「마리는 형이 준 진홍색 실크 드레스를 입을 거예요. 그리고 예루살렘을
정복했을 때 형이 선물한, 루비 박힌 금장식을 머리에 쓴대요.」
「마가렛도 그런 천박한 물건으로 몸을 치장하고 싶어한다면, 생각을 바
꾸는 게 나을 게야. 아마 그런 일은 없을 테니까.」
도미니크는 혼잣말로 중얼거리며 수건을 탁자 위로 세게 내던졌다.
사이먼이 한마디 했다.
「마리를 마가렛에게 보내 표본을 보여 줘야 할 겁니다.」
도미니크는 동생을 무시한 채 제임슨에게 눈을 돌렸다.
「아니, 좀더 두꺼운 옷이 필요해. 전쟁 때 입는 갑옷을 준비해라.」
「네?」
「쇠로 된 갑옷 말이다.」
「결혼식에 말입니까?」
귀찮다는 듯 도미니크가 얼굴을 찡그렸다.
움찔한 소년은 발개진 얼굴로 옷장에서 짧은 바지와 부드러운 가죽 속옷
을 꺼내 왔다. 바람을 막기 위한 짧은 바지는 다시 옷장으로 들어갔다.
쇠사슬로 된 갑옷도 꺼냈다. 꽤 무거웠지만, 말에 타기 좋게 앞뒤가 터져
있었다. 갑옷에 달린 금속이 낮고 음침한 소리를 냈다.
갑옷을 입는 도미니크를 보며 사이먼이 혀를 찼다.
「이런, 갑옷을 입는 신랑은 한번도 본 적이 없어요.」
「어쩌면 내가 새로운 패션을 유행시킬지도 모르지.」
「혹은 낡은 패션을 매장시키거나!」

사이먼은 비아냥대며 비위를 맞추었다.

도미니크가 칼집에서 빼낸 칼처럼 날카로운 웃음을 보였다.

「내가 앞으로 무엇을 입는지 잘 보아 두어라, 동생아.」

「침실에서도 그걸 입을 겁니까?」

「매를 다룰 때만 제외하고. 주의를 기울이면 그만큼 후회를 덜하지.」

장차 아내가 될 여자를 매와 비교하다니, 사이먼은 웃음을 터뜨렸다.

「장차 내 형수가 될 아가씨는 가지 위에서 갓 낚아챈 어린 새가 아니에요. 아마 나이도 형보다 조금 더 어릴걸요.」

「하지만 사냥에서 수매보다 암매가 더 잡기 힘들다는 사실을 잊지 말아라. 암놈은 수놈보다 더 크고 사납지.」

도미니크의 어깨 위에 드리워진 묵직한 천은 어렴풋한 윤기를 내는 갑옷의 주름 사이로 흘러내렸다.

「스벤은 마가렛이 그렇게 무시무시한 여자라고는 하지 않았어요. 아니, 그 반대죠. 백성들은 그 여자를 무척 사랑한답니다. 너그럽고 상냥하대요.」

「매들도 제 종족에겐 항상 친절하지.」

「영주님, 투구입니다.」

「그건 필요 없다. 두건이면 돼.」

시종은 안도의 한숨을 내쉬며 검은 투구를 얼른 옆으로 밀어 놓았다.

「존 영주가 결혼식에 참석할까요?」

사이먼이 도미니크의 눈치를 살피며 조심스레 입을 뗐다.

「교회에 침상이 준비되었다고 들었다.」

도미니크는 별 상관 없다는 듯 무심하게 말했다.

「검은 여기 있습니다.」

제임슨은 내심 거절하길 바라며 양손으로 무거운 칼을 건넸다.

하지만 도미니크는 재빠른 동작으로 칼을 옆구리에 찼다. 칼의 묵직함은 밤이 어둡다는 사실만큼이나 도미니크에겐 익숙한 느낌이었다.

「망토.」

제임슨은 화려하게 수놓인 다마스크 무늬의 망토를 바로 내밀었다. 호화로운 주름 사이로 반짝이는 보석은 마치 화려한 여인의 웃음 같았다. 술탄의 망토였다. 왕궁이 함락했을 때, 술탄이 자신의 다섯 아내를 농락하지 말라는 조건으로 준 선물이었다.

「그거말고 검은색으로 줘. 쇠사슬 갑옷엔 검은색이 더 잘 어울리니까.」

제임슨은 한숨을 쉬면서 무겁고 검은 망토를 내밀었다. 보기와는 달리 매우 값진 망토였다. 깊은 숲에서 잡은 검은담비의 털로 테두리를 한 것이었다.

도미니크는 능숙하게 망토를 획 둘러 몸에 걸쳤다. 풍성한 털이 갑옷과 칼을 살짝 감췄다. 움직일 때마다 언뜻언뜻 번쩍임이 드러났다. 제임슨은 철 핀으로 망토를 고정시켰다.

옆에서 지켜보던 사이먼은 웃음 띤 얼굴로 혀를 차며 고개를 가로 저었다. 자신의 형은 벌거벗었을 때조차 무시무시한 사내였다. 지금의 옷차림은 새 영주를 맞이하는 이곳 사람들에게 경고의 표시로 보이리라.

반드시 복종해야만 하는 영주.

「형을 보면 여자들이 무서워서 졸도할 거예요.」

「그것도 상쾌한 변화에 필요하겠지.」

농가의 처녀처럼 행세한 메그와 옥신각신했다는 말을 도미니크는 아무에게도 하지 않았다. 이곳의 여주인이 자신을 바보로 만들었다는 사실에 자존심이 상했기 때문이었다.

결혼식 시간이 다 되었음을 알리는 종이 울렸다. 마지막 종소리가 울리기 전에 도미니크는 방에서 나와 안뜰에 준비된 말에 올랐다.

신부는 그리 서두르고 있지 않았다.

「에디스, 먹이를 찾아 헤매는 매처럼 왜 그렇게 배회하는 거지?」

꾸짖는 말치고 목소리가 무척 부드러웠다. 걱정을 잊을 수 있기 때문에 에디스가 수선을 피우는 게 사실 그리 싫지는 않았다.

'덩컨, 용맹한 만큼 현명하길 빌어요. 무엇을 해야 할지 곰곰이 생각해 보세요. 그리고 그것을 받아들여요. 그리고 날 용서하세요.'

「종소리 들으셨죠? 시간 다 됐어요. 아가씨, 서두르세요.」

메그는 물시계를 흘깃 보았다. 흑단 받침대와 물을 받는 은그릇으로 이루어진 이 시계는 글렌드뤼드의 어머니들이 딸에게 대물림하는 소중한 물건이었다. 우묵한 물그릇과 약을 다리는 시간이 적힌 사용법도 함께 전해지고 있었다.

바로 조금 전에 물을 채웠다 싶은데, 벌써 위쪽의 우묵한 그릇엔 물이 조금밖에 남아 있지 않았다.

「교회 종은 그다지 정확하지 않군. 아직 물이 조금 더 남아 있는데. 에디스, 보여?」

「그건 글렌드뤼드족의 방법일 뿐이에요. 나 같으면 교회 종소리에 시간을 맞출 거예요.」

마치 하녀의 말에 동의한다는 듯, 종소리가 다시 울렸다. 메그는 고개를 숙이고 가슴에 놓여진 은십자가를 만지작거렸다.

「아가씨?」

에디스는 메그가 주의를 돌려 주길 기다렸다. 영국 왕의 독단적인 결정에 따라 도미니크 르 사브르와 결혼하게 된 메그를 위해 퀸이 가져온 은빛 예복이 에디스의 손에 들려 있었다. 그 옷은 물시계처럼 예로부터 대물림되는 결혼식 예복이었다. 마치 고대의 달빛을 부어 놓은 듯, 옷은 미묘한 빛을 뿜어냈다.

'아들을 낳으소서.'

메그는 옷을 보며 퀸이 했던 말을 떠올렸다.

'그렇다면 이 옷은 지금까지 아들을 낳으라는 축원만을 담고 있는 걸까? 자비로우신 하나님, 우리에게 평화를 내려 주소서.'

「마가렛 아가씨, 서둘러야 해요.」

메그는 일정한 간격으로 떨어지는 물방울을 바라보던 눈길을 마지못해 돌렸다.

「사제님은 항상 늦으시잖아. 결혼할 신부보다 옷차림에 더 신경을 쓰시니까……」

「아가씨보다 더 신경을 쓰는 건 확실해요!」

「도미니크 르 사브르는 블랙소른 성과 결혼하는 거야, 내가 아니라고. 삼베옷을 입고 먼지를 뒤집어 쓴 채 나가도 나와 결혼할걸.」

「그래도 아가씨는 노르만 매춘부보다는 아름답게 보여야 해요.」

은그릇에서 검은 받침대로 가차없이 떨어지는 물방울을 보며, 전쟁에 휘말릴 블랙소른 성을 떠올리던 메그는 불길한 생각을 떨쳐 버리듯 물방울에서 눈길을 돌렸다.

「무슨 말이지?」

「라 마리 말이에요. 남자들은 그 여자에게서 시선을 떼지 못한대요. 노르만 호색한은 물론이고, 색슨 귀족들도 너나없이 말이에요.」

에디스는 귀동냥으로 알아 낸 이름을 중얼거렸다.

「만약 남자들이 신선한 고기를 찾아 헤매는 까마귀라면, 매춘부의 우물에 풍덩 빠지도록 내버려 둬야지.」

「까마귀가 아니라 강아지들이에요. 살짝 벌어진 빨간 입술, 매혹적인 윙크, 향기로운 한숨, 계단을 올라갈 때마다 언뜻언뜻 보이는 늘씬한 다리…… 암캐 뒤를 쫓는 흥분한 수캐처럼 그렇게 그 여잘 따라다녀요. 글쎄, 덩컨이 그 무리의 선봉장이래요.」

에디스는 신랄하게 남자들의 추태를 떠들어댔다.

「만약 덩컨이 그 계집 덕에 기운이 빠진다면, 강장제가 더 필요하겠군.」

메그가 아무렇지도 않게 대꾸하자, 에디스는 입을 다물었다.

어두운 하녀의 표정을 보며, 메그는 덩컨의 시선을 끌기 위해 에디스가 얼마나 노력했는지 떠올렸다. 메그는 가만히 하녀의 팔을 만졌다.

「에디스, 넌 귀족이었어. 너에겐 덩컨의 정부보다 더 가치 있는 역이 어울려.」

입술에 비통함이 그대로 드러났다. 여주인의 말에 절대 동의할 수 없는 모양이었다. 에디스는 재빨리 은색 예복을 펼쳐 들었다.

「덩컨의 야망이 아니었다면, 난 그의 아내가 됐을 거예요. 덩컨은 영토를 갈망하는데, 나에겐 그만한 재산과 땅이 없죠. 가난한 여잔 가난한 남자의 아내가 될 수밖에 없어요. 가난하게 사느니, 부유한 사내의 정부가 되는 게 더 나아요.」

에디스가 쓰디쓴 표정을 지었다.

「어느 누구에게 얽매이느니 자유로운 야생의 매가 되는 게 낫지.」

「아가씨는 그렇게 말하시겠죠. 아가씨보다 더 무거운 보석을 잔뜩 가진 기사가 저기 저 교회 안에서 기다리고 있으니까요. 이제 결혼식만 끝나면 아저씨는 영국에서 가장 부유한 사람이 되는 거예요.」

「처음으로 도미니크에 대해 친절한 말을 하는구나.」

「노르만의 호색한이라 해도, 그 남잔 적어도 부자예요. 훗날 그 남자의 시체 앞에서 사제들은 기도문을 읊고 거짓말을 하겠죠. 대가로 많은 돈을 받았을 테니까요.」

에디스의 목소리에 깃들어 있는 증오에 메그는 몸을 움찔했다. 노르만인에게 남편과 아버지, 형제, 그리고 영토를 모두 빼앗긴 에디스는 노르만인들은 절대로 곱게 보지 않았다.

불편한 침묵이 물방울 떨어지는 소리 속으로 빨려들어 갔다. 메그는 소름이 돋았다. 자신도 모르게 숨을 죽이고 숫자를 세었다. 사정없이 떨어지는 그 방울들을 막고만 싶었다.

우묵한 은그릇이 말라갔다.

「어머, 서둘러야겠다.」

메그가 손을 내밀었다.

잠시 후 메그는 강 위의 달빛처럼 눈을 현혹시키는 천을 몸에 걸쳤다. 에디스는 뒤에서 레이스를 잡아당기며 옷이 메그의 몸에 잘 맞도록 조정했다. 연한 빛을 발하는 안개 같은 옷이 메그의 몸에 착 달라붙었다. 은빛 천을 댄 밑단이 여성스럽게 보였다.

에디스가 손놀림을 끝내자, 메그가 몸을 획 돌렸다. 하늘거리는 옷이 붕 뜨더니 마치 메그를 위해 만들어진 옷인 양 몸에 착 내려앉았다.

「도미니크 영주님이 보낸 브로치를 정말 달지 않으실 거예요?」

「글렌드뤼드의 피를 받은 여자는 결혼하기 전까지 은만 몸에 지닐 수 있어. 금은 결혼한 후에야 지닐 수 있고. 결혼하면 달 거야.」

'만약 내가 살아남는다면.'

「어리석은 규율.」

에디스는 작은 목소리로 혼자 중얼거리며 은과 수정으로 꼬아 만든 긴 사슬을 메그에게 내밀었다.

「아가씨는 노르만의 매춘부 옆에 서면 아주 칙칙해 보일 거예요.」

물시계나 드레스처럼, 사슬도 대를 이어 전해지는 물건이었다. 새끼손가락보다 얇은, 물처럼 부드러운 사슬은 메그의 허리를 감고 엉덩이에서 교차되어 다시 앞으로 둘려졌다. 사슬의 끝이 소리 없는 폭포처럼 드레스 밑단까지 늘어졌다.

수정에 반사된 빛이 오색으로 흩어지며, 찰나에 무지개 파편을 흩뿌렸다.

메그는 반지 하나 끼지 않은 손을 들어 올린 머리를 풀었다. 머리칼이 찰랑이며 어깨와 가슴을 지나 엉덩이 아래로 떨어졌다. 하늘거리는 은빛 드레스 위로 드리워진 붉은 머리칼이 더욱 두드러져 보였다.

「이것을 쓰면 머리칼이 더욱 밝아 보일 거예요.」

하녀는 은으로 만든 단순한 모양의 머리장식을 내밀었다. 머리카락을 고정할 때 늘 쓰던 그 머리장식 안쪽에는 고대 게르만인의 문자가 새겨져 있었다.

「브로치를 달 수……..」

「아니.」

메그는 에디스의 말을 자르며, 머리카락을 하나로 길게 모아 등뒤로 늘어뜨리고는 한마디 말도 없이 모자 달린 은색 망토를 걸쳤다. 그러고는 재빨리 두건을 썼다.

「그 매춘부가 아가씨보다 더 빛날 거예요.」

에디스는 머리장식을 신부의 머리에 씌워 주고는 마음에 들지 않은 듯 불만족스런 표정을 지었다.

「그만 입 좀 다물어라. 오늘이 얼마나 위험한 날인지 넌 모를 게다.」

늙은 귄이 문가에서 뾰로통한 에디스를 나무랐다.

메그가 퀸을 향해 몸을 휙 돌렸다.

드레스를 따라 은빛의 출렁임이 일고, 수정 주위로 무지갯빛 파편이 튀었다. 퀸은 메그의 눈동자를 깊이 들여다보았다, 은색 구름 같은 망토 안에서 빛나고 있는 녹색 눈동자를.

퀸의 한숨 소리가 방 안에서 크게 울렸다. 오랜 글렌드뤼드의 의식을 따르고 있는, 절망과 희망 사이에서 떨고 있는 눈앞의 소녀가 한없이 안쓰러웠다. 퀸은 조용히 손을 이마에 대고 복종을 표시했다.

또 한 번 결혼식을 알리는 교회 종소리가 울려 퍼졌다.

그건 또한 전쟁을 알리는 소리였다.

1

향료의 향이 신성한 침묵 속으로 배어들었다. 최근에 밀랍을 바른 긴 의자에 윤기가 흐르고, 빼곡히 놓인 촛대에서 불꽃이 너울거렸다. 불꽃에 반사된 브로치, 목걸이, 반지 등이 마치 깜깜한 밤하늘의 별처럼 반짝거렸다.

사이가 좋지 않은 스코틀랜드와 노르만의 귀족들과 기사들이 경계를 늦추지 않으면서 서로 가깝게 자리하고 있었다.

도미니크는 차가운 시선으로 사람들을 훑어보았다. 예상대로 망토 안에 칼을 찬 사람들이 많이 눈에 띄었다. 그 중에는 자루에 보석이 박힌 장식용을 차고 있는 사람도 있었지만, 대부분은 번뜩이는 칼날의 전쟁용을 차고 있었다.

교회 안은 대단히 혼잡했으나 어느 누구도 - 진홍색 드레스와 값진 보석으로 뭇 사람들의 시선을 끄는 검은 머리칼의 요부마저 - 감히 도미니크 곁에 다가서지 못했다. 도미니크의 눈동자가 차갑게 번뜩이고 있기 때문이었다.

오직 사이먼만이 자신의 형에게 다가갈 용기 있는 사람이었다. 오직 그만이 도미니크가 대단히 이성적이고 현명한 사람임을 알고 있었다.

「신부를 구하기 위한 준비가 모두 끝났습니다.」

사이먼은 아무도 듣지 못하도록 형에게 바싹 다가서서 속삭였다.

도미니크는 고개를 끄덕였다.

「사제의 반응은?」

「성가대 석에 사람들이 너무 많다고 불평하더군요. 그래서 우리 부하들을 귀족들과 함께 앉힐 수 없기 때문에 별수 없다고 했어요.」

사이먼의 차분한 보고를 들은 도미니크는 굳어진 얼굴을 다소나마 누그러뜨렸다.

「덩컨의 부하들도 무장을 했더군요.」

사이먼이 긴장된 표정을 지었다.

「그래.」

「하실 말씀 없으세요?」

「리버스족들은 많이 지쳐 있어.」

「하지만 칼은 날카롭던데요.」

「덩컨이 나타나면 바싹 붙어 있어. 그림자처럼 아주 가까이.」

「존은 어떻게 하죠? 문제를 일으키진 않을까요?」

사이먼은 화려한 가운을 둘둘 감은 채, 제일 앞줄에 누워 있는 블랙소른 성의 영주를 보며 물었다.

「유언장으로 날 괴롭힐 수는 있겠지만, 힘으로는 어림도 없지. 하지만 덩컨은 둘 다 가지고 있어. 한때 마가렛의 약혼자이기도 했고……..」

도미니크가 냉담하게 말했다.

사이먼이 눈을 가늘게 뜨고는, 사제가 들으면 움찔할 만한 욕설을 낮게 지껄였다.

「넌 고해성사를 해야 할 게다. 하지만 사생아 아들에게 자신의 딸을 결혼시키려던 몰상식한 남자에 대한 너의 의견에는 동의해.」

도미니크가 씩 웃었다.

「만약 마가렛이 존의 딸이 아니면요?」

「그렇다면 그 음흉한 노인네가 왜 덩컨을 상속자로 지명하지 않았겠니?

어떤 남자도 딸의 남편에게 영토를 물려주고 싶어하지 않아. 자자손손 자신의 이름을 남기길 원하지.」

문 앞에 신부가 나타났다. 교회의 화려한 샹들리에 빛을 받은 메그는 은빛 안개에 싸인 달빛 요정 같았다.

교회 안이 술렁거렸다.

거대한 몸집의 사내가 신부 뒤로 와 교회 문을 가로막고 섰다. 희미하게나마 들어오던 햇살이 사라졌다.

「가 봐.」

아무 말 없이, 사이먼은 잔뜩 모인 사람들 사이로 끼여들었다.

결혼식이 시작되었다.

거동을 할 수 없는 아버지 대신, 하나뿐인 남자형제 덩컨이 메그 옆에 섰다. 영토를 남편에게 물려준다는 뜻으로 신부의 신발을 신랑에게 건네는 역도 그가 할 것이었다.

스코틀랜드 호족의 팔짱을 끼고 걸어 들어오는 메그를 보자, 도미니크는 저 깊숙한 곳에서부터 끓어오르는 열정을 느꼈다. 가장 가까운 곳에서 메그의 숨결과 체취를 느낄 사람은 자신이 아니던가. 한데 덩컨이 지금 그 자리를 지키고 있었다. 화가 치밀었다.

순간 도미니크는 깜짝 놀랐다. 평소 자신은 소유욕이 강한 사람이 아니었다.

하지만 메그의 눈동자를 보는 순간, 도미니크는 덩컨의 존재를 잊고, 사제를 잊고, 칼집에서 명령을 기다리고 있는 칼을 잊었다. 오직 장래 아내의 모습만이 보일 뿐이었다. 그제야 블랙소른 성의 백성들이 왜 주름진 얼굴에 희망을 담고 여주인을 바라보는지 이해할 수 있었다.

'만약 봄에게 육신이 있어 겨울의 끄트머리에서 인간들 사이로 걸어온다면, 아마도 저런 모습일 거야. 그리고 인간들을 향해 희망을 내뿜겠지.'

천천히 교회 안으로 걸어 들어오던 메그는 화사한 드레스와 반짝이는 장신구로 온몸을 치장한 이방인 여자를 흘깃 보았다. 함께 밤을 지새기 위해 도미니크가 그 여자에게 얼마나 비싼 대가를 치렀는지 알 만했다. 마리는 자신에게 향한 메그의 시선은 깨닫지 못한 채, 게걸스럽게 도미니크를 바라보고 있었다.

　마리의 시선을 따라가던 메그는 숨을 흑 들이마시고는 그대로 멈췄다. 도미니크가 미동도 없이 자신을 뚫어져라 보고 있었다. 여유 있는 모습에서 힘이 느껴졌다. 그때서야 메그는 도미니크가 검은 망토 아래 쇠사슬 갑옷을 입었음을 깨달았다.

　'밤의 전사……'

　갑옷에 달린 쇠사슬이 밤하늘의 별처럼 반짝거렸다. 덩컨의 팔이 굳어졌다. 그 역시 도미니크의 옷차림이 심상치 않음을 눈치챘으리라.

　'결혼식? 전쟁? 대체 앞으로 어떤 일이 벌어질까?'

　메그의 몸이 싸늘히 식어 갔다. 성가대 석에서 들려 오는 단조로운 성가를 들으며 메그는 앞으로 나가 도미니크 옆에 섰다. 모든 일이 꿈결처럼 아련하게 지나갔다.

　「다시 말하지만, 마가렛 양, 혼인은 성스러운 약속이므로 당신이 원할 경우 이 결혼을 거절할 수도 있습니다. 당신은 도미니크 르 사브르를 하나님과 인간의 눈앞에서 당신의 진정한 남편으로 받아들이겠습니까?」

　사제가 눈을 빛내며 날카롭게 메그를 바라보았다.

　메그는 마른침을 꿀꺽 삼켰다. 목구멍이 말라 소리가 나지 않았다.

　하객들 사이에 파문이 일었다. 강철이 서로 부딪치는 작은 소리가 메그를 긴장하게 했다. 메그는 몸을 돌려 검은 노르만의 기사를 바라보았다. 입을 굳게 다물고 불타는 눈으로 대답을 강요하고 있는 그 남자의 손이 칼자루에 조심스럽게 올려져 있었다.

　'하지만 난 아무것도 할 수 없어.'

　도미니크는 메그가 아는 만큼은 알고 있었다. 메그의 한마디가 전쟁이든 결혼을 결정 짓는다는 사실을 말이다.

　'결혼 아니면 전쟁이다!'

　메그의 입이 떨어졌다.

　「네, 하나님과 여러분 앞에서 이 남자를 나의 남편으로 맞이하겠습니다.」

「아!」

덩컨의 입에서 놀라움의 외침이 터져 나왔으나 이내 사그라졌다.

분노로 얼굴이 일그러진 영주가 막 입을 벌리려는데 옆사람이 바싹 몸을 붙여 왔다. 그 사람 손에 들린 단도를 본 사람은 오직 하나, 영주 바로 존이었다.

덩컨도 마찬가지였다. 차가운 강철이 갑옷 뒤쪽으로 뚫고 들어와 두 다리 사이, 남자의 가장 큰 약점을 누르며 위협을 가했다. 식은땀이 비 오듯 쏟아졌다. 전쟁에서 명예롭게 전사할 수는 있어도, 식용 수탉처럼 거세를 당할 순 없었다.

「움직이지 마.」

덩컨은 꼼짝도 하지 못했다.

사이먼이 회심의 미소를 짓곤 다시 말을 이었다.

「만약 오늘밤 마리를 실망시키고 싶지 않다면 말이야. 그리고 앞으로 아무 말도 못하게 되기 싫으면 말이야. 내 말 이해했으면 고개를 끄덕여.」

덩컨은 조심스럽게 고개를 끄덕였다.

「관례대로 마가렛의 신발을 나의 형님한테 건네줘. 자, 천천히.」

덩컨은 은실이 섬세하게 수놓아진 고운 신발을 도미니크에게 건네주었다. 사람들이 술렁거렸지만 덩컨은 뒤돌아볼 엄두도 내지 못했다. 그저 부하들도 자신과 똑같은 곤경에 빠졌으리라고 추측할 뿐이었다.

무장한 서른 명의 사내들이 뒤에서 걸어나와 성가대 사이로 비집고 들어갔다. 어느 누구도 석궁을 들어올리지는 않았으나 완전히 쏠 준비가 되어 있음은 누가 봐도 명백했다.

메그는 억눌린 분노와 공포가 소용돌이치고 있는 교회 안을 둘러보았다. 도미니크가 덩컨과 존의 계획을 예견했음이 분명했다.

'선견지명과 역습.'

소름이 돋았다. 배신한 자에게 피의 앙갚음이 돌아가리라. 온몸이 싸늘히 식었다. 공포로 몸을 떨면서, 메그는 도미니크를 보았다.

겨울 바람처럼 차가운 시선으로 도미니크는 교회 안을 둘러보았다. 아무도 움직이지 않았다. 귀족들은 마지막이 될지도 모른다는 두려움에 꼼짝도 하지 않고 서 있었다. 노르만인의 매서운 칼날이 맨살에 닿아 있기 때문이었다.

「잘 했어, 사이먼.」

「할 일을 했을 뿐입니다.」

동생에게서 몸을 돌려 도미니크는 메그를 보았다. 눈빛이 차갑게 변했다.

「내 선물이 마음에 들지 않은 모양이군. 오늘은 좀 다른 선물을 주겠소. 날 배신한 사람들을 모두 살려 주겠소. 이 선물은 받아들이겠소?」

메그는 말없이 고개를 끄덕였다.

「현명한 사람이라면, 내가 자비롭다는 걸 알 거요. 하지만 바보는 또다시 내 인내심을 시험하려 들다가 죽음을 맞이하겠지.」

목소리를 조금도 높이지 않았지만, 그 말은 교회 구석구석에까지 명백하게 전달되었다. 덩컨의 부하들은 목이 달아나지 않는다는 사실에 안도의 숨을 내쉬었다.

대학살을 모면했다는 안도감에 현기증이 일어, 메그는 도미니크에게 고맙다는 말을 전하지 못했다. 교회 안이 천천히 빙빙 돌면서, 마치 누군가가 얼굴에 베일을 덮어씌운 것처럼 눈앞이 흐려졌다. 순간 바닥이 일어나 자신을 향해 덮쳐 왔다.

메그는 낮은 신음 소리를 내며 비틀거렸다. 도미니크가 백지장처럼 하얗게 질린 메그를 부축했다. 은빛 드레스와 검은 망토가 주름 사이로 맞물리며 묘한 대조를 이루었다.

심장 박동은 정상이었다. 긴장이 풀리면서 일시적으로 현기증이 일었음이 분명했다. 도미니크는 메그에게서 눈을 떼고 사제를 보았다.

식은땀을 흘리며 창백한 얼굴로 서 있는 모습은 사제 역시 공범자임을 명백하게 증명했다.

「예식을 끝내시오.」

도미니크가 차갑게 말했다.

「난 하, 할 수 없소.」

「마가렛은 분명하게 대답했소. 의무를 다하든지 아니면 죽음을 선택하시오.」

사제는 알아듣기 힘들 정도로 심하게 목소리를 떨면서 허둥지둥 예식을 끝냈다.

메그의 귀엔 사제의 목소리가 아득하게 들렸다. 분명한 건 자신이 존과 덩컨을 배신했다는 사실이었다. 하지만 블랙소른 성과 백성들을 구하기 위해선 그 방법밖에 없었다.

팔에서 느껴지는 남자의 강한 힘이 천천히 메그를 현실 속으로 잡아끌었다. 메그는 검은 기사의 아내가 된 자신의 운명을 받아들이며 남편을 쳐다보았다.

촛불을 등지고 서 있는 남자의 얼굴은 그리 부드러워 보이지 않았다. 턱 아래로 드리워진 검은 그림자 때문에 턱선은 더욱 딱딱해 보였고, 눈동자는 전설적인 글렌드뤼드 울프처럼 맑고 투명했다. 온몸을 감싸고 있는 갑옷은 칠흑같이 검은 망토 아래에서 잔인하게 번득였다.

다시 현기증이 일었다.

예식이 끝났다. 도미니크는 가볍게 메그를 안고 통로를 따라 성큼성큼 내려갔다.

문을 나서기 전에, 도미니크는 블랙소른 성의 사람들의 반응을 보기 위해 멈추어 섰다. 그들도 사제처럼 덩컨을 새 영주로 맞이하고 싶어하는지 알고 싶었다.

소작인들은 자신들의 여주인이 험악한 노르만 기사에게 전리품으로 끌려가는 건 아닌지 걱정하며 웅성거렸다. 메그는 백성들의 심정을 이해할 수 있었다. 자신도 아직 도미니크의 관용이 믿어지지 않는데⋯⋯.

하지만 도미니크는 자비를 베풀었고, 덩컨과 아버지는 아직 살아 있었다. 결혼을 승낙한다는 자신의 말이 던진 충격을 이용하여 도미니크는 주도권을 장악하고 피가 아닌 평화를 제시했다.

메그는 자신을 안고 있는 남자가 정말 사람인지 알아보려는 듯 도미니크의 뺨에 가만히 손을 대 보았다. 손을 통해 전해지는 따뜻한 체온에서 자신도 살아 있음을 확인했다.

도미니크는 메그의 눈동자를 들여다보았다.

「사람들을 살려 줘서 고마워요.」

「내가 부드러운 사람이어서 그런 건 아니오. 나에게는 전쟁을, 그리고 당신에겐 근친상간을 강요하던 그 자들을 죽이고 싶도록 밉지만, 난 폐허가 된 성의 영주가 되고 싶진 않소.」

도미니크는 퉁명스레 말했다.

메그는 한기를 느끼면서 손가락을 뗐다.

「존은 내 아버지가 아니에요.」

「그렇다면 왜 당신에게 상속을 한 거요?」

도미니크는 한낮의 엷은 은빛 햇살 속으로 들어섰다. 다시 한 번, 사람들 사이에서 웅성거림이 번져 나갔다.

「사람들, 그게 이유예요.」

「무슨 뜻이오?」

「보세요.」

메그는 다시 도미니크에게 손을 뻗었다.

블랙소른 성의 사람들은 여주인의 손이 기사의 뺨에 닿는 모습을 보았다. 새로 맞이한 남편에게 주는 손길이었다. 만약 사로잡혔다면 그런 행동을 하지 않았을 것이다.

그건 이제 죽은 자를 위해 무덤을 파지 않아도 된다는 걸 의미했다. 다가오는 봄에는 땅에 씨를 뿌릴 수 있다는 사실을 이해한 사람들은 함성을 질렀다. 그리고 새 영주가 아닌 메그의 이름을 소리 높여 외쳤다.

환호의 물결 속에 파묻힌 도미니크는 그제야 메그의 말뜻을 이해했다.

8

피로연은 생각보다 훨씬 성대하게 열렸다.

안뜰을 가득 메운 달콤한 향기가 사람들의 코를 자극했다. 맥주와 꿀술이 방금 구멍을 뚫은 통 안에서 사람들을 기다렸고, 소금에 절이거나 회를 뜬 생선, 신선한 육류 등 산해진미가 탁자 위에 푸짐하게 차려졌다. 보통 사람들은 입에 대 본 적도 없는 값비싼 빵도 산더미처럼 쌓여 있었다.

귀족들만 참석할 수 있던 피로연이 일반 백성들에게도 개방되었다. 식탁 앞에 선 사람들에게 우묵한 그릇이 하나씩 주어졌다. 그릇에는 은화 한 닢과 설탕에 절인 감귤이 한 조각씩 놓여 있었다. 여기저기서 행복한 비명이 들렸다. 백성들에게 달콤한 음식과 돈보다 더 큰 즐거움은 없었다. 대부분은 이 두 가지를 손에 쥐어 보지도 못하고 죽어 갔다.

덩컨은 일그러진 얼굴로 사람들에게 축복을 받으며 피로연장을 거니는 도미니크와 메그를 지켜보았다. 메그는 사람들에게 상냥하게 이것저것 물으며 칭찬을 던졌고, 사람들은 수줍어하며 공손하게 도미니크를 대했다.

사람들이 새 영주를 거부했으면 하는 덩컨의 기대는 물거품이 됐다. 존경하는 메그가 선택한 반려자를 사람들이 싫어할 리 없었다. 메그의 사랑을 등에 업고 도미니크는 자신의 입지를 확고히 하고 있었다.

덩컨은 새 영주의 영리함에 감탄을 금치 못했다. 필요할 때면 언제나 꺼내 쓸 수 있도록 냉혹함을 잘 감추어 놓고 있는 사나이…….

「당신의 야망이 틀어진 게 안타깝소?」

비꼬는 목소리가 뒤에서 들려 왔다. 누구인지 뒤돌아볼 필요도 없었다. 결혼식이 시작한 이후 사이먼이 바싹 따라붙어 아무도 접근하지 못하게 하고 있었으니까.

「당신의 형은 영리한 사내요. 민심을 얻기 위해 단 한 가지 일만 했을 뿐이니까.」

「존의 생명을 연장시켜 줘서?」

덩컨은 고개를 저었다.

「연회?」

씩 웃으며 덩컨은 다시 고개를 저었다.

「예리한 대답이지만 충분하지 않소.」

「돈?」

「아니.」

「그럼 뭐요?」

「어떻게 했는지는 몰라도, 당신의 형은 메그에게 자신이 평화를 가져다 줄 수 있는 유일한 사람이라고 믿게 했소. 언제 메그가 존의 계획을 당신들에게 알려 준 거요? 어젯밤?」

사이먼은 어이가 없어 덩컨을 멍하니 바라보았다.

「마가렛은 우리에게 온 적이 없소.」

「날 바보 취급하지 마시오! 언제 메기가 우릴 배신한 거요?」

「만약 그런 일이 있었다면 즉시 당신네들이 알아차렸을 거 아니오. 그리고 배신은 존이 했소. 물론, 당신도 마찬가지고.」

「나는 스코틀랜드의 귀족이오. 우린 우리의 왕을 제외한 그 누구에게도 무릎을 꿇지 않소. 헨리는 우리의 왕이 아니오!」

「목숨을 살려 줬는데, 고맙지 않소?」

「그건 새 영주의 목적을 위해서지 날 위한 것이 아니오.」

사이먼이 어깨를 으쓱했다.

「형은 당신 목을 마가렛에게 선물한 거요. 형이 자신의 관대한 행동에 후회하지 않길 바랄 뿐이오.」

덩컨은 잠시 자신을 그토록 손쉽게 패배시킨 남자의 동생을 훑어보았다. 성안에서 사이먼이나 도미니크처럼 지혜와 힘을 모두 갖춘 기사는 한 사람 뿐이었다. 바로 자신!

'도미니크는 자신의 목적을 위해 무엇을 해야 하는지 정확하게 알아냈어. 그놈은 메기의 손을 잡고 블랙소른 성을 모두 제것으로 만든 거야. 다음 번에는 힘보다는 머리를 써야 해.'

덩컨은 조용히 자신의 성급함을 반성했다.

「존 영주를 만나 볼 수 있소?」

「형은 아들이 죽어 가는 아버지를 만나지 못하도록 하는 그런 사람이 아니오.」

덩컨은 실눈을 뜨고 사이먼을 노려보았다.

「어떻게 그 사실을? 대체 그런 소문을 얼마나 들은 거요?」

「아주 많이.」

사이먼은 가볍게 받아넘겼다.

「그리 놀랄 만한 일도 아니었소. 당신은 우리 형이 그 사실을 알고 있다는 걸 다행으로 생각해야 하오.」

「어째서? 나는 그 때문에 블랙소른 성을 잃었는데⋯⋯.」

「오늘 일은 성에 도착하기 전에 미리 계획한 일이었소.」

「어떻게 알고?」

덩컨의 눈이 휘둥그레졌다.

「몰랐소. 단지 만약 문제가 생긴다면 전혀 예상치 못한 곳, 즉 교회에서 생길 거라고 짐작했을 뿐이오. 그래서 사제 부모를 뒷조사해 봤소. 혹 형제들이 존의 부하였는지, 누이가 색슨족과 결혼했는지, 공부할 때 존 영주에게 재정적인 도움을 받지는 않았는지 등에 대해서 말이오. 그래서 우리는 사제가 헨리 왕보다는 색슨족이나 스코틀랜드족에게 더 많은 신세를 졌다는 사실을 알았소.」

덩컨은 몸을 돌려 정면으로 사이먼과 마주 섰다.

「그런 다음…….」

사이먼은 신이 나서 말을 이었다.

「우리는 존의 사생아에 대한 이야기를 들었소. 성급하지만 용기 있고 잘생긴, 스코틀랜드 귀족 출신의 꽤 괜찮은 전사라고 말이오. 그리고 왕이 교회에 압력을 행사하여 파혼시키기 전까지 메그의 약혼자였다는 소문도 들었소. 하지만 교회에선 꽤 망설였다던데……. 하나님의 심부름꾼이 하나님의 이름을 걸고 한 일치고 참 끔찍한 일이 아닐 수 없소.」

「아멘.」

덩컨이 중얼거렸다.

사실이었다. 하나님을 믿는 자들이 하나님을 믿는 또 다른 자들에게 저지른 행동 중에는 죽을 때까지 잊지 못할 만큼 끔찍한 일이 많았다.

「난 궁금했소. 형이 언제 존을 죽이기로 결정할지 말이오. 존이 자신의 딸을 사생아 아들과 결혼시키려 했다는 애길 듣고, 형은 진저리를 쳤으니까. 사실 자신의 이복 동생과 결혼할 야심을 품은 사생아도 더 나을 바 없지. 그 사실이 세상에 알려지면, 헨리 왕도 교수형을 반대하지 않을 거요.」

자신이 얼마나 죽음에 가까이 와 있는지 깨달은 덩컨의 이빨 사이로 부드러운 휘파람 소리가 흘러나왔다.

「메기는 내 동생이 아니오.」

사이먼은 스코틀랜드 귀족의 여유 있는 행동에 찬사를 보냈다. 다른 상황에서 만났더라면, 그들은 아마 친구가 되었을 것이다.

「그 말을 들으니 기쁘군.」

「당신 형도 그렇게 생각할지 의문이오.」

사이먼은 덩컨을 보고 씩 웃으며 고개를 끄덕였다.

「당신도 이해하기 시작했군. 전쟁이 터지면 형은 무척 잔인해지오. 난 전쟁 중의 형처럼 잔인한 남자를 본 적이 없소. 형은 전쟁을, 가능하면 빨리 끝내야 할 '지혜의 실패작'이라고 생각하오. 당신도 알겠지만 그게 평화보다 훨씬 더 유용하니까.」

「아니, 난 모르겠소.」

「나도 마찬가지요.」

사이먼도 인정했다.

두 남자는 서로 쳐다보며 웃음을 터뜨렸다.

유쾌한 웃음소리에 도미니크는 몸을 돌렸다. 덩컨과 사이먼을 발견하고는 고개를 설레설레 저었다.

「무슨 일이죠?」

「내 동생과 스코틀랜드 귀족.」

메그는 어리둥절한 표정을 지었다.

「마치 친구처럼 웃고 있소. 교회 안에서는 서로 죽이려고 숨을 죽이고 있었는데 말이오.」

「그럼 그래서 웃나 보군요. 아직 둘 다 살아 있고, 계절은 봄이고, 홀에는 맛있는 음식이 풍성하게 준비되어 있고. 지금 이 순간 무엇을 더 바라겠어요?」

회색 눈동자가 메그에게 고정되었다. 도미니크는 천천히 고개를 끄덕였다.

「당신은 매우 현명하오, 여자치고는.」

「웬만한 남자들보다 더 현명해요. 그 점은 안심하세요.」

메그가 눈을 흘기며 새침하게 대꾸했다.

「기억하도록 하겠소.」

도미니크는 입가에 웃음을 지으며 메그와 뜰을 가로질러 사람들 사이로 천천히 걸어나갔다. 소작인, 품팔이 농부, 자작농과 농노들 모두 메그의 행복을 빌어 주었다. 에디스는 조바심을 치며 사람들 가장자리에 서서 여주인이 다가오길 기다리고 있었다.

「에디스, 이리로 와. 무슨 일이지?」

사람들은 하녀가 다가갈 수 있도록 길을 비켜 주었다. 한낮의 밝은 태양도 하녀에게는 그리 너그럽지 못했다. 닳아 해진 망토는 하녀의 가난 ― 블랙소른 성 자체가 그러하듯 ― 을 그대로 드러내 보였다.

「존 영주님이 피로하신가 봐요. 빨리 결혼 축배를 들길 원하세요.」

메그는 눈을 감았다. 존의 분노를 마주하기가 두려웠다.

도미니크는 망토 아래로 손을 넣어 주저하는 메그의 허리를 다정하게 끌어안았다. 은색 천에 감추어진 몸에서 전해진 따스함이 단단한 남자의 몸을 날카롭게 관통했다.

「곧 가겠다고 존 영주에게 전해라.」

도미니크가 명령했다.

에디스는 깜짝 놀라 도미니크를 보았다. 새 영주의 표정은, 이제 자신의 명령을 듣는 데 익숙해지는 게 이로울 거라 경고하고 있는 듯했다. 에디스는 황급히 고개를 끄덕이며 사람들 사이를 지나갔다. 별채로 가는 하녀의 오렌지색 드레스와 긴 금발머리가 젖어 있는 돌계단과 대조되어 더욱 도드라져 보였다.

도미니크는 어둠이 드리워진 메그의 눈동자를 내려다보며 불편한 마음을 짐작했다.

「당신은 내 아내요. 난 내 것은 확실히 보호하오. 당신 아버지의 야망은 더 이상 당신을 괴롭히지 못할 거요.」

긴 다갈색 눈썹이 메그의 눈동자를 가렸다. 글렌드뤼드 여자의 저주를 알고도 이 남자가 자신을 보호해 줄지 의심스러웠다.

「새장에서처럼 날 속이려 들지 마시오. 이제 날 속일 생각은 추호도 말란 말이오.」

「당신이 나를 놀라게 한 거예요. 난 그때 약혼자를 만날 만한 옷차림이 아니었어요. 그리고 아버지께서 결혼식 전까지 우리가 서로 만나지 말 것을 명령하셨잖아요.」

눈을 들어 직접 보지는 않았으나, 메그는 남편이 자신의 애기를 신중하게 듣고 있음을 알았다. 도미니크는 힘센 남자였다. 설사 때린다 해도 대항하거나 달아날 수 없었다. 어머니 애나처럼 말이다.

'올가미.'

메그는 도미니크의 팔에 손을 얹고 남편을 눈을 들여다보았다. 자신의 소원은 이미 이루어졌다. 블랙소른 성은 황폐한 전쟁의 가능성에서 벗어났으니까. 이젠 어려움이 생길 때마다 도미니크가 항상 자제력을 보여 주길 바랄 뿐이었다.

도미니크와 메그는 가파른 돌계단을 올라간 다음, 사람들의 마지막 축복을 받기 위해 돌아섰다.

두 사람의 축복을 비는 함성이 성안을 가득 메웠다.

별채의 어두운 계단으로 들어서자, 메그는 머뭇거리며 도미니크에게 몸을 돌렸다.

「갑옷을 그대로 입고 갈 건가요?」

「그럴 거요.」

메그가 뭐라 입을 열려고 하자, 도미니크가 엄지손가락으로 메그의 입술을 가만히 눌렀다. 깜짝 놀라 그 자리에 그대로 멈춰 서서 메그는 남편을 바라보았다. 쇠사슬 갑옷이 어두컴컴한 복도에서 빛을 발하고 있었다.

「갑옷과 칼을 차고 침실에 들지는 않을 테니, 두려워 마시오.」

메그의 따스한 숨결이 도미니크의 엄지손가락을 감쌌다. 야릇한 웃음이 번지는 도미니크의 모습은 무척 매력적이었다.

「음, 나의 칼은 꽤 무겁지만, 아마 어떤 것도 베지 않을 거요. 당신의 따스한 칼집 안에 얌전히 누워 있을 테니까.」

웃음 띤 도미니크의 표정에 넋이 나가, 메그는 한참 후에야 그 말뜻을 이해하고 얼굴을 붉혔다.

「우린 잘 할 수 있을 거요. 의무적인 결혼이라 즐거움은 기대하지도 않았는데, 아무래도 내 생각이 틀린 것 같소. 난 즐거운 마음으로 당신의 몸 안에 내 씨를 심을 거요.」

도미니크가 활짝 웃었다.

「누구를 위한 즐거움인가요, 영주님?」

「물론 우리 두 사람을 위한 거지.」

「전 당신이 상속자를 원한다고 알았는데요.」

「물론이지. 결혼은 상속자를 위해서 하는 거요.」

메그는 싸늘하게 웃었다.

「영토와 성은 어떻죠? 결혼에는 별 가치 없는 조건인가요?」

「상속자가 없으면, 땅은 무거운 짐이며 결혼은 잔인한 장난이오.」

도미니크가 간결하게 대답했다.

메그가 다시 말을 꺼내기 전에 사이먼과 덩컨이 다가왔다.

메그를 본 덩컨이 그 자리에 멈추어 섰다. 도미니크는 동생에게 먼저 들어가라고 눈짓하고는 차갑게 말했다.

「내 아내를 비난하기 전에, 이 여자 때문에 당신이 아직 목숨을 부지하고 있다는 사실을 알아 두시오.」

덩컨은 분노를 식히려는 듯 길게 한숨을 내쉬었다.

「메기는 우리의 계획을 모두 망쳐 놓았소.」

「내가 인질이 된 것만 제외하고요.」

도미니크가 입을 열기 전에 메그가 끼여들었다. 날이 선 목소리였다.

두 남자가 놀란 눈으로 메그를 응시했다.

「날 이용할 계획을 세우느라 많은 시간을 허비한 사람은 아버지, 물론 친아버지는 아니지만 어쨌든 아버지였어요. 그런데 어째서 덩컨이 그 값을 치러야 하죠?」

스코틀랜드인은 거북하게 몸을 움직였다. 물론 그 말은 사실이었지만, 인정하기 힘들었다.

「메기, 당신을 절대 다치게 할 생각이 아니었소. 당신도 알지 않소?」

「그래서 이 연약한 여자를 싸움터에 세워 두고 전쟁을 하려 한 거요?」

도미니크가 덩컨에게 비난의 눈길을 보냈다.

「만약 누군가가 메기에게 손을 대면 죽였을 거요. 그리고 절대 메기를 다치지 않게 하라고 부하들에게 명령을 내렸소.」

「그럼 내 부하들은? 그들에게도 명령을 내렸소? 그들이 배신한 여자를 내려치는 걸 당신이 어떻게 막을 수 있단 말이오?」

도미니크는 화를 내며 물었다.

덩컨의 얼굴이 파래졌다.

「메기, 그런 일은 일어나지 않았을 거요. 난 당신을 보호했을 거요!」

「왜요? 저한텐 죽음이 차라리 축복이에요.」

메그의 비난 섞인 말이 두 남자들의 시선을 끌어모았다.

「무슨 말을 하는 거요?」

덩컨이 어이가 없다는 듯 중얼거렸다.

「내가 여덟 살 때부터 존은 날 이용해서 노르만인과 전쟁을 벌이려고 했어요. 만약 그 계획이 성공했다면, 백성들이 고통받는 원인이 바로 나라는 생각 때문에 미쳐 버렸을 거예요. 아마 죽음을 반갑게 맞이했겠죠.」

「진정으로 한 말은 아니지, 메기?」

「물론 진정이에요.」

도미니크는 메그의 말을 조금도 의심하지 않았다. 녹색 눈동자에 이글거리는 분노를, 여주인을 향한 블랙소른 성 사람들의 희망을 보지 않았던가. 기대라는 무거운 짐을 지고 사는 이 가녀린 여자에게 사람들의 믿음을 저버리게 했다면 분명 죽음을 택했으리라.

덩컨은 말을 잃고 커다란 손으로 짙은 밤색 머리카락을 쓸어 넘겼다. 메그는 한숨을 쉬면서 옛 약혼자의 팔을 부드럽게 잡았다.

「당신이 날 다치게 할 작정이 아니었다는 걸 믿어요.」

「고맙소. 난……, 난 당신을 잃고 싶지 않았소. 절대로 당신을 위험에 빠뜨리지 않았을 거요.」

덩컨은 고개를 저으며 메그의 손을 꼭 감싸 쥐었다.

「당신을 탓하지 않아요. 당신은 남자다운 남자예요. 그리고 남자들이 늘 하는 대로 행동했을 뿐이에요.」

메그의 눈에 슬픔이 그득했다.

「남자들이 늘 하는 행동이 무엇이오?」

도미니크는 스코틀랜드인의 팔에서 메그의 손을 잡아떼며 차갑게 물었다.

「영토와 아들을 손에 넣는 것이요.」

「그건 태양이 뜨고 지는 이치와 같은 거요.」

도미니크는 어깨를 으쓱했다.

「그래요.」

도미니크는 메그가 자신의 말에 동의했지만, 마음 한구석이 개운하지 않았다. 블랙소른 성을 사생아에게 상속하기 위해 교회와 왕을 배반한 존과 자신을 같이 취급하다니…….

「어떤 건 야망 있는 남자의 위신과 관계된 것이오.」

「그래요? 어떤 것이오? 얘기해 보세요.」

메그가 다짜고짜 따져 물었다.

「오, 메그, 당신의 날카로운 혀를 피하고 싶소. 난 얻는 것 하나 없이 나를 죽이려던 남자들을 살려 주었소.」

메그는 눈썹을 내리깔며 도미니크의 차가운 시선을 피했다.

「미안해요. 오늘 일 때문에 신경이 날카로워졌나 봐요. 나도 당신이 죽을 운명의 남자들과 같은 부류의 사람이길 원치 않았어요.」

「사과가 모욕보다 더 날카롭군.」

덩컨은 삐죽거리는 도미니크를 보며 숨죽여 웃었다. 메그 역시 입을 다물고 터져 나오는 웃음을 꾹 참았다.

「괜찮다면 나는 이만 실례하겠소. 새로 맞은 아내와 좋은 시간…….」

「아니.」

도미니크가 덩컨의 말을 잘랐다.

덩컨이 눈을 동그랗게 뜨고 돌아보았다.

「당신도 우리와 함께 홀로 들어가야 하오. 사람들 앞에서, 당신이 두 다리 사이에 들어온 칼 때문에 꼼짝 못한 게 아님을 보여 주시오.」

메그는 깜짝 놀라 덩컨을 보았다.

덩컨의 뺨이 발갛게 달아올랐다. 다시 떠올리고 싶지 않은 기억이었다.

「메그, 덩컨의 팔을 잡으시오. 하지만 이후엔 내가 보는 앞에서 다시는 저놈의 몸에 손대지 마시오.」

목소리에 감춰진 분노를 눈치채고 메그는 도미니크를 올려다보았다. 간담이 서늘할 정도로 싸늘한 얼굴이었다. 순순히 덩컨의 팔에 손을 얹었다.

벽난로가 타오르고 화려한 융단으로 도배를 한, 거대한 홀에 들어설 때까지 세 사람은 한마디 말도 하지 않았다. 긴 탁자에 놓인 은쟁반과 술잔들이 빛을 발하고 있었다. 귀족들이 아래쪽 탁자를 따라 흩어져 있었고, 한쪽 벽에 석궁을 든 사내들이 일렬로 서서 사람들을 지켜보고 있었다.

축제에 찬물을 끼얹는 격이었다.

존은 메그와 도미니크가 들어오자, 오만한 몸짓으로 위쪽에 마련된 영주의 탁자로 그들을 불렀다. 거기엔 금접시가 세 개 놓여 있었다. 존의 신호에 따라 하인들이 보석 박힌 잔에 포도주를 부었다.

「신랑과 신부를 위하여.」

존이 잔을 들고 외쳤다.

눈에 띄게 약해졌음에도 불구하고 존의 목소리는 홀 구석에까지 울려 퍼졌다. 웅성거림이 가라앉고 모든 시선이 존에게 모아졌다.

「위대한 노르만의 영주를 보라. 헨리 왕을 믿으며, 곧 왕에게 배신당할 바보 같은 사내를 보라.」

서슬 퍼런 외침이었다.

놀라움과 불안함에 사람들이 수군댔고, 도미니크의 입술이 한쪽으로 치켜 올라갔다.

「존 영주, 당신은 배신에 대해 잘 알 거요. 지금까지 한 일이라곤 그것밖에 없을 테니. 자, 한번 말해 보시오. 헨리 왕이 어떻게 나를 배신하는지 말이오.」

「그건 간단해, 이 얼간이야. 왕은 널 미워하기 때문에 노르만의 귀족과 혼약을 맺어 주지 않은 거야.」

메그가 고개를 푹 숙였다. 도미니크는 메그의 턱을 올려 자신을 보도록 했다. 입술이 새파랬다.

「아니, 왕은 날 사랑하오. 그래서 내게 왕국에서 가장 아름다운 처녀를 주었소.」

도미니크가 자신 있게 말했다.

「왕은 네게 지옥을 준 거야!」

존이 비아냥거리며 거칠게 말은 내뱉었다.

「노인장, 당신은 병들었소. 축배를 들고 편안하게 피로연이나 즐기시오.」

존이 미친 듯이 웃었다. 메그가 안절부절못했다.

「좋아, 축배를 들지. 우린 네게 글렌드뤼드 딸을 신부로 줄 만큼 널 미워하는 왕을 위해 건배하는 거야.」

「좋소.」

「에이, 돌대가리 같은 놈! 이건 남자에게 가장 가혹한 저주야. 넌 나처럼 상속자를 갖지 못해.」

도미니크의 얼굴이 순식간에 굳어졌다.

「무슨 뜻이오? 당신 딸이 불임이란 말이오?」

「그 아인 글렌드뤼드의 핏줄이야. 만약 즐거움을 안겨 주지 않고 그 아일 차지하면, 열매를 맺을 수 없지.」

존의 얼굴에 비웃음이 서렸다.

도미니크는 어깨를 으쓱했다.

「다른 여자들도 그렇다고들 하지 않소.」

「하지만 글렌드뤼드의 여자들에겐 절대적이야!」

자신의 의지에도 불구하고, 도미니크는 광기와 절망과 승리로 반짝이는 존의 눈빛에 자신을 잃었다.

「내가 아는 사람 중에 글렌드뤼드 여자에게서 태어난 아들을 본 사람은 하나도 없어.」

도미니크는 덩컨과 메그를 흘깃 보았다. 존의 말은 사실임이 분명했다. 둘은 그 거짓말 같은 말을 순순히 인정하고 있었다. 다른 사람들도 마찬가지였다. 조용히 앉아, 사실을 알게 된 마가렛의 남편이 어떤 반응을 보일지 궁금해하는 시선으로 흥미롭게 도미니크를 바라보았다.

「글렌드뤼드 여자들은 모두 딸을 낳았지. 그것도 축복 받은 몇 명에게만 해당되지만 말이야.」

「그 말이 사실이라면, 당신은 왜 당신 아들을 마가렛과 결혼시키려고 한 거요?」

도미니크가 반박했다.

「블랙소른 성을 덩컨에게 물려줄 수 있는 유일한 방법이었으니까. 그리고……」

존이 말꼬리를 흐렸다.

도미니크는 입을 굳게 다물고 다음 말을 조용히 기다렸다.

존은 메그와 덩컨을 번갈아 보았다.

「두 사람은 사랑하는 사이였으니까.」

도미니크의 얼굴이 심하게 일그러졌다. 청천벽력 같은 소리였다.

「그래서?」

「상속자를 낳을 기회가 있었단 말이지. 진정 사랑하는 사람이라면 아들을 낳을 수 있다는 전설이 있거든. 하지만 그렇지 않더라도, 위대한 남자의 사생아를 낳고 싶어하는 여자들은 항상 있는 법이니까 걱정할 필요가 없지. 어떤 방법으로든 내 땅은 내 씨앗이 물려받을 수 있었다고!」

증오하는 남자가 자신의 꿈을 이야기하는 동안, 도미니크는 두 손을 불끈 쥐고 부르르 떨었다.

「어떤 남자도 마녀를 희롱할 수 없어. 열정이 없으니까. 그런 감정을 갖게 되는 여자도 물론 간혹 있지. 하지만 남편이 아닌 다른 남자에게서야. 결국은 딸이지만! 그래, 마가렛은 내 씨앗이 아냐.」

사람들이 흘끔흘끔 메그를 훔쳐보았다.

존은 몸을 돌려 심하게 떨리는 손가락으로 한쪽에 쭈그리고 앉아 있는 은발의 노파를 가리켰다.

「저 여잔 글렌드뤼드의 노파다. 권, 노르만 놈에게 내 말이 사실인지 아닌지 말해 줘라. 지금 당장.」

노파는 우아한 동작으로 앞으로 나섰다. 그리고는 도미니크의 험상궂은 얼굴을 빤히 들여다보았다.

「존 영주님의 말은 사실이에요. 마님은 결혼할 때 다른 남자의 아기를 가지고 있었어요.」

권은 더 이상 아무 말도 하지 않았다.

「저놈에게 말해! 만약 상속자를 얻기 위해 글렌드뤼드 여자를 겁탈하면 어떤 일이 벌어지는지 말해 주라고!」

권은 침묵을 지켰다.

「두려워할 것 없소. 거리낌없이 말해 보시오.」

도미니크가 분노를 억누르며 되도록 부드럽게 말했다.

「만약 상속자를 얻고 싶다는 다급한 마음에 메그 아가씨를 강간하면, 흉년이 들고 짐승들은 하나둘 죽어 가고 백성들은 질병에 걸릴 겁니다.」

도저히 믿을 수 없는 말이었다. 도미니크의 의심 어린 시선에도 아랑곳 않고 노파는 말을 이었다.

「만약 침상에서 아가씨께 즐거움을 안겨 준다면, 딸을 낳는 은혜를 입을 것입니다. 그리고…….」

「계속하시오.」

침묵이 길어지자 도미니크가 재촉했다.

「두 사람이 서로 사랑한다면, 사내아이를 낳을 수 있을 겁니다.」

'글렌드뤼드 울프, 글렌드뤼드 울프, 글렌드뤼드 울프…….'

사람들 사이에서 웅성거림이 번졌다.

「하나님은 모든 글렌드뤼드 여자들에게 저주를 내린 거야! 그들은 무덤처럼 차가워! 그들은 절대 사랑을 할 수 없어!」

존은 자리에 일어나 도미니크의 얼굴을 향해 잔을 높이 치켜들었다.

「이제 축배를 들겠다, 나의 원수.」

광기가 어린 눈에 비열한 비웃음이 담겨 있었다.

「나는 네게 아들 없는 삶을 주었느니…….」

「나는 네게 땅이 황폐해질까 두려워, 차갑고 방탕한 아내를 매질조차 할 수 없는 삶을 주었느니…….」

「나는 네게 백성들이 떠날까 두려워, 불임의 아내를 내치지도 못할 삶을 주었느니…….」

「나는 네게 핏줄이 끊어진다는 사실에, 살아 있는 동안 단 한순간도 즐거워할 수 없는 삶을 주었느니……」

「나는 네게 글렌드뤼드의 마녀를 주었느니!」

존은 단숨에 술을 마시고 술잔을 탁자 위에 엎었다. 그러고는 갑자기 숨을 몰아쉬며 비틀대더니 그 위로 쓰러졌다. 금접시가 허공으로 날아갔다.

도미니크가 가까이 갔지만, 블랙소른 성의 영주 존은 숨을 거둔 뒤였다.

그는 웃고 있었다.

9

「어떻게 하실 거예요?」

사이먼이 걱정스런 얼굴로 형에게 물었다.

도미니크는 벽에 걸린 액자들을 무표정한 얼굴로 바라보았다. 화로 안에서 불꽃들이 너울대며, 작은 방을 데우고 있었다. 홀에서 어렴풋하게 사람들의 소리가 들렸지만, 즐거워서 왁자지껄 떠드는 소리는 아니었다.

피로연은 끝났다. 하인들이 홀 안을 바쁘게 움직이며 탁자와 의자들을 모두 치웠다. 남은 음식들은 가난한 사람들에게 모두 나누어 주었고, 먹다 남은 부스러기는 도미니크의 사나운 사냥개들이 으르렁대며 먹고 있었다.

도미니크는 사냥개만이라도 맛있게 먹길 바랐다. 즐거운 표정으로 피로연장을 떠난 사람은 단 한명도 없었다.

열흘 후의 장례식까지 애도를 표하지 말라는 도미니크의 명령에 반항하는 사람은 아무도 없었다. 즐거워야 할 결혼식 피로연에서 뜻하지 않은 날벼락을 맞은 남자보다 더 불쌍한 사람은 없을 테니까.

「도미니크?」

사이먼이 재촉했다.

「창녀의 자식이지만 기독교식으로 매장해 주겠다. 또 다른 문제는?」

「지금 그 문제를 묻는 게 아니잖아요.」

침묵이 흘렀다. 천천히, 아주 천천히 도미니크는 주먹을 쥐었다. 그러고는 땅이 흔들릴 정도로 세게 탁자를 내리쳤다.

「핑곗거리가 있을 때 그 스코틀랜드 놈을 죽이지 않은 걸 후회해.」

도미니크가 입을 꾹 다문 채 이를 갈았다.

「왜요? 덩컨은 리버스족들을 데리고 아무 말썽 없이 돌아갔잖아요.」

사이먼은 의아해하며 되물었다.

「그놈을 장례식에 불러야만 하잖아.」

「하지만 그때에는 아직 도착하지 않은 기사들과 용병들도 모두 도착할 겁니다. 성은 안전해요.」

순간 도미니크의 눈에서 불꽃이 튀었다.

「너도 그 망할 놈의 존이 하는 말을 들었잖아. 내 아내와 악마 같은 스코틀랜드 놈이 사랑하는 사이였다니. 맙소사, 지금 메그는 그놈의 아이를 뱃속에 담고 있을지도 몰라!」

「그래서 내가 묻잖아요. 어떻게 하실 거예요?」

사이먼은 잔뜩 흥분해 있는 형을 보며 고개를 절레절레 흔들었다.

「아름다운 나의 신부에게 내 씨를 심기 전에 먼저 때를 기다려야 해.」

「전 형이 서두를 거라 생각했어요. 아기를 갖기 위해서 존이 말한 귀찮은 과정을 거치겠단 말이군요.」

「월경하는 걸 확인해야만 내 아내가 누구의 아기를 임신했는지 알 수 있어.」

그제야 사이먼은 형의 뜻을 짐작하고 눈을 크게 떴다.

「이럴 수가.」

「처음 월경이 지나갈 때까지, 난 글렌드뤼드 아내라는 전설의 성벽에 둘러싸인 요새를 정찰할 거야. 그래서 진실을 밝혀 내고, 거짓말을 찾아내고, 약점을 알아내겠어. 그런 다음 공격을 개시해야지. 난 지금껏 한번도 실패한 적이 없었어.」

「성공한다?」

「그래, 믿어도 좋아. 신비한 능력을 지닌 글렌드뤼드 여자가 내 앞에서 무릎을 꿇는 모습을 보면 짜릿할 거야. 그 두 사람이 서로 사랑했다니, 말도 안 돼!」

사이먼의 입 끝이 살짝 올라갔다. 존이 죽어가면서 퍼부은 저주를 들은 이후, 처음으로 기분이 좋아졌다.

「메그가 안됐어요.」

도미니크는 검고 모난 눈썹을 치켜세우며 무슨 말이냐는 듯 동생을 쳐다보았다.

「아무리 아등바등 애를 써도 형을 이기지는 못할 테니까요.」

도미니크는 표정을 풀며 홀 쪽으로 고개를 돌렸다.

그곳에서 죽어 가는 늙은 영주가 성안의 모든 기사들이 지켜보는 가운데 새로운 영주에게 저주를 퍼부었다.

임종의 저주.

그것은 천하의 도미니크 르 사브르에게조차 그리 마음 편한 일은 아니었다.

「도미니크? 만약 메그가 덩컨의 아이를 가졌으면 어떻게 할 거예요?」

도미니크는 사이먼을 흘깃 곁눈질하며 어깨를 으쓱했다.

「그 아이는 노르망디에서 자라게 될 거야. 그런 다음…….」

사이먼은 다음 말을 조용히 기다렸다.

「그런 다음 아내를 가르쳐야지. 초능력을 가진 글렌드뤼드의 마녀건 아니건, 앞으로 내게 절대 충성해야 한다는 사실을 세뇌시킬 거야. 만약 말을 듣지 않으면, 지옥에서 하나님께 도와 달라고 기도하게 되겠지.」

「하지만 글렌드뤼드의 저주는 어떻게 하죠?」

「어떤?」

도미니크가 고개를 갸웃했다.

「형은 안 믿을지 몰라도 사람들은 믿고 있어요. 만약 형이 글렌드뤼드의 여자를 학대하면…….」

사이먼이 말꼬리를 흐렸다.

「만약 그 여자가 나에게 아들을 낳아 주지 않으면, 난 땅과 곡식, 가축들을 모두 다 내버릴 거야. 일생 동안 일한 열매를 이어받을 상속자가 없는 사내에게 땅과 재산은 조롱일 뿐이지.」

아무렇지 않은 듯 대답했지만, 끓어오르는 분노를 참을 수 없는지 도미니크는 다시 한 번 땅이 흔들릴 정도로 세게 탁자를 내려쳤다.

「난 이용당한 거야. 내 꿈이 이루어지려는 순간 모든 것이 다 재로 변하다니!」

팽팽한 침묵이 뒤를 이었다.

우물에서 물을 길을 때 나는 삐걱거림, 의자나 접시들을 창고에 넣고, 벽난로 불씨를 끄고, 촛농으로 받침이 엉망이 된 촛대를 치우는 하인들의 외침. 밖에서 들려 오던 소음이 고요한 침묵 속에서 더욱 크게 들렸다. 끊이지 않는 빗방울의 한숨 소리가 그 모든 소음의 저편에 깔려 있었다. 멈췄을 때에야 그 소리의 울림을 의식할 수 있을 정도로 친숙한 속삭임이었다.

빗방울이 내쉬는 한숨 소리를 들으며, 도미니크는 자신의 손끝에 닿았던 메그의 숨결을 떠올렸다.

갑자기 도미니크는 등을 꼿꼿이 펴고 방에서 성큼성큼 걸어나갔다. 한 번에 두 개씩 나선형의 계단을 올라 메그의 방으로 향했다. 계단을 오르면서 전도서(구약성경 중 하나)의 시 구절을 나지막이 읊으며, 삶의 작은 다툼이나 전쟁을 통해 얻은 선조들의 지혜를 자신의 양손에 쥐어 달라고 간절히 빌었다.

시구를 되풀이 읊는 것은 도미니크 내부에 끓어오르는 분노를 억누르는 일종의 의식이었고, 실패하는 일은 거의 없었다. 그 자제력은 술탄의 감옥 안에서 무자비한 값을 치르면서 얻은 교훈이었다. 극기훈련만이 감정을 조절할 수 있는 유일한 방법이었다. 맥스웰의 덩컨처럼 몸 속에 바이킹의 뜨거운 피가 흐르는 도미니크는 차가운 이성을 받아들이는 법을 그렇게 배웠다.

하지만 오늘밤만은, 피할 수 없는 삶의 진리를 적어 놓은 전도서의 금욕

구절도 도미니크의 성마른 마음을 달래기에 역부족이었다. 침착한 표정 아래에 감춰진 분노는 메그의 눈동자에 숨겨진 불꽃처럼 활활 타올랐다.

불길을 숨긴 채 은색 구름에 싸여 다가오던 메그에 대한 생생한 기억은 도미니크를 뜨겁게 자극했다.

갑자기 몸이 굳었다. 도미니크는 자신이 자제력을 잃고 있음을 깨닫고 걸음을 멈췄다. 그리고 그 이유에 몹시 당황했다.

자신은 메그를 몹시 원하고 있었다.

도미니크는 마음을 진정하고 다시 걸음을 뗐다.

만약 메그의 눈동자 안에서 소리 없이 타오르던 격렬함을 보지 못했더라면, 도미니크는 메그를 헛간으로 — 혹은 침대로 — 데려가려고 위협을 가했을지도 모른다. 하지만 그 여자는 절대 두려워하지 않았을 것이다. 교회 안에서 누구를 배신했는지의 문제는 차치하고, 강철이 자신의 살갗을 뚫고 들어올지도 모르는 상황에서도 결혼에 동의한다고 단호하게 말한 것만 봐도 그건 확실했다.

남자들도 그렇게 행동하긴 힘들었다. 도미니크는 그렇게 용기 있는 여자를 한번도 본 적이 없었다.

도미니크의 발길은 아내의 방문 앞에서 저도 모르게 멈추었다.

'잘 생각해 봐. 어떤 방법이 더 효과적일까? 기습공격? 아니면 포위공격? 둘 다 아냐.'

되도록 냉정하게 판단해야 했다. 결코 만만치 않은 적수였다.

'짧은 승리가 긴 패배로 변질될 위험이 있어. 단번에 함락하기에는 방어벽이 너무 튼튼해. 그렇다면 어떡해야 하지? 머리를 써야 해! 그래, 내부의 배신을 이용해 성채를 무너뜨려야 해.'

묘안이 도미니크의 머릿속을 강타했다. 가슴을 옭아맸던 임종의 저주라는 올가미가 조금 느슨해졌다.

배신.

내부로부터의.

'아하! 그래 그거야. 뜨거운 숨결과 발갛게 달아오른 뺨을 난 분명히 봤

어. 메그에겐 열정이 숨어 있는 게 분명해. 그걸 이용해야 해.'

이젠 마음을 가라앉히고 전쟁을 치러야 했다. 글렌드뤼드 아내를 길들이기고 유혹하는 일은 자신의 생애에서 가장 중요하고 어려운 전쟁이 될 것이었다.

전쟁을 시작하려면 먼저 굳게 닫혀진 문을 통과해야 했다. 홀에서 들여다볼 수 있는 다른 방들과는 달리, 메그의 방은 커튼과 함께 튼튼한 문이 달려 있었다. 만약 문을 열어 놓아도 두꺼운 커튼이 방 안을 가릴 수 있었다.

문은 잠겨 있었다. 무거운 청동 경첩으로 보아 주인의 동의 없이 문을 열기 위해서는 억센 남자 몇과 전쟁용 도끼가 필요하리라.

쇠장갑을 낀 도미니크의 주먹이 나무문을 세게 두드렸다. 둔탁한 소리가 빈 복도에 울려 퍼졌다.

아무 반응이 없었다.

얼굴을 찌푸린 채, 도미니크는 다시 한 번, 이번에는 조금 가볍게 문을 두드렸다.

「누구시죠?」

안에서 에디스의 목소리가 들렸다.

「남편이 신부를 보러 왔다.」

분노 어린 메아리를 듣고 메그는 움찔했다.

「문을 열어 줘. 그리고 나가 보도록 해.」

에디스는 반신반의하는 표정을 지었다.

「아내는 남편과 함께 지내야 하는 거야. 자, 어서.」

메그는 불안한 맘을 감추고 평온하게 말했다.

하녀는 주저하며 문을 열고 도미니크에게 목례를 한 다음, 방을 나왔다. 물러 나오는 하녀의 발걸음은 도미니크의 표정이 그리 친절하지 않았다고 말해 주었다.

「당신의 하녀가 나에게 겁을 집어먹은 거요?」

뒤를 돌아보며 도미니크가 방 안으로 들어섰다.

「네.」

「하지만 당신은 아니군.」

메그가 억지 웃음을 지었다.

쇠사슬 갑옷에 검을 차고 있는 남편은 살아 있는 악마처럼 보였다. 움직일 때마다 갑옷에 달린 쇠미늘은 마치 살아 있는 듯 반짝거렸다. 메그는 눈을 내리깔았다. 양손은 무릎 위에 얌전하게 놓여 있었다.

존의 저주와 글렌드뤼드의 희망 사이에서, 도미니크의 달아오른 몸이 메그를 간절히 원했다. 전쟁을 위해 자신이 계획한 전술에 따라 행동을 억제하지 못하고, 도미니크는 저 깊숙이 숨겨진 메그의 열정을 끌어내고 싶었다.

메그는 송골매를 다루는 도미니크의 부드러운 손길과 자신의 칼이 아내의 칼집 안으로 들어갈 것이라고 속삭이며 반짝이던 따스한 눈길을 떠올렸다. 얼굴이 달아올랐다. 어색한 마음을 감추며 메그가 입을 열었다.

「손님들이 당신을 찾을 거예요.」

「손님들? 리버스족들을 결혼식에 초대한 사람은 내가 아니오.」

도미니크가 시큰둥하게 대답했다.

「지금까지 성안의 소소한 일들은 아버지 대신 제가 했는데, 만약 그러길 원하지 않으신다면 사무장이 내일 당신에게 회계장부를 보여 줄 거예요.」

도미니크는 메그의 사무적인 말투가 맘에 들지 않았다.

「존의 죽음을 상당히 조용하게 받아들이는 것 같소. 슬픔을 잘 참는 편이오?」

「그리 슬프지 않아요. 아버진 추수 때부터 많이 고통스러워하셨죠. 이제 아무런 아픔도 느끼지 않을 거예요.」

「블랙소른 성의 사람들도 영주의 죽음에 대해 당신처럼 느끼는 것 같소. 오직 덩컨만 진심으로 슬퍼하더군.」

「아버지는 덩컨에게 항상 남다르셨죠. 친절했죠. 이제 그 이유를 알게 됐지만.」

메그는 어깨를 으쓱했다.

　도미니크는 아무 말도 하지 않았다. 잠시 독수리처럼 매서운 시선으로 신부를 바라보았다.

　메그도 입을 다물었지만, 남편의 차가운 시선 아래 아무렇지도 않은 듯 꼼짝 않고 서 있기는 불가능했다. 자신도 모르게 접시에 놓인 부드러운 조약돌을 집었다. 돌이 가진 무게와 모양, 부드러운 질감이 마음을 달래 주었다.

　메그는 조용히 도미니크의 말을 기다렸다. 손에 쥔 조약돌을 부드럽게 쓰다듬으면서, 폭포에서 떨어지는 물의 우렁찬 소리에 귀를 기울이던 행복했던 한때를 떠올렸다. 맑고 깨끗한 강물은 숲과 산골짜기를 지나 블랙소른 성의 들판까지 흘렀고, 다시 신비에 싸인 바다로 흘러들어갔다.

　「바다는 어떻죠?」

　메그는 꿈꾸는 얼굴로 새 영주를 바라보며 눈을 반짝였다.

　예상하지 못한 질문에 도미니크는 움찔했다.

　「쉬지 않고 출렁이지. 음, 거칠고, 위험하고, 아름답소.」

　도미니크는 기억을 더듬었다.

　긴 한숨을 내쉬며, 메그는 남편을 마주 보았다.

　도미니크는 처음으로, 용감한 태도와는 달리 메그가 자신을 두려워하고 있음을 깨달았다. 이유가 궁금했다. 자신의 꿈과 희망이 곱절로 되돌아오도록 메그를 위해 할 수 있는 일이 무엇인지 알 수 없었다. 덫에 걸린 늑대처럼 어찌할 수가 없었다. 몸을 움직일수록 덫은 더욱 강하게 자신을 조여 올 뿐이었다.

　「글렌드뤼드의 저주가 당신을 보호하지 못할까 봐 겁을 내는 거요?」

　그 목소리에서 냉혹한 매서움이 느껴졌다.

　「나를 보호한다고요?」

　「강간으로부터. 나에게서 말이오.」

　도미니크가 퉁명스레 대답했다.

　메그는 조약돌을 꽉 움켜쥐었다. 그것은 더 이상 마음을 달래 주지 못했다. 천천히 손가락의 힘을 뺐다.

「난 아내의 의무가 어떤 건지 잘 알아요. 당신은 내가 달아날 수 없을
때까지 날 때릴 필요 없어요.」
도미니크는 눈을 치켜 떴다.
「내가 그렇게 할 거라고 생각했소?」
메그는 어깨를 으쓱했다.
「네.」
「존이 당신의 어머니에게 그렇게 했소?」
「한 번.」
「단 한 번?」
「네, 딱 한 번이었어요.」
「무슨 일이 벌어졌소? 번개가 성을 둘로 갈라 놓기라도 했소?」
도미니크가 비아냥거렸다.
「어머니는 숲으로 사라졌어요. 얼마 안 있어서 폭풍우가 몰아쳤죠. 우박
이 떨어져 들판의 곡식과 목초지의 풀을 엉망으로 만들었어요. 그리고 양들
이 독초를 먹고 병들어 죽었죠.」
도미니크의 입에서 끙 소리가 났다.
「그게 모두 부정한 짓을 저지른 당신 어머니를 아버지가 때려서 일어난
일이라는 거요?」
메그의 얼굴이 굳어졌다. 무슨 생각을 하는지 전혀 알 수 없었다.
「사제는 땅에서 악마의 냄새를 발견할 수 없다고 했어요. 아버지는 여러
번 귀신을 쫓아내는 일에 돈을 지불했지만 말이죠.」
「그렇다면 폭풍우는 단지 우연의 일치였겠군.」
「어떤 사람들은 그렇게 믿기도 해요.」
「하지만 성의 백성들은 대부분 자신들의 운명이 글렌드뤼드 핏줄을 가진
여주인의 운명과 연결되어 있다고 믿겠군.」
「네.」
「당신도 그렇게 믿소?」
도미니크는 자신의 아내를 호기심 어린 눈으로 내려다보았다.

흘러간 과거와 현재, 그리고 앞으로 펼쳐질 미래가 자신의 숨통을 죄기라도 한 듯, 메그는 어깨를 으쓱하면서 망토에 달린 모자를 뒤로 넘겼다. 사나운 기세로 모든 것을 휩쓸어 가는 폭풍우처럼 강렬한 시선이 자신을 내리누르고 있었다.

「내가 무엇을 믿는지는 아무 상관 없어요」

도미니크는 은색 드레스 위로 성난 폭포처럼 쏟아져 내린 메그의 머리칼을 보았다. 무의식중에 손을 내밀어 부드러운 머리채를 어루만졌다.

메그는 자신도 모르게 움찔하며 뒤로 물러났다.

「존이 당신도 때렸소?」

아무 대답도 들리지 않았다. 들을 필요도 없었다. 뻣뻣하게 굳어진 몸이 모든 것을 말해 주고 있었으니까.

「세상에, 이럴 수가. 그놈이 죽어서 정말 다행이오. 안 그랬으면 내 손으로 지옥에 보냈을 거요」

도미니크가 너무나 연약해 보이는 소녀를 찬찬히 살피는 동안, 방 안에 침묵이 흘렀다. 그리고 아직…….

그리고 아직, 이 연약한 갈대는 힘센 새 영주의 희망과 맞서고 있었다. 예기치 않은 동작에 놀라 움찔하긴 했어도, 메그는 재빨리 자제력을 발휘해 마음을 가라앉혔다. 그리고는 등을 꼿꼿이 펴고 고개를 들어 남편을 재어 보듯 관찰했다.

인정하고 싶지 않았지만, 그리고 자신의 계획에 차질이 생길 걸 알면서도, 도미니크는 메그의 용기에 찬사를 보냈다.

'나를 받아들이든 거부하든, 모든 게 이 여자의 의지에 달려 있어. 맙소사, 단지 평화를 원하는 남자에게 이 무슨 시련이란 말인가.'

그때 퍼뜩 떠오르는 기발한 생각!

'송골매보다 이 여자를 길들이는 게 더 흥미로울 것 같군. 입술과 손길로 몸을 구석구석 어루만질 때 터져 나오는 부드러운 신음 소리는 어떨까? 그 신음 소리는 바로 내가 아들들을 가지게 된다는 신호겠지!'

천천히, 쇠로 된 장갑을 벗어 테이블 위로 던져 놓았다. 장갑은 조약돌이 담긴 그릇과 가느다란 자수용 명주실이 담긴 상자 사이로 무겁게 떨어졌다.
방 안을 획 둘러본 도미니크는 지금 메그가 사용하는 의자 외에 다른 의자
가 없다는 것을 알았다.

「저주는 바뀌게 되겠지.」

「뭐라고 하셨어요?」

경계를 늦추지 않고 도미니크는 녹색 눈동자를 마주 보았다.

「남자가 앉을 만한 의자가 없군.」

메그는 우아한 동작으로 일어나 빈 의자를 가리켰다.

「난 여자의 의자에 앉을 만큼 비겁한 남자가 아니오.」

「당신이 허리에 손을 얹고 내려다보신다면, 나는 앉아 있는 것보다 서
있는 쪽을 택하겠어요.」

도미니크의 입술이 묘하게 일그러졌다. 메그의 말이 옳았다. 자신은 지금
말을 함부로 다룬 기사나 기사의 무기를 적절하게 손질하지 못한 시종을
나무라듯, 허리춤에 손을 얹고 있었다.

「그날……」

도미니크의 목소리가 작아졌다.

「앉으시겠어요?」

메그가 의자를 권했다.

「음, 당신이 이미 이겼다고 확신한 싸움에 내가 대항하는 것 같군.」

메그는 도미니크의 자제력 아래 깊이 숨어 있는 피곤함을 보았다. 블랙
소른 성의 사람들과 똑같은 동정심이 앞에 앉은 남자에게서도 느껴졌다.

「갑옷이 무거워 보이는군요. 벗을 수 있도록 도와 드릴까요?」

도미니크는 깜짝 놀란 눈을 들고는 고개를 끄덕였다.

옷 시중은 메그에게 익숙한 일이 아니었다. 메그가 끈을 가지고 씨름하
는 동안, 도미니크는 수그린 메그의 머리칼에 코를 갖다 댔다. 머리카락에
서 이 성에서 처음 사용했던 비누 향과 똑같은 장미 향이 났다.

「당신에게서 정원 냄새가 나는군.」

검은 벨벳처럼 부드럽게 변한 남편의 목소리를 들은 메그는 깜짝 놀랐

다. 피로가 가득하던 목소리는 온데간데없었다. 메그는 재빨리 고개를 들었다. 머리카락이 획 날리며 바람에 흔들리는 불꽃처럼 반짝거렸다.

「비누 향이에요.」

「음, 나에게도 정원의 냄새가 나오?」

도미니크의 장난스런 목소리는 질문만큼이나 의외였다. 메그는 미소를 지으며 머리를 푹 수그렸다.

「당신에게선 전쟁의 냄새가 나요. 쇠사슬과 가죽, 다급함, 그리고 힘. 대부분이 그래요.」

「다음 번에는 당신의 비누를 좀더 사용해야겠소.」

메그의 눈에 호기심이 어렸다.

「비누 좀 드릴까요?」

「목욕할 때.」

「아, 욕조를 그렇게 엉망으로 만든 사람이 바로 당신이었군요! 나는 불쌍한 덩컨만 의심했어요.」

도미니크의 몸이 팽팽하게 굳었다. 덩컨의 이름이 언급되자 분노가 메그에게 바로 날아왔다.

「당신은 그 스코틀랜드 놈하고 자주 목욕을 하오?」

조금 전에 목소리에 담겨 있던 부드러움은 어느새 사라지고 싸늘함만이 남아 있었다. 메그의 손이 떨리면서 허리띠에 손가락을 긁혔다. 그렇게 애를 먹이던 허리띠가 갑자기 쓱 풀렸다.

「자, 이제 풀렸어요.」

메그는 발끝으로 서서 한쪽을 잡고 낑낑대며 갑옷을 벗겨냈다. 도미니크는 갑자기 몸을 돌리더니 한 번에 갑옷을 완전히 벗었다. 무게를 이기지 못한 메그가 비틀댔다. 도미니크가 즉시 손을 내밀어 한 손으로 갑옷을 집어 들었다.

메그는 거뜬히 갑옷을 들고 서 있는 남자에게로 시선을 돌렸다. 몸집이 커서 힘이 세리라고 예상은 하고 있었지만, 직접 목격하니 더욱 놀라웠다. 가죽 속옷 위로 근육의 선이 뚜렷하게 드러났다.

메그는 도미니크의 힘을 시험하고 싶다는 충동에 사로잡혔다. 손가락과 손톱으로, 그리고 이빨로 말이다. 그런 생각은 마치 열기의 떨림이 정수를 관통하듯 메그를 깜짝 놀라게 만들었다.

「그런 거요?」

도미니크가 무뚝뚝하게 다시 확인하듯 물었다.

「뭐가요?」

메그는 애써 남편의 말에 주의를 돌리며 되물었다.

「스코틀랜드 사생아놈과 목욕을 한 거요?」

메그는 이맛살을 찌푸렸다.

「왜 내가 그렇게 하겠어요? 우린 둘 다 시중 들어줄 사람이 있어요」

이번에는 도미니크가 얼굴을 찌푸릴 차례였다.

「왜냐고? 물론 쾌락을 위해서요」

메그의 뺨이 발갛게 물들었다.

「난 덩컨의 시중 드는 하녀도, 정부도 아니에요」

메그는 확실히 하듯 입을 꾹 다물었다.

「내가 들은 것과는 다른데.」

「그렇다면 당신은 잘못 들은 거예요!」

도미니크는 버럭 화가 났다.

「글렌드뤼드 마녀에 대한 이야기와 같이 들은 거요」

「겨울은 길어요. 그 길고 추운 겨울엔 뜬소문을 속삭이는 것 말고는 달리 할 일이 없죠.」

「맥스웰의 덩컨과 함께 잔 적 있소?」

도미니크가 메그의 변명을 무시하고 퉁명스레 물었다.

「자신의 아내에 대한 평가로는 너무 낮은 게 아닐까요?」

「당신의 어머니는 임신한 몸으로 결혼했소. 그리고 당신은 한때 덩컨의 약혼녀였고. 덩컨이 음모를 꾸민다는 사실을 알고서도 내게 한마디 귀띔해 주지 않았소. 그런데 대체 내가 당신에 대해 어떤 평가를 내리겠소?」

IO

메그는 씩씩거리며 숨을 들이마셨다. 글렌드뤼드의 딸에게 전해 내려오는, 허리띠에 달린 수정이 촛불을 받아 반짝거렸다.

「만약 당신이 글렌드뤼드의 눈을 가졌다면, 날 그렇게 나쁜 여자로 보지 않을 거예요.」

「난 하나님이 준 눈을 가졌고, 나름대로 사물을 명철하게 보고 있소.」

「그렇게 생각하면서 왜 이 결혼을 감행한 거죠?」

질문을 끝내기도 전에 메그는 그 답을 알 수 있었다.

「영토와 성 때문이겠죠. 그리고 상속자. 그렇죠, 상속자가 주된 이유죠.」

「존과는 달리, 난 다른 남자의 사생아를 기를 생각은 조금도 없소. 그리고 바람에 날리는 민들레 씨처럼 내 씨를 여기저기에 뿌리고 싶지도 않소.」

메그는 옷자락이 안개처럼 들썩이며 소용돌이칠 만큼 빠르게 몸을 돌렸다. 더 멀리 가기 전에 도미니크의 손이 메그의 팔을 잡아챘다.

「세 번째 묻는 거요. 당신은 덩컨의 사생아를 가졌소?」

하도 기가 막혀 메그는 말을 할 수 없었다. 만약 도미니크와 똑같은 처지에 놓였더라면, 그리고 지혜로운 글렌드뤼드의 눈을 가지지 않았더라면,

자신도 똑같은 의심을 품었으리라. 하지만 도미니크의 질문은 메그에게 커다란 상처가 되었다.

「아뇨.」

메그는 도미니크와 눈을 마주치지 않으려고 안간힘을 썼다. 목소리가 떨리고 있었다. 긴장감이 몸을 관통했다.

도미니크는 존이 메그에게 거칠게 대했다는 사실을 떠올리며, 손에서 힘을 빼고 팔을 어루만졌다.

「작은 매여, 날 두려워 마시오. 나는 절대로 말과 시종들과 여자에게 함부로 대한 적이 없소.」

메그는 고개를 획 쳐들었다. 눈동자 속에 든 녹색 불꽃은, 그것이 두려움 때문이 아니라고 말해 주었다.

그것은 분노였다.

「나는 남자들의 명령에 따라 몸을 내주는 빨간 입술의 매춘부가 아니에요.」

메그는 이를 악물었다.

「당신과 함께 하나님 앞에 섰을 때 나는 눈처럼 순결했어요. 그런데 당신의 입술에서 나오는 말은 모욕뿐이군요.」

검은 눈썹이 불쑥 올라갔다. 도미니크는 갑옷을 메그의 의자에 걸쳐 놓았다. 번쩍거리는 금속 조각들이 덜그럭거렸다.

도미니크는 쉽게 다룰 수 없는 아내를, 단지 자신의 오른손에 잡힌 팔 때문에 가까이 서 있는 소녀를 찬찬히 쳐다보았다. 한동안 침묵이 흘렀다.

「당신이 내게 들은 것은 모욕이 아니라 사실이오. 당신 어머니는 결혼할 때 임신 중이었소.」

도미니크는 잘라 말했다.

「그랬죠, 하지만…….」

「당신은 한때 맥스웰의 덩컨과 약혼한 사이였소. 안 그러오?」

「네, 그렇지만…….」

도미니크는 메그의 대답을 가차없이 잘라 버렸다.

「당신은 교회 안에 병사가 매복해 있다고 나에게 알려 주지 않았소」

전율이 가냘픈 몸매를 타고 흘렀다.

「네.」

들릴락 말락한 작은 목소리였다.

「어째서? 당신과 그 사생아놈 사이의 사랑이 얼마나 깊었기에 날 죽이려고 했던 계획을 알려 줄 수 없었던 거요?」

메그는 도미니크에게 잡혀 꼼짝할 수 없는 팔을 무력하게 한 번 움직여 봤다.

「당신은 덩컨의 목을 매달 수도 있었어요.」

메그가 힘없이 중얼거렸다.

「물론. 숲에서 가장 튼튼한 참나무에 말이오!」

「덩크가 나 때문에 죽었다고 생각하면, 견딜 수 없었을 거예요」

두려워하던 말을 듣는 순간, 도미니크의 입술에 힘이 들어갔다. 아내가 정말로 맥스웰의 덩컨을 사랑했다니……

「덩컨을 죽이면 전쟁이 일어날 거예요. 전쟁이 일어나면 블랙소른 성의 사람들은 더 이상 살아 갈 수 없어요. 나의 백성들……」

메그의 목소리가 잦아들었다.

약한 떨림이 메그의 몸을 훑고 지나갔다. 가죽끈으로 꽁꽁 묶여 매달린 기분이었다.

「나의 백성들에겐 곡식을 심고 아이들을 기를 평화의 시간이 필요해요. 단지 그렇게 해야만 했어요. 이해하시겠어요?」

도미니크는 자신의 앞에서 백성들의 삶을 위해 꿋꿋한 태도로 간청하는 신비스런 매력을 지닌 소녀를 말없이 바라보았다. 소녀 자신의 삶을 위해서도, 덩컨을 위해서도 아니었다. 사랑하는 백성들을 위해서였다.

도미니크가 힘겹게 입을 열었다.

「음, 이해할 수 있소. 전쟁의 고통을 겪은 사람들은 누구든지 평화가 얼마나 향기로운 것인지 이해할 거요. 내가 영국에서 돌아온 이유도 바로 그 때문이오. 곡식과 아이들을 기르기 위해, 평화를 위해. 전쟁이 아니오」

메그의 입술에서 긴 한숨이 새어 나왔다.

「하나님께서 기뻐하실 거예요. 조심스럽게 매를 다루는 당신을 보았을 때, 나는……」

목소리가 벽난로에서 타오르는 불꽃의 속삭임 속으로 사라졌다. 전쟁으로 단단해진 손가락으로, 도미니크는 메그의 얼굴을 들어올렸다.

「무슨 말이오?」

「소문처럼 당신이 피에 굶주린 악마는 아니라는 생각이 들었어요. 당신에게서 상냥함을 보았으니까요. 그건…….」

메그의 목소리가 아랫입술을 짓누르는 엄지손가락 무게에 눌려 엷어졌다.

「그게 뭐요?」

「생각하지 못한 일이었어요. 당신이…….」

「이렇게 하는 것이?」

도미니크는 천천히 입술을 어루만졌다.

메그는 살짝 고개를 끄덕했다. 작은 동작이었지만, 그 바람에 손가락이 윗입술로 옮아갔다. 예상치 못한 일에 당황한 메그가 눈을 동그랗게 떴다. 생각할 겨를도 없이 뒤로 물러섰으나, 억센 팔이 뒷걸음치는 몸을 감싸려고 기다리는 중이었다.

「날 두려워하지 마시오. 난 당신의 남편이오. 내 손길이 당신을 기분 나쁘게 만들었소?」

「아, 아뇨. 단지 이렇게 부드러우리라고 기대하지 못했을 뿐이에요.」

「왜?」

「당신은 나를 나쁘게 생각하잖아요.」

「난 나의 신부에 대해 잘 모르오. 만약 내가 생각을 바꾸어야 한다면, 당신에 대해 더 잘 알아야 하지 않겠소?」

메그의 눈이 휘둥그레졌다.

도미니크는 아내의 마음을 읽을 수 있었다. 아내는 지금 자신의 말이 진실인지 거짓인지 알아내려고 주의 깊게 눈을 굴렸다.

「그럴 권리가 있어요. 당신은 나를 더 잘 알아야만 해요. 그렇게 되면 날 신뢰할 수 있다는 사실을 알게 될 거예요.」

잠시 후 메그는 그 말을 순순히 인정했다.

도미니크는 다시 메그의 입술을 쓰다듬었다. 신경이 더욱 자극되었다. 마치 부드러운 몸 속에 불을 감추고 있는 것 같았다.

「아주 부드럽군. 하지만 뜨거워.」

감탄을 금치 못하는 목소리였다.

「당신은 아니에요.」

도미니크는 눈을 치켜 뜨며 그 말에 동의했다. 그 순간 몸이 무척이나 거북해졌다. 성급히 가져서는 안 될 아내라는 사실을 본능은 이해하지 못하고 있었다.

메그는 도미니크의 애처로운 위안을 이해하지 못한 채 말을 이었다.

「당신의 손은 전쟁 때문에 단단하게 굳었군요. 하지만 매우 조심스러워요. 매가 된 기분이에요.」

「나도 그렇게 생각하오.」

도미니크는 천천히 고개를 끄덕였다.

메그는 밝은 불길이 용맹스럽게 타오르는 눈동자를 들여다보았다. 욕망이 담겨 있는 눈동자였다. 다른 의도는 전혀 보이지 않았다. 설사 있다 해도 보고 싶지 않았다. 안도감이 현기증을 몰고 왔다. 새장에 있는 야생 매를 다루는 듯 부드럽게 자신을 어루만지는 도미니크의 손길은 전혀 짐작하지 못한 것이었다.

「아직도 내가 두렵소?」

도미니크가 다시 한 번 물었다.

「네.」

「당신은 새로운 생활에 익숙해질 필요가 있소. 당신에게 눈가리개를 씌워 어두운 새장에 가둬 놓고, 나의 목소리와 손길, 숨결 외에는 어느 것도 닿지 않게 해야겠소?」

도미니크는 손등으로 한숨처럼 가볍게 메그의 입술을 쓰다듬었다. 그 바람에 메그의 생각이 산산조각 나 흩어져 버렸다.

「아니, 가장 고운 실크라고 해도 당신 눈동자의 아름다움을 훼손하도록 허락할 수 없소.」

도미니크가 자신의 질문에 스스로 대답하며 메그의 목을 어루만졌다. 순간 메그의 몸이 경직했다.

「당신에게 상처를 입히지 않을 거요. 내 송골매처럼, 부주의한 손길로 상처를 입히기에 당신은 너무 섬세하고 연약하고 무모할 정도로 용감하오. 눈을 감고 내 손길을 한번 느껴 보시오. 당신이 내 손길을 두려워하지 않을 때까지 당신을 어루만질 수 있도록 허락해 주겠소?」

도미니크는 부드러운 말로 메그를 안정시키면서도, 감각을 일깨우는 애무를 계속했다.

천천히 메그의 눈꺼풀이 내려앉았다. 남자의 영혼을 들여다보는 글렌드뤼드 여자의 시선이 감추어졌다. 놀라움으로 벌어진 입술 사이에서 꽤 오랫동안 불꽃의 속삭임과 부드러운 숨결만이 나왔다.

메그는 도미니크의 애무에 자신의 감정을 쉽게 드러내지 않았다. 하지만 무척 편안해했다.

「마치 햇살 같아요.」

마침내 메그는 전에 느껴본 적 있는 따스함을 떠올리며 속삭였다.

「뭐가?」

「당신의 손길.」

도미니크의 웃음 띤 얼굴은 손끝처럼 부드럽지 못했지만, 눈을 감은 메그는 그 표정을 볼 수 없었다.

「내 손길이 햇살처럼 부드럽다니, 고맙군. 당신의 살결은 내가 지금까지 만져 본 어떤 장미꽃보다도 섬세하오.」

행복한 웃음이 메그의 입술선을 바꾸어 놓았다. 다음 순간 도미니크의 손길이 옴폭 들어간 목에서, 가슴 바로 아래로, 그리고 몸을 감고 있는 글렌드뤼드 허리띠를 따라 미끄러져 내려갔다. 메그는 입술을 조금 벌리고 재빨리 숨을 들이마셨다.

「부드럽게, 곧 내 팔을 믿을 수 있게 될 거요.」

도미니크는 낮게 속삭였다.

「당신의 힘이 아무리 세다 해도, 손목 하나로 내 몸무게를 지탱할 수 없을 거예요.」

도미니크는 웃음을 터뜨리며 마치 독수리가 낚아채듯 메그를 한 팔로 안아 올렸다. 깜짝 놀라, 메그가 눈을 번쩍 떴다.

「내가 당신의 눈을 가려야만 하겠소? 눈을 감고 새로 잡힌 매가 되어 보시오.」

도미니크는 고개를 수그리고 메그의 감은 눈에 혀끝을 댔다.

예상하지 못한 행동이 메그의 숨을 앗아갔다. 메그가 몸을 뒤로 젖히자 도미니크는 한때 존의 할아버지 것이었던 커다란 의자에 앉았다. 남편의 무릎 위에 절반쯤 눕다시피 한 메그의 다리가 의자 팔걸이에 걸쳐졌다. 메그가 놀라 허둥댔으나 남편의 손이 그것을 막았다.

「당신은 매요, 기억하오? 이건 우리가 서로에 대해 알아 가는 과정이오.」

천천히 메그의 몸에서 긴장이 풀렸다.

도미니크가 묶여 있던 메그의 머리끈을 풀었다. 머리칼이 마룻바닥까지 흘러내렸다.

메그는 숨을 쉴 수 없었다. 입에서 이상한 소리가 새어 나왔다. 긴장한 웃음 혹은 겁에 질린 한숨 혹은 둘 다였다. 불안을 달래 주는 친숙함과 기대하지 않았던 애무에 놀라, 메그는 아무 말도 하지 못했다. 긴장과 나른함, 열기로 몸이 후끈 달아올랐다. 아주 짧은 시간 동안 도미니크는 아내가 남편에게 기대한 것보다 훨씬 더 큰 즐거움을 안겨 주었다.

하지만 메그는 더 원했다. 도미니크의 냉정한 자제력 아래 놓인 고통을 감지했듯, 자신의 내부에서 소용돌이와 뒤틀림과 허기진 불꽃이 일어나고 있음을 느낄 수 있었다. 자신에게 그러한 감각들이 내재해 있으리라고는 전혀 짐작하지 못했다. 거울 앞에서 낯선 사람을 발견하고 낙담과 재미를 동시에 느끼는 기분이었다.

자신도 깨닫지 못하는 사이에, 메그는 어느새 도미니크의 지배력 안으로 깊이 빨려들어 갔다. 유연해진 메그의 몸은 도미니크에게 차가운 승리감과 뜨거운 허기를 동시에 안겨 주었다. 심장이 빠르게 고동칠 때마다 흥분이 온몸으로 힘차게 퍼져 나갔다.

비록 눈을 감은 상태였으나 메그는 부드러운 가죽 속옷 위로 도미니크의 몸이 팽팽하게 긴장했음을 깨닫고 살며시 웃음 지었다.

「엿보는 거요?」

도미니크가 낮은 목소리로 물었다.

「아뇨. 하지만 눈을 뜨고 싶어요.」

'천천히 해야 해. 월경을 치를 때까지 몸을 탐하면 안 돼. 덩컨과 동침하지 않았다고 강하게 부인했지만 말이야.'

도미니크는 다시 한 번 자신에게 확인시켰다.

'하지만 이 여자가 송골매를 쓰다듬듯 내 몸을 만져 준다면 정말로 달콤하겠지.'

메그가 희고 가느다란 손으로 자신을 애무하는 상상은 도미니크의 입에서 기대와 허기의 거친 신음을 이끌어 내었다.

「웃고 있어요?」

「아니, 주인의 손길에 몸을 떠는 송골매를 보고 웃을 수 있소?」

도미니크의 목소리에 들어 있는 즐거움이 메그를 유혹했다.

메그는 살짝 웃으며 남편의 가슴에 몸을 기댔다. 남편의 몸은 뜨겁게 달아올라 있었다. 아직 겨울의 한기를 머금고 있는 성의 돌벽이 떠올랐다. 아무런 이유 없이 메그는 환희라는 계산된 마법을 펴는 남자에게 자신을 내밀었다.

「당신은 마치 태양 같아요. 또 다른 의미에서 말이죠.」

메그가 중얼거렸다.

도미니크는 메그의 길고 짙은 암갈색 눈썹과 하얀 피부, 부드럽게 벌어진 빨간 입술을 내려다보았다. 달콤한 관능과 함께 자신에게 몸을 맡기는 메그의 반응은 아내에게 광포한 허기를 느끼는 자신만큼이나 예상하지 못한 일이었다. 욕망은 자제심을 모두 갈가리 찢어 놓겠다고 위협하는 날카로운 발톱이 되어 그를 할퀴어 댔다.

불이 타오르는 것처럼, 바로 그렇게 도미니크는 메그를 원했다.

냉정하게, 도미니크는 메그가 질러 놓은 예상하지 못한 격렬한 열정과 싸움을 벌였다.

「어째서 내가 태양 같다는 거요?」

적나라한 허기가 드러나지 않을 만큼 자신이 생겼을 때 도미니크는 아내에게 물었다.

「열기 때문에요. 당신의 몸은 불덩이 같아요.」

「뜨겁소?」

「고통스러운 정도는 아니에요. 당신은 오랜 겨울 뒤에 내리쬐는 햇살처럼 날 따스하게 만들어 줘요.」

「그렇다면 이리 가까이 오시오. 머리를 나에게 기대고, 나의 체취와 감촉을 익히시오.」

얼마간 주저하던 메그는 머리에 닿은 손의 부드러운 압력에 굴복했다. 조용히 도미니크의 가슴에 뺨을 대었다. 몸에 꼭 맞는 속옷의 질감은 마치 아이들 장갑처럼 섬세하고 부드러웠다. 팽팽한 근육을 느낄 때마다 이상한 전율이 메그를 뒤흔들었다.

「당신은 차갑군. 내가 당신의 몸을 데워 주겠소.」

열정 때문에 도미니크의 목소리가 낮고 거칠었다. 그것을 눈치채고 메그가 경계할까 걱정스러웠다. 그렇게 되지 않길 바랐다. 주먹다짐을 예상한 사내로부터 예상치 못한 부드러운 애무를 받은 메그가 저항 없이 곁으로 다가올 때라 더욱더 그랬다.

뜨거운 입술이 얼굴에 닿자 메그는 눈을 반짝 떴다. 하지만 짧고 재빠른 키스 세례를 받고는 다시 감았다. 침묵 속에서 도미니크의 입술이 메그의 얼굴 위를 떠돌았다.

「당신은 깨끗한 맛이 나. 따뜻한 비 같아.」

도미니크가 속삭였다.

「권은 내가 물과 자라는 생물의 창조물이라고 했어요.」

‘글렌드뤼드이니까요.’

도미니크가 아랫입술을 깨물며 혀로 핥자, 메그는 숨을 들이마시고 내쉬지 못했다. 도미니크는 놀리듯 물러섰다. 메그는 혀끝으로 도미니크의 이와 혀가 닿았던 자취를 따라갔다.

열정의 발톱이 도미니크를 움켜쥐었다. 빠른 속도로 번져 가는 욕망과 힘겨운 싸움을 벌였다. 아내에게 많은 걸 기대하긴 했지만, 어떤 여자도 해내지 못한, 자연스런 열정의 불을 지를 줄은 정말 상상조차 하지 못했다.

「내가 당신을 아프게 한 거요?」

「아뇨.」

「한데 깜짝 놀라더군.」

「더욱 놀라운 건 당신이에요. 예측이 불가능하거든요.」

도미니크는 승리의 축가를 불렀다. 쉽게 놀라는 적은 빨리 패배하는 법이었다.

「기분이 안 좋은 거요?」

메그는 아랫입술을 핥으며 고개를 저었다.

「당신에게선 성지(팔레스타인)의 맛이 나요.」

「내가? 어떻게?」

도미니크는 몽롱한 목소리로 되물었다.

「달콤한 레몬 맛.」

「터키 사탕 맛이오.」

「우리네 사탕은 그렇게 맛이 좋지 못해요.」

「다음 번에는 태양처럼 노란 사탕을 먹겠소.」

「저도 맛보고 싶어요.」

「그럼 당신이 나를 맛볼 거요?」

메그는 깜짝 놀면서도 한편으로 호기심이 일었다.

눈을 떴다. 흐릿한 방 안이어서 그런지 메그의 눈동자가 검은 진록색으로 보였다. 잦아드는 벽난로 불빛 아래에서 메그의 눈에 보이는 것이라곤 도미니크의 어깨와 턱뿐이었다.

「그것…… 점잖은 행동인가요?」

도미니크는 맥스웰의 덩컨의 구애는 더 상스러웠을 것이라고 말을 하려다가 꿀꺽 삼켰다. 참을성을 발휘하며 조심스럽게 달래 놓은 분위기를 그토록 쉽게 망치고 싶지 않았다. 하지만 자신의 자제력이 얼마나 지속될지 확신할 수 없었다.

'맙소사, 너무 고통스럽군. 얼굴이 발그레한 소년 시절 이래로 이런 고통을 느낀 적은 없어!'

「점잖을 뿐만 아니라, 대단히 커다란 즐거움을 선사한다오.」

도미니크는 무릎 위의 메그를 조금 고쳐 안았다.

「어떻게요?」

「당신의 입술을 빨아 보시오.」

메그는 시키는 대로 했다. 난폭하게 고동치는 맥박을 늦출 수 있는 것은 전혀 없었다.

「무슨 느낌이오?」

「음, 아무것도요. 내 입술이 말라 있다가 젖었어요.」

메그는 이맛살을 찌푸리며 대답했다.

도미니크는 메그를 굽어보며 은밀한 웃음을 지었다.

「이젠 이게 무슨 느낌인지 느껴 보시오.」

도미니크의 혀끝이 조심스레 메그의 입술 가장자리를 따라 흘렀다. 그이상 나아갈 생각이 없었으나, 메그가 흠칫 놀라며 내는 소리와 벌어진 입술 그리고 따스한 숨결은 거부하기엔 그 고통이 너무나 컸다.

도미니크는 천천히, 아주 특별한 매를 어루만질 때보다는 덜 부드럽게, 하지만 생각보다는 훨씬 부드럽게 메그의 입 안으로 미끄러져 들어갔다.

메그가 화들짝 놀랐다. 예상 밖의 일이었지만 무척 기분 좋은 감촉이었다. 도미니크에게서는 색다르고 달콤한 맛이 났다. 익숙한 열기와 짠맛, 무엇인지 알아낼 수 없는 복잡한 맛이 섞여 있었다. 좀더 맛보고 싶다는 유혹에 혀를 약간 내밀어 보았다.

도미니크의 손가락들이 메그의 머리카락 안으로 들어와 머리를 뒤로 젖혀, 메그의 입을 더욱 크게 벌리게 했다. 그러고는 깊숙이 들어왔다.

처음엔 너무 놀라 움직이지 못했으나, 키스의 리듬과 관능적인 감촉이 메그의 감각을 되살아나게 했다. 열기가 솟구쳤다. 혀들의 달콤한 마찰로 점화된, 부드러우면서도 격렬한 불길이었다.

낮은 신음 소리가 도미니크에게서 흘러나왔다. 은색 드레스로 감춰진 메그의 가슴을 만지고 싶었으나 은과 수정으로 만들어진 체인이 너무 꽉 조이고 있어서 키스를 멈추지 않고는 풀 수가 없었다. 하지만 키스는 멈출 수 없었다.

도미니크의 손은 글렌드뤼드 체인을 내버려 두고 대신 메그의 드레스 끝자락을 찾았다. 거기에는 장애물이 없었다. 옷자락을 걷어 올리자, 손바닥 아래에서 살아 있는 여인의 체온이 느껴졌다.

도미니크는 송골매에게 보여 준 인내심으로 아내를 달랬다 — 멈춘 듯 물러섰다가 다시 돌아가는 손길, 다리 위로 점점 올라가는 애무로. 눈에 들어오는 메그의 모습은 도미니크를 불길 속으로 밀어 넣었다.

몸을 계속 어루만지며 도미니크는 고개를 수그리고 메그의 입술을 희롱했다. 마침내 메그는 진한 키스와 따스한 손길 아래에서 들떠 동요하기 시작했다. 키스가 깊어지는 동안, 메그는 억센 남자의 손길과 자신의 억제할 수 없는 반응에 두려웠다.

도미니크는 자신에게 멈추어야 한다고 충고하고 있었지만 — 이미 멈추었어야만 했는데 — 유혹하는 자리에서 유혹당하는 처지로 바뀌었고, 메그의 몸을 계속 만지고 싶은 욕망을 거부하지 못했다.

이미 그만두었어야 한다는 사실을 알았으나, 다가온 유혹은 뿌리치기에 너무나 강력했다. 손이 허벅지에 도달했다. 도미니크는 넓은 손바닥으로 부드러운 아내의 몸을 감쌌다. 엄지손가락이 여인의 가장 비밀스런 부분을 따라 움직였다.

다리 사이로 파고들어 온 도미니크의 손에 놀란 메그는 입술을 떼려고 몸부림쳤다. 하지만 욕망의 포로가 된 상황에서 그 몸부림은 부질없는 몸짓에 불과했다. 난폭한 승리감이 긴장한 도미니크의 몸을 휩쓸었다. 욕망의 낮은 신음 소리가 입술에서 새어 나왔다.

'너무 빨라. 가지면 안 돼.'

마지못한 듯, 도미니크는 예상 외로 발달한 감각을 지닌 아내에 대한 욕망의 불길을 억눌렀다.

메그는 아직 정열의 불길이 가시지 않는 커다란 눈으로 남편을 응시했다. 반짝이는 빨간 입술은 놀람과 즐거움의 결합으로 반쯤 벌어졌다. 숨을 쉴 때마다 가슴이 오르락내리락 했다.

도미니크는 자신의 무릎 위에 길게 누운, 그러나 아무것도 걸치지 않은 아내가 보고 싶었다. 생각만 해도 미칠 지경이었다. 천천히 은빛 드레스를 걷어 올렸다.

「도미니크 왜 이…….」

「난 당신의 남편이오. 만약 당신이 몸을 꼭 닫고 있다면 내 아내가 될 수 없소. 내가 당신을 아프게 했소?」

「아, 아뇨.」

「내가 오늘밤 당신을 아프게 하려 한다고 생각하오?」

「아뇨.」

「그렇다면 다른 남편들도 모두 가지는 것을 나에게 양보하시오.」

천천히 메그의 다리에서 힘이 빠졌으나, 몸이 떨리는 것은 멈출 수가 없었다.

은색 천이 메그의 몸 위로 올라갔다. 둥글고 우아한 발과 여성스러운 곡선미가 살아나는 종아리, 은빛 구름 같은 드레스 사이로 슬쩍 엿보이는 무릎, 크림같이 하얀 허벅지를 보자, 달콤한 승리감에 취한 도미니크의 입에서 낮은 웃음소리가 새어 나왔다.

무자비한 의식이 거행되는 동안, 메그는 영토와 상속자, 인생의 꿈을 움켜쥐고 있던 도미니크의 손아귀 아래 누워 있었다.

「존의 저주는 공허한 외침일 뿐이오. 난 당신에게서 아들을 낳을 거요.」

'아들.'

이성은 메그에게 할 수 있다면 남편에게 아들을 낳아 주는 것이 아내의

의무라고 타일렀으나, 자존심은 자신이 도미니크의 야망을 위한 도구일 뿐
이라는 사실 앞에 비명을 질렀다.

거칠고 달콤한 불길이 메그의 영혼을 태웠다. 도미니크는 오직 승리감에
취해 있었다.

「싫어!」

메그는 저도 모르게 옷을 끌어내리고 다리를 감추려고 했다.

「수줍어하지 마시오. 뜨겁게 불타오르는 열정으로 존의 복수가 부질없는
것이었음을 보여 줍시다.」

「승리를 장담하지 말아요!」

도미니크는 차가운 목소리를 듣고 싸늘한 눈으로 메그를 보았다. 한동안
남편과 화난 신부는 서로를 재어 보았다.

'잘 된 거야. 난 이 여자를 아직 가지면 안 돼. 아직은 안 되지. 처음 경
험하는 여자가 이렇게 뜨거울 순 없어. 한 가지는 분명해. 이 여자의 부드
러운 문은 그리 자주 열리지 않을 거야. 그렇게 단단하게 닫힌……. 오, 맙
소사, 이건 천국을 조금 맛본 것과 같군.'

욕망이 도미니크의 핏줄을 공격하며 자제력을 위협했다. 자신의 한계에
깊숙이 도달했다는 사실은 충격이었다. 마치 손가락을 데인 사람처럼 얼른
드레스 자락을 내렸다.

「당신은 단지 상속자를 낳기 위해 내 몸을 원하는 거죠? 차가운 영주님,
난 잘 알아요!」

도미니크는 화난 메그의 얼굴을 바라보면서, 열정적인 쾌락의 밤은 포기
해야 함을 깨달았다.

「그게 아니오. 진정하시오. 이제 당신은 키스가 부리는 마술이 무엇인지
알았을 거요.」

「그게 무엇인데요?」

메그가 빈정댔다. 도미니크는 메그의 몸부림을 가볍게 누르고 재빨리 드
레스를 다시 끌어올렸다.

「이것. 한때 말랐던 곳이 지금은 젖어 있소!」

■■

「스벤이 또 무슨 말을 했지? 누구라도 다 아는 사실은 제외하고.」

도미니크는 침대에 누운 채 다그쳐 물었다.

사이먼은 자신의 형을 곁눈질하면서 치미는 짜증을 억지로 참았다. 무엇 때문에 기분이 엉망이 되었는지는 몰라도, 결혼식 첫날밤을 지낸 신랑은 급히 새로 단장한 존의 방에 홀로 누워 있었다. 글렌드뤼드 신부는 아마도 블랙소른 성안 저쪽 편에 있는 자신의 방에서 쓸쓸히 자고 있을 게 분명했다.

그 이유는 입에 올릴 만한 화제가 아니었다. 사이먼은 영주의 방으로 돌아오는 형의 인기척에 잠을 깼다. 성난 발소리가 고요한 밤을 울렸다.

성공적인 신혼 첫날밤을 지내지 못했음이 분명했다. 일찍 끝장을 보았고, 기분도 그리 좋지 않아 보였다. 사이먼은 자신의 형이 한동안 마루를 쿵쿵 울리며 서성대는 소리를 들었다. 잠시 후 무엇인가 금속성 물질이 세차게 벽으로 내던져지나 싶더니, 침묵이 뒤를 따랐다.

더 이상 잘 수 없다고 생각한 사이먼은 도미니크에게 성 사람들의 분위기와 덩컨과 리버스족들의 정탐 결과를 보고하러 갔다.

「사람들은 덩컨과 그 부하들을 보고 싶어합니다. 하지만 리버스족들은 아니에요. 그들은 건달이나 산적보다 더 나을 게 없거든요.」

「그건 누가 봐도 알 수 있어.」

도미니크가 심드렁하게 대답했다.

「덩컨과 그의 부하들은 칼리슬 영지에서 내일 모일 거래요.」

도미니크는 첫 번째 소식과 마찬가지로 두 번째 소식을 듣고도 시큰둥한 반응을 보였다.

「빌어먹을. 마을의 바보들도 내게 그 정도는 알려 줄 수 있을 거야.」

잔뜩 기분이 상한 듯했다.

「형의 정부가 안달복달하는데, 오늘은 그 여자한테 위로를 받는 게 어때요?」

사이먼이 구변 좋게 말했다.

「사이먼, 내가 그렇게 보여?」

도미니크는 동생에게 애처로운 웃음을 지으며 물었다.

사이먼은 웃음을 터뜨리며 몸을 완전히 가리지 못한 담요를 가리켰다.

「종마도 형보다는 덜 당당하죠. 형수님이 겁을 집어먹었군요. 정부에게 가세요. 그럼 인내심을 가질 수가……」

「난 아직 덩컨의 또 다른 구역을 침범할 생각은 없어.」

도미니크가 거칠게 동생의 말을 잘랐다.

「또 다른?」

사이먼의 웃음이 사라졌다.

「그게 사실입니까? 마가렛이 덩컨의 애인이었어요?」

도미니크는 거칠게 손을 내저었다.

「확실하게 알 방법은 없어.」

잠시 후 도미니크는 씁쓸하게 내뱉었다.

「본인은 아니라고 맹세하더군.」

「하긴.」

사이먼이 시큰둥한 반응을 보였다.

「사실, 나의 귀족 신부가 전 애인에 대한 이야기로 날 즐겁게 해줄 것이라고는 기대하지 않았어.」

「그래서 혼자 자도록 내버려 둔 거예요?」

「난 존이 아냐. 월경을 치를 때까지 동침할 생각 없어. 다른 남자의 아이를 기르지 않는 방법은 그뿐이야.」

사이먼이 얼굴을 찌푸렸다.

「차라리 내게 호의를 베풀어 주시죠.」

도미니크의 왼쪽 눈썹이 의아해하며 불쑥 올라갔다.

「날 숲으로 보내어 맨손으로 살쾡이나 잡아 오라고 해달라고요.」

「무슨 뜻이지?」

「형이 기다리는 2주일 혹은 4주일 동안, 살얼음판에서 사느니 그게 차라리 나을 것 같아서요.」

도미니크가 못마땅한 얼굴로 동생을 노려보았다.

「아니면 덩컨과 리버스족 뒤를 쫓는 건 어때요? 형이 간절히 원하던 싸움을 걸어올 게 확실해요.」

「내가 아내를 가지는 게 낫겠군.」

「정부가 덜 까다롭죠.」

도미니크는 어깨를 으쓱 올리며 동생의 제안을 무시했다.

「그렇다면 이곳 여자들은 어떠세요?」

「중매쟁이는 필요 없어.」

「그건 전에도 그랬죠. 하지만……」

사이먼이 동의했다.

「그 정도면 충분해.」

아무도, 심지어 친구나 동생조차도 그런 말투를 듣고도 얘기를 계속해선 안 된다. 사이먼은 입을 다물고 기다렸다.

「스벤은 리버스족과 함께 있나?」

도미니크가 잠시 후 물었다.

「아직 아니에요. 그들에게 가까이 가기 위해서는 시간이 필요할 겁니다. 그들은 매우 배타적이니까요.」

「그렇다면 이곳에 있게 해. 남아 있는 존의 기사들 가운데 불온한 기색
이 있는지 감시하도록.」

「그럴 필요는 없을 것 같아요. 모두 너무 늙었고, 심지어 아내들도 늙은
여자들뿐이에요.」

「그렇다고는 해도 그들에게 지위에 걸맞는 영지를 주고 대우를 해주면
서, 자신과 가족들을 먹여 살릴 만큼 재산을 가지도록 해.」

「원하신다면요. 형은 땅을 많이 소유하고 있으니까 별 문제 없죠.」

「그래. 그리고 각 집마다 도끼와 쟁기, 집을 짓기 위해 베어 온 나무, 양
네 마리, 소 한 마리, 씨앗, 가축, 그리고 토끼 정도는 갖고 있어야 해. 요즘
은 고기가 부족하니까.」

사이먼은 도미니크가 작은 영지를 세우는 데 필요한 필수품들의 목록을
열거하는 동안 듣고만 있었다. 언제나 그랬던 것처럼 형의 자세한 명령은
사이먼을 매혹시켰다. 전쟁이건 농사건 간에 도미니크는 문제를 충분히 검
토하고, 성공하기 위해 필요한 것들을 모으고, 그런 다음 숨쉴 틈도 없이
신속하게 공격했다.

「요리용 냄비를 잊지 마라. 금보다 더 가치가 있는 거야.」

「금보다 더 아내를 만족시킬 수 있다면 어떤 것이든 준비하죠.」

도미니크는 동생을 날카롭게 노려보았다. 사이먼의 검은 눈동자는 이해
한다고 말하고 있었고, 또한 그 속에는 조심스레 가려진 흥미로움이 자리하
고 있었다.

「하실 말씀 더 있으세요?」

「그래. 스벤에게 메그를 잘 감시하라고 해. 난 내 아내가 성 밖에서 누군
가를 만나지 않는다는 사실을 확인하고 싶어.」

「설마 형수님이 결혼한 후에도 덩컨을 만나겠어요?」

「메그는 내가 인생에서 가지고 싶어하는 모든 소망을 쥐고 있어. 내 상
속자를 가졌다고 확신할 때까지, 바보 같은 토끼를 노려보는 독수리처럼 주
의 깊게 관찰할 거야.」

꿈은 그 모양새를 갖추고, 어렵게 잠든 메그의 평화로운 잠 속으로 천천히 그리고 잔인하게 파고들었다.

'위험하다!'

메그는 흐느껴 울면서 어느 무엇으로부터 도망치려는 듯 한쪽으로 돌아누웠다. 하지만 마음속에 꿈이 들어 있고, 자신이 꿈속에 있기 때문에 피할 길은 없었다.

황량함, 흐릿함, 차가움……, 악몽이었다.

'죽음…….'

소리 없는 비명이 메그의 목에서 얼어붙고, 예리한 얼음으로 만들어진 발톱이 메그를 갈가리 찢어 놓았다.

'재난…….'

메그는 아무 소리도 내지 못한 채, 침묵을 움켜잡으며 무서운 공포를 해결해 보려고 안간힘을 썼다.

무언의 대답이 들려 왔다. 녹색의 식물들이 텅 빈 땅에서 자라났다. 공허 속에서 형태들이 잡혀 갔다. 식물들은 빗방울을 마시고 자라나서, 보이지 않는 태양을 향해 잎을 열었다. 식물들은 모두 같은 색, 같은 모양, 같은 잎, 침묵과 태고라는 같은 감각을 지니고 사람의 손길이 닿지 않은 땅에서 자라났다.

'가거라!'

메그는 벌떡 일어났다. 심장이 두근거렸다. 생생한 꿈이 머리를 뒤흔들어 놓았다. 한 가지 분명한 사실이 머릿속에 울려 퍼졌다.

'죽음.'

소리 죽여 흐느끼며, 메그는 창문으로 달려가 덧문을 열었다.

아직 동이 트지 않았다. 으스스한 침묵이 메그를 반겼다.

잠시 후면 수탉은 울음소리로 태양을 깨우고는, 세계가 자신의 용맹한 울음소리로 열린다고 뻐기며 오만하게 암탉들 앞을 활보하리라. 수탉이 울고 나면 날품팔이 여자들이 부스스 일어나 아침밥을 짓기 위해 불을 피우고, 남자들은 뜰을 돌아다니며 해야 할 일들을 의논하고 처녀들에게 구애의 주파를 던지리라.

잠시 후에는…….

하지만 지금은 아니다. 단지 이 세상에 속하지 않은 것 같은 침묵 속에서 땅은 태양이 다가오기를 기다리고 있었다.

숨을 죽이고, 메그는 좁은 창문을 통해 바깥을 응시했다. 물고기가 노니는 연못과 저수지에서 피어 오르는 희미한 안개 너머로 목초지와 호수를 바라보았다. 움직이는 건 아무것도 없었다. 고요했다. 어둠을 뚫고 포복하라는 소리 죽인 명령이나 말발굽 소리는 전혀 들리지 않았다.

하지만 위험은 존재했다. 메그는 확신했다. 글렌드뤼드 여자의 직감이었다.

분명 위험하다는 확신은 칼이 되어 심장을 찔렀다. 자신의 결혼이 전쟁의 위험을 막아 주리라고 생각했다. 결혼이 백성들의 안전과 블랙소른 성의 생존에 대한 확신이라고 믿었다.

하지만 지금 확실한 건 무엇인가가 잘못되었다는 사실뿐이었다.

'죽음, 재난…….'

메그는 두려움에 몸을 떨었다.

어머니가 숲으로 들어가 다시는 돌아오지 않던 날 이후, 이렇게 생생한 꿈을 꾼 적은 없었다. 단 한 번도 말이다.

'어머니, 절 부르고 있나요? 내가 마침내 고대 고분의 비밀을 알게 될까요?'

유령이 나온다는 장소가 떠오르며, 반드시 그곳에 가봐야 한다는 확신이 들었다. 그곳, 사람의 손에 더럽혀지지 않은 장소, 원시 시대의 비밀들로 적혀진 고대의 그 땅에는 나무들이 자라고 있었다. 거기에서 블랙소른 성의 앞날을 파멸할 모든 장애들을 발견할 수 있으리라.

어떻게 알 수 있는지는 메그 자신도 모른다. 단지 죽음만큼이나 확실한 진실이라는 사실만 알 뿐이었다.

메그는 잠옷을 벗고 약초 밭이나 새장에서 일할 때 입는 낡은 옷을 꺼냈다. 추위와 공포로 굳은 손가락으로 머리를 더듬어 느슨하게 땋고 가죽끈으로 끝을 동여맸다.

머리장식을 쓰고, 스타킹을 신고, 손에 장화를 들고서 메그는 소리 없이 돌로 된 성의 홀을 지나 바람 부는 계단을 미끄러지듯 내려가 재빨리 별채 쪽으로 향했다.

낯선 금발머리 사내가 문을 지키면서, 이른 아침에 해야 할 일들을 위해 성과 안뜰 사이를 오고가는 하인의 신원을 확인하고 있었다.

부엌에서 연기가 피어 올라 안개 낀 여명 속으로 흩어졌다. 잘 닦인 길에 깔린 자갈들은 매끄럽고 차가웠다. 메그는 마치 날아가듯 사뿐하게 그 위를 걸었다. 망루는 춥고 어두웠으나 문지기의 의자 옆에 횃불이 놓여 있었다.

「안녕히 주무셨나요?」

해리가 얼른 자리에서 일어났다.

「일찍 일어나셨군요.」

「약초 밭과 정원을 너무 돌보지 않아서요.」

「네, 아가씨의 달콤한 손길을 기다리는 식물들의 애원을 어제 하루 종일 들었어요. 블랙톰에게 아가씨께서 성의 새 영주님의 아내로서의 의무 때문에 바쁘다는 말을 전하라고 했는데, 그 장난꾸러기는 조그만 식물들을 위로하기는커녕 개박하 사이에서 뒹굴기만 하더라구요.」

해리의 눈동자는 어두운 망루 안에서도 반짝반짝 빛났다. 몹시 다급했지만 메그는 그에게 싱긋 웃어 보였다. 해리가 문으로 손을 내밀자, 메그는 다정하게 그 손을 잡았다.

「당신은 나의 하루를 밝게 만들어 주었어요.」

「아니에요, 아가씨. 우리들의 나날을 밝게 해주시는 분은 바로 아가씨예요. 사람들은 모두 아가씨의 친절함에 대해 입을 모아 칭찬을 하죠.」

메그는 웃음을 지었다.

「나에게 친절하게 대해 주지 않는 사람은 하나도 없어요.」

「아가씨는…….」

해리의 목소리가 잦아들었다. 횃불과는 전혀 상관없이, 주름진 뺨이 발갛게 물들었다. 해리는 다시 목청을 가다듬고 용기를 냈다.

「괜찮으세요, 아가씨?」

처녀가 아닌 아내로서의 새 지위에 대해 묻고 있다는 사실을 깨달은 메그는 머리카락까지 빨개지는 기분이었다.

「사람들이……」

해리는 목청을 가다듬고 다시 입을 열었다.

「아가씨의 어머님께선 이곳에 오셨을 때 낯선 분이셨죠. 우린…… 그러니까, 영주님은 술을 마시지 않으셨을 때에도 마님께 가혹했어요. 그리고 그가……」

해리는 거북한 듯 발을 이리저리 옮겨 놓았다.

「네.」

메그가 상냥하게 웃으며 속삭였다.

「아가씨는 우리에게 이방인이 아니에요. 만약 노르만, 아니, 만약 영주님이 아가씨에게 상처를 입히면, 우린 가만있지 않을 겁니다. 우리가 필요하면 언제라도 소리만 치세요. 그럼 단숨에 달려가 악마를 쫓아 버릴 겁니다. 아가씨는 평화를 찾아 마님처럼 숲 속으로 가실 필요가 없어요. 사냥하는 남자들도 사고를 많이 당할 만큼 위험한 곳이에요. 내 말을 믿으세요, 약속 드릴게요.」

메그의 눈에서 물방울이 점점 커지며 반짝였다. 메그는 해리의 뺨에 재빨리 입을 맞추었다. 해리의 뺨이 더욱 빨갛게 물들었다.

「사람들에게 마음놓으라고 전해 줘요. 도미니크 영주님은 내게 아주 친절해요.」

해리가 대답을 하기 전에, 메그는 몸을 돌렸다. 급히 정문을 나서서 도망치는 유령처럼 도개교를 건넜다.

차가운 아침의 한기가 뒤따라왔다. 숨이 찼다. 도미니크는 정말로 글렌드 뤼드 신부에게 강요하지 않았다. 단지 입술이 가져온 파라다이스를 음미할 수 있도록 해주고, 그 안에 홀로 남겨 두었을 뿐이었다. 도미니크가 원하는 건 오직 상속자뿐이었다.

'존, 당신은 지옥에 있나요? 당신이 다른 사람을 위해 세상에 만들어 놓은 지옥을 보며 웃고 있나요? 도미니크는 오직 아들을, 상속자를 원해요. 하지만 덧없는 꿈이죠. 도미니크에겐 사랑이 없어요. 단지 위대한 가문이 필요하고, 전쟁에서 앞을 내다보는 예리한 전략가에 대한 불타는 욕구가 있을 뿐이죠.'

들과 목초지를 구분 짓는 낮고 건조한 돌 울타리 사이로 길이 이어졌다. 기름지고 깊은 밭고랑이 물기를 머금고 반짝였다. 평행선을 이룬 녹색의 새싹들은 미래의 수확물이었다. 검은 새가 밭고랑 위로 뛰어다니면서 씨와 곤충을 찾아 다녔다. 희미한 안개의 파편처럼 목초지를 돌아다니던 양들은 검은 입술로 마른 지푸라기 사이에 새로 돋아난 풀들을 찾았다.

고요 속에 울리는 교회 종소리는 사람들에게 밭에 나갈 시간이 되었음을 알렸다. 그 소리는 보통 메그를 즐겁게 했으나 오늘 아침의 종소리는 단지 성으로부터 멀어지는 발걸음을 더욱 재촉할 뿐이었다.

위험……

12

「그 여자가 없어졌어요.」

사이먼이 대수롭지 않은 듯 말했다.

도미니크는 블랙소른 성의 무기고에서 방금 발견한 낡고 무딘 창에서 눈을 들고 멍한 표정으로 되물었다.

「그 여자?」

「마가렛이요.」

「빌어먹을!」

도미니크가 버럭 소리를 질렀다.

사이먼은 성 전반과 특히 무기고의 비참한 상태에 대한 도미니크의 날카로운 지적을 들으며 기가 팍 죽어 있는 비참한 표정의 집사를 곁눈질했다.

「하인들에게 성안을 청소하고 바닥을 박박 문질러 닦으라고 이르시오. 그런 다음 마가렛의 방처럼 모든 곳에 향기 나는 약초 등 신선한 등심초를 가져다 놓도록. 알아듣겠소?」

도미니크가 무뚝뚝하게 명령했다.

「네, 영주님.」

「그렇다면 어서 가서 실시하시오!」

그 남자는 놀랄 만큼 빠르게 그 자리를 빠져 나갔다. 발소리가 마치 북소리처럼 홀 아래와 성 모퉁이에 세워진 탑의 나선형 계단 위쪽으로 울려 퍼졌다.

「언제?」

도미니크는 얼음같이 차가운 눈으로 동생을 뚫어지게 바라보았다.

「나도 몰라요.」

「하녀는 어디에 있지?」

「형의 기사들과 키득거리며 놀고 있죠.」

도미니크는 눈을 가늘게 뜨고 녹슨 창을 만지작거렸다.

「메그를 마지막에 본 사람이 누구지?」

「해리예요. 동트기 조금 전에 밖으로 나갔다고 하더군요.」

메그 역시 제대로 잠을 이루지 못했다는 증거였다. 만족하지 못한 욕망에 시달려 밤을 지샌 도미니크에게 그나마 작은 위로가 되었다.

「동행자는?」

「없어요.」

도미니크의 작은 위안이 순식간에 사라졌다.

「혼자 갔단 말이야?」

믿을 수 없다는 표정이었다.

「네.」

「스벤은 뭘 하고 있었지?」

「사람에겐 잠이 필요합니다. 오늘 아침에는 늦게 일어나리라고 생각했답니다.」

스벤의 목소리를 정확하게 흉내내는 사이먼을 보며 도미니크는 피식 웃었다.

「해리는?」

「언제나처럼 정원에 가는 줄 알았대요.」

「거기에서 할 일이 뭐가 있지? 들판에는 아무것도 없는데…….」

「존이 살아 있을 때도 정원에 화초를 심었다던데요.」

도미니크가 씩씩거렸다.

「정원으로 사람을 보내 메그를 데려와. 재산을 빼앗긴 리버스족들이 많아서 여자 혼자 돌아다니는 건 위험해.」

사이먼은 못마땅한 표정으로 형을 바라보았다.

「이미 사람을 풀지 않을 만큼 내가 멍청인 줄 아십니까? 말했잖아요, 없어졌다니까요!」

「농가에 알아봤나? 혹시 해산하는 아낙네를 돌보러 간 게 아닌가?」

「아뇨. 오늘 아침 안개 속으로 사라진 이후로 본 사람은 아무도 없어요.」

도미니크는 창을 무기고 구석으로 집어던졌다. 그 힘에 녹슨 조각이 바닥으로 떨어졌다.

「개들을 데려와. 해리에게 문을 활짝 열라고 해.」

도미니크가 사태를 수습하기 위해 분노를 억누르고 일어섰다.

말이 채 끝나기도 전에, 형의 마음을 미리 읽은 사이먼이 대기시켜 놓은, 흥분한 사냥개들의 짖는 소리가 들렸다. 조련사가 데려온 개들은 사냥을 하고 싶어 안달하며 밖에서 기다리고 있었다.

「크루세이더에 이미 안장을 얹어 놓았습니다.」

사이먼은 도미니크가 말하기 전에 알려 주었다.

「너도 말에 오르거라.」

「성은 어떻게 하고요? 책임은 누가 지죠?」

「토마스에게 그 임무를 맡길 거야. 우리가 떠나면 들에서 일하는 사람들을 모두 들어오게 하고 도개교를 올려놓도록 하라고 해. 어쩌면 성을 빼앗으려는 책략일지도 몰라.」

「형은 아내를 믿지 못하……」

「믿지. 하지만 내 아내는 납치당했을지 몰라. 블랙소른 성을 강한 요새로 만드는 희망을 포기할 수밖에 없도록 어마어마한 몸값을 요구하면서 말이지.」

도미니크가 사납게 말을 가로막았다.

사이먼의 검은 눈동자가 가늘어졌다.

「네가 성 주변에 퍼뜨릴 말도 바로 그거야.」

도미니크가 결론 내리듯 말했다.

「무슨 뜻인 줄 알아? 어떤 일이 일어날지 알 수 없으니까 준비를 하자는 거야.」

「무슨?」

「맥스웰의 덩컨과 빌어먹을 나의 글렌드뤼드 아내 말이야!」

배신과 반역과 죽음의 그림자가 침묵 속에서 퍼져 나갔다.

「누구를 데리고 갈까요?」

「아무도 안 돼. 오늘 일어날 일은 너와 나만 알고 있는 거야.」

「형은 정말 형수님을 의……」

「사이먼, 이건 전략일 수 있어. 성을 빼앗을 가장 좋은 방법은 내부의 배신이지. 내가 알고 있는데 스코틀랜드 놈이 모를 리 없어.」

사이먼은 형의 눈동자 속에서 싸늘한 예감을 느꼈다.

'형이 마가렛을 찾아냈을 때 만약 덩컨과 함께 있다면, 하나님이 마가렛을 도와 주시길……. 하나님이 우리 모두를 도와 주시길…….'

사이먼은 불안했다.

몇 분 후, 도미니크는 갑옷과 투구 차림으로 검을 차고 성 바깥으로 성큼성큼 걸어나왔다. 쇠장갑을 낀 한 손에 석궁이, 다른 손에는 메그가 입었다가 떠날 때 급히 벗어 둔 잠옷이 들려 있었다.

성급한 사냥개들이 가죽끈을 끊고 뛰쳐나가려는 듯 주위를 맴돌며 씩씩거렸다. 긴 다리, 늘씬한 몸통, 가는 혓바닥, 송곳니를 드러낸 사냥개들은 추적해야 할 냄새가 주어지길 기다리며 안달을 부렸다.

도미니크의 하인이 크루세이더의 고삐를 쥐고서 반항하는 말을 진정시켰다. 사이먼은 자신의 말에 올라 그 옆에 서 있었다. 도미니크가 안장에 올라 고삐를 잡는 순간, 형의 분노가 어느 정도일까를 의심했던 사이먼의 의심은 사라졌다.

검은 종마가 주인의 기분을 알아차린 듯 앞다리를 높이 쳐들고 귀를 납작하게 눕혔다. 도미니크는 사나운 종마를 손쉽게 다루며 말을 몰았다.

「해리는 망루에 있어요.」

사이먼이 형에게 보고했다.

도미니크는 무뚝뚝하게 고개를 끄덕이며 안뜰을 가로질러 망루로 향했다. 거대한 근육질의 종마는 콧김을 내뿜으며 앞으로 달려나갔다. 안뜰에 울려 퍼지는 커다란 말굽 소리에는 말 주인의 다급한 심정이 그대로 드러나 있었다.

해리는 망루 앞에서 기다리고 있다, 도미니크를 보자 앞이마에 손을 대고 얼른 절을 했다.

「네 여주인을 마지막으로 본 게 언제지?」

도미니크가 무뚝뚝하게 물었다.

「태양이 블랙소른의 바위산에서 떠오르기 직전입니다.」

「너에게 말을 걸었느냐?」

「네, 약초 밭으로 가시는 것 같았습니다.」

「같았다고?」

「네. 하지만 길이 갈라질 때, 아가씨는 오른쪽으로 가셨죠.」

「정원은 왼쪽입니다.」

사이먼이 낮게 설명을 덧붙였다.

「너는 왜 아가씨가 약초 밭으로 갔을 거라 짐작했지?」

해리는 난처한 표정을 지었다.

「영주님께 말씀을 올리거라. 네 여주인이 위험에 처했을지도 몰라.」

사이먼이 재촉했다.

「마가렛 아가씨는 문제가 생길 때 자주 정원에 가셨습니다.」

문지기는 도미니크의 눈길을 마주하지 못하고 불안해했다.

「문제? 어떤?」

도미니크의 의혹에 찬 눈길은 거짓 증언은 절대 용서치 않겠다는 듯 단호했다.

해리는 더욱 안절부절못했다. 대답할 말을 찾느라 진땀을 흘리고 있을 때, 글렌드뤼드의 늙은 여인네가 망루에서 걸어 나왔다. 늦은 아침 햇살을 받아, 머리카락은 거의 투명할 정도로 하얗게 보였다.

도미니크는 권을 향해 몸을 돌렸다. 처음으로 노파의 눈이 — 나이 때문에 엷어지긴 했어도 — 메그처럼 순수하고 싱싱한 녹색이라는 사실을 깨달았다.

권은 도미니크를 마주 보고도 전혀 무서워하는 기색 없이 입을 열었다.

「존은 술을 마시면 성질을 부렸어요. 메그 아가씨는 영주의 눈에 뜨이지 않아야 했죠.」

「성의 불결한 상태로 보아, 그가 술을 자주 마셨음을 짐작할 수 있었소.」

「그렇습니다.」

「하지만 난 존이 아니오.」

「네. 만약 당신이 존이었다면, 당신의 말 옆구리는 박차 때문에 상처를 입었을 테고, 잔인한 손길에 입 주위가 굳어 있을 거예요.」

권이 다 안다는 듯 고개를 끄덕였다.

「예리하군.」

「도미니크 르 사브르, 당신도 그래요. 블랙소른 성의 영주님, 말을 타고 나가실 때에도 예리한 눈을 사용하세요. 당신은 언제나 그랬던 것처럼 약초를 캐고 있는 메그 아가씨를 만나실 겁니다.」

「하녀도 없이?」

권이 한숨을 쉬었다.

「에디스가 함께 가면 더 귀찮아질 수도 있죠.」

「마가렛 아가씨는 혼자 들판을 자주 돌아다니는가?」

도미니크가 눈을 빛내며 물었다.

「아뇨. 에디스가 같이 가거나 혹은 제가 갑니다. 아니면 무장한 병사들을 데리고 가죠.」

권이 마지못해 대답했다.

도미니크는 해리를 보았다. 문지기는 비참한 표정으로 고개를 흔들었다.

「혼자 가셨습니다.」

「사냥개들을 데려가라.」

도미니크가 조련사에게 명령했다.

그 남자는 떠들썩한 사냥개 한무리를 이끌고 다리를 건넜다. 도미니크가 앞으로 나가려고 할 때 귄이 한마디 덧붙였다.

「걱정하지 마십시오. 남자 혹은 야수라고 해도 글렌드뤼드 피를 이어받은 소녀는 해치지 못합니다.」

얼음같이 차가운 도미니크의 눈이 노파를 훑어보았다.

「마가렛 아가씨는 더 이상 농가의 처녀처럼 들판을 뛰어다니는 소녀가 아니오. 위대한 영주의 아내이며 강력한 성의 안주인이오. 어떤 남자도 탐을 내고 싶어하는 전리품이 될 수 있단 말이오.」

「앞으로 위험이 닥치긴 할 겁니다.」

귄은 이렇게 중얼거리고는, 다른 사람에게는 들리지 않을 만큼 작은 목소리로 덧붙였다.

「하지만 메그 아가씨에게 닥친 위험은 아닙니다.」

「무슨 뜻이오?」

노파는 한참 동안 아무 말 없이 도미니크를 쳐다보았다.

「전 위험을 감지했어요. 메그 아가씨도 알아차렸을 겁니다. 하지만 그 위험은 메그 아가씨가 아니라, 성을 향한 거죠. 앞으로 고비가 있을 것입니다, 영주님. 그 징조는…….」

귄의 말은 크루세이더가 앞발을 쳐들며 신경질적으로 재갈을 씹는 바람에 중간에서 끊어졌다. 참을 수 없는 분노에 몸을 떨면서도, 도미니크는 부드럽게 고삐를 잡아당겼다. 크루세이더는 힘센 목과 뒷다리, 궁둥이를 흔들어대며 제자리에서 경중거렸다.

「나에게 그런 이상한 이야기를 하지 마시오. 위험이란 항상 있는 법. 거기엔 항상 전조가 있고, 배신이 있소. 그것이 바로 사람이 문제를 일으키는 방법이오.」

도미니크는 매섭게 말을 내뱉고는 고삐를 늦추었다. 말은 마치 투석기에서 튀어나가는 돌처럼 앞으로 돌진했다.

사이먼이 재빨리 뒤를 따랐다. 두 마리의 말이 다리를 건너자, 천둥 같은 말굽 소리가 천지에 울렸다. 햇살을 받은 옷과 투구가 차갑고 날카롭게 빛났다.

갈림길에서 사냥개들이 안달을 부리며 기다리고 있었다. 사람처럼, 개들은 훈련이 잘 되어 있었다. 씩씩거리며 으르렁대고 있었지만, 행동에는 규율이 잡혀 있었고, 명령이나 나팔 소리에 즉각 반응할 태세를 갖추었다.

「이것을 리퍼에게 주어라.」

도미니크는 메그의 잠옷을 건네었다.

조련사는 셔츠를 받아 은회색 암컷에게 내밀었다. 개는 킁킁거리며 씩씩대더니 다시 냄새를 맡았다. 잠시 후, 개는 고개를 들고 흥분한 듯 씩씩거렸다.

「영주님, 냄새를 맡았습니다.」

「리퍼만 놓아주어라. 만약 제대로 길을 찾으면 다른 놈들은 계속 잡고 있어. 들판을 쓸데없이 시끄럽게 하고 싶지 않으니까.」

도미니크가 명령했다.

조련사는 리퍼의 목걸이에서 가죽끈을 떼어 냈다. 도미니크가 신호를 보내자, 암캐는 자신에게 주어졌던 냄새를 따라 앞으로 튀어나갔다. 개는 금새 냄새의 방향을 잡아내었다.

도미니크와 사이먼은 그 뒤를 따라 말을 몰았다. 구름에 가린 햇살을 받아 쇠사슬 갑옷이 반짝였다. 뒤에서 아직 묶여 있는 사냥개들이 실망을 못 이겨 울부짖었다.

메그는 천천히 일어나 몸을 펴고 등 근육의 긴장을 풀었다. 몇 시간 동안 손과 무릎으로 몸을 지탱하며, 쌓인 돌 사이나 사람의 손이 닿지 않은 처녀지(處女地)를 둘러싼 바위 아래를 살피느라 온몸이 뻐근했다. 약초를 모을 때 사용하는 작은 자루가 어렵게 얻은 수확물들로 제법 불룩해졌다. 신성한 참나무 숲에서 나올 때는 자루가 엉덩이 옆에서 달랑거렸다.

메그가 ‘유령의 슬리퍼’라고 부르는 식물의 이파리와 줄기, 뿌리 약간을 얻는 데 예상보다 훨씬 많은 시간이 걸렸다. 다른 유용한 약초와 정원에 옮겨 심을 씨들을 덤으로 구했기 때문에 그나마 다행이었다. 다른 약초도 가져오고 싶었으나, 그것들은 잎을 따면 죽어 버릴지도 모르는 위험이 있었다. 아직 약초를 따기엔 이른 계절이었다. 오직 수선화만이 완전하게 자라, 습지나 강기슭에서 태양을 향해 노란 얼굴을 내밀었다.

햇살이 마침내 잔뜩 낀 구름을 뚫고 나왔을 때, 메그는 처녀지에서 상당히 떨어진 곳까지 나왔다. 엷은 황금빛이 내리쪼이자 참나무와 이끼 낀 바위 위에 불이 난 것 같았다. 돌과 앙상한 가지는 마치 새로 만들어진 듯 은근한 빛을 발했다. 참나무의 벌어진 가지 끝에서 처음 돋아난 연녹색 새싹이 봄의 시작을 속삭였다.

꽃봉오리와 맑은 하늘의, 소리 없는 봄의 속삭임을 듣자, 메그는 몸의 긴장이 풀렸다. 마치 햇살이 길들여진 야생 매라도 된 듯, 메그는 두 손을 높이 들고 달콤하게 휘파람을 불며 마음껏 따뜻함을 즐겼다.

언덕 꼭대기에서 휘파람 소리가 들려 왔다.

잠시 후, 회색 사냥개 한 마리가 놀라운 속도와 우아한 몸놀림으로 메그를 향해 달려왔다. 사냥개가 메그에게서 몇 발짝 떨어진 곳까지 왔을 때, 나팔 소리가 허공을 가로질렀다. 사냥개는 멈추어 서더니 몸을 휙 돌려 소리가 들린 방향으로 되돌아갔다.

심장이 펄떡거렸다. 메그는 손을 이마에 대고 빛을 가리고는 안개에 싸인 골짜기를 바라보았다. 군마 두 마리가 언덕 꼭대기에 나타났다. 한 마리엔 사람이 타고 있지 않았다.

메그는 눈을 의심했다. 사람을 태우지 않은 말은 분명 남편의 것이었다. 그때 뒤에서 남편의 목소리가 들려 왔다.

「어딜 보고 있는 게요, 부인?」

메그가 휙 돌아섰다.

「깜짝 놀랐잖아요.」

「만약 내 질문에 대답을 하지 않으면 더 놀라게 만들어 줄 거요. 어디에서 무얼 했소?」

「약초를 채집했어요.」

도미니크는 허름한 메그의 옷을 바라보았다. 얼룩지고 헝클어지고, 엉망이었다. 부정한 밀회를 하며 뒹군 사람처럼…….

「약초를 채집했다고?」

도미니크는 억양 없는 목소리로 되뇌었다.

「이상하군. 옷 모양이 마치 땅바닥에서 구른 것 같은데.」

메그는 옷을 내려다보고 어깨를 으쓱 올리더니 다시 도미니크를 바라보았다. 감정을 드러내지 않으려 무척 애를 쓴 듯했지만, 메그는 남편의 내부에 억눌려 있는 분노를 감지했다. 순간 핑곗거리가 머릿속에 산더미같이 쏟아졌다.

「약초를 캐려면 헌옷을 입어야 해요. 무릎을 땅에 대고 약초를 캐야 하는데, 좋은 옷을 다 망칠 필요는 없잖아요.」

메그는 당당하게 또박또박 말했다.

도미니크는 으음 하는 소리를 내며 주변을 둘러보았다. 생기가 도는 수선화를 제외하곤 녹색의 식물은 한 포기도 보이지 않았다. 다시 의심 어린 시선을 메그에게 고정시켰다.

「여기서 채집한 거요?」

「아뇨.」

「그럼 어디서?」

메그는 처녀지에 대해선 말하고 싶지 않았다. 블랙소른 성 사람들조차 귀신이 나오고 저주받은 장소라고 생각하기 때문이었다.

「그게 문제가 되나요? 난 필요한 약초를 채집했을 뿐이에요.」

메그는 의아한 표정을 지었다.

도미니크의 분노가 터져 나왔다. 억제하기가 대단히 힘들었다.

「그래? 그럼 그게 뭐요?」

다시 한 번, 메그는 망설였다. 만약 해독제에 대해 설명한다면, 잃어버린 약에 대해서도 말해야 했다. 이미 귄에게 말하지 않기로 약속하지 않았던가.

멀리서 새들의 울음소리가 침묵을 깼다. 사이먼이 도미니크의 종마를 끌고 오는 소리가 가까운 곳에서 들려 왔다. 사냥개는 길고 좁은 혓바닥을 내밀며 헉헉거리며 두 사람 주위를 맴돌았다.

「부인, 그렇게 다급하게 모자란 것이 무엇이기에 아무에게도 말하지 않고 혼자서 들판을 돌아다닌단 말이오?」

목소리가 비수보다 더 날카로웠다.

「씨예요. 내 정원에 심을 거예요.」

메그는 남편의 눈길을 피하며 중얼거렸다.

「당신은 거짓말도 제대로 못하는군.」

「거짓말이 아니에요. 정원에 뿌릴 씨들을 모았어요.」

「그럼 내게 좀 보여 주시오.」

「심기 전까지는 안 돼요. 사람 손을 너무 많이 타면…….」

메그는 말을 이을 수 없었다. 도미니크가 채집한 약초가 든 자루를 낚아채 거꾸로 들고 마구 흔들었기 때문이었다. 식물들과 먼지가 땅 위로 떨어졌다. 작은 이파리들이 초록색 비처럼 흩어져 내렸다.

「안 돼요!」

메그가 흥분해서 미친 듯이 외쳤다.

그러고는 도미니크에게서 자루를 빼앗아 무릎을 꿇고 앉아, 마치 금화를 줍는 듯 신중하게 작은 이파리들을 주웠다.

도미니크는 눈살을 찌푸린 채 보고만 있었다. 메그의 말은 믿기 힘들었으나, 지금 보이는 행동은 의심할 수 없었다. 자루에 든 식물들을 매우 귀중하게 여기는 것 같았다.

「사이먼?」

「네.」

「어디를 돌아다녔는지 추적해 봐.」

「네.」

「소용없을 거예요.」

메그는 고개를 수그린 채 여전히 이파리들을 주우며 중얼거렸다.

「사이먼은 볼 수 없어도 리퍼는 냄새를 맡을 수 있지.」

「처녀지에선 아니에요. 개나 말은 그곳에 들어갈 수 없어요.」

「왜 안 된다는 거요?」

도미니크가 짜증을 냈다.

「나는 개나 말이 아니라, 정확한 대답을 해드릴 수 없군요. 난 단지 그 사실을 알 뿐이에요. 동물들은 사람보다 자연을 더 잘 감지하죠. 신성한 곳인가 봐요.」

메그는 쌀쌀맞게 대꾸했다.

「처녀지라.」

도미니크는 몇 번 되뇌었다.

메그는 무슨 말인가를 중얼거리며 잎새들을 계속 모았다. 마치 주문을 외는 듯했다.

잠시 후 도미니크는 쇠장갑을 낀 손으로 메그의 고개를 들어올렸다.

「당신은 이곳이 두렵지 않소?」

「제가 왜요? 난 혓바닥이 긴 사냥개가 아니에요.」

사이먼은 헛기침을 했다. 웃음을 얼버무리는 것 같기도 했다.

메그의 성난 눈동자에서 시선을 돌리지 않은 채 도미니크는 자신의 동생에게 추적하라고 손짓을 했다.

「당신은 사냥개도 말도 아니오. 하지만 글렌드뤼드의 마녀요. 여기서 대체 무슨 장난을 꾸미고 있었던 거요?」

도미니크가 화난 음성으로 따졌다.

「난 글렌드뤼드의 딸이지, 마녀가 아니에요.」

「하지만 당신은 사람들이 저주받았다고 수군대는 장소에 왔소.」

「내가 지닌 십자가를 보세요. 아무 일도 일어나지 않았어요. 만약 처녀지가 사람들이 생각하는 대로 악마의 땅이라면, 십자가는 불에 타 버렸을 거예요. 하지만 그렇지 않았어요. 이렇게 조용히 내 가슴에 놓여 있잖아요.」

말굽 소리가 새와 바람 소리만 들려 오는 침묵 속으로 사라지는 동안, 도미니크는 자신의 아내를 바라보았다. 메그의 턱을 잡아 얼굴을 들여다보고 내려 주었다. 하얀 얼굴에 빨간 자국이 남았다. 아내가 내연의 연인과 함께 있었다는 확신과 함께, 그 모습은 마치 차갑고 소화되지 않는 음식처럼 도미니크를 괴롭혔다.

'어젯밤 새 신부가 그렇게 빨리 반응을 보인 건 이상한 일이 아니었어. 아무것도 모르는 소녀가 아니었으니까. 저 작은 매는 이미 남자의 손길에 훈련이 되어 있어. 하지만 난 이 여자에게서 아들을 낳을 거야. 꼭 그렇게 할 거야. 매가 하늘을 거부할 수는 있어도, 이 여자는 더 이상 남자의 품을 거부할 수 없어. 과거에 누구의 연인이었든, 지금은 내 거야. 그리고 영원히 나의 소유로 남겠지.'

도미니크는 잔인한 표정으로 땅 위에 떨어진 식물들을 응시했다. 메그는 손가락 끝을 사용하여 빠르게 시들어 가는 조그만 씨와 잎새들을 부드럽게 집어 들었다. 식물학자도 정원사도 아닌 도미니크의 눈에는 그 식물들은 그저 평범한 풀처럼 보였다. 성 근처에서도 그 풀들을 본 듯했다.

메그의 질책을 예상하면서도, 도미니크는 씨앗 몇 개를 주워 들었다.

하지만 메그는 가만히 있었다. 심지어 씨앗들을 크루세이더의 안장에 매달린 자루에 집어넣었을 때에도 전혀 신경 쓰지 않았다. 하지만 남아 있는 축 처진 잎과 줄기, 작은 뿌리들을 모으는 메그를 돕기 위해 몸을 수그렸을 때는 격렬하게 손을 내저었다.

「아니에요. 당신의 쇠장갑은 너무 거칠어요. 만약 약으로 만들기 전에 잎이 멍들면 약효가 사라져요.」

메그가 말했다.

「당신은 왜 에디스나 무장한 병사를 데리고 나오지 않은 거요? 그들도 너무 서툴러서?」

메그는 아무 말도 하지 않았다.

「대답하시오. 왜 혼자 성을 나왔는지 말해 보시오.」

메그의 손이 정지했다.

「난······.」

도미니크는 무슨 대답이 나오든 거짓말일 거라는 확신과 함께 기다렸다.

대답은 침묵이었다.

「칼리슬 영지까지는 거리가 얼마나 되오?」

도미니크는 평범한 대화를 나누듯 가볍게 물었다.

메그는 새로운 화제가 나오자 안도의 한숨을 내쉬었다. 대답을 하면서 마지막 남은 조그만 잎을 주웠다.

「걸어서 하루는 족히 가야 해요. 달이 뜨고서도 한참 후에야 올드패스에서 영지를 볼 수 있을 거예요.」

「만약 말을 타고 간다면 시간이 덜 걸리겠군?」

「네. 어떤 사람들은 그렇게도 가죠. 마차가 다니는 길 사이에 지름길이 있어요. 하지만 지름길은 몹시 험해요. 대부분 사람들은 마차가 다니는 길을 선호하죠. 아버지가 그렇게 아프지 않았을 땐, 일 년에 몇 번씩 그 길을 통해서 다른 영지로 여행을 갔어요.」

안전한 화제에 메그는 마음을 놓았다.

「마차길이 지금 엉망이오? 그래서 이 길로 온 거요?」

「아뇨. 덩컨이 돌아왔을 때 길을 모두 정리했어요.」

도미니크의 눈이 가늘어졌다. 만약 메그가 그 모습을 보았다면, 주울 잎이 아직 남아 있다는 것도 잊은 채 자리에서 일어났으리라. 하지만 메그는 귀중한 약초에 완전히 주의를 집중하고 있었다.

「보통 사람들은 이 언덕을 빙 돌아서 마차길로 가는 거요?」

「네. 사람들은 귀신이 나오는 곳이라고 여길 피하죠.」

「정말 편리하군.」

말투가 마치 칼끝 같았다. 메그의 손이 공중에서 멈추었다.

「편리? 무슨 말이죠?」

「밀회를 나누기에 편리하단 말이지.」

메그는 고개를 들고 도미니크의 눈길과 맞섰다.

「그렇군요. 내가 어떤 남자와 숲 속에서 뒹굴었다고 생각하고 있군요.」

「어떤 남자가 아니오. 덩컨이오. 당신 모습을 보시오. 뺨은 빨갛게 달아오르고 눈동자에는 만족감이 서려 있소. 그리고 옷은 지저분하고.」

도미니크가 거칠게 말했다.

「약초를 캐기 위해 고개를 수그리고 있었기 때문에 뺨이 발갛게 되고 옷이 지저분해진 거예요!」

「그럴 수도 있겠지. 하지만 당신은 어쩌면 난잡한 여자인지도 몰라.」

「아니에요!」

「덩컨은 내가 당신과 잔 줄 알겠지. 혹은 당신과 이미 잤을 줄 어찌 알겠소? 당신 어머니가 존에게 그랬던 것처럼 그 망할 놈은 내게 자신의 사생아를 떠맡기려는 거요?」

도미니크는 잔인했다.

메그는 고개를 꼿꼿하게 세웠다.

「맹세해요. 난 남자와 함께 있지 않았어요.」

「말은 쉽겠지.」

「그럼 지금 여기에서 날 가져요. 지금 여기서요. 도미니크 르 사브르, 당신이 첫 남자라는 걸 알게 될 거예요.」

메그는 참을 수 없는 모욕에 씩씩거렸다.

「연극을 잘 하는군, 마가렛.」

남편의 싸늘한 웃음을 보자 메그는 불안했다.

「연극이 아니에요!」

「나도 마찬가지요. 만약 내가 당신과 자고서 처녀가 아니라는 걸 알게 되면, 만약 당신이 아기를 가졌을 때 누가 아기 아버지인지 모르게 될 거요, 그렇지 않소?」

메그는 너무 놀라 입을 쩍 벌렸다.

「아니, 나의 조그맣고 영리한 아내여. 월경을 치를 때까지 난 당신과 자지 않을 거요. 그런 다음엔 당신을 내 곁에서 떼어 놓지 않을 거요. 만약 당신이 아기를 가지면 그때에는 누가 아버지인지 조금도 의심할 여지가 없소.」

메그는 한 대 얻어맞은 기분이었다.

「당신은 내가 처녀인지 창녀인지 전혀 상관하지 않잖아요. 오직 나에게서 아들만 바랄 뿐이죠.」

메그는 멍한 표정으로 중얼거렸다.

「그렇소. 하지만 만약 당신이 조금 전까지 창녀였다면, 이젠 매춘 생활도 끝이오.」

「내가 거짓말쟁이, 사기꾼, 도둑놈이라 해도 당신에겐 전혀 문제가 아니란 말이죠? 난 단지 블랙소른 성과 함께 묻어 온, 아들을 낳을 자궁일 뿐이겠죠.」

가느다란 도미니크의 눈이 쪼개진 얼음 조각처럼 보였다.

「날 믿으시오. 과거에 무엇이었던 간에, 나는 내 아내로서 당신이 다른 사람의 표본이 되어 주길 기대하고 있소. 만약 불명예스러운 일로 내 이름에 먹칠을 한다면 당신은 대단히 후회할 거요.」

메그의 영혼 속에 꿋꿋이 뿌리 내린 한가닥 희망은 도미니크 르 사브르라는 황량한 현실 아래 천천히 시들었다. 자신의 남편은 에디스가 말한 대로 노르만의 악마도 아니었고, 자신이 꿈꾼 대로 쇠사슬 갑옷 아래 숨쉬는 따스한 심장을 가진 사내도 아니었다. 그 남자는 웃음도 부드러움도 원치 않았다. 어머니의 결혼 생활과 같이 쓰디쓴 맛을 보고 싶어하지 않는 자신의 희망과 꿈에 대해서는 조금의 호기심도 갖지 않는 남자였다. 백성들의 어려운 생활 같은 데에도 전혀 관심이 없으리라.

도미니크 르 사브르는 단지 남자일 뿐이었다. 컴브릴랜드의 존과 똑같은 남자. 훼방꾼이 나타나면, 자신의 왕조를 지키기 위해 존만큼이나 잔혹해지리라.

메그는 도미니크의 영혼에서 겨울밤만큼이나 차갑고, 심지어 겨울보다 더 오래 추위가 지속될 황량한 그림자를 감지했다. 그 혹한은 도미니크는 물론 자신의 인생조차 얼어붙게 만들리라.

저항의 비명 소리가 메그의 몸 속에서 꿈틀거렸지만, 입술에선 아무런 목소리도 새어 나오지 않았다.

도미니크가 다시 한 번 날카롭게 메그의 이름을 부르자, 글렌드뤼드 여인의 눈동자가 똑바로 남편의 눈을 응시했다. 봄은 천천히 생명의 축제로 땅을 물들여 갈 터이지만 메그는 그 기쁨을 나누어 가질 수 없었다.

「소녀로서는 너무나 성숙한 얼굴이오. 부도덕한 생활 때문이오?」

도미니크가 이유 없이 화를 냈다.

메그는 침묵을 지켰다. 감정이라고는 조금도 없는 사내에게 우롱당하는 지금, 어떤 말도 하고 싶지 않았다.

「당신과 거래를 하고 싶소. 나에게 아들 둘만 낳아 주시오. 그러면 난 당신을 런던으로 보내 주겠소. 거기에서는 자유분방한 생활을 마음껏 즐길 수 있을 거요.」

냉담한 목소리였다.

눈물을 머금은 메그의 눈동자가 더욱 커졌다.

「당신은 무엇이 날 즐겁게 하고 슬프게 하는지 전혀 모르는군요.」

「내가 아는 것은 어젯밤 당신이 남편으로서의 내 권리를 거절했다는 거요.」

도미니크가 잔인하게 대답했다.

「나는 어떤 남자든 나의 남편으로 선택된 남자에 대한 의무가 무엇인지 정확하게 알아요. 난 내 의무에 충실할 거라 다짐했죠. 만약 남편이 나와 잘 어울린다면 더 많은 기대도 할 수 있을 거라 생각했는데 이제는……」

메그의 목소리가 고통스러운 침묵 속으로 잦아들었다.

「이제는? 계속 말하시오.」

도미니크가 재촉했다.

「모든 것이 물거품이 됐군요. 봄이 오고 있지만 글렌드뤼드나 나를 위한 봄은 아니에요.」

「덩컨은 잊는 게 나을 거요.」

도미니크가 거칠게 경고했다.

「덩컨? 무슨……」

「당신은 나와 결혼했소. 당신의 남편은 나 한 사람뿐이오.」

「알아요. 그리고 난 당신의 단 하나뿐인 아내죠. 죽음이 우리를 갈라 놓을 때가지요. 아기를 낳기 위해서 당신이 다시 결혼하면, 나를 불시의 죽음으로 몰아넣을 건가요? 차가움과 떨림으로 날 잠에서 깨우는 위험이 바로 그건가요?」

「무슨 해괴한 말이오?」

도미니크가 어리둥절한 표정으로 다그쳤다.

메그는 어깨를 으쓱했다. 갑자기 한기가 엄습하며, 하얀 뺨에서 핏기가 사라졌다.

「들었어요?」

메그가 속삭였다.

「무슨?」

「웃음소리.」

도미니크는 귀를 기울였다.

「난 아무것도 듣지 못했소.」

「존이에요.」

「뭐라고?」

「웃었어요. 자신의 저주가 효과를 발휘하고 있음을 알았어요.」

그늘진 녹색 눈동자가 도미니크에게 고정되었다.

「당신은 아들을 갖지 못할 거예요.」

도미니크는 메그의 어깨를 움켜쥐었다.

「난 아들을 가질 거야!」

「아뇨.」

메그는 얼굴에 흘러내리는 차가운 은색 눈물도 개의치 않고 속삭였다.

「글렌드뤼드의 아들을 얻으려면 사랑이 필요해요. 당신에겐 사랑이 없어요, 도미니크 르 사브르.」

13

사이먼이 성으로 돌아왔을 때, 도미니크는 전투용 갑옷을 벗고 커다란 홀에서 떨어진 영주의 일광욕실에 느긋하게 앉아 있었다. 그곳은 한때 병실이었으나 바로 그날 아침 긴 의자를 들여놓으면서 모습을 바꾸었다. 도미니크는 홀에선 하기 힘든 밀담을 나눌 때 그 방을 사용할 작정이었다.

지금의 화제 — 사이먼이 메그의 발자국을 추적하면서 발견한 것 — 에도 바로 그러한 신중함이 요구되었다. 말안장 뒤에 앉아 함께 성으로 돌아오던 메그의 창백하고 일그러진 얼굴, 고뇌에 시달린 눈동자와 깨지지 않는 침묵은 설명할 수도, 이해할 수도 없었지만, 도미니크를 무척이나 불안하게 만들었다.

일광욕실은 도미니크가 원하던 은밀한 장소일 뿐 아니라 몸과 마음의 한기까지 녹일 만큼 따스했다. 불길이 밝게 타오르는 거대한 벽난로는 아직 물러가지 않은 차가운 겨울의 숨결과 싸늘한 봄비의 감촉을 집어삼켰다. 오후에 온 비를 막느라 좁고 높다란 창문을 닫아 놓았는데도 일광욕실은 성의 어떤 방보다도 훨씬 쾌적했다.

「물에 빠진 새앙쥐 꼴이구나.」

도미니크는 물기를 뚝뚝 흘리며 들어서는 동생이 걱정스러웠다.

「나도 그런 기분이에요.」

「먼저 몸 좀 녹여라. 이야기는 잠시 후에 하자.」

사이먼이 장갑과 젖은 망토를 벗고 난롯가에서 몸을 녹이는 동안, 도미니크는 문가에서 기다리는 하인에게 몸을 돌렸다.

「맥주를 가져오너라. 그리고 빵과 치즈도 가져오고. 참, 뜨거운 스프도 좀 먹겠니?」

「네.」

도미니크는 하인에게 고개를 끄덕여 보이고는 한마디 덧붙였다.

「그리고 왜 귄이 이렇게 늦는지 알아보아라. 아주 오래 전에 부르러 보냈는데.」

「네, 영주님.」

도미니크는 꼿꼿이 앉아, 멀어져 가는 하인의 발소리에 귀를 기울였다. 하인이 완전히 멀어질 때까지 기다리면서 금으로 만든 보석들이 쌓여 있는 탁자로 손을 내밀었다. 그러고는 아무 생각 없이 보석들을 들썩거렸다.

짤랑거리는 맑은 소리가 허공을 가득 메웠다. 마치 순금으로 된 목청을 가진 새를 잡아 놓은 듯했다. 이 소리는 한때 술탄이 특별히 아끼던 애첩의 손목과 발목, 엉덩이와 허리에 우아하게 감겼던, 작은 금방울들이 달린 체인에서 울려 나왔다. 도미니크는 그 도시를 점령한 다음 손끝 하나 대지 않고 그 여자를 술탄에게 돌려보냈다. 하지만 그 여자가 지니고 있던 보석은 아니었다.

「송골매는 어때요?」

사이먼은 방울 소리를 들으며 매를 떠올렸다. 어떻게든 메그에 대한 애기는 입에 올리고 싶지 않았다.

「아주 상태가 좋아. 숲에서 돌아온 다음, 눈가리개를 벗겼어. 무서워하거나 퍼덕거리지도 않고 아주 자연스럽게 내 팔에 앉더군. 내일 저녁에는 안뜰로 데리고 나가 봐야겠어. 곧 내 팔에 앉혀서 성안을 돌아다닐 거야. 그런 다음 함께 바깥에 나가야지.」

도미니크는 멍한 표정으로 대답했다.

「잘됐군요.」

사이먼은 무엇인가 잘 되어 가는 일이 있다는 데 안도를 하며 말했다.

「그래.」

도미니크는 체인의 떨림을 더 잘 들으려는 듯 눈을 감았다. 잠시 후 다시 입을 열었다.

「이미 훈련을 받은 새라고 믿는 사람도 있을 거야.」

「정말이요?」

사이먼이 믿을 수 없다는 듯 형을 쳐다봤다.

「그럴 가능성도 있지. 그놈은 둥지에서 잡은 게 아니라 올가미로 잡았거든. 하지만 매 조련사는 나에게 블랙소른 성의 새들은 워낙 영리해서 그렇다고 자신 있게 말하더군. 만약 메그가 새들을 다룬다면 말이지.」

올 것이 왔다는 것을 알자 사이먼은 끄응 하며 신음 소리를 내뱉었다.

「뭘 알아냈지?」

도미니크는 무표정한 얼굴로 낮게 물었다. 하지만 사이먼은 형의 목소리에서 희미한 떨림을 감지했다. 다루기 힘든 아내에 대해 형이 얼마나 신경을 쓰는지 알 수 있었다.

「아무것도요. 리퍼가 냄새를 잃어버렸어요.」

방울 소리가 멈췄다. 도미니크는 동생을 뚫어지게 바라보며 되물었다.

「냄새를 잃어? 정말 이상하군. 리퍼는 내가 키워 온 사냥개 중에서 가장 후각이 발달한 개야.」

「알아요.」

사이먼이 심드렁하게 대답했다.

「주변에 다른 발자국 같은 건 없었어?」

「블랙소른 강이 흘러 모이는 작은 만에 커다란 수사슴 한 마리가 살더군요. 여우가 토끼를 잡았고, 독수리 한 마리와 까마귀 다섯 마리가 죽은 동물을 둘러싸고 아귀다툼을 벌이고 있었어요.」

「말들이 지나간 자국은?」

「전혀 없었어요. 심지어 황무지에 사는 말들의 자취도 없던데요.」

「도끼는? 마차는? 장화자국 같은 것은?」

도미니크가 고집스레 물었다.

「없었어요.」

「어디서 냄새를 잃은 거지?」

「정확히 형수님이 말한 지점에서요. 서 있는 돌들이 미개척지를 둘러싸고 있는 곳이죠.」

「거기에 다른 사람의 자국 같은 것은 없었나?」

「냄새도 없었어요. 만약 맥스웰의 덩컨이 ― 혹은 다른 남자라도 ― 오늘 아침 형수님과 그곳에 있었다면 아마 독수리를 타고 왔다가 갔을 거예요.」

사이먼은 의심에 찬 얼굴로 머리를 갸웃하는 형을 애처롭게 바라보았다.

「형수님의 말이 맞을지도 몰라요. 약초를 채집했다는 말이요.」

「어쩌면 그렇겠지. 하지만 그런 식물들은 성 근처에서도 얼마든지 모을 수 있잖아.」

「그렇게 이상하게 생긴 것들을요?」

「하긴 정원사도 그렇게 생긴 식물은 처음 본다고 하더군.」

도미니크도 인정했다.

그게 바로 도미니크는 일광욕실에, 메그는 자신의 방에 있는 이유였다. 도미니크에겐 생각할 시간이 필요했다. 아들을 얻기 위한 전투에서 벌어진 사소한 첫 충돌이 이상하게 변했다.

실수를 되풀이하기에 도미니크는 너무 영리한 전술가였다. 그리고 만약 실수를 했다면, 그것을 통해 쉽고 빠르게 배워갔다. 결코 자신의 미래를 끔찍하게 만들 전투를 계속하진 않을 것이었다.

「내가 아내를 잘못 평가했을지도 몰라. 잘못 다루고 있는 게 확실해.」

도미니크가 슬며시 잘못을 시인했다.

「그러면 어떻게? 다른 남편들 같으면, 아내가 아무에게도 말하지 않고 숲 속을 혼자 싸돌아다녔다면 아마 소리 나게 때려 줬을 거예요.」

「내가 그렇게 하지 않았는지 네가 어떻게 알아?」

도미니크가 시무룩하게 대꾸했다.

「형을 터키의 지하감옥에서 구출했을 때, 형은 나중에 영토를 지배하게 되면 절대 채찍이나 몽둥이를 사용하지 않겠다고 맹세했죠. 형은 한 번 한 약속은 꼭 지키잖아요.」

도미니크가 갑자기 벌떡 일어났다. 지하감옥의 공포는 너무 끔찍해, 꿈속에서만 기억할 뿐이었다. 그리고 깨어나면서 그 꿈은 완전히 잊혀졌다. 그게 나았다.

「사이먼, 내가 구출해 줘서 고맙다고 말했던가?」

「우린 서로의 생명을 너무 많이 구했죠.」

동생이 빙그레 웃었다.

「네가 그때 구한 건 내 생명이 아니라, 영혼이었지.」

도미니크가 차가운 금체인을 움켜쥐자, 딸랑거리는 소리가 힘차게 방 안에 울렸다.

「사이먼, 너에게 새로운 임무를 주겠다. 경호를 해라.」

난롯가에 있던 사이먼이 재빨리 몸을 돌렸다.

「스벤이 형 주변에 위험이 많다고 했어요?」

「네가 경호할 사람은 내가 아니라 내 아내야.」

「맙소사.」

사이먼의 놀란 표정이 실망스럽게 풀어졌다.

「너 아니면 누가 희롱을 할지, 아님 당할지 믿을 수 있겠냐?」

「그래서 술탄은 내시 경호원을 두었군요.」

「난 네게 제물이 되라고 한 적은 없어.」

「당연하죠.」

사이먼은 어림도 없다는 듯 형을 흘겨보았다.

「형에게 신세는 많이 졌지만, 그렇다고 나의 상징을 내줄 수는 없죠!」

도미니크의 웃음소리가 방울 소리와 뒤섞였다.

「나를 제외하고 메그의 방에 아무도 접근하지 못하도록 감시하는 게 네 임무야.」

「하녀는요?」

「누구? 하녀는 필요 없어. 필요하면 내가 아내의 옷을 입혀 주고 벗겨 줄 수 있어.」

도미니크가 동생의 걱정을 일언지하에 일축해 버렸다.

사이먼은 소리 내 웃지 않으려고 안간힘을 썼으나, 재미있어 죽겠다는 표정은 감추지 못했다.

「며칠 동안 메그는 새장에 갇힌 매가 되는 거야. 내 손에서 먹이를 받아 먹고, 내 입에서 물을 받아 마실 거야. 잘 때는 내 옆에서 자고, 깨어나면 내 숨소리를 들으며 내 체온으로 몸을 데우게 할 거야.」

사이먼은 기가 막혀 눈을 치켜 떴지만, 아무 말도 하지 않았다.

「메그는 내가 아내에 대해 모른다고 했어. 그 말이 맞아. 내 실수야. 처음엔 잘 따라오는 듯 싶었는데……. 메그는 그 동안 점령했던 어떤 성이나 도시보다도 튼튼한 방어벽을 가지고 있어.」

도미니크는 혼잣말을 중얼거렸다.

사이먼은 숲 속에서 형과 메그 사이에 무슨 일이 있었는지 궁금했으나 아무 말도 묻지 않았다. 그는 형을 잘 알았다. 어떻게 목표물을 공략하는지 계획을 세울 때에는 방해하지 않는 것이 더 나았다. 물론 여자에 대해서도 마찬가지겠지.

「매달 치르는 하혈의 시기가 지나면, 메그에 대해 더 잘 알게 되겠지. 하지만 남편이 아내를 아는 정도가 아냐. 좀 다른 종류가 되겠지.」

「형수님은 자신이 성에 갇히게 되리라는 사실을 알고 있나요?」

사이먼은 꼼짝없이 갇혀 지낼 메그가 안쓰러웠다.

「음.」

도미니크는 긍정인지 부정인지 알 수 없는 소리만 내고 아무 말도 하지 않았다.

「뭐라고 말하던가요?」

「아무 말도. 나에게 아들 없이 죽을 것이라는 말을 하고 나선 단 한마디도 하지 않았어.」

「맙소사.」

사이먼은 간담이 서늘해졌다.

도미니크가 다시 입을 열기 전에 하인이 돌아왔다. 귄이 바로 뒤에 서 있었다. 하인은 탁자 위에 음식과 맥주를 놓고 물러갔다. 사이먼이 탁자로 달려가 허겁지겁 음식을 먹었다. 도미니크는 늙은 글렌드뤼드 여인에게 불 가까이 다가오라고 손짓을 했다.

「저녁은 들었소?」

태도가 매우 정중했다.

「네, 영주님. 감사합니다.」

도미니크는 잠시 말을 멈추고 자신의 글렌드뤼드 아내, 저주와 희망, 미신과 진실 등 그들의 비밀스런 문제에 대해 어떤 식으로 접근해야 할지 궁리했다.

마침내 도미니크는 어깨를 으쓱하며 블랙소른 성 사람들의 예를 따르기로 마음먹었다. 존과 메그는 정면충돌을 택했다. 따라서 새로운 영주도 그렇게 하기로 했다.

「글렌드뤼드 아내들에 대해 말해 보시오.」

「그들은 여자입니다.」

도미니크의 등뒤에서 사이먼이 이상한 소리를 냈다. 웃음을 억지로 참거나 혹은 욕설을 내뱉거나, 아니면 동시에 둘 다 하는 것 같았다.

「그건 확실하오. 내가 남자인 것이나 마찬가지로.」

적어도 도미니크의 겉모습은 침착했다.

귄의 바랜 눈동자 속에 웃음기가 반짝였다.

「영주님, 또 다른 궁금증이 있습니까?」

「많이 있소. 글렌드뤼드 여자들이 보통 여자들과 어떻게 다른지 말해 보시오.」

「눈동자가 특이한 녹색입니다.」

도미니크가 참지 못하고 얼굴을 찡그렸다.

「계속하시오.」

「그리고 살아 있는 생명체에 관해 재능이 있죠.」

다음 말을 기다렸다.

퀸도 같이 기다렸다.

「맙소사.」

도미니크는 손으로 이마를 치며 천장을 바라보았다.

「알아듣게 말을 해보시오!」

퀸이 침착하게 입을 열었다.

「만약 구체적으로 무엇을 알고 싶으신지 말해 주시면, 더 나을 겁니다. 오, 나의 늙은 뼈들이 따스한 일광욕실을 매우 좋아하는군요. 마가렛 아가씨가 어떻게 태어나서 지금까지 어떻게 살았는지 말씀 드리죠.」

도미니크는 허리에 주먹 쥔 손을 올려놓고 늙은 여인을 찬찬히 살펴보았다. 노파 역시 그리 호전적이지 않은 태도로 새 영주를 찬찬히 훑어보았다. 노파의 오만함은 도미니크와 거의 맞먹었다.

「나는 글렌드뤼드 여인네들이 매우 고집스럽다는 사실을 알았소.」

도미니크가 운을 뗐다.

「그렇습니다.」

「두려움도 없고.」

퀸은 그 말에 고개를 갸우뚱했다.

「우린 겁쟁이가 아니죠. 하지만 그건 다른 겁니다, 영주님.」

퀸이 덧붙였다.

「그렇소. 남자들은 용기라고 부른다오.」

도미니크는 늙은 여인의 예리한 지적에 놀라며 시인했다.

그는 무의식중에 손을 내밀어 금체인을 흔들면서 다음 공격에 대해 생각했다. 방울이 짤랑거리자, 퀸이 이국적인 보석을 향해 고개를 돌렸다.

「만약 꽃들이 노래를 한다면, 바로 그런 소리가 날 거예요..」

도미니크가 즐거운 웃음을 띠고 있는 노파를 흘깃 보았다.

「다시 한 번 당신은 날 놀라게 하는군.」

「앞으로의 인생은 무시한 채, 오직 한 가지에만 집착하는 남자를 놀라게 하기란 쉽지 않은데…….」

「날 두고 하는 말이오?」

권은 당연하다는 듯 고개를 끄덕였다.

「내가 무엇에 집착한단 말이오?」

「가문.」

「다른 남자들도 다 그렇소.」

「아뇨. 다른 남자들은 많은 것을 원해요. 한 가지씩 차례로 원하는 사람들도 있지만, 대부분은 한 번에 모두 가지려고 하지요.」

권이 머리를 저으며 부정했다.

「그러면 한 가지도 못 얻겠군.」

권이 놀란 눈으로 젊은 영주를 쳐다보았다.

「그렇습니다. 하지만 당신은 다른 남자들과 아주 달라요. 오직 한 가지에만 매달려 있죠. 바로 아들!」

도미니크의 눈이 얼음 조각처럼 차가워 보였다.

「어쨌거나 내가 불임의 아내를 맞이했다고 생각하오.」

「그렇지 않습니다!」

권이 반박했다. 자신 있는 목소리였다.

「그렇다면 왜 메그는 내게 죽을 때까지 아들을 얻지 못할 거라고 말한 거요?」

권의 눈동자가 커지더니, 잠시 후 자신의 앞에 선 덩치 큰 전사를 바라보며 눈을 가늘게 떴다. 권은 그때 처음으로 도미니크가 맘속에 억누르고 있는 분노가 얼마나 큰지 깨달았다.

「메그 아가씨가 그렇게 말했나요?」

「그렇소.」

「정확하게, 단어 하나 틀리지 않고 말입니까? 제가 꼭 알아야만 합니다.」

「아내는 내게 '글렌드뤼드 아들을 낳기 위해선 사랑이 필요해요. 그런데 당신에겐 사랑이 없어요.'라고 했소.」

권의 한숨 섞인 중얼거림이 벽난로 불길이 내는 작은 소음에 흡수되었다. 몹시 피곤한 사람처럼 노파는 눈을 거칠게 문질렀다. 그러고는 오직 한 가지에 집착하고 있는 남자를 바라보았다.

「그건 아가씨가 불임이라는 뜻이 아닙니다. 만약 부부 사이에 사랑이 없으면 글렌드뤼드 피를 이어받은 아들은 태어나지 않는다는 뜻이에요.」

「어떻게 그럴 수가 있단 말이오?」

「저도 모릅니다. 단지 글렌드뤼드 울프를 잃어버린 뒤부터 그런 일이 벌어졌다는 사실만 알 뿐이죠.」

「얼마 전의 일이오?」

「아주 아주 오래 전에 생긴 일이죠. 하나님만이 기억하실 만큼이요. 그리고 하나님은 누구에게도 말해 주지 않으셨죠.」

「이것 보시오. 그렇게 오랫동안 글렌드뤼드 여자를 사랑한 남자가 단 한 사람도 없었다는 말을 나더러 믿으라는 게요?」

도미니크는 믿을 수 없었다.

퀸이 어깨를 으쓱 올렸다.

「여자를 침대로 끌고 가기 위해, 남자가 무슨 거짓말을 하든 전혀 상관없습니다. 결국 저주는 여자의 사랑에 달려 있으니까요. 남자가 아니란 말이죠. 많은 글렌드뤼드의 딸들이 평화를 가져올 아들을 원했지만 아무도 아들을 낳을 만한 대단한 사랑을 하지는 못했어요.」

도미니크는 퀸의 말이 전혀 마음에 들지 않았다. 자신이 점령해야 할 도시의 핵심부와 함정을 발견했다는 사실조차 기쁨으로 다가오지 않았다.

「그렇다고 해도 존 영주는, 글렌드뤼드의 여자들은 무덤처럼 차갑다고 했소. 열정이 없다고 말이오.」

퀸이 오묘한 웃음을 입가에 흘렸다.

「당신은 존을 믿습니까 아니면 매가 주인에게 오듯 당신의 부름에 다가올 글렌드뤼드의 열정을 믿습니까?」

뜨겁게 타오르던 메그를 떠올리며, 도미니크의 몸이 뻣뻣하게 굳었다. 상속자를 낳아 달라는 말에 메그는 불같이 화를 내고 돌아섰다.

「그렇다면 왜 사랑을 하지 않는 거요? 혹시 능력이 없는 게 아니오?」

도미니크가 다그쳤다.

「어떤 여자들은 그렇습니다. 진정한 사랑을 할 수 있는 능력은 전세계적으로 드물죠. 하지만 메그 아가씨는 아니에요. 무한한 사랑이 내재되어 있죠. 성안의 사람들에게 물어 보세요.」

「무엇이 그들을 그토록 사랑하기 힘들게 만드는 거요? 그럴 가치가 없는 짐승들과 결혼을 한 거요?」

「짐승들? 아뇨. 남자들과 결혼했죠. 그저 남자들이요.」

「빙빙 돌려 말하는군.」

도미니크는 안달이 났다.

「아뇨. 당신은 단지 이해하려 들지 않을 뿐이에요. 만약 여자가 당신을 영토와 부와 아들을 얻기 위해서 이용만 하려든다면, 당신은 그 여자를 영혼을 바쳐 사랑할 수 있겠어요?」

「맙소사, 무슨 바보 같은……..」

「영주님께서는 스스로 한 여자를 깊이 사랑할 수 있습니까? 꽁꽁 닫아 놓은 자신의 영혼을 그 여자와 나눌 수 있냐고요.」

신랄한 말이었다.

도미니크는 믿을 수 없다는 표정을 지으며 늙은 여인을 바라보았다.

「내가 바보처럼 보이는 거요? 나는 내 운명에 대한 통제권을 여자든 남자든 그 누구에게도 양보할 생각이 없소!」

노파의 눈에 눈물이 그렁그렁 맺혔으나 흘러내리지는 않았다. 눈물이 무엇이든 바꿀 수 있다고 믿기에는 너무 오랜 세월을 살아온 여인이었다.

「그렇다면 당신은 아들을 얻을 수 없습니다. 나는 저주에서 풀리기 위해 또 다른 세대를 기다려야 할 운명이군요.」

「난 당신의 말을 믿지 않소.」

도미니크가 끝내 화를 참지 못하고 버럭 소리를 질렀다.

「그렇다면 이것을 믿으세요. 글렌드뤼드의 여자들은 관능적인 넓은 어깨와 잘생긴 얼굴 아래에 있는 진실을 볼 수 있습니다. 남자의 영혼을 본다는 말이죠. 사람의 마음을 들여다보는 능력은 사랑을 더욱 어렵게 만들어요.

그건 글렌드뤼드의 여자들도 사람이기 때문이에요. 거짓을 일삼는 사람을 이해하고 사랑할 수 있는 사람은 없어요. 그건 천사들에게나 바랄 일이죠. 메그 아가씨는 여자예요, 천사가 아니에요.」

도미니크가 그 자리에 얼어붙었다. 늙은 여인의 저주 아닌 저주는 검은 파도처럼 도미니크의 희망을 쓸어 가 버렸다. 갑자기 주먹으로 탁자를 내리쳤다. 반동으로 인해 방울들이 딸랑거렸다.

한동안 침묵이 뒤따랐다.

아무도 입을 열지 않았다.

사이먼은 늙은 여인에게서 시선을 떼고 형을 보았다. 눈을 가늘게 뜨고 있었다. 무언가 깊이 생각에 잠긴 듯했다.

사이먼은 안심했다. 형은 일단 한 가지 문제에 집중하면, 어떻게든 원하는 걸 이루었다. 그것이 도시든, 성이든, 여자든. 가질 수만 있다면 반역도 서슴지 않았다.

한동안 침묵이 흐른 뒤, 도미니크는 다시 한 번 늙은 글렌드뤼드 여인을 바라보았다. 눈동자는 겨울 바람처럼 차갑고 매서웠다. 목소리도 마찬가지였다.

「상속자 문제에 대해 상세하게 설명해 주어서 고맙소.」

이제는 그만 가 보라는 말이었다. 퀸은 살짝 고개를 끄덕이고 연기처럼 조용히 물러갔다.

도미니크는 동생에게 몸을 돌리고 퉁명스레 물었다.

「저 늙은 마녀의 말을 믿느냐?」

「본인은 사실이라고 믿는 것 같던데요.」

「그래. 성전(聖戰)을 치르면서 저런 믿음이 기적을 일으킬 수 있다고 믿는 사람들을 수없이 보았지.」

도미니크가 쓰디쓴 표정으로 대답했다.

「혹은 저주를 푼다는 것도요.」

도미니크의 주먹이 다시 탁자를 세게 내리쳤다. 조금의 허점도 인정하려 하지 않는 사내의 슬픔을 위로하려는 듯 방울들이 딸랑거렸다.

「어떻게 하실 건가요? 불임이라는 이유로 결혼을 무효화하실 겁니까?」

「아니.」

사이먼이 무안할 정도로 도미니크는 잘라 말했다. 무심결에 튀어나온 대답에 두 남자 모두 놀랐다.

「우린 성을 철저하게 감시해야 합니다. 사실 사람들이 형을 위해 들에 나가 일하길 거부한다 해도, 아버지에게 노르망디의 영지에는 남는 일손이 많으니 좀 보내 달라고 부탁하면 돼요. 자신의 땅과 돼지를 가질 수 있다고 말하면 다들 기뻐하며 올 겁니다.」

「그래.」

도미니크는 더 이상 아무 말도 하지 않았다. 사이먼이 제안한 해결책은 효과가 있을 터이나, 내키지 않았다. 정확히 이유는 모른다. 단지 본능적으로, 신비한 능력을 가진 글렌드뤼드의 딸이자 자신의 아내를 배신해선 안 된다고 생각했다.

도미니크는 얼굴을 찌푸린 채, 닿기만 해도 짤랑대는 방울을 응시했다.

만약 꽃들이 노래를 부른다면…….

만약 글렌드뤼드의 딸이 사랑을 할 수 있다면…….

「그래, 바로 그거야!」

도미니크가 외쳤다.

「뭐죠?」

「해결책은, 동생아, 아주 간단해. 내 아내에게 날 사랑하도록 가르치면 되는 거라고.」

14

　도미니크와 사이먼은 거대한 홀을 가로질러 성의 탑 네 개 중 모퉁이의 계단으로 향했다. 도미니크의 왼손에 들린 금체인에서 나는 부드러운 음악은 마룻바닥을 쓸고 닦는 하인들의 부산떠는 소음에 묻혀 버렸다.

　먼지를 다 털어 낸 뒤, 하인들은 바닥에 비누를 칠하고, 결이 거친 솔로 물청소를 했다. 더러워진 등심초 더미가 한쪽에 쌓여져 태워지길 기다리는 중이었다. 거대한 벽난로에서 타오르는 불길은 마치 모든 것을 집어삼킬 듯 맹렬하게 타올랐다.

　집사는 하인들 사이를 누비고 다니면서 블랙소른 성의 새 영주를 기쁘게 해주기 위해 일을 더 열심히, 빨리 하라고 재촉했다.

　「적어도 집사는 누가 새 주인인 줄 아는 것 같군.」

　도미니크가 힘없이 피식 웃으며 중얼거렸다.

　「누가 새 주인인지 사람들도 다 알아요. 단지 몇몇 사람들만이 그 사실을 받아들이기 힘들어할 뿐이죠.」

　「시간이 오래 걸리지 않는 게 이로울 텐데…… 난 그리 인내심이 많지 않단 말이야. 나태한 모습은 특히 못 참아.」

도미니크는 계단을 오르면서 혀를 찼다. 사이먼의 웃음소리가 복도의 울려 퍼졌다.

「형의 기사들은 다들 그 사실을 잘 알죠. 그런데 형수님이 깨닫는 데 시간이 오래 걸릴 것 같아 걱정이군요.」

「메그에게는 가르칠 필요 없어. 그 여자의 몸과 숨결은 봄 그 자체처럼 달콤하니까. 청결한 방만 보더라도, 이 성을 이토록 지저분하게 만든 장본인이 존이라는 사실을 알 수 있어.」

형제가 오른쪽으로 난간이 난 계단을 오르는 동안, 가죽 장화와 돌이 부딪치는 소리가 율동적으로 들려 왔다. 만약 급습하여 성을 장악하려고 했다면, 모든 기사들이 오른손을 사용하도록 훈련받았다는 사실이 큰 장애로 작용했을 것이다. 계단을 점령하는 것보다 방패로 삼는 게 더 쉬웠을 것이다. 계단을 오르면서 싸우는 경우, 돌벽은 공격자가 검을 내지르는 데 방해가 되기 때문이었다. 하지만 계단 위로 후퇴하는 자들에게 그런 문제는 발생하지 않는다. 그들의 칼은 돌벽이 아닌 적에게만 향해 마음대로 베고 자를 수 있었으리라.

도미니크는 한걸음에 마지막 계단 세 개를 한꺼번에 올라서 아내의 방으로 이어지는 복도로 성큼성큼 걸어갔다. 문이 열린 두 개의 작은 방은 무시하고 지나쳤다. 안주인의 하녀를 위한 방이었다. 하나는 에디스가 사용했고, 하나는 마리가 쓰고 있었다.

그 순간에도 두 여자에 대한 생각은 전혀 들지 않았다. 왠지 마음에 들지 않는 에디스는 호감을 사기 위해 탐욕스럽게 아양을 떨 테고, 예루살렘에서 돌아온 이후 금과 보석들을 받지 못해 샐쭉해 있는 마리는 선물을 받기 위해 안달을 할 것이다.

도미니크는 자신이 성에 도착하던 날 가져왔던 작은 상자들 속에 무엇이 담겨 있는지 메그가 전혀 궁금해하지 않았다는 사실을 문득 떠올렸다. 메그는 자신에게서 무엇인가 선물 받기를 그리 갈망하지 않은 듯했다. 그 여잔 오직 저주스런 약초들에만 관심이 있었다.

언덕에서의 일이 떠올랐다.

그때 메그는 잽싼 솜씨로 남편의 손에서 약초를 도로 낚아챘다. 도미니크는 아직도 남편의 분노를 무릅쓰면서까지 메그가 그 이상한 식물 몇 개를 채집하기 위해 늪과 황무지가 있는 곳까지 걸어갔다고 믿을 수가 없었지만, 다른 이유는 전혀 찾아볼 수가 없었다.

메그는 몇 시간 동안 아무 말도 않고 지냈다. 도미니크는 내심 아내가 답답해하다가 자신을 보면 반가워하지 않을까 기대했다. 그리고 블랙소른 성의 다른 사람들처럼 자신이 마술에 걸리지 않았다는 사실에 화가 났으면서도, 귀금속을 보면 눈을 빛내며 자신을 반길지도 모른다.

문은 굳게 닫혀 있었다. 도미니크는 참을성 없이 문을 두드렸다.

「부인, 문을 여시오. 당신의 남편이 왔소」

아무런 대답도 들리지 않았다.

도미니크는 좀더 거칠게 다시 문을 두드렸다.

「마가렛, 문을 여시오.」

안에서는 아무런 소리도 들리지 않았다.

도미니크의 주먹 아래서 문이 세차게 흔들렸다.

「이 빌어먹을 문을 열지 않으면 부수어 버릴 거요!」

문이 확 열렸다.

「당신과 나는 기본적인 예의를 지키는 데 동의해…….」

아내의 부드러운 손이 아니라 자신의 주먹에서 나온 힘에 의해 문이 열렸다는 사실을 깨닫자, 도미니크는 말꼬리를 흐렸다. 방 안으로 성큼 걸어 들어 갔다.

방은 텅 비어 있었다.

「빌어먹을, 그 마녀가 여기 없잖아!」

보석을 아내의 침대 위로 내던지며 으르렁댔다.

도미니크는 방을 가로질러 한때 육아실이었던 곳으로 성큼성큼 걸어갔다. 방 안의 모습으로 보아, 메그는 창문 옆에 앉아 수를 놓으며 안뜰에서 들려 오는 하인들의 말소리에 귀를 기울이며 시간을 보냈음을 알 수 있었다.

「비었어.」

도미니크는 묻기 전에 사이먼에게 알렸다.

두 남자는 재빨리 성안에서 여자들이 모이는 곳, 욕실과 화장실을 조사했다. 모두 비어 있었다.

마치 한몸이기라도 한 듯, 형제는 별채로 가기 위해 계단을 내려왔다. 보초를 선 사내는 몹시 따분한 표정이었다.

「마가렛 아가씨가 밖으로 나갔나?」

「아뇨. 영주님과 함께 나가지 않으면 이 문을 통과시키지 말라는 명령을 받았습니다.」

도미니크를 보고 잔뜩 긴장한 기사가 꼿꼿한 자세로 서서 대답했다.

「그럼 하녀는? 성 밖으로 나갔나?」

사이먼이 끼여들었다.

「아뇨. 하녀들만 나갔을 뿐이에요. 전 그들의 얼굴을 하나하나 자세히 살펴보았습니다.」

「난 그걸 의심하는 게 아냐.」

두 사람 모두, 기사들이 이른 아침부터 내보낸 '하녀'가 마가렛 아가씨였음을 깨닫지 못했다는 도미니크의 꾸중에 아직도 뜨끔해하고 있음을 알고 있었다.

「하녀는, 그러니까 에디스는 어디 있나?」

도미니크가 얼굴을 찡그렸다. 탐욕스런 눈동자를 가진 그 여자가 마음에 들지 않았으나, 에디스는 성안에서 메그가 어디 있는지 가장 잘 아는 사람이었다.

「그 여잘 어디서 찾아야 하지? 성벽이야 수비대야?」

도미니크가 불만스런 표정으로 물었다.

「지금 폭풍우가 몰아치고 있습니다.」

「그렇다면 수비대에 있겠군. 에디스가 아무리 남자들과 잘 논다지만, 차가운 비 속에서 즐기고 있진 않겠지.」

「어떤 여자가 그렇겠어요?」

166

사이먼이 맞장구를 쳤다.

두 사내는 분노로 끓고 있는 침묵 속에서 기사들의 숙소로 향했다. 덩컨과 리버스족이 떠난 이래로 에디스는 보초 임무를 맡은 기사들과 시시덕거리며 많은 시간을 보냈다.

밖에서 놀길 좋아했기 때문에, 만약 날씨가 사납지 않았다면 에디스는 물을 긷는 하인들을 감시한다는 핑계를 대고 우물 주변에서 어정거리고 있었을 것이다. 사실 에디스는 수비대 기사들에게 모든 관심을 집중하고 있었다.

이층은 수비대에서 들려 오는 기사들의 유쾌한 웃음소리와 하인들의 숙덕거리는 소리, 우물에서 물을 길으며 읊은 노래 소리로 생기가 넘쳤다. 굵직한 남자들 목소리 가운데에서 여자의 웃음소리를 구별하기는 그리 어렵지 않았다.

수비대로 들어서는 도미니크와 사이먼의 눈에 힘센 토마스 옆에 바싹 붙어선 에디스의 모습이 제일 먼저 눈에 띄었다. 바로 뒤에 마리가 있었다. 두 여자는 방황하는 기사의 눈동자와 손을 붙잡아 두는 데 여념이 없었다.

「마리에게 쓰는 비용을 아무래도 좀 줄여야겠군요.」

사이먼이 기가 막힌지 농담을 던졌다.

「마리는 지금 이 순간부터 침모로서 일을 하며 자신의 생활을 꾸려 나가야 할 게다.」

「에디스는요?」

「어떤 여자들은 매춘부로 태어나지.」

토마스는 두 여자들보다 먼저 도미니크를 보았다. 누군가 들어오는 소리에 몸을 돌리다가 영주의 시선과 눈을 마주친 그 남자는 자신에게 문제가 생겼다는 사실을 알아차렸다.

「토마스 경, 무기고가 온통 녹이 슬어 있던데, 부하들에게 말타기나 검 연습을 시키지 않을 때에는 무기고 청소를 감독하시오.」

도미니크는 바로 본론으로 들어갔다.

「네, 영주님.」

토마스는 마지못한 듯 에디스의 엉덩이를 만지작거리던 커다랗고 두툼한 손을 치웠다.

「언제 시작할까요?」

「지금 당장. 필요한 것이 있으면 내일 아침까지 나에게 보고하시오.」

「네, 영주님.」

토마스는 마리의 손에 들려 있던 자신의 망토를 걸치고 두 여자들에게 눈을 찡긋한 다음 물러갔다.

「마리.」

검은 머리칼의 여자가 사이먼처럼 까만 눈동자로 도미니크를 바라보고는, 자신의 희망 사항을 감추지 않고 사뿐히 걸어 도미니크에게 다가왔다.

「네, 영주님. 당신의 충성스런 마리에게 필요하신 게 있으신가요?」

「넌 옷 만드는 기술이 있지? 내가 예루살렘에서 가져온 실크로 내 아내의 의상을 만들도록 해라. 노르망디와 런던에서 가져온 것들도 있다. 만약 필요한 것이 있으면 즉시 나에게 알리도록.」

마리는 통통한 입술을 꾹 다물고 작은 목소리로 단지 한마디만 내뱉었다.

「네, 영주님.」

「별로 할 일은 없을 거야. 마가렛 아가씨는 정원과 약초밖에 신경 쓰지 않거든.」

에디스는 돌아서는 노르만 여자에게 위로하듯 말했다.

「마리.」

도미니크의 부름에 돌아서는 마리의 몸은 두려움으로 굳어 있었다.

「네가 좋은 솜씨를 보여 준다면 네가 사용할 실크를 상으로 주겠다.」

마리는 활짝 웃었다.

「제 몸을 더듬는 영주님의 손길보다 더 부드러운 실크는 없을 거예요.」

도미니크가 웃음을 터뜨렸다.

「가 봐라.」

마리는 추억이 가득한 눈동자로 도미니크를 응시했다. 그러고는 영주에게 가까이 몸을 기울여 부드럽게 속삭였다. 하지만 다른 사람들에게도 다 들릴 정도의 소리였다.

「정원사 아내에게 싫증이 나거든 제게 오세요. 제 몸에서는 흙보다 열정의 냄새가 난답니다. 만약 당신이 저의 체취를 좋아하지 않는다면 당신의 체취로 목욕을 시켜 줘요.」

「가거라.」

도미니크가 단호하게 말했다. 하지만 차가운 목소리는 아니었다.

슬며시 웃으며 수비대에서 걸어 나가는 마리를 지켜보았다. 몸에 달라붙게 재단된 얇은 옷은 무르익은 여성미를 그대로 드러냈다. 걸음마다 조용히 흔들리는 엉덩이는 분명 유혹이었다.

도미니크는 마리에게서 눈을 떼고 에디스를 보았다.

「네게 물을 말이 있는데, 네 여주인은 어디에 있느냐?」

「저도 모릅니다. 이렇게 빨리 부인을 잃어버리셨나요?」

에디스가 태평스레 대답했다.

사이먼은 에디스의 말에 기가 막혔다. 사람들에게 잘 대해 주려는 도미니크의 행동은 버릇없이 구는 걸 참는다는 뜻이 아니었다.

「너는 친척이 있느냐?」

도미니크가 물었다. 정중한 말투였다.

「블랙소른 성에 말인가요?」

「그래.」

에디스는 고개를 저었다.

「수녀원에 들어갈 생각은?」

「아뇨.」

에디스가 눈을 동그랗게 떴다.

「그렇다면 기독교 신자의 자비로 네가 사는 데 필요한 비용은 내가 지불하겠다. 하지만, 넌 부엌을 감독하는 일을 해야 한다.」

에디스가 하얗게 질렸다.

「메그 아가씨께서 내가 그 일을 해야 한다고 말씀하셨나요?」

「내가 어떻게 알겠나? 네가 친절하게 지적했듯이, 난 내 아내를 잃어버렸는데 말이다. 하지만 내 아내가 무슨 말을 하든 상관없어. 성의 일에 대한 결정은 내가 한다.」

도미니크가 부드럽게 말했다.

에디스 눈동자에 눈물이 그렁거렸다.

「제가 건방진 말씀을 드렸군요. 영주님, 용서하세요. 지난 며칠 동안은 정말이지 혼란 그 자체였어요. 존 영주님의 죽음과 결혼식, 덩컨 경은 추방되고 여기저기에서 노르만인들이 활보하고…….」

에디스는 자신이 무슨 말을 지껄이고 있는지 깨닫고 말꼬리를 흐렸다.

「노르만인 영주를 모시는 게 쉽지 않단 말이지. 네 아버지가 노르만인의 손에 죽었다고.」

도미니크가 덤덤하게 말했다.

「네, 영주님. 제 오빠들과 남편도 죽음을 당했습니다.」

에디스는 도미니크가 준 금브로치를 만지작거렸다.

「그 전쟁은 끝났다. 만약 네가 그 일을 잊을 수 없다면, 다른 성으로 가야만 할 것이다.」

비탄에 잠긴 울음과 함께, 에디스는 무릎을 꿇고 도미니크의 손을 움켜잡았다.

「아뇨, 부탁입니다. 여기에 있도록, 그때까지만…….」

목소리가 뚝 끊겼다.

「그때까지?」

도미니크가 의혹의 눈길을 던졌다.

「아는 곳도 없고, 다른 곳으로 가고 싶지도 않습니다. 제발, 영주님, 이곳에 있게 해주세요. 명령하시는 일은 무엇이든지 하겠어요.」

도미니크는 에디스가 잡고 키스를 해대는 자신의 손을 빼내고 싶었다. 그것은 애원이 아닌 희롱에 가까운 키스였다. 하지만 충동적인 행동은 참아야 한다는 사실을 잘 알고 있었기 때문에 손을 거둬들이지 않았다.

「무엇이든지?」

도미니크는 에디스의 행동을 유심히 살폈다.

「네.」

「그렇다면 일어나서 내 아내가 가장 좋아하는 장소가 어디인지 말해라.」

에디스는 무릎을 꿇은 채 도미니크의 손을 자신의 가슴 위에 대고 눌렀다.

「정원입니다. 그리고 새장…….」

「성안에서는?」

도미니크는 혐오감을 애써 감추며 잡힌 손을 빼내었다.

「약초실, 교회, 그리고 욕실입니다.」

그리고 도미니크의 눈을 뒤집어 놓을 말을 한마디 덧붙였다.

「덩컨과 아가씨는 특히 목욕을 좋아했죠. 그곳은 매우 은밀한 장소이고, 아가씨의 비누는 백조의 털처럼 부드러웠습니다.」

도미니크의 얼굴을 본 에디스는 자신의 실수를 깨달았다.

「죄송합니다, 영주님. 아무 뜻 없이 한 말입니다, 정말이에요.」

「교회로 가 보아라. 에디스를 데리고.」

도미니크는 이를 악문 채 사이먼에게 명령했다.

두 사람이 반박을 하기도 전에 도미니크는 몸을 획 돌려 수비대를 떠났다.

약초실로 가는 계단은 음침했다. 성의 뒤쪽에 만들어진데다 돌탑과 이어졌기 때문이었다. 도미니크는 횃대를 집어 들어 지하실 입구에 항상 타오르도록 되어 있는 촛불로 가져갔다. 불이 붙으면서 오렌지색 불꽃이 느리게 타올랐다.

공기는 차고 축축했으며 약초 냄새가 심하게 났다. 도미니크는 걸음을 빨리 하며, 메그와 덩컨이 같은 욕조에 들어가 관능적인 놀이를 즐기는 모습을 머릿속에서 지워 버리려고 애썼다. 아내에게 결혼 전에 어떤 짓을 했든지 상관 않겠다고 말한 적이 있었다. 하지만 사실상 도미니크 자신도 그 말을 믿지 않았다.

덩컨은 메그의 약혼자였다. 하지만 왕은 그 결혼과 존의 요구 사항을 모두 거절했다. 메그가 '애정'을 가진 남자와 즐겁게 지낸 건 자연스러운 일이었다. 아내를 질책할 수 있을 만큼 도미니크 자신도 성인처럼 살아온 건 아니었다. 하지만 덩컨이 풍만한 아내의 여성미를 탐하는 모습과 자신의 무릎에 누워 있던 아내의 모습을 떠올리자, 살인적인 분노가 치밀었다.

도미니크는 마음을 진정하기 위해서, 복도 양편으로 문이 열린 방들의 상태를 점검하는 데 주의를 기울였다. 그 방들은 명령을 내리기 전인데도 깨끗했다.

'메그가 했을 거야. 장담할 수 있어. 그 여잔 고양이처럼 깔끔하니까. 하지만 고양이처럼 남의 간섭을 받지 않으려고 드니, 그건 정말 유감이야. 가장 간단한 명령조차 들으려고 하지 않잖아.'

도미니크는 약초실의 낮은 입구로 고개를 쑥 들이밀었다. 몸을 제대로 펴기도 전에 메그의 목소리가 들려 왔다.

「약초실의 공기가 오염되니까, 누구인지 모르지만 횃불은 바깥에 두어요. 내가 얼마나 여러 번 주의를 주어야 하죠?」

메그는 등을 돌린 채 길다란 돌 탁자 위에 놓인 회반죽과 절구를 가지고 일을 하는 중이었다.

「내가 얼마나 여러 번 방에 있으라고 당부했소?」

메그가 몸을 획 돌렸다. 타오르는 횃불 아래, 깜짝 놀라 휘둥그렇게 커진 녹색 눈동자가 보였다. 불빛을 받은 메그의 피부는 도미니크가 화를 이기지 못하고 침대에 던져 버린 체인처럼 금색으로 반짝였다.

「당신이!」

메그가 쩍 벌어진 입을 다물지 못했다.

「여기서 뭘 하는 거죠? 이곳은 나의 영역이에요.」

「아니. 성과 성안의 모든 건 바로 내 것이오. 부인, 당신도 기억할 텐데.」

메그는 옷자락이 날릴 정도로 홱 몸을 돌리더니 일을 계속했다. 물이 담긴 그릇에서 눈을 떼지 않으며 시간을 쟀다.

「난 당신에게 말하는 중이오.」

도미니크는 분노를 겨우 억누르며 화를 냈다.

「듣고 있어요.」

「내가 당신과 동행하지 않는 한, 방에 있어야 한다고 말할 때 듣고 있었소?」

침묵이 흘렀다.

「대답하시오.」

목소리가 비수처럼 날카로웠다.

「네, 들었어요.」

「그렇다면 당신은 왜 이곳에 있는 거요?」

「약초실은 내 방의 일부예요.」

메그가 아무렇지도 않게 대답했다.

「내 인내심을 시험하지 마시오.」

「내가 어떻게 감히? 당신에겐 인내심이 없잖아요.」

메그가 중얼거렸다.

평소 자신의 인내심에 자부하던 도미니크의 분노가 폭발했다. 단 세 걸음으로 방을 가로질러 메그의 팔을 움켜잡았다.

「바보 같은 짓은 이 정도면 충분해. 당신은 하나님 앞에서 남편에게 복종한다고 약속했소. 자, 당신의 방으로 돌아가시오.」

「하지만 일을 끝내려면 시간이 좀더 필요해요. 곧 가겠어요.」

도미니크는 더 이상 말씨름하고 싶지 않았다. 메그를 움켜잡은 채 그대로 뒤로 돌아섰다.

메그는 자신의 몸이 질질 끌려나가는데도 아무 말도 하지 않았다. 아무 생각도 할 수 없었다. 악몽에서 깨어난 이래로 공포가 자신을 위협했다. 순간 팔을 뒤틀며 도미니크의 손아귀에서 벗어나려고 안간힘을 썼다.

「세상에……」

도미니크가 중얼거렸다.

메그는 절굿공이를 떨어뜨리고는 도미니크의 손을 할퀴면서 빠져 나오려고 발버둥쳤다. 하지만 도미니크는 꿈쩍도 하지 않았다. 메그는 자신을 잡고 있는 손가락을 하나씩 잡아당겼다.

쓸데없는 짓이었다. 남편의 힘은 자신보다 훨씬 셌다.

「다치기 전에 그만두시오.」

「날 놔줘요!」

「당신 방에 들어가면 놓아주겠소.」

「안 돼요! 하던 일은 끝내야 한단 말이에요!」

메그는 날이 선 목소리로 비명을 질렀다.

도미니크는 놀라운 속도로 손을 바꾸어 잡았다. 눈 깜짝할 사이에, 메그는 자신의 몸이 땅에서 들어올려졌음을 깨달았다. 그물에 걸린 새처럼 격렬하게 발버둥쳤다. 즉시 만들지 않으면 못쓰게 되는 약초만을 생각하며, 메그는 미친 듯이 싸웠다.

도미니크가 메그를 내리누르는데, 다른 손에 들려 있던 횃불이 이리저리 흔들렸다. 맹렬하게 타오르던 불길이 메그의 눈동자와 머리카락, 뺨에 가까이 다가갔다. 두건과 머리장식이 떨어지고 머리카락이 모두 흘러내렸다.

「맙소사. 당신이 불에 탈 뻔했잖아!」

도미니크가 씩씩댔다.

메그는 신경도 쓰지 않고 미친 듯이 도미니크의 얼굴을 움켜잡으려고 했다. 불꽃이 메그의 손목을 위협했다. 도미니크는 사납게 욕설을 내뱉으며 횃불을 떨어뜨렸다.

두 손이 자유롭게 되자 도미니크는 재빨리 메그의 몸부림을 제압하고 벽으로 밀어붙였다. 메그의 양 팔목을 한 손으로 움켜잡아 머리 위에서 누르고, 다른 손으로는 턱을 잡았다. 두 다리는 자신의 다리 사이에 끼워 꼼짝달싹도 하지 못하게 했다. 아무리 심하게 몸부림을 쳐대도 메그가 할 수 있는 일은 겨우 숨을 쉬는 정도에 불과했다.

도미니크는 아내의 성난 얼굴을 바라보았다. 무엇 때문에 자신을 공격하게 되었는지 궁금했다. 말다툼을 벌이거나 애원을 할 줄 알았다. 자신에게 복종해야 한다고 강요하면, 샐쭉해져서 성안을 쿵쾅거리며 돌아다닐 줄 알았다. 이렇게 궁지에 몰린 새앙쥐처럼 덤벼들 줄은 상상도 못했다.

천천히 메그의 몸부림이 잦아들었다. 자신을 누르는 강한 힘을 느끼면서

174

도, 메그는 사나운 눈으로 남편을 노려보았다.

「다 끝났소?」

도미니크가 허무한 웃음을 흘렸다.

메그는 고개를 끄덕였다.

「그럼 방으로 가서……」

도미니크는 다시 긴장하는 메그의 몸을 느끼면서 말꼬리를 흐렸다.

「만약 내가 당신을 놓아주면 당신은 다시 덤벼들 거요?」

메그는 아무 말도 하지 않았다. 듣지 않아도 알 수 있었다. 팽팽하게 긴장한 몸이 모든 것을 말해 주고 있으니까.

도미니크는 향기를 내며 타오르는 촛불 아래서 자신의 아내를 살펴보았다. 메그는 분명 힘의 대결에서 패배했다. 두 사람 모두 아는 사실이었다. 하지만 만약 도미니크가 손아귀 힘을 늦추면 다시 공격을 개시할 것도 분명한 사실이었다.

긴 침묵 속에서 도미니크는 경계하는 메그의 녹색 눈동자를 바라보았다. 갑자기 무슨 문제가 있음을 깨달았다.

「아침에 가져온 약초로 약을 만드는 중이었소?」

도미니크가 호기심을 보였다.

「네.」

메그의 몸에 힘이 빠졌다. 그런 다음 애원을 하기 시작했다.

「제발, 내가 일을 끝내게 해줘요. 당신이 생각하는 것보다 훨씬 중요한 일이에요. 약초의 힘이 사라지기 전에 약을 만들어야 해요.」

「왜?」

「나도 몰라요. 내가 아는 건 그렇게 해야만 한다는 거예요. 그렇지 않으면 블랙소른 성에 뭔가 끔찍한 일이 벌어질 거예요.」

도미니크는 마치 내부에서 들려 오는 소리를 듣는 사람처럼 고개를 가우뚱했다. 어디선가 천천히 물이 흐르는 소리가 들려 왔다. 도미니크는 몸을 돌리다가 우묵한 검은 그릇 위에 매달린 은색 그릇을 보았다. 정해진 속도에 따라 물방울이 아래로 떨어졌다.

「글렌드뤼드의 문제요?」

시시각각으로 수수께끼처럼 다가오는 아내에게 시선을 돌렸다.

「네.」

「퀸이 오늘 아침 위험에 대한 말을 하더군. 자신도 무엇인가를 느꼈다면서, 당신도 아마 감지했을 거라고 했소.」

메그는 열심히 고개를 끄덕였다.

「어떤 위험이오?」

「나도 몰라요.」

「당신은 아는 게 별로 없는 것 같소, 글렌드뤼드의 마녀여. 혹시 단지 나에게 말하지 않는 거요?」

「나, 난 꿈을 꾸었어요. 뭔지 알 순 없지만, 위험이 도사리고 있어요. 이 식물의 잎사귀들이 꿈에서 보였어요. 재난을 피하기 위해서는 이것들을 모아야 한다는 사실을 알았죠. 제발, 도미니크 영주님, 내가 시작한 일을 끝내도록 해줘요. 적어도 앞으로 2주 혹은 4주 동안은 이 잎들을 새로 구할 수 없단 말이에요, 제발…….」

메그는 걱정스런 눈길로 도미니크를 바라보았다. 자신의 행복과 블랙소른 성의 미래는 남편의 인내심에 달렸다.

메그는 남편의 대답을 감지했다. 완전히 놓지는 않았으나, 자신에게 닿은 몸이 미묘하게 움직이면서 힘이 느슨해졌다. 그러고는 분노보다는 관능에 더 가까운 몸짓으로 자신을 가두었다.

「그럼 우리 거래를 합시다. 만약 내가 당신이 일을 끝내도록 해준다면 나에게 무엇을 줄 거요?」

「당신이 내게 원하는 것은 단 하나, 아들이잖아요. 당신에게 아들을 안겨 주는 일은 나의 능력 밖의 일이에요.」

메그는 목소리에서 패배의 쓴맛을 지우려고 했다.

분노와 애처로움이 교차하면서, 도미니크의 눈이 가늘어졌다.

「아기는 단순히 만들어지는 게 아니라, 여자와 남자 사이에 뭔가가 있어야 한다고 알고 있소.」

「그런가요? 당신은 나에게 말하지 않았잖아요.」

「그렇소. 내가 잘못한 거요.」

「영주님?」

「내 이름은 도미니크요. 날 그렇게 불러 보오.」

도미니크는 입으로 아내의 입술을 쓰다듬었다.

「도미니크…….」

「달콤한 마녀여, 아주 잘했소.」

입술에 대고 중얼거린 따스한 단어들을 도미니크는 재빨리 빨아들였다.

그러고는 천천히, 마지못한 듯 메그에게서 몸을 뗐다.

「당신은 나에게 빚을 진 셈이오. 동의하오?」

「네.」

「그렇게 빨리? 당신은 내가 무엇을 원하는지 걱정이 되지 않소?」

「아뇨.」

메그는 물방울이 가차없이 아래로 떨어지고 있는 그릇을 근심스러운 표정으로 바라보았다.

「약초가 걱정될 뿐이에요. 만약 빨리 하지 않으면 모든 일이 수포로 돌아가요.」

「우리의 거래가 성립됐다는 증거로 키스를 하시오.」

「지금?」

메그는 당황하며 되물었다.

「안 될 이유가 없지 않소?」

「우리가 키스를 끝낼 때쯤엔 너무 늦을지도 몰라요. 내 머릿속도 혼란스러울 테고, 손도 마음대로 움직이지 않을 거예요. 당신과 키스를 하면 정신이 하나도 없단 말이에요.」

메그는 급히 설명했다. 얼만큼의 시간이 남아 있는지 자신도 알 수 없었다.

도미니크는 그 뜻을 이해하고 음흉한 웃음을 지었다. 엄지손가락으로 잔잔히 떨리는 메그의 아랫입술을 쓰다듬었다.

「덩컨도 그랬소?」

「덩컨?」

메그는 기가 막혔다.

「덩컨이 키스와 무슨 관계가 있죠? 덩컨은 내 마음을 혼란스럽게 만든 적이 한번도 없어요.」

「나는?」

「스스로 잘 알잖아요. 난 단지 당신이 그렇다고 말했어요. 그리고 만약 내 입술을 더듬는 손을 치우지 않으면 깨물어 버릴 거예요!」

「어딜? 여기 말이오?」

도미니크는 메그의 손을 입술로 가져가 엄지손가락을 살짝 깨물었다.

「오, 그만둬요. 손이 떨리면 안 된단 말이에요.」

도미니크는 아내의 반응을 보며 기뻐하는 모습을 드러내지 않으려고 애썼다. 하지만 메그를 풀어 주며 돌벽이 울리도록 웃음을 터뜨렸다.

「일을 끝내도록 하시오. 그런 다음 당신의 방에 가서 감금 기간에 대해 의논합시다.」

도미니크가 말을 끝내기도 전에 사이먼이 약초실 입구로 들어섰다.

「찾으셨군요?」

「그래. 자, 우린 밖에서 기다리자. 네가 들고 있는 횃불이 약초실의 공기를 오염시킨단 말이다.」

도미니크는 만면에 득의양양한 웃음을 띠고 있었다.

밖으로 나오자, 사이먼은 호기심 어린 시선으로 형을 뚫어져라 쳐다보았다.

「진짜 마녀인가 봐요.」

도미니크가 무슨 뜻인지 모르겠다는 표정을 지었다.

「아까 형은 산 채로 가죽을 벗기겠다는 기세였는데, 그 짧은 시간 동안 소년처럼 싱글벙글하니 말이에요.」

들떠 있는 형을 보며 사이먼은 안절부절못했다.

「심각한 문제군요.」

「어째서? 내 웃음이 다른 남자들과 다르단 말이냐?」

「저 여자가 형을 홀린 거예요」

사이먼이 퉁명스럽게 말했다.

「이건 달콤한 마술이야.」

도미니크는 웃음을 감추지 못했다.

「맙소사, 정말 홀렸군요. 정신 차리세요. 그렇지 않으면 맥스웰의 덩컨은
힘으로는 갖지 못했던 걸 배신에 의해 갖게 될 거예요.」

<h1 style="text-align:center">15</h1>

메그는 마개로 꼭 막은 병을 양손에 쥐고 방으로 올라왔다. 보통 약초실의 어두운 공간에 약을 익도록 두었지만, 지금은 약병을 자신의 시야에서 떼어 놓기가 겁이 났다.

짜증스럽긴 했지만, 도미니크는 커다란 방을 침실과 거실로 나누는 나무 칸막이에서 판자를 뜯어 내는 메그를 흥미롭게 바라보았다. 비밀 창고에 약병을 넣고 판자를 닫은 다음, 메그는 안도의 긴 한숨을 내쉬었다.

「약병이 어디에 있는지 누구에게도 말하지 않겠죠?」

메그는 약초실에서부터 아무 말 없이 뒤에 바싹 붙어 따라온 도미니크에게 몸을 돌리며 다짐을 받아 두었다.

도미니크는 어깨를 으쓱 올리며 문을 닫았다.

「그게 그렇게 문제가 되는 거요?」

「만약 무슨 일이 생기면, 난 적어도 2주일 안에는 이 약을 다시 만들 수 없어요. 그땐 이미 늦어요.」

「왜 그런 거요? 대체 그 약은 뭘 위한 거요?」

메그는 귄에게 한 약속을 깨뜨리지 않고 도미니크에게 설명할 방법을 궁리했다. 주저하면서 메그는 조심스럽게 단어를 골라 가며 설명했다. 거짓말은 할 수 없었다.

「내가 가진 약 중 어떤 것은 효능이 아주 강하죠. 만약 잘못 사용하면 사람이 죽을 수도 있어요.」

메그는 숨겨 놓은 약병을 가리켰다.

「내가 가진 가장 강력한 진통제의 해독제예요. 아버지가 돌아가신 후 진통제를 만들었는데, 해독제도 만들어 놔야 할 것 같아서……」

「누구를 위해서요?」

「나도 몰라요.」

「존은 죽었소. 대체 누구를 위해 그런 위험한 약을 만든단 말이오?」

퉁명스런 질문을 듣자 메그는 움찔했다. 다시 한 번 고심하며 대답할 말들을 찾았다.

「기사들이 매우 격렬한 훈련을 받는 걸 보았어요. 누군가가 다칠지도 모르잖아요. 난 그들을 도와 줄 준비를 해야 해요.」

도미니크는 한참 동안 걱정이 가득한 글렌드뤼드의 눈동자를 들여다보았다. 진심인지 의심스러웠으나 확인할 방법이 없었다.

「사이먼을 제외하곤 누구에게도 말하지 않겠소. 사이먼은 당신이 약병을 방으로 가져왔다는 사실을 이미 알고 있소.」

「다른 사람에게 절대 말하지 말라고 다짐을 받으세요.」

도미니크는 고개를 끄덕였다. 그리고는 은밀한 웃음을 지었다.

「이제 당신은 내 부탁을 두 가지 들어주어야 하오.」

메그는 도미니크의 유혹 앞에 얼굴을 붉혔다.

「네.」

초조함 속에서, 메그는 벽난로 쪽으로 몸을 돌리고 앉아 타다 남은 불씨를 들썩였다.

도미니크는 메그를 응시했다. 아내와 함께 하는 시간이 길어질수록, 월경이 끝난 후에 자신의 씨를 뿌리겠다는 계획은 점점 지키기 힘들어졌다. 우아한 메그의 동작을 보고 있는 것은 도미니크에게 고통이었다.

자주 불을 피워 본 사람처럼, 메그의 손은 재빠르고 솜씨 있게 움직였다.

「에디스는 별로 하는 일이 없는 것 같소」

「무슨?」

「당신의 하녀는 자신의 할 일을 제대로 하지 않고 있단 말이오.」

「어떤 일들은 하인에게 시키는 것보다 직접 하는 게 나아요. 만약 에디스의 아버지나 남편이 살아 있다면, 에디스도 하녀를 거느리고 있겠죠. 난 가능한 그 가여운 여자의 자존심을 지켜 주고 싶어요.」

「에디스 가족에게 무슨 일이 일어났소?」

「영국 전체에 일어난 일과 똑같아요. 윌리엄과 그 아들들이 땅을 점령하고 노르만 기사들에게 분배했어요.」

메그는 나무토막을 담아 둔 청동 용기에서 눈을 떼지 않고, 양 떼의 숫자를 말하듯 사무적인 말투로 덤덤하게 말했다. 도미니크는 주의 깊게 들었다. 노르만 기사들과 대화하는 에디스의 목소리에서 증오심을 느껴 본 적은 한번도 없었다. 블랙소른 성 하인들 중에는, 메그를 사랑하면서도, 노르만인을 적대시하는 사람이 꽤 있었다.

하지만 도미니크는 덩컨에게서조차 자신을 거부하는 소리는 듣지 못했다.

「당신은 다른 사람들처럼 노르만인을 미워하지 않소?」

도미니크는 정말 궁금했다.

「어떤 노르만인들은 난폭하고, 잔인하고, 피에 굶주린 사람 같아요.」

메그는 땔감을 고르며 대답했다.

「당신은 스코틀랜드나 노르망디 혹은 팔레스타인에서 온 사람들에게도 그렇게 말할 수 있소.」

「그렇죠.」

메그는 벽난로에 방금 넣어 둔 나무에 작은 불길이 붙는 모습을 물끄러미 바라보았다.

「어느 민족이나 잔인한 사람들은 있으니까요.」

도미니크는 침대로 가서 달콤한 방울 소리를 내는 금체인을 집어 들었다. 그 소리에 매혹된 메그가 고개를 돌렸다.

「그게 뭔가요?」

「내 신부를 위한 결혼 선물이오.」

마치 방울에서 울려 나오는 금색 소리가 자신을 부른다는 듯, 메그는 일어나서 남편에게 다가갔다.

「정말인가요?」

「이것을 몸에 지닐 테요? 아니면 당신이 나에게 들어주어야 할 두 가지 부탁 중 하나로서 내가 요구를 할까?」

「당신이 원하는 대로요. 우와, 아름답군요. 몸에 지니겠어요.」

「한데 당신은 내가 준 브로치를 달지 않았소.」

도미니크는 서운했다.

「글렌드뤼드 처녀는 결혼 전에는 반드시 은을 지녀야 해요.」

「하지만 지금은 결혼을 했잖소.」

메그는 겉옷을 벌려 그 안에 달아 놓은 브로치를 보여 주었다.

「그렇군. 알았소.」

도미니크는 보았다. 품위 있게 솟은 가슴과 섬세한 목을.

「내 선물이 부럽군.」

메그가 눈을 크게 떴다.

「부럽다고요, 영주, 아니 도미니크? 왜요?」

「당신 가슴에 달려 있으니까.」

메그의 얼굴이 발갛게 달아올랐다. 당황해하며 옷을 다시 여몄다.

도미니크는 환하게 웃으며 자신의 순진한 아내를 바라보았다.

메그는 숨쉬기가 힘들었다. 목청을 가다듬고 체인을 가리켰다.

「그런데 어떻게 사용하죠?」

「내가 보여 주겠소.」

도미니크가 바싹 다가서자 메그는 몹시 당황했다.

「내 허벅지에 당신의 발을 올려놓으시오.」

메그는 머뭇거리면서 시키는 대로 했다. 따스하고 강한 손이 발목을 부드럽게 잡았다. 깜짝 놀란 메그가 움찔했다. 미처 발을 잡아 빼기 전에 도미니크의 손이 발을 꽉 잡았다.

「긴장하지 마시오. 겁낼 필요도 없소」

「겁이 난다기보다는 당황스러워요」

「내가 발을 만져서?」

「아뇨. 만난 지 불과 며칠밖에 안 된 남자가 원할 때마다 날 만질 권리를 가졌다는 사실에요」

「당황스럽다?」

도미니크는 생각에 잠긴 채 되뇌었다.

「내가 두렵소? 그래서 숲으로 도망간 거요?」

「당신과 잘 때 고통은 예상하고 있긴 하지만, 그 때문에 숲으로 간 건 아니에요」

「그럼 그 조그만 약초 때문에?」

「네.」

도미니크가 체인 하나를 메그의 발목에 감고 걸쇠로 잠갔다. 선명한 방울 소리가 방 안에 울려 퍼졌다. 걸쇠가 제대로 걸렸는지 확인한 다음엔 손이 종아리 위로 옮겨갔다.

메그의 숨소리가 가빠졌다. 메그가 몸을 움찔하자, 방울들의 속삭임이 조용히 들려 왔다.

「어째서 고통스러울 거라 생각하오? 남자를 받아들이기가 힘든 거요?」

도미니크는 천천히 메그의 다리를 쓰다듬었다.

「받아들여요? 어떻게요?」

「당신의 몸 속으로.」

메그는 혹 하고 숨을 들이마셨다.

「나도 몰라요. 하지만 에디스가 즐겁지 않다고 말했어요」

잠시 도미니크의 손이 멈추었다. 하지만 곧 다시 부드럽게 움직였다.

「하지만 에디스는 아주 열심히 남자들과 시시덕거리고 있소」

「그건 일 때문이지, 즐거워서가 아니에요. 남편감을 찾고 있거든요. 당신이 단지 상속자를 원하는 것과 똑같은 거죠.」

　사실을 부인하기에 도미니크는 너무나 똑똑한 전술가였다. 상대방을 혼란시키기 위해 공격의 방향을 바꾸는 척했다.

　「내가 당신을 만지는 걸 좋아하오?」

　슬그머니 메그의 종아리를 움켜쥐었다.

　「난…….」

　다시 종아리를 쓰다듬자, 메그는 숨을 멈췄다.

　「그런 것 같아요. 이상해요.」

　「뭐가?」

　「당신의 손은 아주 크고 단단해요. 당신 앞에선 내가 아주 약한 존재 같아요. 하지만 난 내가 그렇게 약한 존재라고 생각하지 않거든요.」

　「그래서 두렵소?」

　「그럴 거예요.」

　「왜 그런 거요? 내가 잔인한 사람 같소?」

　「당신이 때리지 않아서 아주 기뻤어요.」

　도미니크는 웃음을 터뜨렸다. 하지만 메그의 종아리에서 무릎 뒤쪽으로 올라가는 손길은 멈추지 않았다. 잔잔한 전율이 몸을 휩쓸었다.

　「당신은 약초실에 들어올 때 매우 화가 나 있더군요.」

　메그는 정신을 차리려고 노력했다.

　「그렇소.」

　「그리고 당신은 정말 힘이 셌어요.」

　「맞소. 하지만 당신은 나에게 대들었소.」

　천천히 무릎 뒤쪽을 어루만지자, 메그의 몸이 의지와는 상관없이 바르르 떨렸다. 조심스럽게, 도미니크는 메그의 발을 들어 바닥에 내려놓았다.

　「이제는 다른 쪽의 발을 주시오.」

　메그가 몸을 움직이자 옷 속에서 방울 소리가 딸랑딸랑 울렸다. 두 번째 체인을 발목에 감고 걸쇠를 거는 동안, 메그는 또 다른 애무를 예상하며 잔뜩 긴장한 채 기다렸다. 몸은 애무로 받는 자극을 무척 좋아했다. 그 감각은 항상 각인하고 있는 현실 - 남편의 조심스런 애무 밑에는 동반자를 향한 연인의 뜨거운 열정이 아닌, 전사의 상속자에 대한 야망이 불타고 있다는 사실 - 을 망각하도록 유혹했다.

메그는 우아하게 몸을 쭉 펴는 도미니크의 모습을 보며 블랙톰을 떠올렸다. 숨을 쉴 때마다 가슴이 거의 닿을 정도로 가까이 서 있는 남자…….

「자, 손목을.」

도미니크의 낮은 목소리는 손길만큼이나 메그의 신경을 자극했다. 조심스럽게 몸을 움직이자 치마 아래서 다시 소리가 났다. 메그는 주저하며 두 손을 내밀었다.

침묵 속에서 울리는 방울 소리의 음색이 더욱 야릇한 분위기를 자아냈다. 도미니크는 메그의 가느다란 손목에 팔찌를 걸어 주었다. 일을 마치자 천천히 메그의 두 손을 잡았다. 그러고는 양 손바닥에 키스를 하며 체취를 음미했다.

메그의 움직임에 따라 만들어지는 소리는 놀라움과 관능의 혼합이었다. 마치 추운 겨울에 마시는 한 잔의 와인 같은 효과를 발휘했다. 도미니크는 아내를 가까이 끌어안고 키스를 하고 싶었으나, 이미 흥분을 느낀 육체가 조심하라는 경고를 보내 왔다.

'인내심이 없는 남자는 처음 사슬을 풀어 줄 때 매를 잃어버리는 거야. 난 겨우 사슬을 묶는 데 성공했을 뿐이고, 나의 명령과 기쁨을 위해 날도록 하기 위해선 더 많은 훈련이 필요해. 지금 이 여잘 안으면 단 한 번의 달콤함 때문에 전쟁에서 지는 거야. 열정에 지배당하는 사람은 바보지.'

도미니크는 자신에게 위험을 상기시켰다. 차가운 결심이 가슴에 타오르는 관능의 불길에 재를 뿌렸다.

도미니크는 손을 놓고 메그를 돌려 세운 다음, 두건과 머리장식을 벗겨냈다. 바랜 듯 엷은 불빛 속에서 머리칼이 풍성한 윤기를 자랑했다. 도미니크는 그 속에 손을 담그고 싶다는 강렬한 유혹을 겨우 참아 내면서, 머리카락을 두 갈래로 땋은 다음 각각 사슬을 둘러 늘어뜨렸다. 사슬이 한 개 남았다. 그건 가느다란 허리에 둘렀다.

메그는 아름다운 장식과 엷은 음악을 휘감고 서 있었다. 숨을 쉴 때마다, 몸을 움직일 때마다 방울 소리가 부드럽게 울려 퍼졌다.

「불로 만들어진 매 같군. 금으로 만든 젓갖을 달고 있는 마술의 매!」

도미니크는 메그의 머릿결을 타고 춤추는 불빛을 보며 찬사를 보냈다. 그러고는 다시 메그를 돌려세우고, 샘물처럼 맑고 깨끗한 눈동자를 빛내며 양손으로 얼굴을 감싸 쥐었다.

「배가 고프오?」

「네. 오늘 내내 빵 한 조각과 치즈를 먹었을 뿐이에요.」

야릇한 웃음을 띠며, 도미니크는 몸을 돌려 문으로 갔다. 문을 열자 저녁 식사가 놓여 있었다. 사이먼에게 부탁한 것이었다.

「빵, 치즈, 닭고기, 겨자, 맥주……」

도미니크는 쟁반을 들고 방 안으로 들어와서 발로 가볍게 문을 닫았다.

「……무화과, 건포도, 호두, 꿀에 담근 아몬드, 그리고 내가 제일 싫어하는 야채 한 무더기. 사이먼은 우리의 만찬에 토끼가 초대되었다고 생각한 걸까?」

메그는 남편의 익살에 활짝 웃었다.

「마타가 준비한 거예요. 요리사 말이에요. 봄에는 내가 신선한 야채를 즐겨 먹는다는 걸 잘 알거든요.」

「정말이오? 그것도 글렌드뤼드의 의식이오?」

「아니에요. 귄도 염소처럼 풀만 먹는다고 놀려대는걸요.」

메그는 싱싱한 야채를 집으려고 손을 내밀었다. 순간 도미니크가 쟁반을 든 채 몸을 돌렸다.

「작은 매여, 인내심을 가지시오. 당신이 먹기 전에 해야 할 일이 조금 남아 있소.」

도미니크가 탁자에 접시를 놓고 방 안의 촛불과 램프를 모조리 끄는 모습을 메그는 황당한 표정으로 바라보았다.

「무슨…….」

메그는 불안을 감추지 못했다.

「새장은 어두워야 하오. 싫으면 눈가리개를 하겠소?」

「농담 마세요」

「오, 진심이오. 어두운 새장과 눈가리개. 선택권은 당신에게 주겠소」

사무적이고 차가운 목소리를 듣자, 메그는 자신의 남편이 아주 멀리 떨어져 있는 것처럼 느껴졌다. 남편이 교회에서 했던 말이 불길하게 귓가에서 윙윙거렸다.

'현명한 사람이라면, 내가 자비롭다는 걸 알 거요. 하지만 바보는 또다시 내 인내심을 시험하려 들다가 죽음을 맞이하겠지.'

메그는 이미 사람들 앞에서 남편을 무시했다. 또 다시 그런 행동을 하는 건 현명하지 못했다.

「어두운 새장을 택하겠어요」

울며 겨자 먹기 식이었다.

도미니크는 마치 거친 겨울 바람 한줄기가 방 안을 엿보기라고 하듯 덧문을 꼭꼭 닫았다. 메그는 안 된다는 말도 못하고 그저 바라만 보았다. 아무리 바람이 찬 날에도 메그는 항상 덧문을 조금 열어 놓았다. 방 안으로 쏟아지는 눈부신 빛줄기를 사랑하기 때문이었다.

벽난로 불빛만 희미하게 남은 방은, 아늑했다.

도미니크가 마지막으로 벽난로 쪽으로 다가가자, 메그는 숨이 턱 막혔다. 도미니크가 멈춰 서서 고개를 돌려 잠시 메그를 바라보더니, 난로에 땔감을 더 집어넣었다. 메그는 길게 안도의 한숨을 내쉬었다.

그 소리에 도미니크는 혼자 씩 웃었다. 아내의 마음을 잘 알았다. 이번엔 자신의 승리였다. 메그도 자신이 잡혔다는 사실을 덤덤히 받아들였다. 이제 두 사람은 협상을 시도할 일만 남았다.

도미니크는 커다란 의자에 앉아 자신의 무릎을 가리켰다.

「앉으시오, 내가 먹여 주겠소」

주저하며, 메그는 앞으로 걸어왔다. 셀 수도 없는 조그만 방울들이 흔들거리며 노래를 불렀다.

「오, 아름답군요」

「꽃들이 노래하는 것처럼?」

「그래요」

메그는 주저하다가 다시 몸을 움직이며 그 맑은 소리에 귀를 기울였다.

「혹은 나비의 웃음처럼……」

「내 선물이 마음에 든다니 즐겁군.」

「감사해요, 영, 아니, 도미니크. 정말 친절하세요」

「날 친절하다고 생각해 줘서 다행이오.」

수수께끼 같은 웃음이 얼굴에 번졌다.

조심스럽게 메그는 몸을 가만히 낮추었다. 도미니크는 수줍어하는 자신의 아내를 무릎 위에 반쯤 눕도록 앉혔다. 메그는 내려다보고 있는 눈동자 속에서 타오르는 은빛 섬광이 무엇을 의미하는지 궁금했다. 어둠침침함 속에서 눈동자가 투명한 수정처럼 빛났다.

도미니크는 오른손으로 커다란 접시에서 닭다리를 북 잡아 뜯었다. 메그가 음식을 집으려고 손을 내밀었다.

「안 돼. 내가 먹여 줄 거요.」

메그는 눈을 동그랗게 뜨고 올려다보았다. 도미니크는 웃으며 젊은 사냥개처럼 닭다리에서 고기를 한 점 뜯었다. 그런 다음 물고 있던 그 고기 덩어리를 손으로 잡아 내밀었다. 메그가 손으로 받으려고 하자 다시 획 거두어갔다.

「아니, 매는 손가락이 없소.」

메그는 놀라서 입을 딱 벌렸다. 그때 갑자기 입 속으로 고기가 들어왔다.

「그렇게 어려운 일은 아니오, 그렇잖소?」

새장 안에 잡혀 있는 송골매를 대하는 듯했다.

천천히 고기를 씹으면서 메그는 고개를 끄덕였다. 머리카락에 매달린 종들이 마치 매의 다리에 매다는 젓갖처럼 울렸다.

「좀더?」

메그는 고개를 끄덕였다.

도미니크 얼굴에 다시 한 번 은밀한 웃음이 번졌다.

「어떤 매는, 특별한 마술의 매는 말도 한다오.」
「무엇에 관해서요?」
메그는 닭다리에서 살덩이를 다시 베어 무는 도미니크에게 물었다.
「음식, 물, 사냥, 싸움……」
「자유.」
메그가 끼여들며 속삭였다.
「그렇소.」
다시 고기를 내밀었다.
「야생의 매는 무엇보다도 그에 대해 말할 거요.」
메그는 음식을 받아먹으며 도미니크의 눈동자를 바라보았다. 그런 행동 속에서 기묘한 친근감이 형성되었다. 받아먹는 음식과 더불어 두 사람 사이에 가느다란 연대감이 생겨났다. 마치 명주실처럼, 한 가닥이 또 다른 한 가닥과 이어지고 다시 또 한 가닥, 한 가닥으로 이어져 기다란 실을 만들어 갔다.

두 사람을 오가는 미묘한 감정들이 딸랑이는 방울 소리와 어우러져 침묵 속으로 미끄러져 들어갔다. 메그는 왜 사냥개가 주인의 손에서 먹이를 받아먹으며, 어째서 아기들이 엄마의 젖을 빠는지 이해할 수 있었다. 그리고 하나님의 창조물 중 가장 자유로운 생물인 매가 왜 오직 주인의 손에서만 먹이를 먹고, 오직 주인의 팔목에만 앉으며, 주인의 부름에만 날아오는지 이해할 수 있었다.
「입맛에 맞지 않소?」
「아뇨, 아주 맛있어요.」
「그런데 왜 그만 먹는 거요?」
「매와 주인에 대해 생각했어요.」
「매에겐 주인이 없소.」
「주인의 즐거움을 위해 사냥을 하잖아요.」
「자신의 즐거움을 위해 사냥하는 거요. 사람은 단지 기회를 제공해 줄 뿐이오.」

　도미니크는 메그의 입술 사이로 음식을 조금 더 밀어 넣으면서 반박했다.
「다른 남자들도 그렇게 생각하나요?」
　도미니크는 어깨를 으쓱했다.
「다른 남자들이 매와 사람의 관계를 어떻게 보는지 난 상관하지 않소. 만약 바보 같은 남자가 자신이 새를 날린다거나 혹은 그 반대라고 믿는다고 해서 내가 그 얄팍한 생각에 영향을 받을 것 같소?」
　메그는 음식을 씹으면서 도미니크의 말을 곰곰이 생각했다. 입 안의 음식을 삼키자마자, 빵과 치즈가 입술 앞에 들이밀어졌다. 다시 입을 열고 받아먹었다. 아랫입술에 스치는 손가락이 독특한 느낌을 선사했다.
「하지만 매는 잡히고 사람은 잡히지 않아요.」
「매를 놓아준 적이 있소?」
「한 번요.」
「어째서?」
「젓갖을 한사코 거부했어요.」
「그렇소. 하지만 다른 매들은 그것을 받아들인다오.」
　메그는 고개를 끄덕였다.
「그리고 그렇게 하는 가운데, 사나운 당신의 자매들은 다른 차원의 자유를 배우는 거요.」
　녹색의 눈동자가 소리 없는 질문을 던졌다.
「매들은 얼음이 땅을 덮을 때 보호받을 수 있는 자유에 대해 배우는 거요. 숲이나 들에서 할 일이 없어졌을 때 야생 매보다 두세 배 편안한 생활과 음식이 주어지는 자유 말이오. 어떤 자유가 더 우월하다고, 그 누가 말할 수 있단 말이오? 그것은 자신의 새로운 생활에 대한 매의 선택에 달려 있소.」
　메그는 재빨리 음식을 삼키고 말을 하기 위에 입을 벌렸으나, 또 다른 음식이 입 안으로 들어왔다. 웃고 있는 남편의 모습이 눈에 들어왔다.
「맥주?」

도미니크가 천연덕스럽게 물었다.

메그는 음식을 꿀꺽 삼킨 다음, 입을 벌려 대답하지 않고 현명하게도 고개만 끄덕였다.

도미니크가 맥주가 든 컵을 들어 자신이 먼저 마셨다. 메그는 어린아이에게 먹이듯 컵을 자신의 입술에 대리라고 예상했다. 하지만 차가운 컵 대신 도미니크의 따스한 입술이 다가왔다. 차고 독한 맥주가 혓바닥으로 흘러내렸다. 시키지도 않았는데 메그는 맥주를 삼켰다.

도미니크는 메그의 입술을 살짝 깨물고는 고개를 들고 다시 맥주를 한 입 머금었다. 고개를 돌려 메그에게 다시 맥주를 먹였다.

그 행동에서 전해오는 본능의 친근감에 메그는 몸을 떨었다. 희미하게 흔들리는 방울들이 자극적인 감각을 선사했다. 메그는 머리가 핑핑 돌 때까지 도미니크의 입에서 맥주를 받아 마셨다.

「이제 충분해요.」

메그는 도미니크의 입술에 대고 속삭였다. 숨결에 밴 자극적인 맥주의 향이 메그를 아찔하게 했다.

「정말?」

도미니크가 메그의 아랫입술을 살짝 깨물었다.

「더 이상은 안 돼요. 머리가 어지러운걸요.」

도미니크의 웃음은 낮고, 부드럽고, 남자다웠다.

「조금밖에 마시지 않았잖소. 술만 마시면 늘 어지럽겠군.」

메그는 대꾸하지 않았다. 전에는 이렇게 빨리 취한 적이 없었다.

「배가 고파서 그럴 거예요.」

메그는 음식이 놓인 접시를 동경의 눈빛으로 바라보았다.

슬며시 웃으면서, 도미니크는 맥주를 먹여 준 방식으로 다시 음식을 먹여 주었다. 새로운 식사 방식에 익숙해지자 메그의 심장 고동 소리도 안정되었다. 고기와 무화과, 치즈, 빵, 싱싱한 야채들이 놀라운 속도로 자취를 감췄다.

「당신은 아무것도 먹지 않으세요?」

192

메그는 무화과를 집어 드는 도미니크에게 물었다.

「난 매가 아니오.」

「독수리도 식사는 해요.」

메그가 웃으며 남편을 놀렸다. 긴 암적색 눈썹 아래의 눈동자가 반짝였다.

도미니크는 껄껄 웃으며 메그의 입에서 빵을 조금 뜯어 내 자신의 입에 넣었다. 그러고는 더 이상 먹을 수 없을 때까지 계속 먹였다.

하지만 메그는 그를 멈추게 하고 싶지 않았다. 조심스레 아내를 안아, 친근한 태도로 밥을 먹여 주는 남편은 정말 뜻밖이었다. 심장에서, 검과 창을 능숙하게 다루는 검은 노르만의 기사는 야망 너머로 그 무엇인가를 가지고 있다고 외쳤다.

글렌드뤼드 여인들이 대를 이으며 지켜오던 고집스런 희망이 메그를 뒤흔들었다. 그런 부드러움과 웃음을 간직할 수 있는 남자라면 분명 사랑할 능력도 지니고 있으리라.

메그는 너무나 차갑고 자제력이 강해 사랑을 되돌려 줄 수 없는 남자는 사랑할 수 없었다. 하지만 만약 이 남자가 자신을 사랑할 수 있다면……, 만약 그게 가능하다면…….

그렇다면 불가능은 없으리라. 글렌드뤼드의 피를 받은 아들도…….

도미니크가 메그에게 또 음식을 내밀었다. 메그는 고개를 가로 저어 거절하면서 손가락 끝에 키스를 했다. 도미니크의 눈이 가늘어지면서 숨소리가 빨라졌다.

「달콤한 것을 먹고 싶소?」

은근하고 나른한 목소리였다.

메그는 빵 아래 숨겨진 터키 사탕을 보았다. 벽난로에서 흘러나온 흐릿한 불빛 아래에서는 어느 것이 좋아하는 맛의 사탕인지 구별하기 힘들었다.

「레몬 맛이 나는 사탕이 어느 거죠?」

「글쎄, 같이 찾아봅시다.」

시치미를 떼며 도미니크는 사탕 하나를 집어 들었다. 그러고는 사탕을 혀끝에 올려놓더니 메그를 향해 고개를 수그렸다.

「자, 맛을 보시오.」

섬세한 불꽃의 그물이 메그를 자극했다. 도미니크의 입술은 돌에서 잘라 낸 듯 단단해 보였으나, 잠시 후 메그는 그것이 놀라울 만큼 따스하고 유연하다는 사실을 알았다.

도미니크는 잠재적인 전투지나 요새화된 도시를 보는 시선으로 아내를 바라보았다. 강한 요소는 상관하지 않았다. 문제는 가장 약한 부분이었으며, 그 약점은 곧 패배와 이어졌다.

메그의 약점은 사랑을 믿고 싶어하는 욕구였다.

'나에게 오시오, 비상한 힘을 가진 글렌드뤼드의 딸이여. 나에게 와서 당신이 보고 싶어하는 것을 보시오. 나를 위해 당신의 요새를 배반하시오. 문을 열고 누워, 나의 공격을 받아들이시오. 그리고 내가 반드시 가져야 할 아들을 나에게 선사해 주오.'

천천히 메그는 도미니크의 입술에 다가갔다. 움직임이 없자, 자신의 혀를 사탕에 살짝 댔다가 얼른 뗐다. 도미니크는 눈썹을 치켜 뜨며 메그를 쳐다보았다.

「달콤해요, 하지만 레몬 맛은 아니에요.」

「음, 다시 한 번 시도를 해야겠군.」

도미니크는 물고 있던 사탕을 얼른 버리고 다른 것을 골랐다. 달콤한 맛이 입에 퍼지자, 기대하는 표정으로 메그를 바라보았다. 메그는 주저하지 않고 다가가, 조금은 경계를 늦춘 몸짓으로 맛을 보았다.

「맛있소?」

「네. 하지만……..」

「당신이 찾는 맛이 아니오?」

천천히 고개를 끄덕였다.

「그럼 우린 다시 한 번 찾아봅시다.」

도미니크가 음흉한 웃음을 지었으나, 남아 있는 사탕을 고르느라 고개를 돌렸기 때문에 메그는 눈치채지 못했다. 점점 긴장이 더해 가는 침묵 속에서 다른 사탕을 골라 내밀고는, 자신의 입 안을 헤집는 메그의 감촉을 기분 좋게 맛보았다.

메그는 도미니크가 어떤 사탕이 레몬 맛이 나는지 알면서도 사탕을 모두 맛보게 하는 건 아닌가 의심도 해보았지만, 아무 말도 하지 않았다. 달콤함을 곁들인 키스는 마약처럼 중독성이 있었고, 관능의 게임은 어떤 터키 사탕보다도 맛있었다.

마침내 사탕이 딱 하나 남았다. 키스의 열기로 반짝이는 도미니크의 입술을, 메그는 나른한 시선으로 바라보았다. 도미니크는 아내에게 맛을 보라고 말할 필요가 없었다. 하늘로 얼굴을 든 매처럼, 메그는 갈망하듯 얼굴을 남편에게 가져다 댔다.

「당신이 찾는 게 이거요?」

「네.」

「나와 나누어 먹읍시다.」

도미니크는 고개를 수그렸다. 키스는 사탕이 모두 녹을 때까지 이어졌다. 메그는 자신이 남편에게 키스하는지 혹은 남편이 자신에게 키스하는지 분간할 수 없었다. 입술이 너무 깊게 맞물려서 어디가 시작이고 어디가 끝인지 정확하게 말할 수 없기 때문이었다.

도미니크가 마침내 고개를 들었다.

메그는 재빨리 숨을 몰아쉬었다. 피부 아래서 달아오른 섬세한 불꽃 때문에 몸이 후끈 달아올랐다. 눈을 반짝 떴다. 몸의 열기에 대적할 만큼 차가운 눈동자가 자신을 보고 있었다.

「당신은 나의 관대함을 맛보았으니 그것이 얼마나 달콤한지 알았을 거요. 하지만 현명한 남자는 같은 사람에게 오직 한 번 자비를 베푼다오. 작은 매여, 다시는 나와 싸우려 들지 마시오. 내가 당신에게 부탁하고 싶은 것은 그뿐이오.」

메그의 몸이 싸늘히 굳었다.

16

하루하루 지나감에 따라 도미니크에게 반항하지 않겠다는 메그의 약속은 점점 더 지키기가 어려워졌다.

「하지만 내 정원은 어떡해요. 난……」

「퀸이 돌보고 있소 정오를 알리는 종소리가 울리기 전에 돌아오겠소」

도미니크가 말을 가로막고 문을 닫으려 하자, 메그는 다급한 마음에 소리쳤다.

「난 언제 자유의 몸이 되죠?」

「당신의 몸 속에 나의 아기가 자라고 있다는 사실이 명백해질 때. 곧 돌아오겠소 나에게 한 당신의 약속을 기억하시오」

문이 닫혀 버렸다.

좌절감에 빠진 메그는 주먹으로 문을 마구 두드렸다. 몸에 달린 방울들이 고통의 비명을 질러댔다.

'당신의 약속을 기억하시오.'

비참한 마음으로 도미니크가 한 말을 되뇌었다.

「흥! 내가 어떻게 잊겠어. 지난 사흘 동안 그 생각밖에 안 했는데!」

새로 새장에 들어온 매처럼, 메그는 어둑한 방에서 홀로 지냈다. 매와 다른 점이 있다면, 창을 통해 들어오는 햇살과 방을 데워 주는 벽난로가 있다는 것이었다. 또한 걸을 수 있고, 잡혀 온 새에게는 없는 편안함이 있었다.

블랙소른 성의 영주는 메그가 세상과 접촉하는 단 하나의 통로였다. 그 누구도 방에 찾아오거나, 문 밖에서 말을 걸지 않았으며, 음식을 가져오지도 않았다. 오직 도미니크만이 메그와 함께 지냈다.

도미니크는 하루에도 여러 번, 활짝 핀 싱싱한 꽃이나 매끈한 자갈을 들고 예고도 없이 불쑥 찾아왔다. 그러고는 빠르게 길들어 가는 송골매나 들판에 찾아온 봄, 새로 단장한 무기고, 블랙톰과 꼭 닮은 고양이 새끼들과 메그의 정원에 대해 얘기해 주었다.

그리고 식사 때가 되면, 감금 생활에 대해 아무리 불평을 늘어놓아도 모두 참으면서 메그를 안고서 음식을 먹여 주었다. 밤엔 침대에 함께 누웠다. 그런 행동에 메그는 침착함을 잃었지만, 한편으론 기대하지 못한 따스한 체온을 즐길 수 있었다.

목욕을 할 때면……

도미니크는 문에 기대어 서서, 글렌드뤼드의 전통 방식으로 몸을 씻는 아내를 황홀하게 바라보았다. 메그는 그 생각에 몸서리쳤다.

도미니크의 시선에는 언제나 불타는 욕망이 어려 있었지만, 함께 누운 침대에서도 그 자제력은 변할 줄 몰랐다. 음식을 먹이고, 추운 날 몸을 따뜻하게 데워 줄 때만 도미니크는 아내의 몸에 손을 댔다.

난생 처음으로, 메그는 자신에게 매춘부의 자질이 없음을 한탄했다.

만약 자신에게 그런 기술만 있다면, 무시무시한 자제력을 가진 남편을 마른 지푸라기처럼 태워 버렸으리라. 그렇게만 되면 남편은 그 동안 자신이 품어 왔던 의심이 얼마나 터무니없었는지 깨달으리라.

'만약 내게 매춘부의 자질이 있다면……'

하지만 자신은 그런 기술을 갖지 못했다.

메그는 이런 생활이 계속될수록 새로운 노르만인 영주에 대한 사람들의 분노가 높아갈 것이라고 확신했다. 결혼식 다음날 아침, 해리가 했던 말은 모든 블랙소른 성 사람들의 의견이었다.

'만약 영주님이 아가씨에게 상처를 입히면, 우린 가만있지 않을 겁니다. ……사냥하는 남자들도 사고를 많이 당할 만큼 위험한 곳이에요. 내 말을 믿으세요, 약속 드릴게요.'

메그는 두려운 마음으로 해리의 말을 되새겼다. 만약 그런 일이 벌어지면 성에 대참사가 벌어진다는 건 의심할 여지가 없었다. 사이먼은 이미 성 안 사람들이 맥스웰의 덩컨에게 호의를 가지고 있다며 의심하고 있었다. 만약 반감을 가진 농부에게 도미니크가 다치기라도 하면, 사이먼은 누구보다도 재빠르고 잔인하게 복수하리라.

메그는 이런저런 걱정으로 방 안을 서성댔다. 방울이 연신 딸랑거렸다. 안뜰에서 들려 온 남자들의 환호성이 귀에 거슬렸다. 덧문은 닫아 놓았지만, 방패에 부딪히는 검의 소리는 명확하게 들려 왔다.

메그는 창가로 갔다. 아래쪽에서는 눈치챌 수 없을 만큼 문을 조금 열었다. 햇살이 들어올 정도는 아니었지만, 안뜰의 풍경을 엿보기엔 충분했다.

도미니크의 빈틈없는 통제하에 기사들은 쉴새없이 날아오는 칼을 피하며 열심히 기술을 연마했다. 칼날보다 날카로운 무기에 몸을 보호하기 위해 기사들은 갑옷과 투구, 짧은 바지, 쇠로 만든 장갑으로 완전 무장했다.

물론 칼이 위험하지 않다는 뜻은 아니었다. 힘센 기사들의 손에 들어가면, 무딘 칼조차도 무서운 무기가 아니던가.

에디스는 맥주를 부어 주며 호의가 담뿍 담긴 응원을 보냈다. 검은 눈동자의 마리는 싸우는 기사들 사이를 누비면서 거품이 이는 맥주잔을 내밀었다. 4층에 있는 메그조차 실룩거리는 노르만 여자의 엉덩이를 확연하게 볼 수 있었다.

차가운 시선으로 메그는 도미니크에게 다가가는 매춘부를 바라보았다. 마리는 남편에게 바싹 붙어 서서 마치 하나님을 우러러보듯 고개를 치켜들었다.

매춘부의 말을 듣고 웃음을 터뜨리는 도미니크의 모습을 보고, 메그는 주먹을 불끈 쥐었다. 덧문을 열고 침실용 변기를 마리의 머리를 향해 내던지고 싶었지만 꾹 참았다. 도미니크가 최근에 그 매춘부와 잠자리를 같이하지 않았다는 확신 때문이었다. 그럴 기회가 없었다. 남편은 성안의 일을 돌보지 않을 때는 항상 자신과 함께 시간을 보내지 않았던가.

만약 자신이 전리품이라면, 남편 역시 자신에게 잡힌 신세였다. 그런 생각은 메그에게 일말의 만족감을 안겨 주었다.

그럼에도 불구하고 도미니크가 마리에게서 시선을 떼고 자신의 동생에게 고개를 돌리자, 메그는 안도의 한숨을 내쉬었다. 잠시 후 도미니크는 고개를 끄덕이며 시종에게 신호를 보냈다.

잠시 사라진 두 형제는 잠시 후 전투 복장을 갖추고 다시 나타났다. 두 사람이 중앙으로 나서자, 겨루고 있던 다른 기사들의 행동이 느려지더니 이내 멈추었다. 전쟁으로 단련된 기사들이었지만, 두 형제의 전투에서 새로운 걸 배울 수 있기 때문이었다.

신호와 함께, 도미니크와 사이먼은 튀기듯 앞으로 나와 믿어지지 않을 만큼 손쉽게 무거운 칼을 휘둘렀다. 체구로 보아도, 두 형제는 좋은 맞수였다. 둘 다 보통 사람보다 키가 크고 어깨도 넓었다. 그리고 힘도 세고 강했다. 마치 한 사람이 자신의 분신과 싸우는 듯했다.

칼이 공기를 가르는 날카로운 소리에 메그는 숨을 죽였다. 두 사람이 상대방을 향해 몰아칠 때 이는 바람은, 작은 사람 정도는 날려 버릴 정도로 셌다. 시간이 흐름에 따라 도미니크는 힘이 강하고, 사이먼은 재빠르다는 사실이 명확하게 드러났다. 우열을 가릴 수가 없었다. 누가 자신의 우월한 기술을 먼저 사용하느냐에 따라 승리가 판가름 나리라.

메그는 도미니크의 가슴과 머리에 타격이 가해지려는 순간마다 비명을 삼켜야 했다. 도미니크는 방패로 동생의 공격을 잘 막아 냈다. 그리고 동생을 향해 무자비하게 칼을 내려쳤다. 사이먼도 형의 공격을 유연한 몸으로 잘 피했다. 두 형제는 몸을 구부리고, 돌고, 피하며 공격을 계속했다. 둘 중 한 사람이 기운이 빠져 포기할 때까지 그 시합은 계속되리라.

「아가씨, 거기 계세요?」

누군가가 홀에서 메그를 불렀다.

「아가씨, 전 마르타예요.」

「누구든 나와 얘기할 수 없다고 영주님이 금지하지 않았느냐. 들키기 전에 얼른 가려무나.」

메그가 주저하며 대답했다.

「아가씨, 해리의 아내가 많이 아파요. 아기가 이틀 동안 나오지 못해요. 지금 너무 지쳐 있어요.」

「퀸은 어디에 있지?」

「남쪽에서 온 '현명한 여인'과 약을 교환하기 위해서 데일족의 부락에 갔습니다. 아가씨의 도움이 필요해요.」

「알았어, 내가 가겠다. 넌 들키기 전에 어서 떠나거라.」

「네, 아가씨.」

메그는 손목에 달린 황금 방울을 벗겨 냈다. 처음 찼던 그 방법 그대로 벗겨 낼 수 있었다.

그런데 잠시 후 다시 마르타의 목소리가 들려 왔다.

「아가씨, 밖에 노르만인 보초가 있는데 어떻게 나오실 거예요? 금방 들킬 거예요.」

「다른 길이 있으니, 걱정 말고 어서 가라!」

「하나님은 당신을 사랑하세요, 마음씨 고운 아가씨. 전 가볼게요.」

메그는 기묘하게 조각된 상자를 열고 특이한 모양의 작업복을 꺼내 들었다. 그리고 약병을 집어 들고 문을 열었다. 문을 나서는데 도미니크의 경고가 머릿속에 울려 퍼졌다.

'당신은 나의 관대함을 맛보았으니, 그것이 얼마나 달콤한지 알았을 거요. 하지만 현명한 남자는 같은 사람에게 오직 한 번 자비를 베푼다오. 작은 매여, 다시는 나와 싸우려 들지 마시오. 내가 당신에게 부탁하고 싶은 것은 그뿐이오.'

하지만 지금 자신은 다시 한 번 남편의 명령에 맞서 싸워야 했다.

메그는 조금도 주저하지 않고 방을 나왔다. 다른 선택의 여지가 없었다. 지금 도와 주지 않으면 해리의 아내와 아기가 죽을 게 분명했다.

영주의 명령을 잘 알고 있는 하인들의 호기심 어린 시선을 무시하고, 메그는 쏜살같이 계단을 내려갔다. 아직 몸에 남아 있는 황금 방울이 요란하게 딸랑거렸다. 약초실을 마구 뒤져서, 약초 다발을 밀치고 찾아낸 약병을 진통제와 해독제, 작업복과 함께 바구니에 담았다.

도미니크의 금발머리 용병이 지키고 있는 문으로 가는 대신, 메그는 작은 촛불에 불을 당기고 약초실에서 가장 깊숙하고 어두운 곳으로 걸음을 옮겼다. 약초를 말리는 선반들이 겹겹이 달려 있는 그곳에서 촛불의 불꽃은 더욱 강렬하게 보였다.

마지막 선반 뒤, 칠흑 같은 어둠 속에 사람이 몸을 구부리면 통과할 수 있을 만한 크기의 구멍이 나 있었다. 무거운 나무 바퀴에 의해 닫혀진 그 구멍은 적들에게 성이 점령되면 영주와 그 가족들이 성을 빠져 나갈 수 있도록 만들어 놓은 통로였다. 마지막 피신처인 셈이었다.

메그는 바퀴를 어깨에 대고 옆으로 밀어 놓은 다음 몸을 구부렸다. 길이 희미하게 보였다. 촛불을 껐다. 이제부터 대충 짐작으로 통로 끝까지 가야 했다. 메그는 바구니를 앞에 놓고 밀면서 기기 시작했다. 전에도 여러 번 이곳을 통과한 적이 있었다. 어머니가 살아 있을 때였는데, 아버지의 분노를 피해 달아날 때 이곳을 이용했다.

통로의 바닥에는 갈대로 짠 깔개가 깔려 있었으나, 그것만으로는 울퉁불퉁한 바닥을 고르게 하기엔 역부족이었다. 해자 부근은 습기 때문에 바닥이 눅눅했다. 메그는 최대한 속도를 냈다. 어렸을 때처럼 무섭진 않았지만 통로의 습한 기운이 싫었다.

서둘러야 했지만, 메그는 늘 하던 대로 통로 끝에서 맑고 깨끗한 공기를 마시면서 인기척이 들리는지 귀를 기울였다. 스치는 바람이 피신처 끝을 둘러싼 덤불의 잎새들을 방해할 뿐, 이상한 기미는 보이지 않았다.

메그는 덤불을 헤치고 목초지를 둘러보았다. 저 멀리 모퉁이에서 양들이 한아름 주어진 봄의 선물을 뜯어먹느라고 여념이 없었다. 여기저기 흩어져 깡충거리는 새끼 양들은 마치 녹색 바다에 떠 있는 하얀 꽃처럼 보였다. 양을 돌보는 개들은 보이지 않았다.

메그가 덤불에서 불쑥 모습을 나타내도 양들은 본 척 만 척했다.

해리의 집은 언덕 너머 들판 한가운데 있었다. 집으로 이어지는 좁은 길 양쪽으론 붉은 기운이 도는 이끼가 잔뜩 낀 돌벽이 허리춤까지 올라와 있었다. 쟁기나 양이 미치지 못하는 양지바른 곳에는 금작화가 노란 나비의 모습을 뽐내며 넉넉하게 피어 있었다. 풀이 우거진 곳에 꽃망울을 터뜨린 수선화가 천방지축으로 뛰노는 어린아이처럼 보였다.

보통 때라면 메그는 진주같이 영롱한 빛과 경사진 녹색 언덕에서 벌거벗은 채 자라는 참나무의 우아한 자태, 금작화의 풍성한 향기와 꽃들의 소리 없는 웃음소리를 마음껏 즐겼으리라. 하지만 오늘은 겨울을 이겨 낸 봄의 승리를 눈치채지 못했다. 메그의 눈엔 오직 길을 막고 있는 방해물만이 보였다.

전사한 해리의 아버지는 존이 아끼는 기사였다. 해리는 열네 살 때부터 기사 훈련을 쌓았지만, 전투에서 부상을 입어 절름발이가 되었다. 그래서 기사가 아닌 블랙소른 성의 문지기가 되었다. 해리는 자신의 땅을 조금 가진 자작농이기도 했다.

산파는 창문으로 바깥을 지켜보고 있었는지, 메그가 도착하기도 전에 집 밖으로 뛰어나왔다.

「감사합니다, 아가씨.」

산파는 메그의 손을 부여잡고 안도의 키스를 퍼부었다.

「불쌍한 산모가 너무 지쳐 있어요.」

「물은 많이 준비돼 있겠죠?」

「네.」

자신 있는 대답이었다. 전에 메그가 출산을 도우러 왔을 때 행한 방법을 잘 기억하는 모양이었다. 그 산파는 글렌드뤼드의 의식을 이해하진 못했으나 왜 그렇게 해야 하는지는 묻지 않았다.

메그는 자신의 키 정도 높이의 문을 열고 안으로 들어섰다. 집 안은 아델라의 힘겨운 분만을 그대로 보여 주었다. 여기저기 엎질러진 차가운 오트밀 죽, 개마저 거들떠보지 않는 음식 찌꺼기, 반쯤 썩은 순무 뿌리가 몇 주일째 버리지 않고 쌓여 있었다. 바깥의 신선한 공기에 비하면 지독하기 이를 데 없는 냄새였다.

「산모는 지금 잠시 잠들었어요.」

산파가 낮은 목소리로 설명했다.

아델라의 초라한 침상은 안쪽 벽에 붙어 있었다. 메그가 이틀에 한 번씩 해리에게 약초 향낭을 보냈기 때문에 침대에서 신선한 향기가 났다.

아델라는 메그보다 세 살밖에 많지 않았지만, 나이가 두 배는 더 들어 보였다. 열세 살에 결혼해서 열네 살이 되기 전에 첫 아기를 낳은 뒤, 아델라는 9년 동안 아기를 아홉이나 낳았다. 하지만 셋이 죽어, 남은 아이는 여섯뿐이었다.

메그는 화덕으로 가서 따스한 물을 대야에 부어 가지고 나왔다. 거기에 약초 세 개와 자신을 위해 만든 비누 조각을 조금 집어넣었다. 마음속으로 노래를 읊으며, 메그는 겉옷을 벗고 대야에 손을 넣었다.

들과 성은 옷을 벗어라.
오랜 죄와 깊은 슬픔은 모두 씻어 버리고.
경외스런 글렌드뤄드의 옷을 입어라.
건강한 손으로 병든 자를 어루만지고,
죽음이 춤추는 곳엔 평안을,
삶이 일어나는 곳엔 도움을 주어라.
하나님은 하늘과 땅 사이의 모든 것을 주관하시니,
그의 사랑을 위해 우리는 출산의 고통을 참아야 할지니.
아멘.

메그는 목에 건 십자가를 만졌다. 은이 아닌 금십자가였다. 어머니의 십자가가 보석 상자에 담긴 채 결혼할 딸을 기다렸다.

'어머니, 저와 함께 있어 주세요. 당신의 손으로 고통받는 사람들을 어루만져 주세요. 하지만 나의 고통을 만져 줄 사람은 아무도 없군요.'

　손에 흐르는 향기로운 물방울을 모두 털어 낸 메그는 가져온 옷으로 갈아입었다. 그 옷은 아기가 태어날 때나 병든 사람을 치료할 때 딱 한 번만 입고, 그날 사용한 다른 물건들과 함께 글렌드뤼드의 의식에 따라 태워 버려야 했다.

「다른 아이들은 어디에 있죠?」

「가장 어린아이 둘은 언니와 함께 있고, 나머지는 들판에 나갔죠.」

「아무도 아델라와 함께 있지 않았어요?」

　산파는 어깨를 으쓱했다.

「딸들은 너무 어리고, 아들들은 경작하고 씨 뿌리느라 바쁘죠. 일손이 모자라니까요. 들에서 일을 끝내고도 갈퀴질도 해야 하고 신선한 골풀도 베어야 하니까요.」

「지금쯤은 모두 끝났을 텐데.」

　산파는 못마땅한 표정을 지었으나 반박은 하지 않았다. 그리고 갈퀴를 가지러 마당으로 나갔다.

　메그가 침상으로 몸을 구부리는데 아델라가 눈을 떴다.

「아, 아가씨. 아가씨를 부르지 말라고 사람들에게 말했는데요. 영주님이 가만두지 않을 거예요.」

　아델라는 고통에 신음하면서도 메그를 걱정했다.

「그래도 당신에겐 내가 필요해요. 자, 말해 봐요, 어떻게 된 거죠?」

　아델라가 주저하는 목소리로 지금까지의 상황을 설명하는 동안, 메그는 바싹 몸을 수그리고 이불 속으로 손을 넣어 여인의 부푼 몸을 부드럽게 쓰다듬었다.

「잘 싸웠어요, 형.」

　사이먼은 성벽에 기대어 숨을 몰아쉬었다.

「너 만큼은 아냐. 머릿속이 둥둥 울리는 것 같다.」

　도미니크가 아쉽다는 듯 대답했다.

「내 갈비뼈는 새끼 돼지들처럼 비명을 지르고 있어요.」

　도미니크가 웃음을 터뜨리며 투구를 벗자, 시종이 다가와 냉큼 받아 들었다.

　뜰 저쪽에서 토마스가 에디스를 불러 맥주통에 구멍을 내라고 지시했다.

　도니미크의 신호에 의해 기사들은 다시 한 번 대결을 벌였다. 성은 다시 방패와 검이 부딪치는 소리와 남자들의 고함 소리로 뒤덮였다.

　도미니크는 손을 내밀어 무거운 쇠사슬 갑옷을 근육질의 어깨 위에 올려 놓으면서 성의 꼭대기 층을 올려다보았다. 그 중 두 개만이 닫혀 있었다. 메그의 방에는 따스한 햇살이 무거운 나무에 막혀 들어가지 못하고 있었다.

　사이먼은 도미니크의 시선을 좇아 고개를 들었다.

　「문도 꽉 닿아 놓았군요. 형을 볼 생각이 전혀 없나 본데요. 얼마나 오랫동안 가두어 두실 겁니까?」

　「아직 결정하지 않았어. 아내를 하렘(회교국에서 후궁들이 거처하는 방)에 가두어 둔 첩처럼 희롱하는 게 재미있어졌거든. 내 손으로 음식을 먹이는 일은 생각보다 더 달콤해. 아내의 손에서 받아먹는 것도 아주 좋고.」

　사이먼은 곁눈질로 형을 살피며 아무 말도 하지 않았다. 그러다가 갑자기 형을 정면으로 바라보았다.

　「마리 말이 맞아요. 그 마녀가 형을 홀린 거예요. 관계를 맺지 않으면서 다른 여자도 찾지도 않잖아요.」

　「내 작은 매를 길들이느라고 너무 바빠서 그래.」

　도미니크의 목소리에서 만족감과 기대를 감지한 사이먼은 두 손을 반짝 쳐들며 고개를 가로 저었다.

　「네가 이해해 주길 기대하지 않아. 그래서 이번엔 네가 이해할 수 있는 말을 하려던 참이다.」

　「제발 그랬으면 좋겠군요. 해보시죠!」

　사이먼이 비꼬았다.

　「아내와 내가 서로를 희롱하는 동안, 그리고 아내가 홀로 있는 동안엔, 난 엷은 갈색 눈동자와 달콤한 혓바닥을 가진 색슨놈이 나를 죽이고 내 아내와 성을 빼앗아 가려고 한다는 걱정을 하지 않아.」

「형은 아내를 희롱하는 일을 즐길는지 몰라도, 사람들은 불안해한단 말이에요. 그래서 맥스웰의 덩컨이 자신들의 여주인을 구하기 위해 올 거라며 수군댄다고요.」

사이먼이 퉁명스럽게 말했다.

「빌어먹을! 난 머리카락 한 올도 상처 입게 하지 않았어. 새장의 어떤 매보다도 더 귀한 대접을 해주고 있단 말이야.」

「그렇다면 사람들에게 그런 사실을 보여 줘야 해요. 빠르면 빠를수록 좋아요.」

도미니크는 실눈을 뜨고 동생을 쳐다보았다. 사이먼도 지지 않고 마주보았다. 형이 달갑게 듣진 않지만, 자신의 생각이 옳다고 확신할 수 있었다.

「이 근처에 덩컨이 숨어 있나?」

도미니크는 동생의 충고 뒤에 깔린 위험이 무엇인지 궁금했다.

「몰라요. 하지만 누군가 있어요. 숲 속에서 사냥개들이 물어 죽인 사슴을 발견했어요. 머리와 뒷발밖에 남지 않았더군요.」

「밀렵꾼일 수도 있잖아.」

사이먼이 피식 웃으며 입을 열었다.

「군마를 타고 다니는 밀렵꾼도 있어요? 그리고 그들은…….」

맥주 두 컵을 들고 다가오는 에디스를 본 도미니크는 손을 들어 동생의 말을 막았다. 사이먼이 컵을 받아 들려고 손을 내밀자, 에디스는 손을 옆으로 치우며 태연하게 말했다.

「영주님께 먼저 드려야죠. 부인과 함께 저녁을 드실 때는 별로 많이 마시지 않거든요.」

에디스는 상냥하게 웃으며 도미니크에게 컵을 내밀었다.

「고맙네.」

창백하고 탐욕스런 눈동자와 과장된 몸짓이 싫었지만, 그렇다고 호의를 무시할 수는 없었다.

도미니크는 찡그린 표정으로 재빨리 잔을 비웠다.

「맛이 왜 이래. 차라리 담즙이 낫겠군. 마녀의 질투보다 더 쓴데…….」

도미니크는 에디스에게 잔을 돌려 주며 중얼거렸다.

「맥주가 쉰 게 틀림없어요.」

사이먼이 맞장구 치며 얼른 맥주를 뱉어 냈다.

「다른 걸 가져다 드릴까요?」

에디스가 어쩔 줄 몰라 하며 물었다.

「아니, 난 그만.」

사이먼도 고개를 저었다.

에디스는 컵을 가지고 급히 물러갔다.

다른 남자들이 술을 더 달라며 에디스를 불렀다. 제 몸무게 절반 정도에 해당되는 무거운 칼과 무기를 들고 싸움 연습을 했으니, 갈증이 심할 것이었다.

「조짐이 보여요.」

사이먼은 주위에 아무도 없는 걸 확인하고 다시 입을 열었다.

「덩컨과 리버스족들이 여기에서 반나절이면 갈 수 있는 성에 몰래 들어와 있어요. 거기에 방벽을 친다는 소문이 있어요.」

도미니크는 아무 말 없이 성벽 위로 흘러가는 구름을 쳐다보았다.

「형?」

사이먼이 도미니크의 대답을 재촉했다.

「나머지 기사들이 도착할 때까지 덩컨에 대해 할 수 있는 일은 아무것도 없어. 공격당했을 때 방어하기엔 충분하지만 그 이상은 아냐. 죽은 사슴 몇 마리하고 유언비어를 믿고 행동한다면 영토는 물론이고 내 인생을 깡그리 잃을 거야.」

사이먼은 형의 의견에 반박하고 싶었지만 참았다. 형의 의견을 존중하기 때문이었다.

「인정하기엔 너무 씁쓸한 현실이군요.」

「그래.」

도미니크는 천천히 안뜰을 가로질러 갔다.

「어딜 가요?」

「내 작은 매에게. 그 여자라면 이 쓴맛을 당장 없애 줄 거야.」

메그는 아델라에게 강력한 흥분제를 먹였다. 그만큼 위험이 따랐지만 다른 방법이 없었다. 만약 아기가 빨리 태어나지 않는다면, 산모와 아기 모두 오늘밤을 넘기기 힘들었다.
「미안해요. 내가 줄 수 있는 거라곤 이 연고밖에 없군요.」
고통을 덜어 줄 수 없는 자신이 원망스러웠다.
「괜…… 찮아요.」
아델라의 신음 소리 사이로, 말굽 소리와 남자들의 고함 소리가 들렸다. 하지만 아델라가 갑자기 힘을 주기 시작했기 때문에 메그는 다른 데 신경 쓸 겨를이 없었다. 지금 이 순간, 아기를 낳기 위해 발버둥치는 기진맥진한 산모보다 더 중요한 게 무엇이겠는가.
「잘했어요!」
목소리에 흥분이 배에 나왔다.
「아기 머리가 나왔어요! 조금만 더, 조금 더 힘을 주면 이제 쉴 수 있을 거예요.」
아기를 낳는 아델라 뒤쪽으로 문이 활짝 열렸다. 막아 서는 산파를 밀치고, 도미니크가 고개를 쑥 들이밀더니 칼을 빼 들고서 성큼 안으로 들어섰다. 잘 갈아 둔 칼날이 심술궂게 번뜩였다.
먹이를 찾는 독수리처럼 눈을 번뜩이며 재빠르고 꼼꼼하게 방 안을 둘러보았으나, 어둠침침한 집 안에서 메그를 제일 처음 발견한 것은 눈이 아니라 귀였다. 이상하게 생긴 옷을 입고 무릎을 꿇은 채 초라한 침상을 들여다보는 메그의 몸에서 황금 방울 소리가 희미하게 울렸다.
도미니크는 눈이 뒤집어졌다. 메그는 고결함을 내팽개치고, 영토도 없는 맥스웰의 가난한 덩컨의 품으로 도망쳤다!
'하나님 앞에서 당신은 후회하게…….'
떨리는 아기의 울음소리가 도미니크의 소리 없는 맹세를 가로막았다. 도미니크는 못 박히듯 그 자리에 멈춰 섰다. 안도감이 분노를 몰아 내고 현기증을 남겨 놓았다.

입 안에서 쓴맛이 났다. 꿀꺽 삼키고 또 삼켰지만 침이 말라, 쓰디쓴 맥주의 맛을 없앨 수 없었다. 도미니크는 사이먼이 보았으면 어이없어할 정도로 서투르게 칼을 집어넣었다.

「당신은 해리에게 건강한 아들을 선사한 거예요.」

메그는 갓난아이의 입과 코를 깨끗이 닦아 주면서 축하했다.

「젖을 물려 줘요. 아기도 지쳐 있어서 빨지는 못할 테지만요.」

「아가씨, 고마워요. 이제 가 보……. 영주님이 아시기…….」

「벌써 알고 있소.」

도미니크가 불쑥 끼여들었다.

메그의 입에서 튀어나온 외침은 사이먼의 고함에 묻혀 버렸다.

「형? 괜찮아요?」

「그래, 찾았다!」

도미니크는 바깥에 대고 소리지르는데, 사이먼은 칼을 빼 든 채 집 안으로 들어왔다.

「거기 서라. 모두 괜찮다. 매는 덩컨의 손목으로 날아간 게 아냐.」

「그렇다면 왜 형님과의 약속을 깨뜨린 거죠? 어째서…….」

갓난아이의 울음소리가 대답을 대신했다.

「맙소사, 갓난아이잖아.」

사이먼은 자연스럽게 칼을 칼집에 집어넣었다.

산파가 사이먼을 밀치고 방으로 들어섰다. 힘도, 지위도, 무기도 무시한 채 말이다. 잔뜩 화가 나 있었다.

「이건 기적이에요. 저 불쌍한 여자는 이틀 동안이나 진통을 했지만 허사였어요. 오늘밤이 지나면 산모와 아기 둘 다 위험해서 아가씨를 모셔왔어요.」

「그게 사실이오? 이 여인이 그렇게 오래 진통을 했단 말이오?」

도미니크가 메그를 바라보았다.

아델라가 조그맣게 신음 소리를 냈다.

「네.」

메그는 다시 아델라에게 몸을 돌렸다.

「이제 가 보시죠. 동생분도 데리고요. 이 불쌍한 여자의 일은 아직 끝나지 않았어요. 이건 여자들의 일이에요.」

서슬 퍼런 산파의 기세에 눌려 도미니크와 사이먼은 아무 말도 못하고 집을 나섰다. 밖으로 나오는 순간 도미니크는 아찔했다.

「빌어먹을, 예루살렘에서 본 이래로 이렇게 눈부신 햇빛은 처음이야.」

도미니크는 얼굴을 찡그리며 손으로 햇빛을 가렸다.

사이먼이 놀란 눈으로 형을 보았다.

「형, 맥주를 너무 많이 마신 거 아니에요? 오늘 햇살은 컴브릴랜드의 구름 낀 여느 날과 비슷해요.」

도미니크는 빛을 피하기 위해 눈을 꼭 감았다. 어지러웠다. 심장이 한 번씩 뛸 때마다 힘이 빠져 나가는 듯했다. 한 걸음도 걷기 힘들었다. 비틀거리다가 겨우 몸을 바로 했다.

「형?」

사이먼이 놀라 형을 불렀다.

다시 한 번 도미니크가 비틀거렸다. 쓰러질 뻔하다가 겨우 중심을 잡았다.

「맙소사, 취한 거예요?」

사이먼은 기가 막혔다.

「아아니…….」

혓바닥의 놀림이 이상하게 느려졌다. 정신도 몽롱했다. 도미니크는 사납게 고개를 흔들었지만, 도움이 되기는커녕 현기증만 더했다.

「사이먼, 난…….」

이번에는 동생의 팔이 땅으로 쓰러지는 걸 막아 주었다.

「머리가 아파요? 내가 그렇게 세게 내려친 거예요?」

도미니크가 고개를 저었다. 그러고는 신음 소리를 내며 동생의 몸에 완전히 기댔다.

「걸을 수 있어요?」

「응…….」

도미니크가 겨우 대답했다.

「그렇다면 걸어 봐요. 자, 지금요.」

도미니크는 있는 힘을 다해, 백 보 정도 떨어진 곳에서 기다리고 있는 크루세이더에게 다가갔다. 하지만 혼자 말 위에 올라탈 수가 없어, 사이먼의 도움으로 겨우 말 위에 올라탔다.

말 위에 앉은 도미니크는 폭풍우에 흔들리는 배의 갑판에 앉아 있기라도 한 듯 몸을 제대로 가누지 못했다. 왼발이 등자에서 빠져 나왔다.

도미니크는 빠르게 감각을 잃어 갔다. 아무리 짧은 거리라고 해도 성까지 말을 타고 갈 수 없었다.

「가만히 있어, 크루세이더.」

사이먼은 고삐를 잡고 형 뒤에 가볍게 올라탔다. 크루세이더는 갑자기 두 배로 증가한 무게에 놀라 귀를 반쯤 눕혔으나 저항은 하지 않았다. 모든 군마들은 두 배 심지어 세 배가 되는 무게에도 버틸 수 있도록 훈련이 되어 있었다. 전쟁터에서 부상당한 동료를 실어야 하기 때문이었다.

「나를 꼭 붙잡아요.」

「기다려……, 메그를…….」

발음이 정확하지 않았기 때문에 사이먼은 한참 만에야 그 말을 알아들을 수 있었다. 기가 막혔다.

「나중에 데려올게요.」

「안전하지…… 안 돼.」

형의 말을 무시한 채 사이먼은 크루세이더의 머리를 재빨리 성 쪽으로 돌렸다. 세 걸음 정도 걷자 말은 좀더 속력을 냈다. 자신의 말이 따라오도록 사이먼은 길게 휘파람을 불었다.

「메그를…….」

「빌어먹을 마녀!」

사이먼이 으르렁거렸다.

「그 여자가 약초를 캐러 그 저주받은 장소에 왜 그리도 급히 갔는지 형도 이제 알겠죠!」
도미니크가 신음 소리를 냈다.
「그래요, 형. 메그, 그 빌어먹을 마녀가 형에게 독을 먹인 거예요」
사이먼은 크루세이더에게 박차를 가했다.
성에 도착했을 때, 도미니크는 이상한 잠에 깊이 빠져 있었다.

17

「무슨 뜻이죠, 들어갈 수 없다뇨? 그는 내 남편이에요!」

「당신이 원치 않는 남편이겠지. 나의 형을 넘어뜨리기 위해 할 수 있는 수단은 모두 동원하다니……」

사이먼의 목소리에 독기가 어려 있었다.

「아니에요!」

사이먼을 피해 들어가려고 메그가 몸을 돌리자, 황금 방울 소리가 울려 퍼졌다. 사이먼이 재빨리 앞을 가로막았다.

메그는 다시 다른 쪽으로 몸을 돌리는 척하면서 정면으로 뛰어들었다. 쇠사슬 장갑이 메그의 팔목을 낚아챘다.

「내 인내심을 시험하지 마시오 마녀 같으니…… 난 당신이 저주받은 장소에서 모아 온 독초를 어디에 썼는지 다 아오. 당신이 원하는 건 생명과 건강이 아니라 병과 죽음이오.」

놀란 메그의 눈이 휘둥그레졌다.

「무슨 말이에요?」

「독 말이오, 독. 당신은 내 형에게 독을 먹였어!」

「아뇨, 절대로 아니에요! 내 말 들려요? 절대 아니라고요!」

「사랑하는 덩컨을 위해 거짓말은 아껴 두시지.」

눈물을 참으며 메그는 입술을 깨물었다. 사이먼의 손에 잡힌 손목이 바위틈에 낀 것 같았다. 숨이 가빴다. 꿈에서 느낀 바로 그 공포에 시달리며 해리의 집에서부터 쉬지 않고 달려왔다. 그런데…….

「당신의 방에 갔었어. 벽감을 살폈지. 독이 든 약병이 없더군.」

「그건 내가 가져갔어요. 아델라가 너무 약해졌다는 말을 듣고 가져갔죠. 산파가 약을 너무 많이 먹였을까 걱정이 돼서요. 그 약은, 고통은 줄여 주지만 분만을 늦추거든요. 내가 가져간 약은 반대 작용을 하죠.」

메그가 재빨리 변명했다.

사이먼은 믿을 수 없다는 듯 메그를 노려보았다. 글렌드뤼드 마녀를 달걀 깨뜨리듯 두 손으로 부수어 버리고 싶었다. 하지만 도미니크가 ― 만약 살아난다면 ― 아내의 죽음을 절대로 용서하지 않을 거란 확신이 사이먼을 가로막았다.

「거짓말을 아주 잘하는군.」

사이먼이 비아냥거렸다.

「난 거짓말을 못해요. 아무나 붙잡고 물어 봐요. 나 좀 들여보내 줘요. 만약 도미니크가 아프다면 내가 고칠 수 있어요.」

「아니, 당신은 내가 숨을 쉬고 있는 한, 절대로 형 곁에 가까이 갈 수 없어.」

메그는 버럭 소리를 지르고 싶은 충동을 겨우 참았다. 분노에 불타고 있는 사이먼을 진정시켜야만 남편 곁에 갈 수 있기 때문이었다.

생각을 정리하고 마음을 가라앉힌 뒤, 메그는 차분하게 입을 열었다.

「해리는 당신이 마치 뒤에 악마가 따라오는 것처럼 다급하게 성으로 뛰어들어 왔다고 말했어요.」

「해리의 집에 마녀가 있었으니까.」

듣지 못한 척, 메그는 말을 이었다.

「도미니크는 말에 앉아 있지도 못했다고요? 당신과 토마스가 여기로 옮졌다고 들었어요. 해리가 알고 있는 것은 그게 전부더군요.」

사이먼은 아무 말도 하지 않았다.

「제발, 이렇게 부탁할게요. 왠지 모르게 불안해서 헐레벌떡 달려왔더니, 도미니크가 당신의 칼에 머리를 맞고 쓰러졌다는 거예요.」

사이먼은 입을 쩍 벌리고 메그를 노려봤다.

「입 조심하시오. 못된 마녀 같으니…….」

메그는 아무리 간절하게 애원해도 사이먼은 자신을 안으로 들여보내 주지 않으리란 사실을 깨달았다. 화가 치밀었다.

「왜 내가 입 조심을 해야만 하죠? 그 말이 사실이어서 그런가요? 도미니크가 죽은 다음 이 성을 상속받고 싶어서 날 들여보내 주지 않는 건가요?」

상상 밖의 비난에 사이먼은 말문이 막혔다. 메그는 몸을 뒤틀어 사이먼의 손아귀에서 빠져 나왔다.

「만약 그렇다면, 용감한 기사님, 내 말을 잘 들어요. 당신 형님이 일찍 세상을 뜨더라도, 그런 일은 없을 거예요. 내 손으로 블랙소른 성의 돌을 하나씩 뜯어 내고 우물에 독을 집어넣을 테니까요!」

「빌어먹을 마녀. 날 그런 못된 겁쟁이라고 말한 사람을 내 손으로 죽여 버릴 거요!」

사이먼의 성난 목소리는 도미니크와 아주 비슷했다. 다른 때 같으면, 메그는 벌써 수그러졌겠지만, 지금은 아니었다. 도미니크가 죽어가고 있는데, 어찌 여기서 물러설 수 있겠는가.

'빌어먹을 마녀라고?'

메그는 입고 있던 옷을 목에서 가슴까지 풀어 헤쳐 봉긋 솟아오른 부드러운 가슴을 드러냈다. 금십자가가 그 사이에서 빛을 발했다.

「진짜 마녀가 하나님의 십자가를 걸 수 있나요? 그럴 수 있냐고요!」

메그의 다그침 뒤로 침묵이 이어졌다.

「아니.」

사이먼이 한숨을 내쉬며 마침내 인정했다. 그러고는 쇠장갑을 낀 손으로, 조심스럽게 옷을 여며 가슴을 가려 주었다.

메그는 기다렸다.

하지만 사이먼은 옆으로 비켜설 기미를 보이지 않았다.

「날 들여보내 줘요, 충성스런 사이먼. 형님을 돕기 위해선 힘센 근육보다 머리가 필요해요. 이 성에서 나 말고 도미니크를 도울 사람이 누가 있죠?」

팽팽한 긴장감이 감돌았다. 병들고 상처 입은 환자를 치료하는 메그의 마술 같은 손길이 어떠한지에 대해선 익히 들어 알고 있었다. 사람들은 메그를 신비한 능력을 가진 글렌드뤼드의 딸, 글렌드뤼드의 마녀라고 불렀다.

착한 마녀.

'가슴에 십자가가 놓여 있다. 형은 사경을 헤매고 있다!'

사이먼은 이렇게 두려운 적이 한번도 없었다. 기사 열두 명의 몸값을 대신해서, 형이 기독교인들을 잔인하게 박해한다는 술탄에게 잡혔을 때도 이렇게 겁이 나진 않았다.

「만약 형이 죽으면, 당신은 형이 마지막 숨을 거두기 전에 내 손에 먼저 죽을 것이오. 하나님 앞에서 맹세하겠소?」

「그렇게 해요」

메그는 간단히 동의했다.

사이먼의 얼굴에 놀라움이 떠올랐다. 형의 마녀 아내에 대해 꽤 잘 알고 있었지만, 자신에게 닥친 위험을 아무렇지도 않게 받아들일 줄은 몰랐다. 사람들이 무엇이라고 말하든 간에, 이 여자는 용기 있는 여자였다.

사이먼이 문에서 비켜섰다.

메그는 쏜살같이 방으로 들어가 침대 옆에 섰다. 벽난로에서 타오르는 거대한 불길이 방 안을 따스하게 데워 주었다.

「숨을 거의 쉬지 않아요」

메그가 남편의 가슴에 귀를 대고 낮은 목소리로 말했다. 피부를 만져 보았다.

「하나님 맙소사, 이렇게 차갑다니……」

숨을 쉬기가 힘들 정도로 숨통이 꽉 조여 들었다. 메그는 몸을 낮게 숙이고 남편이 뱉어낸 숨을 깊이 들이마셨다. 갑자기 몸을 움직이기가 힘들었다. 얼른 깊이 숨을 내쉬며 허파 속에 다른 공기를 밀어 넣었다.

메그가 몸을 떨 때마다, 죽어 가는 영주를 애도라도 하듯 조그만 황금 방울들이 낮게 흐느꼈다.

메그는 천천히 몸을 일으키면서 헐레벌떡 뛰어오느라, 마구 헝클어진 머리카락을 손으로 빗어 넘겼다. 아직 머리에 매달려 있던 체인의 황금 방울들이 침묵을 갈랐다.

「아가씨? 말씀하신 물과 옷을 가져왔어요」

에디스가 문 밖에서 불렀다.

「사이먼, 좀 받아오세요. 하지만 에디스를 안으로 들여보내진 마세요. 소문을 아주 잘 내거든요. 만약 리버스족이 도미니크가 아프다는 소문을 들으면…….」

사이먼은 메그가 말을 끝내기도 전에 돌아섰다.

문은 에디스의 걱정스런 질문 공세 속에서 무례할 정도로 빨리 닫혔다.

「벽난로 옆에 그릇과 옷을 내려놓으세요. 그리고 내가 준비하는 동안 뒤돌아 서 있어요.」

사이먼이 보고 있는지 확인도 하지 않고, 메그는 입고 있던 옷을 벗어 불 속으로 던지면서 노래를 읊었다. 대야에 비누와 약초를 넣고 얼른 몸을 씻은 다음, 폭포가 쏟아지듯 빠르게 주문을 외웠다. 피부에 약초의 향기만 남자, 메그는 새 옷을 입고 돌아섰다.

착한 사이먼은 등을 돌리고 서 있었다.

「다 됐어요. 이제 무슨 일이 있었는지 나에게 말해 줘요. 신중하게 그러나 빨리 생각해 내야 해요. 도미니크의 생명줄은 가는 실낱 같아요. 만약 약을 잘못 주면, 바로 죽을 거예요. 제대로 약을 써도 죽을 가능성은 있지만……. 언제 형님의 몸이 이상하다는 사실을 알게 되었죠?」

메그에게 얼굴을 돌리던 사이먼은 숨을 훅 하고 몰아쉬었다. 메그의 뺨에 한줄기 눈물이 흐르고 있는 게 아닌가.

「해리의 집에서 나왔을 때요. 형은 햇살이 예루살렘에서처럼 강렬하다고 말했죠. 하지만 햇살은 우리가 그 집에 들어갈 때와 별반 다르지 않았죠.

여느 날처럼 구름 낀 날이었죠.」

메그는 아무 말도 하지 않고 사이먼의 얘기에 유심히 귀를 기울였다.

「그러다가 비틀댔죠. 마치 술 취한 사람 같았어요.」

메그는 사이먼의 말을 부인하려는 듯 손을 내저었다. 도미니크는 맥주에게 자신의 자제력을 양보할 사람이 아니었다.

「곧 몸을 바로잡았지만, 다시 휘청거렸어요. 내가 잡지 않았으면 땅으로 쓰러졌을 겁니다. 근데 형의 눈동자가 아주 이상했어요.」

「어떻게요?」

메그가 잔뜩 긴장했다.

「동공이 너무 넓어져서 회색 눈동자가 검게 보였어요.」

「뭔가 먹거나 마시지는 않았어요?」

「음식이요? 아뇨, 형은 형수님과 함께 먹잖아요. 시합 후에 맥주를 좀 마셨을 뿐이에요.」

사이먼은 쓴 맥주를 떠올리며 얼굴을 찌푸렸다.

「그 맥주가 아주 썼어요.」

「같은 맥주를 나누어 마셨나요?」

「아뇨. 컵에 따로 담아져 나왔어요.」

「그런 다음 무슨 일이 있었죠?」

「형은 입 안의 쓴맛을 없애기 위해 자신의 작은 매에게 가겠다고 말했어요. 하지만 방에 가 보니, 아무도 없었어요.」

「당신이 마신 맥주도 썼다고 했죠?」

「네.」

「하지만 당신은 현기증이나 나른함 같은 건 느끼지 않았고, 햇살도 별로 눈부시지 않았고요?」

「약간 피곤하긴 했어요. 시합을 벌인 후여서 그렇다고 생각했지만, 다른 날보다 몸이 좀 무거웠죠. 그리고 이상한 일이지만, 갈비뼈 부근에 통증이 왔어요. 기분 나쁘게 말이에요.」

메그는 심장이 얼어붙는 공포를 참기 위해 눈을 꼭 감았다. 잃어버린 약병에는 많은 기사들을 죽일 수 있을 만큼 진통제가 많이 들어 있었다. 사이먼은 위험할 만큼 많이 마시지 않은 게 분명했지만, 도미니크의 경우는 달랐다.

「수비대에 빨리 사람을 보내세요. 아픈 기사들이 더 있는지 알아 봐요. 맥주에 독이 들어 있었던 것 같군요.」

사이먼이 문 밖으로 나갔다.

도미니크의 시종인 제임슨이 복도 끝에 앉아 있었다. 걱정스런 얼굴을 손으로 받치고서.

사이먼이 명령을 내리는 동안, 메그는 바구니에서 해독제를 꺼내 침대 가까이 놓아 둔 물그릇 안에 몇 방울 떨어뜨렸다. 마개를 막으려다 말고 메그는 주저했다. 남편은 몸집이 큰 사내였다. 마음을 굳히고 메그는 밝은 호박색 물약을 두어 방울 더 떨어뜨렸다. 조금 후 다시 두어 방울을 더 떨어뜨리고 약병 마개를 닫았다.

「도미니크, 일어나요. 당신의 동생이 위험에 빠져 있어요!」

메그는 남편을 애처롭게 바라보았다.

도미니크는 아무런 반응을 보이지 않았다. 여전히 창백한 표정으로 축 늘어져 있었다. 숨이 느리고 약했다.

「내가 위험하다고요?」

사이먼이 메그 옆으로 다가왔다.

「아뇨. 하지만 도미니크에게 가장 소중한 사람은 바로 당신이에요. 만약 당신에게 위험이 닥쳤다고 생각하면 깨어날지도 몰라요.」

사이먼은 메그의 설명에 고개를 끄덕였다. 그리고 형을 흔들어 깨우는 메그를 그저 바라만 보았다.

철썩!

갑자기 메그의 손이 도미니크의 뺨으로 날아갔다. 천둥 소리 같았다. 사이먼은 메그의 손을 잡으려고 앞으로 나서려다 말고 얼른 참았다. 힘없는 형이 연달아 맞는 모습을 보고 싶지 않았지만, 정신을 들게 할 다른 좋은 방도가 생각나지 않았다.

「도미니크, 내 말 좀 들어요. 당신은 일어나야만 해요! 사이먼이 갇혀 있어요. 당신이 필요하다고요!」

메그는 다시 뺨을 때리면서 큰 소리로 남편을 불렀다.

도미니크가 반응을 보였지만, 그 움직임이 너무 작았다. 눈물이 얼굴로 흘러내렸다.

메그는 손을 들어 다시 한 번 남편의 뺨을 세차게 때렸다.

「영주님! 당신의 동생이 부상당했어요! 성이 포위됐다고요! 얼른 일어나요. 그렇지 않으면 당신은 절대로 아들을 갖지 못해요!」

도미니크의 손이 마치 칼을 잡으려는 듯 움직였지만, 곧 다시 축 처졌다. 메그는 숨을 죽이며 또 다른 반응을 기다렸다.

기다림에 대한 보답은 전혀 없었다.

「소용없어요. 어떤 말도 들리지 않는 깊은 곳에 빠져 있어요.」

메그가 체념하듯 중얼거렸다.

사이먼은 애걸하는 눈빛으로 메그를 바라보았다. 이제 메그밖에 기댈 데가 없었다.

「약물을 먹일 수 있도록 몸을 좀 일으켜 줘요.」

메그는 남편에게 눈을 떼지 않고 부탁했다.

사이먼이 형의 상체를 들어올렸다.

메그는 입술 사이에 그릇을 대고 기울였다. 도미니크의 입 양쪽으로 약물이 주르르 흘렀다. 고개가 한쪽으로 힘없이 기울어지면서 귀중한 약이 더 줄어들었다. 메그는 필사적으로 약물을 들이부었지만, 아무런 효과도 볼 수 없었다. 그릇이 도미니크의 이에 부딪혀 쨍 하는 소리를 냈다.

「그만 해요. 죽은 양처럼 형의 몸이 축 늘어졌다고요.」

사이먼은 형을 다시 눕히며 거칠게 말했다.

메그는 도미니크의 입술 사이로 손가락을 넣고 입 양쪽 끝 어금니부터 힘을 주었다. 마치 먹지 않는 말에게 먹이를 먹이려고 애쓸 때처럼.

도미니크의 입이 조금 열렸다. 물약을 부었지만, 목구멍으로 넘어가지 못하고 대부분이 입술로 흘러나왔다.

「약을 삼켰어요!」

사이먼이 흥분해서 외쳤다.

「그래요. 하지만 흘러나온 양이 너무 많아요. 만약 먹일 때마다 이렇게 흘러나오면 약이 모자랄 거예요」

「약을 더 만들려면 시간이 얼마나 걸리죠?」

「2주일. 식물이 자라야 하니까요. 뿌리만 남겨 놓았거든요」

「빌어먹을. 확실해요?」

사이먼이 씩씩댔다.

메그는 얼굴 위로 하염없이 흘러내리는 눈물로 대답할 뿐이었다. 침착한 표정 아래로, 도미니크와 함께 블랙소른 성이 살거나 죽을 것이라는 불길함을 감추고 있었다.

또다시 전쟁.

'아냐. 하나님은 이 세상의 평화를 위하여 선구자를 약속하셨어. 우린 오랫동안 전쟁과 질병과 죽음의 시간을 보아 왔어. 분명히 사랑과 평화를 위한 부흥의 시기가 있을 거야.'

좀더 많은 해독제가 도미니크의 입 안으로 흘러들어 갔다가 다시 밖으로 새어 나왔다.

사이먼은 장갑을 벗어 마룻바닥에 내던지고, 우리에 갇힌 늑대처럼 방 안을 서성거렸다.

「생각해 봐요. 형에게 약을 먹일 방법이 있을 거예요. 수저는 어때요?」

「가져오라고 해요」

희망 없는 목소리였다. 수저로 떠 먹이는 것보다 더 빠르게, 더 많이 먹일 수 있는 방법이 필요했다. 메그는 다른 방법을 생각해 보았다.

'그래, 입에서 입으로 먹이는 거야.'

전율이 메그의 몸을 타고 흘렀다. 호박색 물약은 아주 독했다. 입 안에 물고 있는 것조차 아주 위험했다. 만약 실수로 삼키기라도 한다면 아마도 죽으리라.

하지만 도미니크가 빨리 해독제를 먹지 않으면 그도 죽는다!

「사이먼, 이리 와 봐요.」

메그가 사이먼을 불렀다.

「도미니크를 약간 들어 올려줘요.」

사이먼의 도움으로, 메그는 도미니크의 머리와 어깨 아래로 한 팔을 집어넣었다. 차가운 남편의 머리카락이 손목으로 흘러내리고, 머리는 구부린 메그의 팔에 무겁게 놓였다.

「고개를 젖히고 잡고 있어요.」

사이먼이 조심스레 형을 잡았다.

「아뇨, 그렇게 많이 말고, 수평선을 보는 것처럼 말이에요. 아, 됐어요. 그대로 잡고 있어요.」

약에 대한 사이먼의 일말의 불안감은 메그가 그 약을 자신의 입에 머금는 순간 사라졌다. 메그는 자신의 입술 사이로 흘러나오는 약을 도미니크의 혓바닥 위에 두어 방울씩 떨어뜨렸다. 아마 삼키거나 토해내리라.

도미니크는 약을 삼켰다.

「아, 잘했어요!」

사이먼이 흥분해서 외쳤다.

메그는 재빨리 도미니크에게 약을 몇 방울 더 먹였다. 그 방울들은 혓바닥 위로 미끄러져 들어갔다.

메그는 더 대담해졌다. 약간 열린 도미니크의 입술에 자신의 입술을 대고서 입의 양옆을 막은 다음 약을 쏟아 부었다.

도미니크는 약을 삼켰다.

입 안이 비자, 메그는 재빨리 약을 다시 입에 담고 남편에게 먹였다. 그런 일련의 행동은 그릇 안이 텅 빌 때까지 계속 됐다.

사이먼은 도미니크에게 약을 먹이는 메그의 부드러운 몸짓을 보며, 성급했던 자신의 오해를 반성했다. 끊임없이 흐르는 눈물처럼, 무성한 소문에도 불구하고, 메그의 행동은 남편을 성심 성의껏 대하고 있음을 여실히 보여주었다.

사실, 행복한 결혼은 아니었지만, 사이먼은 자신의 형과 글렌드뤼드의 딸 사이에 진정한 애정이 존재한다고 믿었다. 형을 향한 메그의 마음은, 아기를 사랑하는 엄마처럼 부드러웠다.

「숨소리가 더 느려진 것 같지 않아요?」

메그가 다급히 말했다.

사이먼의 마음속에서 고개를 들던 희망이 다시 자취를 감췄다. 형의 숨소리는 확실히 느려졌다.

「시간을 못 맞춘 거예요! 오, 하나님! 너무 늦었나 봐요!」

메그는 그릇을 바닥에 내던지고 남편의 어깨를 마구 흔들며 울부짖었다.

「숨을 쉬어야 해요! 꼭 그래야만 한다고요! 자, 어서요. 제발……」

메그의 울부짖음이 공허하게 방 안을 울렸다.

「자, 생명의 공기를 마셔요.」

메그는 자신의 입술로 도미니크의 입술을 막은 다음, 자신의 숨결을 불어넣었다.

깜짝 놀란 사이먼은 형의 몸을 들고서 공기를 집어넣기 위해 안간힘을 쓰는 메그를 한참 동안 바라보았다. 남편을 살리려는 메그의 확고한 집념이 손에 잡힐 듯 생생하게 느껴졌다.

사이먼은 마음이 아렸다. 메그의 의지는 형만큼이나 잘 다듬어지고 훈련되어 있었다. 형말고 다른 사람에게서 그런 힘을 본 적은 한번도 없었다. 존재하리라는 생각조차 하지 못했는데……

메그가 불어넣은 숨결이 도미니크의 몸을 조금이나마 움직이게 했다. 메그는 몸과 마음을 다해 마지막 숨을 불어넣고는 자리에 털썩 주저앉았다. 그러고는 남편의 가슴에 뺨을 대더니 바르르 떨었다.

「숨을 쉬나요?」

「네, 천천히. 하지만 아까보다 깊게 숨을 쉬어요.」

고개를 드는 메그의 숨소리가 흐느낌처럼 들렸다.

도미니크의 창백한 안색이 조금 나아졌다. 메그는 뺨을 만져 보았다. 차갑던 몸에 온기가 돌았다. 하지만 아직 그의 숨소리는 고통스럽고 느렸다.

메그는 걱정하는 표정으로 지켜보았다. 시간이 지나면 좀더 효과가 나타나리라. 새로 만든 해독제는 여름에 것보다 두 배나 강했다.

그때 누가 문을 두드렸다. 도미니크의 시종이었다.

「저……, 두어 명의 기사가 동작이 좀 느리긴 해도 거기에 대해 불평하는 사람은 하나도 없었습니다. 단지 맥주가 유난히 독했다고들 하던데요.」

사이먼은 메그를 돌아보았다.

「만약 그들이 쓰러진다면 아마 지금쯤일 거예요.」

메그는 도미니크에게서 눈길을 떼지 않고 대답했다.

「가 보거라. 필요하면 다시 부르마.」

시종이 주저했다.

「영주님은 점점 나아지고 있어. 성안의 사람들에게 내일쯤이면 다 나을 거라고 전해라.」

사이먼은 억지웃음을 지으며 말했다.

제임슨은 안도의 표정을 지었다.

「감사합니다.」

가려다 말고 제임슨이 다시 몸을 돌렸다.

「잊을 뻔했군요. 토마스가 내일 도개교를 내려야 할지 알고 싶답니다.」

「아니, 아무도 내보내거나 들여보내지 마라.」

사이먼이 무뚝뚝하게 말했다.

「네.」

시종은 보통보다 더 빠른 걸음으로 물러갔다.

사이먼이 침대 옆으로 돌아와 보니, 메그의 창백한 얼굴에 공포가 어려 있었다. 손은 도미니크의 심장 부근에 놓여 있었다.

「충분하지 않아요. 이대로 두면 오늘밤을 넘기기가 힘들어요. 아무래도 위험을 감수해야만 할 것 같군요.」

메그는 숨소리가 너무 작음을 걱정하고 있었다.

「뭐라고요? 그게 무슨 뜻이죠?」

사이먼의 질문을 무시한 채 메그는 자리에서 일어났다. 그러고는 작은 마개가 달린 병과 조금 전에 내던진 그릇을 다시 집어 들었다. 그릇에 물을 절반쯤 담고 약병에 남아 있는 밝은 호박색 액체를 모두 비워 냈다.

침대로 다가왔다. 사이먼은 메그에게 자리를 비켜 주었다.

메그의 손가락이 도미니크의 입술 속으로 파고들었다. 이번에는 조금 쉽게 입이 열렸다. 메그는 약을 마신 다음 몸을 구부리고 혓바닥 위에 귀중한 액체를 흘려 넣었다.

심장이 뛸 때마다 몸 속으로 퍼져 나가는 해독제 덕분에 독의 영향력이 조금씩 줄어들었다. 메그가 마지막으로 몸을 구부렸을 때는, 마치 아기가 어머니의 가슴에서 자양분을 빨아먹듯 자연스레 약을 들이켰다.

메그는 마지막 한 방울까지 도미니크의 입 안으로 흘려 넣은 다음, 몸을 일으켰다. 사이먼이 자신을 바라보고 있음을 깨달은 메그는 얼굴이 붉어졌다. 아무 말 없이 물병 있는 곳으로 가서 그릇을 씻고 자신의 입 안을 깨끗이 헹구어 냈다.

주의를 했음에도 불구하고 강력한 약이 메그의 몸 안으로 스며들었다. 메그는 황금 방울을 딸랑거리며 빠른 걸음으로 방 안을 돌아다녔다. 그래도 흥분을 가라앉힐 수 없자, 약병을 손바닥 사이에 넣고 만지작거렸다.

사이먼은 메그를 바라보다가 형을 보고, 다시 메그를 보았다.

「다음엔 어떻게 하죠?」

「기다려야 해요.」

「언제까지?」

「해독제가 독을 이길 때까지요.」

메그는 간단히 대답했다.

사이먼은 메그의 손에 든 약병을 보았다. 아무렇게나 쥐고 있는 것으로 짐작하건대, 그 안에는 아무것도 남지 않았다. 더 이상 도미니크에게 줄 약이 없다는 뜻이었다.

「언제 알게 돼요?」

「나도 몰라요. 약한 사람이었다면 지금쯤 두 번 죽었을 거예요.」

「두 번 죽는다고요?」

「네. 한 번은 독에 의해서, 두 번째는 해독제에 의해서요. 해독제는 돼지를 성의 가장 높은 벽까지 뛰어오르게 할 만큼 강력한 흥분 작용이 있죠.」

「그래서 지금 처음 전투에 나가는 시종처럼 안절부절못하면서 서성거리는 겁니까?」

메그는 고개를 끄덕였다. 사이먼은 멈칫했다.

「위험한가요?」

「나도 몰라요. 만약 도미니크가 깨어났는데, 내가 쓰러진다면…….」

메그가 잠시 생각에 잠겼다가 다시 말을 이었다.

「물을 먹여요. 배가 터질 때까지 말이에요. 물은 남아 있는 독을 희석시키는 데 도움이 되거든요.」

사이먼은 형을 눕히고 재빨리 메그에게 다가왔다.

「당신을 위해서는 아무 일도 할 수 없나요?」

「없어요. 난 도미니크처럼 강하지 못해요. 오늘 사용한 두 약은 글렌드뤼드 대대로 내려오는 약 중에 가장 강력한 약이었어요. 두 약이 밀고당기는 이 게임에서 난 생명을 잃을 수도 있어요.」

사이먼의 걱정스런 표정을 보며, 메그는 가쁜 숨을 몰아쉬면서도 빙그레 웃었다. 심장이 미친 듯이 뛰었다.

「걱정 말아요. 이 약은 금방 소모돼요.」

헐떡거리며 말을 더듬거리는 모습을 보며, 사이먼은 안심할 수 없었다.

「내가 그 약을 형에게 먹였어야 했어요. 그 방법도 글렌드뤼드 비밀에 들어 있는 건가요?」

메그는 알 수 없는 웃음을 지으며 빠르게 걸어다녔다. 방울 소리가 미친 듯 울려 퍼졌다.

「글렌드뤼드의 비밀? 아니에요. 도미니크가 가르쳐 준 방법이죠.」

사이먼이 눈을 크게 떴다.

「당신도 알다시피, 내 남편은 이 세상 그 무엇보다 아들을 원해요. 그래서 가장 힘든 전투를 치르는 치밀함으로 날 희롱하려는 계획을 세웠죠.」

방울들이 다급하게 소리를 질렀다. 걸음에 맞춰, 빠르게 나오는 말은 알아듣기 힘들 정도였다.

「하지만 아들은 내가 어떻게 할 수 있는 문제가 아니에요. 도미니크가 그것을 이해하면, 나를 몹시 증오할 거예요. 여자를 미워하는 세상의 어떤 남자보다도 더 심하게 말이에요.」

방울들이 내지르는 조그만 비명 소리에 사이먼은 머리카락이 쭈뼛 섰다.

「글렌드뤼드……. 저주와 희망은 하나예요. 모든 글렌드뤼드의 딸들은 저주를 낳았어요. 아무도 희망을 낳지 못했죠.」

메그는 미친 듯이 지껄이며, 마치 전쟁터에서 오랫동안 말을 탄 기수처럼 숨을 가쁘게 몰아쉬었다. 보폭이 점점 더 짧아져 달리기가 되어 버렸고, 몸을 떠는 방울들의 비명 소리가 괴이한 음악처럼 들려 왔다. 가쁜 숨소리, 경련이 이는 몸, 메그는 흥분제가 몸 안에서 날뛰는 동안 똑바로 서 있으려고 안간힘을 썼다.

사이먼은 쓰러지는 메그를 붙잡았다. 공기가 모자란 듯, 메그는 발작적으로 헐떡였다. 사이먼은 그 모습을 보며, 자신이 얼마나 형의 아내를 오해했는지 깨달았다.

「하나님 날 용서하소서. 난 당신이 형이 죽길 원한다고 생각했어요. 그런데 형에게 생명의 기회를 주기 위해 이런 위험을 감수하다니.」

메그는 사이먼의 말을 알아듣지 못했다. 윙윙거리는 소리가 머릿속에 가득했다. 머리를 쥐어뜯으려고 했으나 사이먼이 막았다. 메그는 자신이 무엇을 하는지도 깨닫지 못한 채, 믿을 수 없는 힘에 대항하여 싸움을 벌였다.

기다려야 했다. 두 사람 다 그 사실을 잘 알았다.

발작은 왔던 것만큼이나 빠르게 지나갔다. 떨리는 한숨과 함께, 메그는 사이먼의 품속에 축 늘어졌다.

「메그?」

다급함 속에서 사이먼은 예의도 잊고 형수의 이름을 불렀다.

「가장 힘든 고비는 지나갔어요.」

메그가 사이먼을 안심시키기 위해 힘없이 웃었다.

낮은 목소리가 침대에서 들려 왔다. 메그는 사이먼을 밀어내고 비틀거리며 남편 곁으로 다가갔다.

「도미니크?」

다급히 남편을 불렀다.

도미니크는 눈을 떴지만 아내를 알아보지 못했다. 입에서 알아듣지 못할 말이 흘러나왔다. 그것은 의미 없는, 단지 소리일 뿐이었다.

메그는 고통스럽게 울부짖었다.

「하나님 절 용서하세요. 육체는 구했지만 정신은 구하지 못했어요!」

18

　사이먼은 한동안 메그가 왜 비통해하는지 이해하지 못했다. 하지만 곧 상황을 파악하고는 승리의 기쁨을 감추며 메그를 달랬다.

「아니에요. 형은 괜찮아요.」

「제정신이라고요? 저 중얼거림이 들리지 않아요?」

「들려요. 그리 좋아하는 나라의 말은 아니지만, 오, 하나님, 오늘은 정말 달콤하게 들리는군요!」

　메그는 넋 나간 표정으로 사이먼을 바라보았다. 너무 실망한 나머지 실성을 한 건 아닌지 걱정스러웠다.

「형은 지금 터키 말을 하는 거예요.」

　메그는 자신의 남편을 그대로 빼 닮은 금발의 전사를 바라보며 어정쩡한 웃음을 지었다.

「터키? 그렇다면 지금 도미니크는 다른 나라 말을 중얼거리고 있단 말이에요?」

「네.」

「지금 하는 말은 무슨 뜻이죠?」

사이먼은 잠시 귀를 기울이더니, 애처로운 표정으로 메그를 보았다.

「음, 술탄의 조상에 대해 말하고 있어요」

「술탄의 조상?」

「뭐 그런 겁니다. 당나귀, 개코 원숭이, 지렁이, 그리고 음, 배설물·」

「독 때문에 당신 머리가 이상해진 건 아닌지 걱정스럽군요. 지금 당신 말은 도미니크가 하는 말보다 더 이치에 맞지 않아요」

사이먼이 껄껄 웃었다. 모든 걱정과 시름을 모두 벗어 던진 통쾌한 웃음이었다.

메그는 사이먼의 웃는 얼굴을 보고 숨을 멈췄다.

도미니크와 너무 닮았다!

그 순간, 메그는 남편의 웃음을 다시 못 보게 될까 자신이 얼마나 걱정했는지 깨달았다. 만약 도미니크가 다시 제정신과 건강을 되찾을 수만 있다면, 기꺼이 다음해까지라도 방울을 몸에 달고 음식을 받아먹으리라.

「술탄은 불쾌한 사람이죠. 터키 사람들조차 같은 말을……」

사이먼이 치를 떨며 말했다.

사이먼!

두 사람은 침대에서 쏟아져 나오는 말을 듣고 동시에 시선을 돌렸다.

말을 알아들을 수 없었지만, 도미니크의 고뇌를 이해하기 위해 다른 말까지 알아들을 필요는 없었다.

메그는 침대에 앉아 남편의 손을 꼭 쥐었다.

「쉬어요, 도미니크. 당신은 안전해요」

메그는 맑고 침착한 목소리로 말했다.

「사이먼, 사이먼! 그를 잡았어·」

낮은 목소리였지만, 다급했다.

사이먼은 형의 손을 잡고, 자신을 새겨 넣을 듯 힘을 주었다.

「나 여기 있어요. 난 안전해요, 그리고 형도요」

도미니크가 다시 소리를 질렀다. 그런 다음엔 아무 소리도 내지 않았으나 몸은 쉬지 않고 꿈틀거렸다.

「예루살렘에서 무슨 일이 있었어요?」

「열두 명의 기사가 사로잡혔죠. 나도 그들 중 하나였어요. 발음조차 하기 힘든 이름을 가진, 우린 마왕이라 불렀는데, 술탄에게 선물로 바쳐졌어요. 도미니크 형이 우리의 몸값을 치러 주었죠.」

「무척 돈을 많이 내겠군요.」

「상상할 수도 없을 정도였죠.」

메그는 사이먼의 대답에 석연치 않은 구석이 있음을 감지했다.

「무슨 뜻이죠?」

「술탄은 열두 명의 이교도들에게는 관심이 없었죠. 그가 시험하고 싶은 사람은 단 하나였죠.」

「도미니크?」

사이먼은 고개를 끄덕였다.

「네, 도미니크 르 사브르.」

「무슨 일이 있었죠?」

「우리를 풀어 준다는 조건으로, 도미니크는 스스로 술탄을 찾아왔어요.」

메그가 눈을 둥그렇게 떴다.

「세상에 그럴 수가.」

「하나님도 술탄에게는 어쩔 수 없더군요. 더 이상 잔인한 남자는 없을 겁니다. 어떤 남자들은 여자를 좋아하지만, 어떤 이들은 소년을 좋아하죠. 고통을 주는 걸 즐기는 남자들도 있어요. 마왕은 자신보다 더 강하고 훌륭한 사내를 괴롭히는 재미에 살았죠. 그런 목적을 위해 놀라우리만치 다양한 도구들을 만들었죠.」

메그는 소름이 끼쳤다.

「당신이 쥔 그 손에도 술탄이 만들어 놓은 표시가 있을 겁니다. 만약 결혼 생활이 정상적이었다면, 당신은 더 많은 흉터를 보았을 거예요.」

메그는 도미니크에게 눈길을 돌렸다. 자신보다 훨씬 크고 강한 손은 전쟁에 단련되어 단단했다. 하지만 자신을 어루만지는 손길만은 부드러웠다.

메그의 섬세한 손가락이 오래 전에 아문 흉터를 따라 흘렀다. 숨이 막혔다. 지금까지 도끼나 돌에 손가락이 뭉개지고 치료가 제대로 되지 않은 사람을 많이 보아 왔지만, 이 강한 남자에게 그런 일이 있었다고는 생각해 본 적이 없었다. 메그는 뭉클한 마음에 손을 자세히 살폈다. 새끼손가락 손톱이 절반밖에 남아 있지 않았고, 다음 손톱은 움푹 들어가 있었다.

「손톱을 빼는 건 가장 가벼운 형벌이죠.」

낮은 고통의 신음이 새어 나왔다. 메그는 남편의 손을 잡고 마치 지난날 그가 당한 잔혹한 형벌을 치유라도 하듯 손을 쓰다듬었다.

「도미니크는 어떻게 풀려난 거죠?」

「무슨 일이 벌어지고 있는지 세상에 알려졌죠. 기사들이 모두 모였어요. 우리가 일을 마쳤을 때 술탄의 거대한 성은 돌 한 조각도 남아 있지 않았죠.」

「술탄은요?」

「우리가 찾아내었을 땐 이미 죽어 있었어요.」

「어떻게요?」

메그는 섬뜩할 정도로 차가운 사이먼의 웃음에 간담이 서늘해졌다.

「말하기가 좀 힘든데…… 음, 마왕은 고문을 하지 않을 때에는 자신의 하렘에서 재미를 보았거든요.」

메그는 기다렸다. 숨쉬기조차 겁이 났다.

「술탄의 호위병을 해치운 형은 술탄을 붙들어 여자들이 기거하는 방에 던져 넣고 문을 잠갔어요.」

사이먼은 놀란 메그의 표정을 보고 부드럽게 웃었다.

「형은 남자들의 약점을 잘 알죠. 할 일이라곤 아무것도 없는 곳에서 첩들에게 조롱당하는 것보다 잔인하고 독창적인 형벌은 없을 겁니다.」

도미니크는 들떠서 꿈틀대고 신음하며 자신의 어깨를 움켜잡았다. 그러고는 영어와 터키어로 로버트라는 이름의 기사에게 저주를 퍼부었다.

「무슨 말이죠?」

메그는 사이먼을 바라보았다.

「로버트는 시칠리아에서 자란 노르만 처녀와 결혼했어요. 그 여자는 바람둥이였는데, 로버트는 도미니크도 바람둥이의 정부 중 하나라고 믿고서 우리를 매복한 병사 쪽으로 유인했죠.」

「도미니크가 부상을 입었나요?」

사이먼은 고개를 끄덕였다.

「형은 로버트를 죽이고 대신 마리를 제공했어요. 로버트의 기사들과 평화를 유지하기 위한 단 하나의 방법이었죠.」

메그는 그 정부가 어떻게 도미니크의 기사들을 따라 여기까지 왔는지 깨달았다.

「기사들의 명예를 위해 자신을 희생하다니 형님은 정말 현명한 분이에요. 하지만 술탄은 마리를 더 좋아했을 텐데…….」

메그가 장난기 어린 눈을 빛냈다.

「도미니크는 마리를 술탄에게 팔 수 없었어요.」

「왜죠? 하렘에 딱 맞는 여자로 보이던데…….」

「당신은 마리에게 고마워해야 해요.」

사이먼은 눈을 흘기는 메그를 보며 웃지 않으려고 안간힘을 썼다.

「에디스의 열성도 지금 한몫하고 있지만, 마리가 없었다면, 기사들은 성 안의 여자들에게 행패를 부렸을 거예요. 노르만인들은 이곳에서 환영받지 못하니까요.」

「우리에게 시간을 주세요. 노르만 기사들은 우직하고 체격들도 그만이죠. 여자들이 곧 좋아하게 될 거예요.」

「정말 그렇게 생각해요?」

사이먼은 눈을 빛냈다.

「왜 아니겠어요? 어둠 속에서 노르만과 스코틀랜드, 색슨족을 구별하긴 불가능하잖아요.」

사이먼은 크게 웃음을 터뜨렸다.

「당신은 형을 즐겁게 해줄 수 있을 거예요. 좋은 일이죠. 술탄에게 고문당한 이후, 형은 너무 냉정해졌어요.」

살며시 웃으며, 메그는 몸을 돌려 그릇에 물을 부었다. 차가운 그릇이 입술에 닿자, 도미니크는 고개를 획 돌리며 피해 버렸다.

「지금 헛소리는 하고 있어도, 형은 바보가 아니에요. 차가운 그릇보다 따뜻한 입술로 물을 마시고 싶은가 봐요.」

메그는 얼굴을 붉히며 물을 입에 머금고, 도미니크에게 몸을 구부렸다. 이젠 주의를 끌며 달랠 필요가 없었다. 메그의 입술이 닿자, 도미니크는 허겁지겁 물을 받아먹었다. 물 두 그릇을 모두 마시고 나더니 또다시 두서 없는 말을 지껄이기 시작했다.

이번에는 영어였다. 차라리 다른 나라 말을 하는 게 나았다.

「……끝없는 대량 학살. 제임스, 사망. 스몰의 존, 사망. 히든의 아이버, 사망. 레드의 스튜워트…….」

미사를 집전하는 성직자의 읊조림처럼 단조로웠다. 메그는 열이 끓는 아이를 어루만지듯 남편의 머리를 쓰다듬었다.

하지만 도미니크는 단순히 열에 들떠 그런 말을 하는 게 아니었다. 전쟁을 치르며 끔찍한 일을 수도 없이 많이 보아 왔다. 난도질하는 칼, 창의 횡포, 보병들 사이를 휘젓는 군마, 어린아이와 여자들의 울부짖음……. 피도 눈물도 없는 사람처럼 냉정했지만, 도미니크는 그런 살육의 현장을 가슴 깊이 새기고 있었던 것이다.

더 이상 참을 수 없을 때까지, 도미니크는 불구자와 사망자의 명단을 계속 읊었다.

「사이먼, 내 말 들려? 평화가 와야 해!」

「그래요. 형은 반드시 평화를 지킬 수 있을 거예요. 난 확신해요.」

도미니크가 소리를 지를 때마다 사이먼은 똑같이 대답을 계속하며, 형이 독을 어서 빨리 이겨 내 휴식을 취할 수 있기를 간절히 기도했다.

고통을 숨기고 꿋꿋하게 위엄을 보이던 남편, 메그는 가슴이 아팠다. 연민의 정이 물밀듯 몰려들었다.

'목적이 무엇이든 간에, 이 남자는 애정의 손길로 날 어루만졌어. 나만큼이나 쾌락의 욕구를 느끼면서도 요구하지 않고 달래 주었지. 그리고 배신한 색슨족을 살려 주었어. 이 남자가 원하는 건 평화, 전쟁이 아니었어. 오, 하

나님, 제게 도미니크의 가장 큰 소원을 들어 줄 능력을 내려 주소서.'

하지만 메그에게는 그럴 능력이 없었다. 자신도 잘 알았다. 글렌드뤼드의 딸에게서 아들이 태어나려면 사랑이 필요했다. 사랑!

물론 메그는 남자에 대한 여인의 평범한 열정이나, 남편의 지나간 고통에 대한 연민의 정은 가지고 있었다. 도미니크의 지혜와 자제력을 존경했으며, 보여지는 모습 때문에 볼 수 없는 마음까지 오해받는 처지를 이해하고 안타까워했다. 하지만 사랑을 돌려 줄 수 없는 남자를 사랑할 수는 없었다.

그건 메그로서도 어쩔 수 없는 일이었다. 사랑이 도미니크의 능력 밖의 일이듯.

메그는 도미니크의 손을 자신의 입술에 댔다. 눈물이 남편의 손가락으로 흘러내렸다. 도미니크의 야망은 글렌드뤼드의 희망처럼 수포로 돌아갔다. 메그는 먼저 태어난 모든 글렌드뤼드의 여자들과 같은 처지가 되었다.

저주받은 글렌드뤼드의 딸.

「형은 술탄에게 잡히고 난 다음부터 많이 변했어요. 언제나 현명하고 뛰어난 전사지만 냉혹하죠. 형은 아주 치밀하게 전투 준비를 해요. 단순히 이기는 정도가 아니라, 앞을 가로막는 장애물이 아무리 작아도 철저하게 파괴하죠. 그렇게 되면…….」

사이먼은 말꼬리를 흐리더니 다시 말을 이었다.

「형이 파괴하면, 그 성은 다시는 그 모습을 되찾을 수가 없어요.」

메그는 입술로 도미니크의 손바닥을 쓰다듬었다.

「지금 형님 내부에는 무기력한 냉정함이 들어 있죠. 아무리 화가 나도, 그렇게 해야 한다는 생각이 들면 현명하게 자비를 보여 주죠. 절대 날카로운 비수는 보여 주지 않아요.」

메그는 아무 말 없이 도미니크의 손바닥에 입을 맞췄다. 자신이 명령을 어기고 방을 나간 일을 도미니크는 어떻게 생각할지 궁금했다. 칭찬을 할까, 아니면 화를 낼까?

「도미니크 형은 한때 술탄의 영토였던 불모지에서 나오면서, 문명화된 세계에서 가장 멀리 떨어진 곳에, 왕과 교황과 술탄의 야망에서 멀리 떨어진 곳에 자신의 영토를 갖겠다고 맹세했어요. 빈곤이 생기지 않도록 관리할 거라고 했어요. 그리고 귀족 아내와 결혼해, 아들을 낳고 자손을 번성할 거라고 했어요.」

「자신이 성취한 영광을 영원히 이어가려고요?」

사이먼은 고개를 가로 저었다.

「형은, 강해야 평화를 지킬 수 있다고 생각해요. 약자에게 평화는 잔인한 꿈에 불과하단 거죠. 그리고 더 이상 그렇게 되고 싶지 않은 거예요.」

영토, 귀족 아내, 아들들……. 그리고 평화, 무엇보다 소중한 평화.

남편의 소원이 머릿속을 맴돌았다. 산산이 부서진 남편의 소망이 차가운 비수가 되어 자신의 심장을 겨냥하고 있는 듯했다. 고통이 어려 있는 남편의 얼굴을 들여다보며, 메그는 잔인한 운명에 분노했다.

'당신은 평화와 영토와 귀족 아내를 원했어요. 그런데 왜 하나님은 세상의 모든 여자를 제쳐놓고 당신에게 날 보냈을까요?'

「아들을 낳을 수 있습니까?」

사이먼은 일말의 희망을 품고 조심스레 물었다.

메그는 소리 없이 눈물을 흘렸다. 조용히 도미니크의 손바닥을 들어 자신의 뺨에 댔다. 도미니크는 다시 무시무시한 술탄의 지옥에 대해 떠들기 시작했다.

메그는 한참 동안 악몽에 들뜬 도미니크의 헛소리에 귀를 기울였다. 만약 제정신이었다면 절대로 입 밖에 내지 않았을 고통스런 비명들이 메그의 심장을 찢어 놓았다.

메그는 오랜 분노의 메아리를 가만히 들었다. 블랙소른 성 너머 안개가 뭉쳐져 탄생한 것 같은 노르만의 전사는 아무도 정복할 수 없는 냉혹한 사내가 아니었다. 삶에 의해 잔인하게 이용당한 사내일 뿐이었다. 메그는 끔찍한 대가를 치르고도 꿈을 실현해 줄 수 없는 여인과 결혼한 남편의 잔인한 숙명을 위하여 눈물을 흘렸다.

도미니크가 잠잠해졌다. 숨소리는 느리지만 깊었다.

「괜찮을까요?」

「네. 지금은 자고 있어요. 진짜 잠이 든 거예요.」

사이먼은 편안히 잠든 도미니크처럼 메그의 긴장이 풀어짐을 보았다. 감사 기도를 올리고 기도문을 부드럽게 읊으며, 사이먼은 도미니크의 앞이마에 흘러내린 검은 머리카락을 쓸어 넘겼다. 두 형제의 깊은 우애가 여실히 드러났다.

「이상하군요.」

「뭐가요?」

「덩컨도 존을 그런 식으로 만져 주었죠.」

메그는 아무 생각 없이 말했다. 순간 사이먼의 부드러운 표정이 자취를 감추었다.

「덩컨. 내가 그놈의 심장을 꺼내고야 말 거요.」

메그는 숨을 훅 들이마셨다.

「왜죠?」

「내 형에게 독을 먹인 죄로.」

「덩컨은 이곳에 없어요!」

「그의 부하들이 한 짓이 분명해요.」

「리버스족도 여길 떠났잖아요.」

「그놈들은 하나님의 벌을 받아 썩어 문드러질 거예요. 성안에 있는 덩컨의 첩자들을 찾아내고야 말 겁니다. 그 중 하나가 형에게 독을 먹였어요. 꼭 찾아내서 목을 매달 거예요.」

「성안의 누구도 독을……」

누군가가 그런 짓을 했음이 분명하다는 생각에 메그는 말끝을 흐렸다. 몸이 오싹해 자신도 모르게 팔짱을 꼈다. 성안의 누군가가 이렇게 비열한 방법으로 죽이려 들 만큼 도미니크를 증오하고 있다니, 믿을 수 없었다.

「형을 살리려고 몸부림치는 모습을 보기 전까지, 당신이 독을 먹인 줄 알았어요.」

메그는 눈을 반짝 떴다.

「난 치료사예요.」

「미안해요. 당신이 아니었다면 도미니크 형은 죽었을 겁니다.」

사이먼은 메그를 보며 민망한 듯 씩 웃었다.

「일부러 도미니크에게 독을 먹인 게 아닌지도 모르죠. 어쩌면 맥주컵 중 하나에 우연히 약이 많이 들어갔는데, 도미니크가 재수 없게 그 잔을 집었을지도 모르죠.」

사이먼은 고개를 갸우뚱하며 곰곰이 생각에 잠겼다.

「그럴 가능성은 희박한 듯한데요.」

「그럼?」

「누군가가 맥주통에 독약을 넣고 도미니크 형 컵에 더 많이 집어넣은 것 같아요.」

「누가요? 언제?」

「맥주통은 언제든지 독약을 집어넣을 수 있죠.」

「아뇨. 그랬다면 결혼식 전날에 일을 벌렸을 거예요.」

「왜 그렇게 생각하세요?」

「그때 내가 독약이 없어졌다는 사실을 발견했으니까요.」

「네? 형에게 말씀하셨어요?」

사이먼이 다그쳤다.

「아뇨.」

「맙소사, 왜 말하지 않았죠?」

「그땐 형님이 어떤 사람인지 확신할 수 없었으니까요. 어쩌면 형님 부하 중 하나가 약을 훔쳤을지도 모르잖아요.」

사이먼은 말도 안 된다는 듯 손을 내저었다.

「아뇨. 기사들은 충성스럽습니다. 형은 그들의 몸값을 지불하기 위해 자신의 영혼을 팔았어요.」

「나머지 사람들도 있잖아요. 그들의 정직성을 보장할 만큼 그들에 대해 잘 아나요?」

「잠깐만요, 우리 부하들이 약초실이 어디며, 당신이 어떤 약을 제조하고 있는지 알고 있다고 생각하세요?」

사이먼이 못 참겠다는 듯 흥분해서 따졌다.

「블랙소른 성의 사람들 중에서도 내 약초실을 드나드는 사람은 오직 퀸 뿐이에요.」

사이먼의 눈동자가 가늘어졌다.

「퀸은 지금 어디에 있죠?」

「'현명한 여인'과 약을 교환하기 위해 다른 부락에 갔어요. 남쪽으로 하루는 가야 해요.」

「그 노파가 맥주에 독을 넣었을 가능성도 있어요.」

「만약 그랬다면 기사들은 지금쯤 모두 죽었을 거예요.」

사이먼이 눈을 동그랗게 떴다.

「퀸은 치사량을 알고 있어요. 잃어버린 약은 맥주통에 넣으면 충분한 효과를 발휘하지 못해요. 한 통을 서너 명이 모두 마신다면 모르지만.」

「부하들이 먼저 맥주를 다 마셔 버릴까 봐 늙은 퀸이…….」

「아뇨, 절대 아니에요. 퀸은 글렌드뤼드의 여자이며 치료사예요.」

「에디스는 약에 대해 알고 있나요?」

「아뇨, 왜요?」

「그 여자가 맥주를 날랐거든요. 게다가 그 여자는 노르만인을 증오하잖아요.」

「정말이요? 그렇다면 에디스는 왜 자신의 침대보다 토마스의 침대에서 더 많은 시간을 보낼까요?」

메그가 시치미를 떼고 냉정한 어조로 물었다.

「그 음흉한 여자가 맥주 시중을 들었어요.」

사이먼은 물러서지 않았다.

「그 매춘부도 같이 시중을 들었어요. 그 여잔 의심 안 하세요?」

메그가 지지 않고 응수했다.

「마리? 물론 아니죠. 그 여자의 생계는 형에게 달려 있어요.」

「에디스의 생계는 나에게 달려 있어요. 지독한 수다쟁이이긴 해도, 그런 흉악한 일을 저질렀다는 의심을 받을 이유는 없어요.」

「그 여잔 야심 있는 여자예요.」

「그래요. 에디스는 남편과 가정을 원해요. 빨간 입술의 매춘부가 그러하 듯이요.」

사이먼은 화를 참지 못하고 머리카락을 거칠게 쓸어 넘겼다.

「분명히 존의 기사 중에 범인이 있어요.」

사이먼이 확신하듯 결론 내렸다.

메그가 반박하려 하자, 사이먼은 성급하게 손을 내저었다.

「누군가가 맥주에 독을 넣었고 도미니크 형은 죽을 뻔했어요. 독사가 누 구인지 알아내지 못하면 블랙소른 성도 안전하지 못해요.」

냉담한 목소리였다.

메그는 도미니크가 자고 있는 침대로 눈길을 돌렸다. 사이먼의 결론이 마음에 들지 않았지만, 그 말이 옳았다. 블랙소른 성은 도미니크 르 사브르 와 함께 살거나 죽을 것이다.

그리고 도미니크는 죽을 뻔했다.

도미니크는 한밤중에 깨어났다.

눈을 뜨니, 머리가 둘로 쪼개질 듯 아팠다. 침대에 드리워진 커튼을 뚫고 들어온 벽난로의 불빛이 비수처럼 눈을 찔렀다. 숨이 막힐 듯이 답답해 관자놀이를 손으로 눌렀다. 자신에게 무슨 일이 일어났는지 어리둥절했다. 부드럽고 따스한 메그의 숨결이 느껴졌다.

도미니크가 깨어난 기척에 메그도 잠을 깼다.

메그는 옆에 놓아 둔 바구니로 손을 뻗어 약병을 꺼냈다. 재빠른 동작으로 가루로 만든 나무껍질과 사이먼이 직접 우물에서 길어 온 물을 섞었다.

「여기, 이 약을 마셔요. 두통이 가라앉을 거예요」

메그는 물컵을 건네주었다.

도미니크는 시키는 대로 컵을 받아들었다. 약이 좀 썼지만, 한 방울도 남기지 않고 모두 마셨다.

메그는 안도의 숨을 내쉬었다.

「내가 약을 안 먹겠다고 버틸 줄 알았소?」

도미니크의 눈에서 장난기가 엿보였다.

「사이먼처럼 당신도 날 의심할까 걱정했어요.」

검은 눈썹이 불쑥 올라갔다.

「당신 동생은 처음에 내가 당신에게 독을 먹였다고 생각했어요.」

「독이라고?」

도미니크는 벌떡 일어나 앉았다. 통증 때문인지 몸을 움찔하며 터키말로 뭐라고 중얼거렸다. 메그는 다시 누우라고 권유하듯 도미니크의 가슴에 손을 대고 눌렀다.

「아직 일어나지 말아요. 아마 도끼로 머리를 내리치듯 아플 거예요.」

「아, 빌어먹을, 바로 그거요.」

도미니크가 낮게 신음했다.

「쉿, 눈을 감으면 도움이 될 거예요. 벽난로에서 나오는 흐린 불빛도 당신에겐 너무 강렬해요.」

메그가 도미니크의 관자놀이를 어루만지자, 느슨하게 땋은 머리에서 황금 방울들이 조그맣게 노래를 불렀다.

「아직도 달고 있군.」

도미니크는 기억을 되살리며 씽긋 웃었다.

「당신이 떼어 낼 때까지 달고 있을 거예요.」

「하지만 당신은 내 말을 거역했소.」

메그의 손이 멈췄다. 도미니크가 눈을 감고 있어서 다행이었다. 그렇지 않았다면, 남편은 자신의 눈에 어린 공포를 보았을 것이다.

'현명한 남자는 같은 사람에게 오직 한 번 자비를 베푼다오. 작은 매여, 다시는 나와 싸우려 들지 마시오. 내가 당신에게 부탁하고 싶은 것은 그뿐이오.'

그러나 자신은 남편을 거역했다.

「해리의 아내가…….」

메그는 도미니크의 관자놀이를 문지르며 조심스레 입을 열었다.

「기억하고 있소. 길고 힘든 분만을 했다고 들었소. 해리의 아내는 괜찮소?」

「나도 몰라요. 사이먼이 그 누구도 이 방에 들어오지 못하게 했거든요. 지금도 문 앞에서 자고 있어요.」

「그 여자에게 당신이 필요한 건 아니오?」

메그는 도미니크가 무슨 생각을 하는지 궁금했다. 목소리로는 남편의 마음을 전혀 짐작할 수 없었다. 몸도 마찬가지였다. 남편은 자제력을 완전히 되찾았다!

「괜찮아요. 권이 어제 해질 무렵에 돌아왔어요. 만약 아델라에게 무슨 일이 생겼다면, 권이 내게 왔을 거예요.」

「사이먼의 명령에 의해 문전박대 당하지 않았을까? 혹 내 명령 때문에?」

메그는 자신이 성 사람들을 책임져야 한다는 사실을 남편에게 어떻게 설명해야 할지 몰라 잠시 망설였다.

「사람들이 상처를 입으면 제가 치료해요. 사람들이 다치거나 병들었을 때, 치료할 수 있는데도 그냥 내버려 둬 그들이 죽는다면……」

너무 긴장한 탓에 목이 따끔거렸다. 메그는 남편의 표정을 살폈다. 하지만 남편은 무표정했다. 살아 있는 인간이라고 할 수 없을 만큼 차가웠다.

「당신이 어떤 벌을 내린다 해도, 도울 수 있는데도 사람들이 죽도록 내버려 두어야 하는 아픔보다는 크지 않을 거예요.」

도미니크는 관자놀이를 문지르는 메그의 손을 잡았다.

「당신은 나에 대한 자신의 맹세를 깨뜨렸소. 인정하오?」

「네.」

메그는 질끈 눈을 감았다.

「만약 사람들이 원한다면, 당신은 또 그런 일을 저지를 거요.」

「맞아요, 미안해요. 다른 건 당신 말에 복종할 수 있지만, 이것만은 안돼요.」

「그리고 당신은 내가 내릴 어떤 벌도 받을 각오가 되어 있소.」

메그는 숨을 깊이 들이마셨다.

「네. 하지만 가두지는 말아 줘요. 정말 그것은 참을 수가 없어요.」

「사람들도 그걸 참지 못할 거요. 맞소?」

「네.」

「메그, 당신은 정말 날을 두 개나 가진 칼이오.」

「일부러 그런 건 아니에요. 단지…… 사실일 뿐이죠.」

「글렌드뤼드의 딸이라고?」

「네.」

도미니크가 잠시 입을 다물었다. 한동안 침묵이 흘렀다.

「어떻게 성에서 빠져 나간 거요?」

메그는 대답하지 않았다. 남편의 차가운 분노와 마주하고 싶지 않아, 눈을 뜨지도 않았다.

침묵이 흐르고 마침내 메그는 용기를 내 도미니크를 흘깃 보았다. 남편은 싸늘한 시선으로 자신을 바라보고 있었다. 감정을 감추고 있는 남편의 고통이 얼마나 클까 하는 데 생각이 미치자, 연민이 일었다.

「당신은 매우 용기 있는 여자요. 게다가 잘 보호받고 있소. 만약 당신이 마음에 들지 않는 일이 생기면 당신은 마치 다모클레스의 검(왕을 부러워하는 다모클레스를 천장에 단검이 매달린 왕좌에 앉히면서, 군주의 지위가 얼마나 위험한지 알려 주었다는 고사에서 나온 말)처럼 '당신의 백성들'을 내 머리 위에 드리워 놓을 테니 말이오.」

「아니에요! 난 새장의 매처럼 어두운 곳에 갇혀 있고 싶지 않아요. 하지만 갇혔다고 해서 창가에 앉아 울진 않아요. 난 남자들의 야망을 위한 수단이 되고 싶지 않지만, 왕이 나의 결혼을 정했을 때에도 사람들에게 아무 말 하지 않았어요. 심지어 존이 날 때렸을 때조차 입을 다물었다고요!」

메그는 흥분해서 외쳤다.

「하지만 사람들은 알고 있소.」

그것은 사실이었다.

「내가 그들의 고통에 대해 아는 것과 마찬가지예요. 우린…… 서로 이어져 있죠.」

메그가 간단히 설명했다.

도미니크는 놀란 눈으로, 약하지만 절대 굴복하지 않는 글렌드뤼드 아내를 바라보았다.

「성안에 피신처가 있는 것이 분명하오. 나에게 보여 주시오, 오직 나에게만.」

메그는 자신만이 알고 있는 비밀 통로를 알리고 싶지 않았지만, 어디에 피신처가 있는지 아는 것은 영주로서 도미니크의 권리였다.

「네.」

「그게 그렇게 어려운 일이오?」

도미니크가 눈을 치켜 떴다.

「뭐가요?」

「영주인 내게 나의 정당한 권리를 돌려주는 것 말이오.」

「나를 냉정하고 이기적인 여자로 만드는군요.」

메그의 애달픈 웃음을 본 도미니크는 깜짝 놀랐다.

「아니오, 단지 길들여지지 않았다는 뜻이오.」

「길들여지지 않았다고요? 날 그렇게 보세요?」

「그렇다면 어떻게 볼 수 있단 말이오? 당신은 아무에게도, 심지어 남편에게도 복종하지 않는데.」

「난 모든 사람들에게 복종해요. 블랙소른의 사람들, 심지어는 하인들의 요구에도 귀를 기울이죠. 하지만 아무도, 단 한 번도, 내가 무엇을 원하는지 물어 보지 않았어요.」

「그게 뭐요?」

「자유, 단지 그뿐이에요.」

메그는 벽난로의 불을 보기 위해 몸을 돌려 침대를 내려왔다.

「주무세요. 아직 더 회복돼야 해요.」

「당신이 내 옆에 있으면 훨씬 빠르게 회복될 거요.」

메그는 참나무 토막을 불 속에 넣을까 말까 망설였다. 조그만 불꽃들이 나무를 향해 팔을 뻗었다. 몸을 태워 차갑게 식는 생명들을 따스하게 데워 주는 일이 자신들의 운명임을 아는 것 같았다.

천천히 석탄 사이에 가지를 내려놓았다. 숨을 돌리기도 전에, 빨간 혓바닥을 날름거리며 서성이던 불꽃이 참나무로 옮겨 붙었다. 메그는 다시 침대로 다가갔다. 그리고 침대에 드리워진 커튼을 들어올렸다.

도미니크는 이불을 들추고 침대로 들어오는 메그를 아무런 소리 없이 맞아들였다. 마치 한 올의 따스함도 잃고 싶지 않다는 듯, 메그는 재빨리 이불 속으로 들어갔다. 뒤쪽으로 커튼이 스르르 내려와 덧문 쪽에서 새어 들어온 바람을 막아 주었다.

「이불을 꼭 덮지 않으면 오한이 들지 몰라요.」

「당신이 날 포근하게 해줄 거요.」

도미니크의 강한 팔이 익숙한 몸짓으로 아내를 끌어당겼다. 함께 보낸 며칠 사이에 둘은 상당히 친밀해졌다.

메그는 두 사람 위로 이불을 잘 덮고 나서, 할 수 있는 한 자신의 살갗으로 남편을 감싸려고 노력했다. 따스한 체온이 남편을 향해 방출되었다. 남편의 몸은 항상 따뜻했지만, 오늘밤은 아니었다. 차가운 독이 아직도 남편의 몸에 감겨 있었다.

도미니크는 웃으며 메그의 이마에 입술을 갖다대고, 뺨을 손으로 어루만지며 다시금 회복의 잠을 청했다. 메그 역시 두 사람의 몸이 모두 따뜻해질 때까지 남편에게 바싹 붙어 잠이 들었다.

갑자기 차가운 손가락이 메그의 심장을 움켜잡았다.

「안 돼!」

메그는 벌떡 일어났다. 심장이 세차게 뛰었다.

꿈이었다!

도미니크는 손에 단검을 들고 벌떡 일어났다. 재빨리 사방을 둘러봤지만, 모든 게 그대로였다.

「형, 괜찮아요?」

사이먼이 문 밖에서 불렀다.

「괜찮아. 악몽을 꾸었을 뿐이야.」

사이먼은 혼자 뭐라 중얼대더니 다시 잠을 청했다.

메그는 두려움에 몸을 떨면서 헛소리를 중얼거렸다.

도미니크는 재빨리 단검을 베개 아래에 집어넣고, 탁자에 놓인 양초에
불을 붙였다. 방은 추웠다. 벽난로에는 타다 남은 불이 조금 남아 있었다.
하지만 아내는 추워서 떨고 있는 게 아니었다.

「메그, 왜 그런 거요?」

도미니크가 부드럽게 아내의 뺨을 쓰다듬었다.

악몽의 손아귀에 사로잡혀 있던 메그는 남편의 목소리를 듣지 못했다.

「메그?」

메그는 눈을 뜨고 주위를 두리번거렸다.

「네? 왜요? 다시 아파요?」

「아니, 당신 때문이오. 당신이 비명을 질렀소.」

「오.」

메그는 팔을 문지르며 주위를 둘러보았다. 새 양초가 탁자 위에서 밝게
타오르고 있었다. 썰렁했다. 벽난로에서 전혀 불빛이 보이지 않았다.

「벽난로를……」

뭔가에 홀린 듯 멍했다.

「내가 하겠소.」

「아니에요. 오한이 들지도 몰라요.」

도미니크는 메그의 얼굴을 돌려 자신과 마주 보도록 했다.

「뭐가 잘못됐소?」

메그는 입술을 열었으나 아무런 소리도 내지 않았다. 단지 몸을 떨면서,
차가워진 피부에 온기를 불어넣으려는 듯 계속 팔만 문질러댔다.

「누우시오. 당신이야말로 오한이 들겠소.」

도미니크는 메그를 눕히며 어루만졌다. 그러고 나서는 재빠른 동작으로
벽난로에 불을 지폈다. 마치 벽난로에 불길을 되돌리라고 명령을 내린 것
같았다.

침대로 돌아와 메그의 몸을 끌어당겨 품에 안았다. 하지만 침대의 커튼
을 내리지는 않았다. 지금 자신의 아내에게는 따스함보다 빛이 더 필요하다
고 생각했기 때문이었다.

천천히 메그의 팔이 도미니크를 감쌌다. 남편의 가슴에 얼굴을 기댄 메그는 길고 소리 없는 한숨을 내쉬었다.

「왜 그런 건지, 지금 내게 말해 줄 수 있소?」

메그는 못 들은 척, 꾹 다문 입을 열지 않았다. 도미니크는 아내가 말하기를 거부한다고 생각했다. 그때 메그의 따스한 숨결이 새어 나왔다.

「단지 꿈일 뿐이에요.」

「자주 그런 꿈을 꾸는 거요?」

「아뇨.」

도미니크는 좀더 설명을 듣길 바랐지만, 메그는 더 이상 말하지 않았다.

「내가 당신에게 벌을 내릴까 봐 두렵소?」

「아뇨. 두려워하는 게 당연하긴 하지만요.」

「어째서?」

「당신은 나보다 훨씬 힘이 세잖아요.」

「내가? 그런데도 왜 나는 당신에게서 가장 기본적인 복종마저도 얻어 내지 못할까?」

웃음과 불만이 한데 섞인 소리였다.

「하지만……..」

도미니크의 손가락이 메그의 입술을 누르며 말을 막았다.

「나에게 말하시오. 왜 두려워하는 거요?」

「가끔씩 난 꿈을 꿔요.」

「다른 사람들도 꿈을 꾸지.」

「아니, 그런 게 아니에요. 위험이 있어요. 난 그걸 알 수 있어요.」

「밤은 두려움이오.」

도미니크가 침착하게 대꾸했다.

「당신도 악몽을 꾸나요?」

「물론.」

메그는 고개를 들고 불빛에 비친 도미니크의 옆모습을 바라보았다.

「당신은 무슨 꿈을 꾸죠?」

「글쎄, 모르겠는데. 난 식은땀을 흘리면서 깨어난다는 사실만 알 뿐이오.」

「그럼 무슨 꿈을 꿨는지 기억하지 못하세요?」

「대부분은.」

「하지만 꿈 때문에 잠에서 깨어났잖아요.」

「아니오.」

메그의 긴 한숨이 도미니크의 살갗에 따스하게 닿았다.

「나도 기억하지 못했으면 얼마나 좋을까요.」

「무슨 꿈을 꾼 거요? 글렌드뤼드의 문제요?」

「나도 몰라요. 귄과 나는 서로 꿈에 대해 말하지 않아요. 어머니도 말한 적이 한번도 없어요.」

「당신은 이게 글렌드뤼드의 문제라고 생각하는군.」

질문이 아니었다. 냉정한 목소리는 아니었으나 자신이 만족할 때까지 대답을 요구하겠다는 뜻은 명확했다.

「네.」

「자, 나에게 말해 보시오.」

목소리는 부드러웠지만 불빛이 반사된 눈동자는 이글거리고 있었다.

「난 힘들게 살았어요. 아버지는 나를 힘있는 스코틀랜드 귀족이나 색슨족의 영주와 결혼시키려고 했죠.」

말을 잠시 멈추자, 도미니크는 계속 하라고 격려했다.

「그리고 그 동안 노르만인들에게 자신의 땅을 빼앗긴 색슨족들은 영토를 되찾기 위해 전쟁을 벌이고 약탈을 일삼았어요.」

「리버스족처럼?」

메그는 고개를 끄덕였다.

「아버지는 노르만 기사와 스코틀랜드, 색슨족의 피를 받은 귀족의 딸 사이에서 태어났어요. 할아버지와 아버지는 영토를 지키기 위해 싸웠어요. 싸우는 동안, 땅은 황폐해지고 가축들은 약탈당했죠. 그래서 아버지는 글렌드뤼드 여자를 아내로 택한 거예요. 좀더 많은 기사를 거느릴 수 있도록 땅을 일굴 필요를 느꼈거든요.」

도미니크는 메그의 뺨에 흐트러진 불꽃 같은 머리카락을 쓸어 넘겼다. 매그는 슬픈 표정을 지으며 말을 계속했다.

「하지만 그렇게 되지 않았어요. 두 사람의 꿈은 무참히 깨져 버렸죠.」

「두 사람?」

도미니크는 고개를 갸우뚱했다. 메그는 슬픈 웃음을 지었다.

「글렌드뤼드와 존.」

「글렌드뤼드는 무엇을 잃었소?」

「글렌드뤼드 울프. 권은 어머니가 아들을 잉태할 수 있다고 믿었어요.」

「하지만 딸을 낳았군.」

「실망스럽게도요.」

「나에게는 아니오. 당신이 아니었다면 난 죽었을 거요. 나에게 당신은 즐거움이오.」

「즐겁기만 하진 않을 텐데요. 내가 방에서 나간 사실을 알았을 때는 어땠어요?」

현명하게도, 도미니크는 아무 말도 하지 않았다.

잠시 불꽃의 부드러운 속삭임밖에 아무 소리도 들리지 않았다. 도미니크는 메그의 말을 되새기며 머리를 쓰다듬었다.

'난 모든 사람들에게 복종해요. 블랙소른의 사람들, 심지어는 하인들의 요구에도 귀를 기울이죠. 하지만 아무도, 단 한 번도, 내가 무엇을 원하는지 물어 보지 않았어요.'

「메그, 당신이 원하는 게 뭐요? 왜 나와 결혼하겠다고 동의한 거요? 어째서 당신이 애정을 품었던 덩컨과 운명을 함께 하지 않은 거요?」

도미니크는 메그의 변화를 감지했다. 일시에 온몸이 굳은 듯 한동안 뻣뻣하게 긴장하고 있었던 것이다.

「난 더 이상 전쟁을 원치 않아요. 끝없는 살인과 폭력, 정말 잔인했어요. 식물들은 피어나기도 전에 죽어 버렸고, 사방이 피로 물들었어요. 나는 만약 많은 기사들을 거느린 강한 남자가 블랙소른 성을 지킨다면, 영토 없는 호족들이 다른 곳으로 관심을 돌릴 거라 생각했어요. 그때 도미니크 르 사브르라는 남자의 소문을 들었어요.」

메그는 잠시 말을 멈추고 숨을 돌렸다.

「그리고 지금 나는 남편이 독을 마셨고, 내가 의심을 받는다는 사실을 알게 되었죠. 쇠사슬 갑옷을 입은 남자들이 성 주위를 배회하고 아주 낯익은 적들이 기회를 노리고 있음을 깨달았죠.」

「난 당신을 의심하지 않소.」

메그는 마치 아무 소리도 들리지 않는 듯 말을 계속했다.

「난 치료사예요. 지금까지 내가 알고 있는 어떤 병보다 무서운, 이 땅의 증오를 치료하고 싶어요. 증오는 전쟁에서 나온 쓰디쓴 영혼이에요. 난 이 땅에 평화를 심고 싶어요!」

도미니크는 숨을 죽였다. 자신이 품었던 꿈을 아내에게서 그토록 선명하게 들을 줄은 전혀 생각하지 못했다. 천천히 메그의 얼굴을 들어올렸다.

「당신의 희망을 함께 이루고 싶소. 나와 함께 노력합시다. 이 땅에 평화가 오도록 날 도와 주시오.」

「어떻게요?」

「노르만과 글렌드뤼드의 피를 섞읍시다. 나에게 아들을 낳아 주시오.」

메그의 눈에서 갑자기 뜨거운 눈물이 굴러 떨어졌다.

「그건 제가 할 수 있는 일이 아니에요. 당신은 현명하고, 절제력이 뛰어난 남자예요. 부하들의 행복을 돌봐 줄 수 있고, 거느린 백성들의 평화를 위해 힘쓸 수 있는 전사이기도 하죠. 하지만 사랑이 없어요.」

도미니크는 부인하지 않았다. 자신은 사랑이 무엇인지 절대 알 수 없으리라. 그건, 자신이 아들을 원하고 메그가 자유를 원하는 일만큼 확실한 사실이었다. 그저 할 수 있는 일 ― 작은 매가 자신에게 날아오도록 길들이는 일 ― 을 할 뿐이었다.

술탄의 지옥은 도미니크의 영혼을 불살라 버렸다!

「맞소. 난 사랑할 줄 모르는 전사요. 그리고 당신은 미워할 수 없는 치료사고. 당신은 글렌드뤼드의 덫에서 빠져 나갈 수 없는 거요?」

메그는 천천히 고개를 저었다.

「귄이 글렌드뤼드 여자들은 남자들의 영혼을 볼 수 있는 저주를 받았다고 했소. 또한 오직 하나님만이 그렇게 볼 수 있으면서도 사랑할 수 있다고 했소.」

「맞아요.」

사랑할 수 없는 전사의 눈동자를 깊숙이 들여다보는 메그의 눈에서 눈물이 솟구쳤다.

「난 모든 글렌드뤼드 여자들이 그토록 차갑다고 믿지 않소. 글렌드뤼드의 치료사는 전쟁으로 찢긴 땅에 평화를 가져올 남자를 다르게 대할 수 있을 거요. 그 남자의 영혼이 지닌 결점을 눈감아 주시오. 글렌드뤼드 여자는 상처 입은 남자를 사랑할 수 있을 거요. 날 보시오. 그리고 블랙소른 성에 찾아올 평화를 보시오. 메그, 날 사랑해 주오. 그리고 내 아들들과 함께 이 땅을 치유합시다.」

「당신은 너무 많은 것을 요구하는군요.」

메그는 도미니크의 논리적인 연설에 아찔했다.

「나는 꼭 필요한 것만 요구했소. 덫에서 벗어날 길은 그뿐이오. 우리 두 사람을 위해서.」

20

마리는 옷감을 이리저리 잡아당기며 메그의 새 옷을 마지막으로 손질했다. 그 사이 들려 온 교회 종소리는 들판에서 일하는 사람들에게 새참 시간이 되었음을 알렸다. 아름다운 종소리를 감상하기 위해 하인들이 하던 일들을 멈추었는지 안뜰은 조용했다.

종이 다시 울렸다.

메그는 닷새 전, 차가운 안개 속에 서서 장례식을 지켜보던 도미니크를 떠올렸다.

'애도할 필요 없소. 컴브릴랜드의 존은 당신의 아버지가 아니오.'

장례식은 금세 끝났다.

햇살도 허락지 않는지 한낮에도 안개가 짙게 끼여 있었다. 그렇다고 비가 오는 것도 아니었다. 도미니크는 메그를 데리고 장례식을 빠져 나왔다.

메그는 애도 기간을 주지 않는다고 반발하지 않았다. 아니, 오히려 아버지가 땅에 묻혔다는 안도감이 들 뿐이었다. 장례식이 오랫동안 계속된 죽음의 시간을 끝내고 새롭고 평화스런 시대를 여는 시발점이 되길 바랐다.

희망이 싹텄다. 하지만 밤이면 공포에 시달렸다. 도미니크가 독의 위험에서 벗어 난 지 일 주일이 지났건만, 악몽은 아직도 계속됐다. 식은땀을 흘리고 비명을 지르며 잠을 깬 날이 벌써 며칠이던가.

메그를 감싸 줄 사람은 아무도 없었다. 도미니크는 몸이 완전히 회복된 이후엔 메그의 침대에서 잠을 자지 않았다. 아직 월경을 치르지 않았기 때문이었다. 자유를 되찾은 대가로 메그는 남편을 거의 만날 수 없었다.

도미니크는 이제 사랑이나 평화, 아들에 관한 이야기는 입에 올리지 않았다. 실크로 만든 녹색 드레스를 건네주었을 때를 제외하고.

어느 날, 도미니크는 메그의 눈동자처럼 풍성한 윤기가 흐르는 녹색 드레스를 선물로 가져왔다. 차고 매끄러운 감촉의 녹색 드레스는, 자는 동안 권이 가져가 버린 전통 글렌드뤼드 결혼식 드레스만큼이나 아름다웠다. 봄의 흔적으로, 오직 메그만을 위해 만든 것 같은 이 드레스를 메그는 다른 옷보다 더 귀중하게 여겼다. 남편의 선물이 아니던가.

도미니크는 기뻐하는 메그를 보며 살짝 웃어 보였다. 하지만 눈동자는 싸늘하게 식어 있었고 목소리는 얼어붙은 강처럼 차가웠다.

'우리가 무엇에 대해 얘기할지 생각해 보시오. 메그, 나를 사랑한다고 생각하시오. 그럼 모든 일이 가능하오. 평화도, 자유도.'

도미니크는 아들을 원하는 자신의 바람을 입 밖에 내지 않았다. 하지만 예리한 눈동자, 허기진 목소리, 단단한 육체에 번지는 긴장 속에서 메그는 남편의 소망을 느낄 수 있었다.

'아들…… 메그, 날 사랑해 주오.'

하지만 도미니크는 메그를 사랑하지 않았다. 메그는 확신했다. 사랑의 의미를 아는지조차 의심스러웠다.

도미니크에게 사랑은 위험이었다. 감정을 조절하는 데 방해가 되기 때문이었다. 하지만 기사들에 대한 사랑은, 예루살렘에서 자신의 생명과 바꿀 정도로 대단하지 않았던가. 그 대가로 영혼이 상처를 입었지만 말이다. 아내를 향한 유혹의 손길은 부드러웠지만, 그것은 진실한 애정이라기보다는 차가운 계산의 결과물이었다.

밀려드는 슬픔의 파도 앞에서 메그는 눈을 감았다. 그리고 아름다운 녹

254

색 실크 드레스를 손으로 쓰다듬었다. 손목에 매달린 황금 방울이 조용한 음악을 만들어 냈다.

「옷감이 참 곱구나.」

「부인 피부가 더 고와요.」

마리는 섬세한 바늘땀에서 눈을 떼지 않고 말했다.

메그는 바닥에 다리를 접고 앉아 드레스 가장자리를 잡고서 바느질을 하고 있는 조그맣고 활달한 여자를 내려다보았다. 그 노르만 여자는 메그에게 수수께끼 같은 존재였다. 톡 쏘는 관능과 생기가 넘치는 마리는 메그의 호기심을 자극했다 — 도미니크가 가까이 있지 않는다는 한에서. 마리의 풍만한 육체와 이국적인 향기는 성안의 기사들을 벌떡 일으켜 세우고 마치 열에 들뜬 암캐처럼 킁킁거리도록 만들었다.

오직 도미니크와 사이먼만이 이 매력적인 여자에게 덤덤했다. 하지만 만약 두 사람이 마리를 원한다면, 손가락 하나만 까닥하면 됐다. 마리는 아마 기뻐하며 달려갈 것이다. 그 여자는 누가 성의 주인이며 무엇이 그 주인의 권리인지 잘 알고 있을 테니.

「나에게 아첨할 필요는 없어.」

메그가 말했다.

「아첨이 아니에요. 부인의 피부는 술탄이 가장 아끼는 진주처럼 고운걸요. 전 사실을 말했을 뿐이에요. 자, 왼쪽으로 돌아보세요.」

메그는 시키는 대로 했다. 방울 소리가 아름답게 울려 퍼졌다.

「영주님이 부인의 아름다움을 독점하고 싶어하니 정말 안됐어요.」

「뭐라고?」

드레스 가장자리를 똑바로 만들기 위해 법석을 떨던 마리는 고개를 들다가 메그의 놀란 표정을 보았다. 노르만 여자가 웃었다. 노골적인 말에 순진한 반응을 보이는 글렌드뤼드 마녀를 향한 호의였다 — 조롱이 아니었다.

「도미니크 영주님은 부인의 어깨와 손목, 가슴은 물론 발목까지 천으로 감싸야 한다고 지시하셨어요.」

「그건 당연하잖아.」

마리는 고개를 저었다.

「아니에요, 부인. 당연한 게 아니랍니다. 술탄의 여자들은 남자들의 눈길을 끌기 위해 어떻게 입어야 하는지 잘 알아요.」

「어떻게?」

「이 드레스보다 몇 배나 얇은 옷감을 사용하죠. 너무 얇아 투명해 보일 정도죠. 그렇게 얇은 옷감을 여러 겹 겹쳐서, 걸을 때 가슴이나 엉덩이의 굴곡이 살짝 드러났다가 다시 감추어지도록 옷을 만들어요.」

「지금 농담하는 거냐?」

메그는 눈이 휘둥그레졌다.

「아니에요. 부인, 앞을 똑바로 보세요. 그렇게 하지 않으면 가장자리에 주름이 생길 거예요.」

「옷감이 비친단 말이야, 정말로?」

마리의 얼굴에 웃음이 번졌다.

「정말이에요.」

「놀라운 일이군.」

「영국에선 그렇죠. 하지만 터키에서는 괜찮아요. 그리고 남자들이 그런 옷을 훨씬 좋아해요.」

마리가 장난스레 덧붙였다.

「너도 그런 옷을 입었느냐?」

「물론이죠. 부인의 남편께서도 그런 옷을 무척 좋아했어요.」

메그는 경련이 일었다.

터키어로 무어라 중얼거리면서, 마리는 다시 드레스 가장자리를 잡고 법석을 떨었다.

「아내를 소유하고자 하는 색슨족 남자들의 욕망을 나는 이해해요. 그 남자들은 자신의 피를 이어갈 자식을 원하죠. 하지만 소유욕이 강한 아내는…….」

마리는 어깨를 으쓱하며 바늘에 꿰인 실의 길이를 재어 보고 다시 바느질을 시작했다.

「기독교인들은 한 번 결혼하면 이혼하지 않잖아요. 질투를 할 이유가 없죠. 부인은 도미니크 영주님의 보호와 지위, 부를 가졌어요. 더 원할 것이 뭐가 있을까요?」

「애정과 존경, 사랑.」

「금은보석은 영원해요. 그리고 전쟁이나 기아가 닥쳤을 때 되팔 수도 있어요. 하지만 애정은 한순간이고 바람처럼 변덕스럽죠. 사랑은 단지 공상일 뿐이에요.」

마리는 실에 매듭을 짓고 이빨로 끊었다.

「자아, 이제 됐어요.」

의자보다는 바닥에 흩어진 쿠션을 깔고 앉는 것에 익숙한 그 여자가 우아하게 일어났다. 솜씨 좋은 손가락들이 주르륵 날아다니며 꼭 맞는 옷의 끈을 풀었다.

「마리.」

「네, 부인?」

「네 관능적인 재주는 수비대를 위해 아껴 두렴. 그리고 내 남편에게는 절대 사용하지 마라. 성공하든 실패하든 넌 후회하게 될 테니까.」

잠시 침묵이 흘렀다. 갑자기 커다란 마리의 웃음소리가 침묵을 깼다.

「영주님이 왜 부인은 작은 매라고 부르는지 알 것 같군요. 이제 나오세요, 부인.」

메그는 드레스 밖으로 발을 내디뎠다. 그리고 차가운 시선으로 조심스럽게 옷장에 드레스를 거는 마리를 응시했다.

「마리?」

「부인이 원한다면요. 하지만 부인의 주인님 역시 그것을 원하는 한에서만 부인의 바람이 지켜지리란 사실을 알아 두셔야 해요.」

「그게 무슨 뜻이지?」

숨을 한 번 내쉰 다음 마리는 메그를 애처롭게 바라보며 고개를 저었다.

「그렇게 순진한 채로 어떻게 열아홉 해를 사셨는지……. 영주님은 부인의 애정을 구하는 데 모든 정성을 쏟고 있어요. 그 동안에는 나를 찾지 않

으실 거예요. 하지만 그 역시 남자이기 때문에 맘이 변할 수밖에 없죠. 그
때 날 원한다면 나는 언제든 그의 침대로 갈 겁니다. 이 성의 주인은 영주
님이에요. 부인도, 저도 아니에요. 여자는 주인이 될 수 없잖아요.」

마리는 조그만 바느질 바구니를 집어 들었다.

「필요하신 옷이 또 있으신가요?」

「아니.」

마리는 목례를 한 다음 방에서 나갔다. 걸음을 떼어 놓을 때마다 엉덩이
가 마치 바람 앞의 촛불처럼 흔들렸다.

메그의 입에서 울적한 한숨과 한탄이 흘러나왔다. 화를 참을 수가 없었
다. 가장 끔찍한 건 마리의 말이 옳다는 사실이었다. 만약 도미니크가 아내
보다 정부를 선택한다고 해도, 자신은 아무것도 할 수 없었다.

'마리는 합법적인 상속자를 낳아 줄 수 없어. 그 일을 할 수 있는 사람은
오직 나 하나야.'

하지만 자신이 해낼 수 있을지 확신할 수 없었다. 지금까지 아기를 많이
낳은 글렌드뤼드 여인들은 거의 없었다.

눈살을 찌푸린 채, 메그는 어깨에 망토를 두르고 욕실로 향했다. 도미니
크가 선물한 뾰족한 모양의 슬리퍼가 램프의 불빛을 받아 금속처럼 번들거
렸다. 램프의 향유는 성의 돌벽에서 내뿜는 축축하고 역한 냄새를 없애 주
었다. 도미니크가 도착한 다음부터 성은 번데기를 벗은 나비처럼 반짝거렸
다.

「여기 계셨군요. 아가씨가 영주님을 노하게 해서 또다시 방에서 못 나오
는 줄 알았어요.」

메그는 화를 내는 대신 웃음을 지어 보였다.

「마리가 드레스 자락을 가지고 호들갑을 떠는 동안 녹색 실크 드레스에
갇혀 있었지.」

「아, 그 정부. 도미니크 영주님은 그 여자에게, 아가씨 드레스를 만들어
주고, 그 옷이 영주님의 마음에 든다면, 대가로 실크를 주겠다고 약속했어
요.」

녹색 실크 드레스가 가져다 준 즐거움이 바람처럼 사라졌다. 하녀에게서 몸을 돌린 메그는 망토를 벗어 옆에 놓고, 도미니크가 금실로 수를 놓은 슬리퍼와 함께 선물한 실크 속옷을 벗었다.

에디스는 욕조 안에 든 물의 온도가 적당한지 확인한 다음, 메그를 돕기 위해 다가와 웃옷을 받아들었다.

「정말 곱고 예쁜 옷이에요. 마치 사제님의 성경 같아요.」

메그는 아무 말도 하지 않았다. 도미니크가 마리에게 선물을 주었다는 사실에 불안하고 화가 났다.

'……날 원한다면 나는 언제든 그의 침대로 갈 겁니다. 이 성의 주인은 영주님이에요. 부인도, 저도 아니에요. 여자는 주인이 될 수 없잖아요.'

불행한 여주인을 곁눈질하면서 에디스는 메그의 글렌드뤼드식 의식에 필요한 비누와 향수, 연고와 크림을 준비했다. 에디스는 그런 의식이 시간 낭비라고 생각했으나, 한편으론 도미니크의 기사들이 사라센 여자들을 좋아한다는 사실을 알자, 메그만큼이나 자주 목욕을 했다.

에디스가 메그의 땋은 머리를 올려서 에메랄드와 금으로 만든 핀 – 도미니크의 또 다른 선물 – 으로 꽂을 때 황금 방울 소리가 달콤하게 울렸다.

「정말 사랑스런 빗이에요.」

「그래.」

「아가씨 머리에 꽂으니 더 아름다워요.」

「고맙구나.」

하지만 메그의 목소리는 낮게 가라앉아 있었다.

「토마스는 저에게 은으로 된 빗을 주었어요. 내 머리카락에 어울린대요.」

「토마스를 마음에 두고 있어? 지난주부터 그에 관해 자주 이야기하는 것 같던데.」

에디스는 어깨를 으쓱했다.

「큰 몸만큼 친절해요.」

「도미니크에게 결혼식 준비를 해달라고 부탁할까?」

「아뇨. 토마스의 재산으론 시종 둘도 거느리기 힘들어요. 아내는 더 말할 나위도 없죠. 만약 영주님이 기사들에게 영토를 나눠 주지 않는 한……」

「그건 나도 몰라.」

「하지만 그럴 일은 아마 없을 거예요. 만약 기사들이 자신들의 땅을 지켜야 한다면 영주님의 땅을 지킬 수 없을 테니까요. 게다가 기사들이 곧 또 온다던데……」

에디스는 다른 핀을 집었다.

「맞아. 아직 더 온다고 하더구나.」

에디스는 마지막 핀을 꽂았다.

「기사들이 언제쯤 도착하는지 아세요? 집사는 그 남자들이 먹을 식량이 또 얼마나 될지 걱정하고 있거든요.」

메그는 얼굴을 찌푸렸다. 집사는 자신을 볼 때마다 창고가 줄어든다며 불평을 늘어놓았다.

「남쪽 바다는 아직 파도가 높다고 퀸이 말하더구나. 아마 아직 노르망디에서 바다를 건너기 위해 기다리는 중일 거야.」

「그렇다면 적어도 2주일은 더 걸리겠군요. 욕조 안으로 들어가세요.」

에디스가 물러섰다.

메그는 금 슬리퍼를 벗어 에디스에게 넘기고, 김이 오르고 약초 향이 나는 물 속으로 들어갔다. 한숨과 함께 근심을 날려보내며 물 속으로 깊숙이 들어앉았다. 머리카락에 감겨 있는 황금 방울만이 조용히 소리를 질렀다.

「글렌드뤼드 여자들에게 비늘과 지느러미가 없는 게 이상다니까요.」

메그는 웃으면서 물을 저어 소용돌이를 만들었다.

「다른 필요하신 거 있으세요?」

「아니.」

「그럼 주문을 외우시도록 저는 물러갈게요.」

메그는 글렌드뤼드 방법을 고집스레 인정하지 않는 에디스가 재미있다는 듯 슬며시 웃었다.

「만약 제가 때가 돼도 돌아오지 않으면 소리를 치세요. '다리 둘 달린 사냥개'가 복도 끝에서 금방 달려와 절 찾을 테니까요.」

에디스가 말하는 '다리 둘 달린 사냥개'는 도미니크의 시종을 두고 하는 말이었다. '작은 매'는 새장에서 풀려났으나 완전한 자유를 누리지 못했다. 도미니크가 함께 있지 않을 때에는, 부르면 달려올 거리에서 제임슨이 항상 대기하고 있었다.

'도미니크는 정말로 날 믿지 못하는 것일까? 그래, 그렇겠지. 그렇지 않다면, 나를 이름뿐인 아내로 만들지 않았겠지. 남편은 성불구자가 아냐. 하지만 내가 월경을 할 때까진 나를 믿지 않을 거야. 오직 사랑만이 그런 믿음을 가지게 하지. 하지만 도미니크는 날 사랑하지 않아.'

천천히, 메그의 불행한 생각들이 따스하고 향기로운 물 속으로 용해되었다. 눈을 감고 물에서 올라오는 약초 향의 증기를 들이마시면서, 메그는 정제와 재생을 위한 고대 주문을 부드럽게 읊었다. 우아하고 율동적인 손놀림으로 과거의 실수와 후회를 씻어 내고, 가능성과 소생이라는 향기로운 비누를 몸에 발랐다.

일을 끝내고 나른하게 눈을 떴다. 마음이 진정되고 활기가 찼다. 하지만 도미니크가 아주 가까이 서서 은처럼 빛나는 눈동자로 자신을 바라보고 있음을 깨달았을 때 침착함은 사라졌다. 무겁고 어두운 남편의 망토가 촛불이 타고 있는 방 안에서 마치 칠흑 같은 밤의 한 조각처럼 보였다.

「나, 나는 당신이 여기에 있는 줄 몰랐어요. 그곳에서 얼마나 기다린 거죠?」

「천 년 동안.」

메그는 세차게 뛰는 심장을 진정시키기 위해 크게 숨을 들이마셨다. 남편의 낮고 거친 목소리에 경계하면서도, 메그는 에메랄드처럼 반짝이는 눈동자에 희망을 품고 쳐다보았다. 남편은 망토만큼이나 커다란 수건을 들고 있었다.

도미니크는 얼굴에 웃음을 띠고 달콤하게 휘파람을 불렀다. 메그가 송골매를 다룰 때와 똑같은 음조였다.

「작은 매여, 나에게 날아오시오.」

메그는 수줍게 웃으며 우아한 동작으로 머뭇머뭇 욕조에서 일어났다. 물

에서 해방된 황금 방울들이 자유의 노래를 부르는 동안, 몸에서 물방울들이
쏟아졌다.

물에 젖은 메그의 몸이 촛불에 반사되어 반짝였다. 도미니크는 들고 있
던 수건을 꽉 쥐었다. 욕실로 아내를 찾아오다니, 제정신이 아니었음이 분
명했다. 함께 매사냥을 가자고 말하러 왔는데, 그건 핑계에 불과했음이 적
나라하게 드러났다. 한시라도 빨리 아내를 보고 싶어서 온 것이었다. 변명
의 여지는 없었다.

황금 방울과 반짝이는 물방울만 걸친 메그는 무척 아름다웠다. 망토 아
래로 도미니크의 몸이 딱딱하게 굳으면서 이마에서 발끝까지 고통이 훑고
지나갔다. 교회와 법으로 인정받은 아내를 갖고 싶다는 열망에 참을 수가
없었다.

'빌어먹을, 난 이렇게 여자를 원한 적이 한번도 없어! 이 여자는 대체 언
제 월경을 치를까? 어쩌면 사이먼이 제안한 대로 마리에게 내 몸의 갈증을
풀어야 할지도 몰라.'

하지만 일시적인 욕구 해소를 위해 정부를 택하고 싶진 않았다. 지금 도
미니크에겐 잔인할 정도로 거세게 몰아닥친 성적인 허기를 벗어나는 일보
다 메그의 사랑이 더 필요했다. 다른 여자에게 눈길을 줬다는 사실을 메그
가 알게 되면, 사랑을 얻기 위한 지금까지의 노력은 허사로 돌아갈 게 분명
했다. 분노한 여자가 사랑을 할 수 있겠는가.

인내.

'하나님 앞에 맹세컨대, 참는 것이 이토록 어려웠던 적은 한번도 없어.
내게 뭐가 잘못된 걸까? 나는 여자 뒤나 졸졸 따라다니는 사춘기 소년도
아냐.'

「그토록 달콤한 휘파람을 불기에는 너무나 격한 표정이군요」

도미니크는 수건으로 메그를 감싼 다음 팔을 잡았다.

「그것 이상이오.」

너무 거친 목소리였으나, 메그의 벗은 몸을 보고 흥분한 근육질의 칼날
을 무디게 할 방법이 없었다. 돌아서서 밖으로 나가야 한다고 수없이 되뇌

고 있었지만, 몸이 뜻대로 움직이지 않았다.

천천히, 도미니크는 메그의 목과 어깨를 문지르기 시작했다.

「성에 무슨 일이 있나요?」

「아니. 단지 성의 영주에게 일이 생겼을 뿐이오.」

도미니크는 수건 끝을 잡고 옴폭 들어간 목 부근을 닦았다.

「무슨 일이요?」

「매사냥에 데려갈 생각에 들떠서 왔는데, 더 큰 흥분을 안고 떠나게 될까 걱정이오.」

「매사냥이라고요? 좋아요, 도미니크! 매사냥하러 가요! 에디스에게 옷을 가져오라고 하세요. 금방 준비할게요!」

황금 방울이 춤을 추며 신나게 딸랑거렸다.

도미니크는 생동감이 넘치는 메그의 얼굴을 보며 환하게 웃었다. 그러나 메그의 우아한 등에 손이 닿자 얼굴이 순식간에 굳었다. 수건이 두 사람 사이를 가로막고 있었지만, 매끄럽고 탄력 있는 피부는 그대로 느껴졌다. 본능은 아내의 몸을 생생하게 기억하고 있었다.

「아직 에디스가 필요하지 않소. 내가 당신을 돌봐 주겠소」

「하지만 에디스가 내게 옷을 입혀 주는 게 더 빠를 거예요.」

「당신은 매사냥을 간다니까 그렇게 들뜬 거요?」

「네. 아버지는 날 한번도 데려가지 않았어요. 난 그저 매를 훈련시키기만 했죠.」

멀리서 들려 오는 천둥 소리가 세상을 흔들었다. 메그는 걱정스런 시선으로 창문을 보았다. 푸른 하늘보다 흰 구름이 더 많이 보였다.

「서둘러야 해요. 폭풍우가 올 것 같아요.」

「아니, 이미 우리를 덮쳤소.」

도미니크의 손가락이 메그의 엉덩이를 맴돌다가 움켜잡았다. 메그는 전율하며 조그맣게 비명을 올렸다. 다리가 후들거렸다.

「그래서 당신에게는 같은 거요.」

「뭐, 뭐가요?」

「예전처럼 함께 누워서, 내 숨결로 숨을 쉬고, 내 체온을 나누고……. 그리고 당신은 내 뼛속으로 파고들고……. 메그, 당신은 내 안에서 불꽃이오.」

도미니크의 손이 움직이자, 뜨거운 열기가 메그의 몸을 관통했다. 메그는 타오르는 남편의 눈동자를 보며 그 말이 사실임을 깨달았다. 가장 순수한 모습으로 누워 있던 기나긴 밤, 열기는 메그를 불태웠다.

도미니크는 메그가 내뱉는 신음 소리가 즐거웠다.

「난 당신 안에서 불길이 되었소. 우린 함께 타오를 거요. 우리는…….」

「도미니크…….」

도미니크의 입술이 메그의 말을 가로막았다. 결투라도 벌이듯 정열적인 몸짓으로, 도미니크는 메그를 공략했다. 메그는 숨도 제대로 쉬지 못하고 남편에게 몸을 기댔다. 메그는 지금까지 도미니크가 주는 진정한 즐거움을 맛본 적이 없었다. 그러면서도 대항하지 못했다. 하지만 내부에서 격렬하게 타오르는 글렌드뤼드의 희망을 막을 수 없었다.

‘분명 사랑을 할 수 있어. 분명히…….’

잠시 후, 메그는 남편의 품에서 빠져 나오려고 안간힘을 썼다. 도미니크는 마지못해 고개를 들고 발그레한 메그의 뺨을 바라보았다. 숨소리가 빨라지고 근육이 단단해졌다.

「당신은 왜 날 상대로 싸우는 거요?」

「당신이 아니라, 이 수건이죠. 난 당신의 머리카락을 쓰다듬고 싶은데 마치 그물에 걸린 물고기처럼 꼼짝도 못하잖아요.」

봉긋하게 오른 메그의 가슴에 흥분하여, 도미니크는 자신이 수건으로 아내의 몸을 둘둘 말아 놓았다는 사실을 깨닫는 데 시간이 좀 걸렸다.

「날 블랙톰처럼 쓰다듬겠다는 거요? 머리부터 엉덩이, 등까지 쓰다듬겠다는 거요, 아니면 뺨으로 내 온몸을 문지르겠다는 거요?」

「그렇게 하는 걸 좋아해요?」

메그는 숨을 가쁘게 내쉬었다.

「물론. 매일 아침, 안뜰에서 고양이를 쓰다듬는 당신을 볼 때마다 나를 그렇게 어루만져 주었으면 좋겠다고 생각했소.」

천둥이 우르르 울렸다. 거센 바람은 비와 새싹과 방금 터진 꽃의 향기를 몰고 왔다.

메그는 폭풍우가 휘몰아치고 있음을 눈치채지 못했다. 활활 타오르는 도미니크의 눈동자가 메그를 집어삼켰다. 관능적인 목소리가 햇살처럼 메그 주위를 감쌌다.

도미니크가 아내를 사랑하든 안 하든, 지금 이 순간 그의 모든 신경이 아내에게 쏠려 있다는 사실에는 의심할 여지가 없었다.

지금 이 순간, 도미니크는 가문과 아들에 대한 집착을 떨쳐 버렸다. 메그가 그렇게 하도록 도와 주었다. 도미니크가 나방이고 자신은 불꽃인 듯, 메그는 밝게 타올랐다.

언젠가 도미니크는 메그에게 굴복하여, 오직 사랑만을 꿈꿀 날이 오리라.

「만족하세요?」

「지금까지 한번도 만족을 느껴 보지 못했소. 하지만 당신과 함께라면, 가능할 거요.」

도미니크의 손이 메그의 엉덩이에서 등으로 올라왔다. 엄지손가락을 수건에 걸고 천천히 아래로 끌어당겼다.

「당신은? 남자의 손길을 좋아하오?」

도미니크는 숨을 죽이고, 차츰 모습을 드러내는 메그의 가슴을 바라보았다.

메그는 대답할 수 없었다. 도미니크의 얼굴에 떠오른 표정은 사고와 언어를 앗아가 버렸다. 마치 그렇게 아름다운 건 처음 본다는 듯, 도미니크는 아내를 뚫어져라 보고 있었다. 눈동자 속에 든 강렬함이 메그를 애무했다.

부드럽고 뜨거운 감각의 파도가 메그의 몸을 휩쓸었고, 흑하고 들이마신 숨과 더불어 가슴이 단단해졌다.

「당신은 봄에 피어나는 어떤 꽃보다 아름답소.」

천둥이 우르르 울리고, 거세진 바람이 방으로 새어 들어 촛불을 뒤흔들었다. 메그는 차가움과 열기를 동시에 느끼며 몸을 떨었다.

「춥소?」

「네, 하지만 아니에요.」

메그는 자신의 대답이 우스워 쿡쿡 웃었다.

「나도 몰라요. 당신이 날 그렇게 보고 있을 때는 생각을 할 수 없어요.」

「내가 어떻게 보는데?」

「맛을 잘 모르는 터키 사탕을 보는 것처럼요.」

도미니크의 입술에 떠오른 관능적인 웃음을 보고 메그는 더 뜨겁게 달아올랐다.

「정말이오?」

「뭐, 뭐가요?」

「사탕.」

도미니크는 메그의 대답은 들을 생각도 않고 고개를 숙이더니, 고양이처럼 섬세하게 메그의 가슴을 맛보았다.

「도미니크……..」

「달콤하지만 질리지 않아.」

도미니크는 기분 좋은 고양이처럼 가르랑거리며 다시 고개를 숙였다.

「당신은 봄처럼 상큼한 맛이 나오.」

혀끝으로 가슴을 놀리며 감싸더니 천천히 입 안으로 빨아들였다.

열기가 솟구쳤다. 마치 들판에 누워 여름 태양의 애무를 받는 기분이었다. 도미니크의 손길이 주는 예상치 못했던 즐거움으로 인해 메그는 현기증이 났다. 억누르고 있던 쾌감이 몸 속에서 폭발하자, 목구멍 저 안에서 낮은 신음 소리가 새어 나왔다.

도미니크는 그 소리에 맨살에 채찍을 맞은 것처럼 움찔했다. 신경이 곤두서고 온몸이 뻣뻣하게 굳었다. 놀리듯 가벼운 애무가 강렬하게 변하면서 도미니크는 다급한 열정으로 메그의 가슴을 움켜쥐었다. 살을 파고드는 손톱과 지친 신음 소리는, 언제나 끄떡 않던 자제력을 뚫고 빠르게 타오르는 욕망에 기름을 부었다.

도미니크의 손이 메그의 등에서 허리로 내려갔다. 더 이상 참을 수 없었는지 이번엔 수건 아래로 손가락이 미끄러져 들어갔다. 긴 손가락이 엉덩이의 갈라진 부분으로 흘러갔다.

이제 멈추어야 했다. 도미니크는 엉덩이를 조심스럽게 움켜쥐었을 때 메그의 입에서 튀어나온 욕망의 비명을 듣는 데서 만족해야 함을 알았다.

세찬 피의 흐름이 느려질 때까지 행동을 자제하라고 자신에게 타이르면서도, 도미니크는 메그에게서 손을 떼지 못했다. 계속해서 예민한 부분을 놀려대며 메그가 발산하는 열기를 음미했다.

도미니크의 손이 다시 목덜미에서 엉덩이까지 등뼈를 타고 흘렀다. 하지만 이번에는 갈라진 엉덩이 틈새까지 파고들어, 메그에게서 놀라움이 섞인 비명 소리를 끌어냈다.

메그의 엉덩이에 걸쳐져 있던 수건이 바닥으로 떨어졌다. 도미니크의 입술이 예민한 가슴을 간지럽힐 때마다, 정열의 불꽃에 그을린 손가락이 뜨거운 몸을 어루만질 때마다, 방 안의 찬 공기는 메그의 몸에서 방출된 열기와 강렬하게 대조를 이루었다.

다음 순간 도미니크의 긴 손가락이 더 깊숙이 들어갔다. 불길의 소용돌이에 중심을 잃은 메그는 도미니크에게 매달렸다. 눈엔 아무것도 보이지 않았다.

「나의 영주님, 나에게 무슨 짓을 하신 건가요?」

메그가 속삭임에 도미니크는 마지못한 듯 가슴에서 입술을 뗐다.

「당신을 탐험하는 중이오.」

도미니크가 다시 한 번 손을 놀렸다.

「서 있을 수가 없어요.」

「그렇다면 날 붙잡으시오.」

「네.」

세차게 날뛰는 욕망이 온몸을 뒤흔들고 숨을 가쁘게 만들었으나, 도미니크는 행복하게 웃었다.

「당신의 섬세한 손톱이 느껴지는군.」

메그는 자신이 손이 아닌 손톱으로 매달려 있음을 뒤늦게 깨달았다.

「미안해요. 당신을 아프게 할 생각은 아니었어요.」

낮은 웃음소리와 근육의 떨림은 메그의 몸을 더욱 뜨겁게 했다.

「아프다고? 아니, 난 나와 함께 날고 싶어하는 당신의 허기를 느낄 뿐이오. 자, 작은 매여, 계속해요. 나를 향한 당신의 힘을 시험해요. 그리고 난……」

도미니크의 손이 엉덩이에서 부드러운 등으로 옮겨갔다. 흐릿한 회색 눈동자로 메그를 응시하며, 도미니크는 다시 가슴에서 배꼽까지 직선을 그었다.

「난 당신의 부드러움을 시험해 보겠소」

도미니크가 속삭였다.

손가락 끝이 정확하게 비밀의 숲을 헤치고 욕망 속으로 미끄러져 갔다.

「나를 위해 문을 여시오」

「무슨?」

「당신의 따스한 성을 나에게 넘기시오」

머리보다 몸이 그 말을 더욱 빨리 이해했다. 메그가 다리를 움직였다.

메그는 결혼식날 밤, 드레스 아래로 들어온 도미니크의 단단하고 따스한 손을 처음으로 느낀 다음부터 바로 이런 순간을 원했음을 알았다.

「좀더. 아직 완전히 열리지 않았어」

도미니크의 목소리가 거칠었다.

메그는 다시 다리를 움직이며 가쁜 숨을 몰아쉬었다. 다리 사이로 손이 파고들었다. 메그는 깜짝 놀라 눈을 떴다.

「난 이렇게 하지 말았어야 했어」

「무슨?」

「이것」

도미니크의 손가락이 움직였다. 메그는 비명을 질렀다. 머리가 빙그르르 도는 것 같았다.

「날 꼭 잡아. 당신에서 향기가 나」

도미니크가 숨을 몰아쉬었다.

「목욕을 해서……」

「아니, 메그, 정열의 향이야. 이보다 달콤한 향수는 없지.」

「도미니크, 더 이상 서 있을 수가 없어요.」

아무 말 없이, 도미니크는 메그를 들어 탁자 위에 올려놓았다. 메그와 그 앞에 선 남자의 열기로 차갑고 매끄러운 나무가 따뜻하게 데워졌다. 도미니크는 바지를 벗고 입고 있던 망토로 두 사람의 몸을 감쌌다. 그러고는 메그의 다리를 끌어당겼다.

「다리로 내 허리를 감아.」

목소리는 거칠고 다급했다.

「그래, 바로 그거야. 이제 가까이 와, 더 가까이. 더, 그래, 좀더…….」

자신의 다리 사이에 닿은 것이 손이 아니라는 사실을 깨달은 메그는 숨을 가쁘게 몰아쉬었다. 가장 부드러운 부분에 매끄럽고 단단한 무엇이 파고들었다. 도미니크의 팔을 꽉 잡았다.

「도미니크?」

「날 잡아. 우리는 함께 날아오를 거야.」

도미니크가 무섭게 몸을 떨었다.

그때였다. 에디스의 목소리가 복도에서 크게 울렸다.

「악마가 당신을 잡아갈 거예요. 그리고 기분 나쁘면 아가씨한테 다 이를 거예요. 꼭 그렇게 할 거라고요!」

커튼이 획 젖혀지고 하녀가 욕실로 들어왔다.

「요리사가……, 오!」

망토가 두 사람의 몸을 감싸고 있었지만, 에디스는 자신이 무엇을 방해했는지 모를 리 없었다. 그런 상황만 아니었다면, 도미니크는 하녀의 얼굴에 떠오른 충격에 재미있어했으리라.

「죄송합니다, 도미니크 영주님, 아가씨.」

에디스는 황급히 물러났다.

도미니크는 하녀의 뒷모습에 대고 터키말로 욕설을 퍼부었고, 메그는 남편의 품에서 빠져 나오려고 몸부림을 쳤다. 도미니크는 마지막 욕설을 뱉으며 메그를 놓아주었다.

「잘 된 거요. 이렇게 할 생각은 아니었으니까.」
무서운 천둥 소리가 성을 뒤흔들더니 폭우가 쏟아졌다.
다행히 빗소리가 도미니크의 말을 삼켜 버렸다. 그 말은 숙녀에게 할 말
이 아니었으니까.

21

차가운 바람과 비에 이어 가랑비가 내렸다. 그것은 거칠게 몰아치는 또 다른 폭풍우를 예고했다.

이틀이 지나서야 태양이 다시 나타났다.

스스로 잘 안다고 생각했던 육체가 전혀 알지 못하는 무언가로 바뀐 것 같다는 생각에 메그는 날씨만큼이나 안절부절못했다. 멀리서 도미니크의 목소리만 들어도 심장이 쿵쾅거렸다. 방 안으로 성큼 들어서는 남편을 보면 숨소리가 가빠졌다. 손이 조금만 닿아도 오싹해졌다. 욕실에서 어떤 일이 벌어졌는지 생각하면, 몸 속으로 뜨거운 열기가 깊게 파고들었다.

그날 메그가 얻은 단 하나의 수확은 도미니크가 무감동한 사내는 아니라는 사실이었다. 끔찍하리만큼 대단한 자신의 통제력을 더 이상 못 믿지 않을까 의심스러웠다.

‘아직 월경을 하지 않았소?’

‘네.’

‘그때가 되면 나에게 말해 주시오, 작은 매여. 우린 함께 날아갈 거요. 하지만 그 전에는 안 돼.’

메그는 화가 났다. 덩컨의 사생아를 가지고 있을지도 모른다는 생각을 할 정도로 자신을 불신한다는 뜻이 아닌가. 자신의 웃음과 동료애, 따스함과 재치, 침묵과 희망이 아닌, 단지 자궁 속에 들어 있는 것만 원한다는 사실이 정말 참기 힘들었다. 자신은 미래의 상속자보다 남편과 더 많은 것을 나눌 수 있었다.

하지만 도미니크를 유혹해서 자제심을 무너뜨린다고 해도, 그렇게 해서 갖게 된 아이의 혈통을 의심할 게 아닌가.

도미니크는 자신을 사랑하지 않았다.

소문도 ─ 가혹한 노르만인 영주에 의해 헤어지게 된 가련한 연인들의 애틋한 속삭임 ─ 도미니크를 부추겼다. 메그가 만나는 사람마다 얼마나 열심히 덩컨과의 밀회를 부정하든, 얼마나 노르만 남편을 칭찬하든 상관없이 소문은 끊이질 않았다.

메그는 도미니크가 그런 유언비어를 듣지 못하게 해달라고 기도했으나 소용없는 짓임을 알았다. 블랙소른 성 주변에서 일어나는 일 중에 도미니크 손아귀에 벗어나는 일은 거의 없었다.

대청소를 끝낸 성안은 반들반들했다. 층마다 등심초와 약초 향기로 가득했다. 동방에서 가져온 향신료들이 부엌 주변을 감돌면서 겨울 냄새를 없애 주었다.

그러나 사람들을 매혹시키는 건 보물상자에 든 보석이었다. 메그가 황금 방울을 울리거나 머리카락 위에 보석을 빛내며 나타날 때면 사람들은 하던 일을 멈추고 쳐다보았다.

기쁘면서도 당황한 마음으로, 메그는 며칠 전에 도미니크에게 받은 선물을 바라보았다. 금과 에메랄드로 만든 정교한 핀이었다. 모양이 바람을 가르는 매를 연상시켰는데, 크기는 메그 손보다 더 큰데다 아름다운 에메랄드가 셀 수 없이 많이 박혀 있었다. 그것은 값비싼 금실로 꽃 문양을 수놓은 진홍색 울 망토를 고정시키는 데 사용했다. 그 안에는 작은 황금 방울들이 달려 있어서, 걷거나 돌아서거나 앉을 때면 섬세한 음악이 뒤를 이었다.

에메랄드 눈동자와 황금 젓갖을 단 작은 매.

'이것을 달고 나를, 이 땅을 치유할 생각만 하시오. 그리고 아들에 대한 생각을⋯⋯.'

「아가씨? 어디 계세요?」

메그는 깜짝 놀라 몸을 획 돌렸다. 방울들이 떨면서 갑자기 움직였음을 알렸다.

「예배실.」

메그는 심드렁하게 외치곤, 에디스가 모퉁이 탑의 삼층에 있는 작은 방으로 들어올 때쯤 자리에서 일어났다.

「무슨 일이지?」

「영주님께서 사냥을 가고 싶어하시는지 알고 싶답니다.」

「물론이지, 언제?」

「오찬 후에요.」

메그는 예배실 안으로 비스듬히 들어오는 햇살의 각도를 재어 보았다. 옷을 바꿔 입을 시간이 그리 많지 않았다.

「그럼 서두르자.」

메그는 황금 음악을 울리면서 자신의 방을 향해 황급히 계단을 올랐고, 그 뒤로 툴툴대는 에디스가 따라갔다. 그러나 불평을 하든 안 하든 간에, 하녀의 손가락은 재빨랐다. 종이 울리기 전, 메그는 커다란 홀에 앉아 있었다. 메그를 둘러싼 기사들의 의자 뒤 벽을 따라 놓인 횃대에는 각자 기르는 매들이 앉았지만, 도미니크의 의자 뒤에 있는 횃대는 비어 있었다.

「영주님은 송골매를 탁자에 데려오지 않으시려나 봐요?」

메그는 도미니크가 앉을 빈 의자 왼쪽에 앉은 사이먼에게 물었다.

「아뇨. 젓갖을 바꾸어야 한다나요. 곧 매를 데리고 오실 겁니다.」

「얌전해요?」

「네. 파티마는 주인의 손목에 자신 있게 내려앉죠. 단연 송골매의 여왕이라 할 수 있죠. 여름이 끝날 무렵이 되면 우리들 접시 위에 살진 오리들을 많이 올려놓게 해줄 겁니다.」

탁자 아래에서, 으르렁거리는 소리에 이어 깨갱거림이 들려 왔다.

「바론, 리퍼를 괴롭히지 마라!」

메그는 시선을 돌리지 않은 채 맑고 똑똑한 목소리로 말했다.

사냥개의 머리가 메그의 허벅지 옆에서 불쑥 나타났다. 바론이 애처러운 시선으로 메그를 바라보았다. 메그는 바론의 귀를 쓰다듬었다.

사이먼이 그 모습을 지켜보았다.

「만약 내가 바론에게 가만있으라고 말했다면 아마 내 손을 물었을 겁니다.」

「바론이? 아니에요. 사냥에 나서지 않을 때는 아주 얌전해요.」

사이먼은 웃으면서 손을 내저을 뿐이었다.

메그는 남편이 가까이 왔음을 직감적으로 알아차렸다. 사이먼에게서 시선을 돌려 홀 입구를 보았다. 잠시 후 도미니크가 나타났다.

햇볕이 쨍쨍 내리쬐는 날인데도 도미니크는 무거운 검은 망토 차림이었다. 손목에는 커다란 송골매가 앉아 있었다. 회색과 크림색이 섞인 파티마의 깃털이 햇살을 가르고 들어서는 도미니크의 팔 위에서 마치 강철과 진주처럼 빛을 발했다.

송골매는 자신이 귀족 신분임을 알고 있는 듯, 자신감 넘치는 용맹이 몸의 모든 곡선에서 배어 나왔다. 깨끗하고 꿰뚫는 듯 매서운 검은 시선은 거대한 홀의 혼란을 일제히 소멸시켰다. 끈기를 자랑하는 최고의 약탈자는 침묵 속에서 사냥의 신호만을 기다리는 중이었다.

기사들 사이에 찬탄과 부러움의 목소리가 퍼졌다. 도미니크는 손목에 얌전히 앉은 송골매와 함께 걸어들어 왔다. 대부분의 매들은 ― 오랫동안 훈련을 받은 매라도 ― 눈가리개를 한 채 횃대 위에 앉았으나, 도미니크의 매는 달랐다. 삶과 죽음에 통달한 듯, 차분한 눈동자를 지녔다. 다리에 채워진 것 갖에는 에메랄드가 박힌 황금 벨이 달려 있었다.

「우와, 정말 아름답군.」

사이먼의 감탄에 기분이 좋았는지, 도미니크는 만족한 웃음을 지으며 의자 뒤에 마련된 횃대 옆으로 손목을 갖다 댔다. 매는 조용히 횃대 위로 옮겨갔다. 그런 다음 고개를 이리저리 돌리며 약탈을 할 만한 것은 없는지 연회장을 살펴보았다.

「홀 안으로 멋모르고 들어올 쥐가 불쌍하군요.」

「아니. 파티마는 그런 것에는 눈 하나 깜짝 안 해.」

도미니크가 사이먼의 걱정을 일축해 버렸다.

「하루나 이틀 정도 먹이를 주지 말아 보세요. 블랙톰이 부끄러워할 정도로 날쌔게 쥐를 잡을 테니까요.」

도미니크는 빈정대는 아내를 곁눈질했다. 욕실에서의 일 이후, 아내와 단둘이 있지 않으려고 주의를 기울였다. 하지만 떨어져 지내는 일은 쉽지 않았다. 그때의 기억들이 자꾸 떠올랐다.

속으로 욕설을 퍼부으며, 도미니크는 골치 아픈 생각들을 떨쳐 버리려 애썼다. 아내를 손대기 전에 임신 중이 아니라는 사실을 확인해야 했다. 다시 그런 일이 벌어진다면, 그때도 참을 수 있다고 장담할 수 없었다.

「당신은 아름답소, 언제나 그랬지만.」

도미니크는 아내의 손에 키스를 했다. 입술이 닿자, 메그는 갑자기 맥박이 빨라졌다.

'왜 아직 월경을 하지 않는 걸까?'

「진짜 아름다운 건 보석과 망토겠죠, 내가 아니라.」

「당신이오.」

메그는 더 이상 말을 하지 않았지만, 도미니크는 아내가 자신의 말을 믿지 않음을 눈치챘다. 참을성이 바닥났다는 듯, 자리에 앉을 때 망토 자락이 펄럭거렸다.

「덩컨은 분명 불쌍한 연인이었을 거요.」

도미니크는 사이먼과 아내 사이에 앉아 작은 목소리로 중얼거렸다.

메그는 자신의 귀를 의심했다.

「무슨 말씀을 하셨죠?」

「덩컨이 불쌍한 연인이었을 거라고 말했소.」

도미니크가 친절하게도 다시 말했다.

깜짝 놀라 목이 꽉 막힌 사이먼이 조심스럽게 형의 기색을 살폈다.

메그는 충격을 받았다.

「무슨 뜻이죠?」

「덩컨은 당신의 아름다움에 대해 언급한 적이 없었음이 분명하오. 그러니 그 사생아놈은 불쌍한 연인인 거요.」

「정말 기가 막힌 이야기이군요. 난 아름답지 않을 뿐더러, 덩컨은 내 애인이 아니었어요!」

남편의 말도 안 되는 추측에 메그는 화가 났다.

도미니크는 물방울과 열정으로 반짝이던, 숨결마다 황금 방울이 부드럽게 딸랑거리던 메그의 몸을 떠올렸다. 몰려든 피가 딱딱한 살 속으로 파고들면서 웃음과 저주를 동시에 퍼부었다.

「당신 말은 틀렸소. 나는 당신처럼 아름다운 여자는 한번도 본 적이 없소.」

관능의 불꽃이 튀는 눈동자와 목소리에 깃든 욕망이 도미니크 역시 욕실에서의 일을 기억하고 있다고 말해 주었다.

「덩컨은 나의 아름다움을 한 번도 본 적이 없어요. 당신만큼 말이죠.」

순간 도미니크는 자신이 보았던 아내의 아름다움을 떠올렸고, 그 모습을 지우려고 안간힘을 썼다.

일부러 아내에게서 시선을 떼고 음식을 내오라는 신호를 보낸 도미니크는 다시 아내를 보았다. 이성이 - 제멋대로 구는 몸이 아닌 - 다시 한 번 자제력을 발휘했다.

「다른 사람들은 그렇게 말하지 않소. 당신의 애인이 북쪽 숲에서 기다린다는 소문이 날이 갈수록 번져 가고 있소.」

「나는 사람들의 혀까지 통제할 힘이 없어요.」

메그는 차가운 남편의 표정을 보며 긴장된 목소리로 말했다.

도미니크는 어깨를 으쓱하며 맥주컵으로 손을 뻗었다.

「소문이 계속되는 한, 그건 문제가 되는 거요.」

「나의 명예를 믿기가 그리도 어려운가요?」

맥주컵을 들던 도미니크의 손이 멈췄다.

「명예란 가지각색으로 나타난다오. 예루살렘에서, 하나님의 명예는 터키인들에게 죽음을 명했소. 터키에선 이단자의 죽음을 뜻하오. 영국에서 명예란 왕에 대한 충성을 요구하오. 북쪽 국경에서 명예는, 영국의 왕에 맞서는 용기를 말하고 있소. 난 당신이 의술을 살인에 사용하지 않는다는 점 이외에 글렌드뤼드의 명예가 무엇을 뜻하는지 알지 못하오.」

「치료를 뜻하죠. 하지만 내 정절을 믿지 못하는 당신의 의심은 치료할 수 없어요.」

「나에겐 아니오, 하지만 덩컨은? 아, 그건 다른 문제요.」

도미니크는 메그의 입을 막으려는 듯 갑자기 말을 이었다.

「그런 말로 날 공격하지 마시오. 말은 문제가 아니오, 단지 행동이 문제가 될 뿐이오.」

「정말인가요? 그렇다면 어째서 당신에게 소문이 문제가 되는 건가요? 그건 단지 '말'이에요.」

「행동을 묘사하는…….」

「그런 일은 절대 없었어요.」

메그가 쏘아붙였다.

「당신의 주장이 사실이길 희망하오. 그러나 희망 역시 그저 '말'일 뿐이오.」

생선요리가 도착해 대화는 중단되었다. 도미니크는 입을 꽉 다문 채 데친 장어와 그것으로 만든 맑은 수프를 자신의 접시에 덜어 놓았다. 구운 비둘기 요리가 나왔을 때도 침묵은 계속되었다. 마른 비둘기였으나, 꼬챙이에 구워 갈색으로 구워진 모양이나 향내는 상당히 괜찮은 편이었다.

메그는 도미니크가 한 번이라도 스스로 억제하는 끈을 풀어 본 적이 있는지 혹은 정말로 냉정한 사람은 아닌지 궁금해졌다. 하지만 욕실에서의 일이 떠올랐다. 정열을 간직한 사내가 분명했다.

열기가 전신으로 퍼졌다. 메그는 도미니크가 지핀 격렬한 불길이 식기를 바라며 맥주를 벌컥벌컥 들이마셨다.

곁에서, 도미니크는 컵을 내려놓고 동생을 보았다.

「새로운 소식은?」

「똑같아요. 리버스족은 늑대 떼처럼 우리 영지 부근을 배회합니다. 우리가 다가가면 사라져 버리고, 돌아서면 다시 나타나죠.」

사이먼의 목소리는 작았으나, 메그는 떠들썩한 식탁의 소음 속에서도 그 말을 확실히 들었다. 심장이 굳고 목구멍이 조여드는 기분이었다. 아직 꿈을 꾸는 듯, 식은땀이 흘렀다.

「빌어먹을. 덩컨은 아무것도 얻지 못하고 개죽음을 당할걸. 그 정도는 스스로 안다고 생각했는데……」

「덩컨은 사생아죠. 영토를 차지하기 위해서라면 무엇이든 할 겁니다. 분명히 성안에 스파이가 있어요. 형의 기사들이 아직 도착하지 않았다는 사실도 알기 때문에, 그렇게 대담하게 구는 거예요.」

「그래. 스벤이 남쪽에서 가져온 소식은?」

도미니크의 표정은 험악했다.

「형의 기사들과 물건들이 도착하려면 열흘 이상 걸린답니다. 폭풍우가 심하게 몰아친대요.」

「빌어먹을. 만약 그 사실을 알았다면 결혼식을 연기했을 거야.」

「과연 그럴까요. 덩컨에 대한 이야기를 듣고, 형은 뒤따라오는 병사들은 생각도 않고 전속력으로 달려왔잖아요.」

사이먼은 키득거렸다.

도미니크가 미처 대답하기도 전에 구운 돼지를 담은 커다란 접시가 앞에 놓였다. 겨울 동안 비쩍 마른 늙은 수퇘지였지만, 부엌에서 아주 훌륭한 요리로 만들어 놓았다.

「사냥이 성공적이면 좋겠군. 만약 요리사가 이 말라 비틀어진 수퇘지를 가지고 이렇게 맛있는 음식을 만들었다면, 통통한 사슴으로는 어떤 음식을 만들어 낼지 기대가 되는데……」

「그만 하세요. 침이 질질 나오겠어요.」

사이먼의 말에 동의하듯, 사냥개들이 탁자 밑에서 깨갱거렸다.

「조용, 그 정도면 충분해!」

개들은 몇 번 더 깨갱거리고 가볍게 으르렁대더니 곧 잠잠해졌다.

도미니크는 허리춤에 찬 단도를 꺼내 자신과 메그가 먹을 고기를 잘라 냈다. 뜨거운 비가 고인 것처럼 맛 좋은 즙이 접시 위로 흘렀다. 무화과와 양파, 로즈메리 잎으로 채워 넣은 속이 나왔다.

뜨거운 빵과 야채가 나왔다. 도미니크는 아내를 흘깃 보았다. 메그는 웃으며 야채를 고기 옆에 덜어 놓고 맛있게 먹었다.

탁자 아래에서 부드러운 칭얼거림이 들려 왔다.

메그는 못 들은 척했다. 소금을 집어 들기 위해 도미니크가 손을 뻗자, 다리가 메그에게 닿았다. 옷이 사이에 끼여 있었지만, 체온이 그대로 전달 되었다. 메그의 손이 떨리면서 고깃덩어리가 바닥으로 떨어졌다.

개들이 갑자기 다리 주변에서 법석을 떨었다. 남편의 온기 때문에 정신 을 차리지 못했던 메그는 갑작스런 개들의 움직임에 깜짝 놀랐다. 얼른 뒤 로 몸을 잡아 빼는 바람에 의자가 기우뚱했다.

도미니크가 날쌔게 움직였다. 한 손으로 메그의 의자를 바로잡고, 다른 손으론 리퍼의 목덜미를 잡아끌었다. 불운한 개의 머리 위로 욕설이 쏟아졌 다. 메그를 겁나게 한 죄로 리퍼는 호된 고통을 감수해야 했다. 사냥개는 풀려나자마자 다른 사람의 발 밑으로 숨어 버렸다.

「물렸소?」

도미니크가 걱정스러운 표정을 지었다.

「아뇨, 단지 놀랐을 뿐이에요. 다른 생각을 하고 있었어요. 리퍼는 평소 에 사람을 물지 않았잖아요. 수컷의 음식을 빼앗는 대담한 짓도 않고요. 근 데 너무 심했어요.」

「암내를 풍기는 시기요. 리퍼는 모든 수캐들을 시험할 거요.」

「그런 다음 도망가겠죠.」

사이먼이 끼여들었다.

「암캐들이 그날을 안다니 정말 근사하군요.」

도미니크는 메그에게 몸을 기울였다.

「그런 생각은 하지 마시오, 사람들은 개보다 더 현명하다오.」

「굉장한 생각이군요. 우린 모두 혀가 긴 사냥개의 지능이 얼마인지 잘 알죠.」

「어떤 여자들보다는 암캐가 더 현명하다오.」

「어떻게요?」

「그날이 되면, 암캐는 자신이 수캐에 대해 어떻게 해야 하는지 잘 알고 있으니까 말이오.」

메그는 그게 무슨 뜻인지 묻지 않았다. 얼굴이 달아올랐다.

도미니크는 다 안다는 듯 빙그레 웃었다. 그러고는 아내에게 바싹 몸을 기울였다.

「아직 월경을 치르지 않은 거요?」

메그의 뺨이 더욱 붉어졌다.

「얼마나 됐소?」

한마디 말없이, 메그는 고개를 숙이고 구운 돼지고기를 먹었다. 도미니크의 흐릿한 눈길은 여전히 아내에게 향해 있었다.

「만약 우리 단둘이 있다면, 당신은 내 손에서 음식을 받아먹을 테고, 나는…….」

고개를 든 메그는 도미니크의 눈동자에서 타오르는 유혹의 불길을 보았다. 만약 단둘이 있었다면 무슨 일이 벌어질지 짐작할 수 있었다.

갑자기 도미니크가 벌떡 일어났다.

「사냥하러 갈 시간이오.」

네 명의 기사, 다섯 명의 시종, 사냥개 한 무리, 개 조련사, 메그가 사냥터로 나갔다. 오직 메그의 존재만이 전투가 아닌 사냥을 가는 길이라는 짐작을 가능케 했다. 도미니크와 부하들은 갑옷과 칼, 투구 차림을 했다. 게다가 군마 옆에는 창을 든 시종이 따라왔다.

사냥을 위해선 특이한 차림이었지만, 리버스족이 둥지를 튼 장소로 무장을 하지 않고 간다는 건 말도 안 되는 소리였다.

사냥하러 가는 사람들 앞쪽, 유별나게 깨끗한 하늘 쪽으로 험한 산이 가파르게 솟구쳤다. 도미니크가 여행을 하면서 보아 왔던 산만큼 큰 산은 아니었지만, 언덕이라고 불릴 정도로 작지도 않았다. 산은 희미하게 반짝이는 봄의 녹색 망토로 덮여 있었다. 기다란 모양의 험한 땅은 그 끝이 가려져 보이지 않았는데, 작은 냇물이 블랙소른 강의 상류로 흘러들었다. 길잡이 역할을 하는 강을 따라가면서 사이먼은 메그의 발자국을 따라가면서 보았던 커다란 수사슴의 자취가 있는 곳으로 건너갈 지름길을 발견하게 되길 바랐다.

외부와 차단된 산허리에서, 나무들은 튼튼한 땅에 뿌리를 내리고 하늘을 향해 셀 수 없는 가지들을 뻗어 올렸다. 가지에 난 녹색 이파리들은 꽃봉오리들이 곧 나온다고 속삭였다. 야생화는 노랑과 파랑, 보라, 금색의 화려한 색깔로 피어나서, 참나무와 자작나무, 오리나무 잎들이 녹색 천개를 만들기 전에 서둘러 햇살을 탐욕스럽게 빨아들였다. 나뭇잎이 완전히 자라면 땅으로 내려오는 빛은 얼마 되지 않았다. 그렇게 되면 이끼들이 번성하고 양치류들은 자신들의 녹색 날개를 활짝 펴리라.

완전무장한 기사들이 옆에 있었지만, 메그는 나이 든 작은 여성용 말에 올라타고 말타기를 즐겼다. 귀여운 방울 소리가 음악처럼 생동감을 안겨 주었다.

머리 위에선 독수리가 먹이를 찾아다녔다. 그 날카로운 외침은 자유를 찬양하는 노래처럼 들렸다. 메그는 손으로 햇살을 가리면서 독수리를 올려다보았다. 항상 그랬지만, 메그는 햇살의 아름다움 속으로 치솟는 기분이 어떨지 알고 싶었다.

「사이먼? 네가 수사슴의 발자국을 보았다는 곳이 여기냐?」

도미니크가 말고삐를 당겼다.

사이먼은 그 지점이 물줄기가 황야에서 블랙소른 강으로 떨어지는 곳이라고 생각했다. 나무가 자라기에는 너무 물기가 많은 그곳은 작은 웅덩이들이 모인 소택지였다. 작은 개울은 마른 풀 사이를 굽이쳐 흘러 서로 만났는데, 시간에 따라 은색이나 푸른색 혹은 검정색을 띠었다.

「그런 것 같아요. 나는 바로 저기에서 다가갔어요. 이교도들의 장소는 저기 서쪽입니다.」

사이먼은, 형이 컴브릴랜드의 존의 상속자인 외동딸과 함께 차지한 여섯 개 장원 중 가장 북쪽에 위치한 칼리슬로 향하는 길을 가리켰다. 다른 쪽은 늪지대로, 경사가 가팔랐다. 산등성이에는 지난 폭풍우 때 내린 눈이 아직 남아 있었다. 울퉁불퉁한 바위에 덮여 반짝이는 하얀 왕관들은 여름이 찾아올 때까지 녹지 않을 것이다.

「메그, 여기에서 산을 통과해 저쪽 골짜기로 가는 길이 있소?」

메그는 습지 너머 언덕진 황야를 가로지르는 계곡을 보았다. 여름이면, 골짜기는 녹색 숲과 풀이 가득한 양지바른 빈터로 탈바꿈했다. 하지만 그 순간엔, 창백한 몸통과 어두운 가지를 가진 유령의 숲이 매년 반복되는 태양을 향한 경주 속에서 녹색으로 변하고 있었고, 냇물은 지난여름에 자랐던 시든 풀과 새로 피는 새싹들 사이로 반짝이며 흘러갔다.

메그가 손으로 가리켰다.

「길은 왼쪽에서 끊겨요. 처음엔 좀 험해요. 하지만 언덕진 황야를 통과하면 그 다음 길은 쉽죠.」

도미니크는 주위를 둘러보며 황야와 골짜기, 숲과 빈터, 습지가 어디에 위치하는지 기억해 두었다. 그러고는 고개를 끄덕이는 사냥개 조련사를 흘끔 보았다. 사냥개들 역시 사냥을 하고 싶어 몸이 근지러운 것 같았다. 노르망디를 떠난 이래로 할 일이 거의 없었으니 그럴 만했다.

도미니크는 개 조련사에게 앞으로 나오라는 신호를 보냈다. 늪을 통과하는 길을 지시하자, 조련사는 나팔을 짧게 불어 개들을 불러모았다.

「먼저 가라.」

사이먼은 놀랐지만, 아무 말도 않고 말을 몰았다. 기사들이 앞으로 나와 사이먼 뒤를 따랐다. 도미니크는 메그의 말 뒤쪽으로 갔다.

메그는 몸을 돌려 의문이 담긴 시선을 보냈다.

「난 당신이 마구 달리는 군마에 밟히길 원치 않소. 당신이 원해서 데려오긴 했어도 이런 곳에서 사냥을 하려면 말 타는 연습을 더 해야 하오.」

「당신은요? 뒤에 처져 있으면 좋은 구경거리를 놓칠 거예요.」

「사냥할 시간은 또 있소.」

「난 항상 여자용 승용마를 탈 거예요.」

「아, 하지만 지금 그 말을 타지 않을 거요. 내 기사들이 도착하면 당신의 머리카락만큼 붉은 털을 지닌 사라센 말을 타게 될 거요.」

「정말인가요?」

메그가 흥분해서 외쳤다.

「물론. 그리고 크루세이더도 훌륭한 망아지를 낳게 될 거요.」

「또 그런 이야기. 당신은 그 생각밖에 없으세요?」

들었는지 몰라도 도미니크는 아무런 대답도 하지 않았다.

메그의 말처럼 길은 험했다. 조심스럽게 장애물을 피하며 앞으로 나아가던 메그의 말은, 다른 군마보다 3백여 미터나 뒤쳐진 곳에서 가쁘게 숨을 몰아쉬었다. 군마들은 무거운 짐을 싣더라도 끄떡없었다. 도미니크는 기사를 대하듯 세심하게 군마를 돌보았다.

메그의 말이 마침내 늪지를 벗어나자, 도미니크는 말을 옆으로 대고 시종들에게 손을 흔들었다. 기사들은 풀밭을 통과하고, 개울을 따라 숲 속으로 들어갔다. 비록 잎은 나지 않았으나, 나무와 덤불들은 기사들의 모습을 흔적도 남기지 않고 덮어 버렸다.

사냥 나팔 소리가 메아리칠 때쯤, 메그와 도미니크는 이미 천 미터나 뒤쳐진 상태였다. 두 사람은 멈춰서 귀를 기울였다. 나팔 소리가 연거푸 울리면서 추격전의 상황을 알려 주었다.

「그들이 옆 개울로 돌아 올라가요.」

메그가 귀를 기울인 채 말했다.

나팔 소리가 다시 급하게 울렸다.

「수사슴이 보였어!」

숨을 죽인 채, 두 사람은 멀어져 가는 나팔 소리에 귀를 기울였다. 사냥개들은 언덕과 골짜기를 통과할 때까지 수사슴을 쫓아갔다. 도미니크가 옳았다. 길은 위험 천만했고, 메그의 말은 제대로 달리지 못했다.

아무런 예고도 없이, 얼음같이 차가운 불안감이 메그의 등뼈를 타고 흘렸다. 메그는 도망칠 길을 찾는 사람처럼 재빨리 주위를 둘러보았다.

「무슨 일이오?」

「나도 모르겠어요. 갑자기 내가 수사슴이 된 기분이에요. 사냥을 당할 것 같은 느낌이 들어요.」

「사냥감이 눈에 보일 때 자주 그런 느낌이 드는 거요?」

도미니크가 호기심을 보였다.

「전에는 한번도……」

메그의 목소리가 마치 칼로 베인 듯 뚝 끊어졌다.

나팔 소리는 동쪽에서, 도미니크와 메그 그리고 수사슴을 쫓는 기사들 사이에서 울렸다. 하지만 그 소리는 사냥개 조련사의 나팔 소리가 아니었다.

「저 소리가 무슨 뜻인 줄 알겠소?」

도미니크가 잔뜩 긴장한 얼굴로 메그를 돌아봤다.

「이럴 수가. 그 사람은 그럴 리 없는데……」

「누구?」

「덩컨이요. 이건 리버스족의 전쟁 나팔 소리예요.」

나팔 소리가 다시 울렸다. 이번에는 좀더 가까운 곳이었다. 리버스족은 기사들이 아니라, 훨씬 뒤에 쳐진 두 사람을 추격하는 게 분명했다.

「맙소사, 한 사람이 여러 사람과 대항할 만한 지형을 가진 곳이 있소?」

도미니크가 씩씩거렸다.

「아무도 들어갈 수 없는 곳이 있죠」

「그리로 갑시다!」

「이쪽이에요. 하지만 내 말은 갈 수가……」

말을 끝내기도 전에 도미니크는 메그를 낚아채 자신 앞에 앉히고는 박차를 가했다.

그 뒤로 함성이 크게 울렸다.

22

커다란 참나무에서 뻗어 나온 가지가 안장에서 휩쓸어 버릴 듯 위협을 가하는 동안, 메그는 말의 목덜미 오른편으로 아슬아슬하게 몸을 웅크렸다. 뒤에 앉은 도미니크는 왼편으로 고개를 숙였다. 갑옷이 나무껍질을 스치고 지나갔다.

고함 소리가 뒤에서 계속 들려 왔다. 만약 리버스족이라면 그들은 언덕 위로 미친 듯이 올라오는 중일 것이었다.

동물 울음소리가 들렸다. 깊고 유연한 그 소리, 그것은 늑대를 조상으로 둔 동물의 소리였다.

「개를 풀었나 봐요!」

메그는 소리를 지르며 뒤를 돌아다보려고 애를 썼다.

「균형을 잃을 수 있으니 뒤돌아보지 마시오」

메그는 말없이 말 목덜미에 얼굴을 묻고 손가락이 아프도록 고삐를 꽉 움켜쥐었다. 크루세이더처럼 크고 힘센 말을 타고 빨리 달리는 데 익숙지 않기 때문에, 허리를 잡고 있는 도미니크의 튼튼한 팔이 아니었다면, 메그는 아마 말에서 떨어졌을 것이다.

메그의 거친 숨소리는 천둥 같은 크루세이더의 말굽 소리와 다급히 울리는 황금 방울 소리에 섞여 들리지 않았다. 검은 갈기가 메그의 얼굴을 후려쳤다. 암석이 많은 언덕을 뛰어넘는 종마의 맹렬한 뜀박질 때문에 일어난 바람은 메그의 눈물을 날려 버렸다.

숲이 다시 좁아지더니 추적자들로부터 두 사람의 모습을 숨겨 주었다. 언덕 너머로 수백 미터에 걸쳐 있는 육중한 참나무 숲이 보였다. 너무 빽빽해서 말을 타고 통과하기가 불가능할 정도였다. 게다가 크루세이더는 더 이상 앞으로 나아가려 들지 않았다.

「빌어먹을! 무엇 때문에 그러는 거야, 크루세이더?」

아무리 박차를 가해도, 크루세이더는 귀를 납작하게 눕힌 채 뒷걸음질만 쳤다.

「내려요! 빨리!」

메그는 황금 방울을 딸랑거리며 미끄러져 내려왔다.

도미니크는 훌쩍 뛰어내려, 전쟁터에서처럼 손에 칼을 쥐고서 금방이라도 싸움을 벌일 자세를 취했다.

메그는 머리에 둘렀던 천을 벗어 내밀었다.

「크루세이더의 눈을 가려요. 그런 다음 날 따라오세요. 만약 말이 다시 뒷걸음질치면 놓아 두고 그냥 가야 해요. 리버스족이 바로 우릴 쫓아올 거예요. 빨리요!」

도미니크는 천으로 크루세이더의 눈을 가리고 고삐를 잡아당겼다. 거센 콧김을 내뿜으며 공포 속에서 뒷걸음질치려 드는 말은 매달린 추처럼 이리저리 흔들렸다. 참나무 숲만 아니면 어디든 가겠다는 말 같았다.

「서둘러요! 개가 보여요!」

메그가 앞에서 재촉했다.

크루세이더는 콧김을 내뿜으며 조금씩 나아가다가 포기하길 반복하면서 도미니크의 뒤를 따랐다. 숲 속으로 들어갈수록 더 크고 울창한 나무들이 들어서 있었다.

그 사이에 나무들보다 더 큰 바위들이 도미니크에게 그림자를 드리웠다.

이끼로 만든 두툼한 옷을 입은 모양이 오랫동안 그 자리에 있었음을 말해주었다.

3백 보 정도 걸어가자 돌밭이 보였다. 남자 키 절반 정도 크기의 돌들이 나무가 자라지 못할 만큼 바싹 붙어 있었다. 돌밭을 지나자 지름이 20미터 정도 되는 둥그런 풀밭이 나타났다. 그 한가운데에 커다란 고분이 보였다.

도미니크의 목덜미 털들이 갑자기 쭈뼛 섰다. 본능적으로, 왜 크루세이더가 숲으로 들어오길 꺼려했는지 깨달았다. 그곳은 돌로 둘러싸인 신성한 장소였다.

글렌드뤼드.

경계와 호기심 속에서 도미니크는 주위를 둘러보며 평화와 보호의 장소로 크루세이더를 이끌었다. 참나무들 사이에 있는 널찍한 공간에 햇살이 비추고 풀들이 자라났다. 눈길 닿는 곳마다 야생화들이 화려한 무언의 노래를 불렀다. 태양이 더 가까이, 오래 머물기라도 하듯 나무에 대달린 잎새들이 더욱 무성했다.

첫 번째 돌들이 둘러싼 곳에서 사냥개 한 마리가 먹이를 빼앗기기라도 한 듯 광포하게 짖어댔다. 이상하게도 다른 개들의 짖는 소리는 들리지 않았다. 도미니크는 이상하다는 듯 메그를 바라보았다.

「덩컨은 사냥을 할 때 개를 한 마리만 데리고 다니오?」

「밀렵꾼들을 찾아 나설 때만요. 그리고 지금 쫓아오는 사람이 덩컨이라고는 확신할 수 없어요.」

「그럼 누가 이런 짓을 한단 말이오?」

도미니크가 거칠게 되물었다.

메그는 아무 말도 하지 않았다. 도미니크의 논리적인 추론을 부정할 수가 없기 때문이었다. 하지만 직감적으로 덩컨이 아니라는 확신이 들었다.

「사이먼이 교회에서 그 스코틀랜드 놈의 창자를 꺼내려 했을 때 그냥 두었어야 했어.」

도미니크는 옆사람에게까지 들릴 정도로 이를 갈았다. 하지만 곧 분노를 가라앉히고, 고대 고분이 놓인, 양지바른 장소를 둘러보았다. 몸을 숨기기에 그리 적당한 곳이 아니었다.

「계속 가 봅시다. 아직 천국에 도착하지 않은 것 같으니 말이오.」

「성을 제외하고 그런 장소는 없어요. 그런데 지금은 그곳으로 갈 수 없죠.」

메그는 리버스족이 지금 이 신성한 장소와 블랙소른 성 사이의 길을 모두 점령했으리란 말은 덧붙이지 않았다. 그런 확실한 사실을 지적할 필요는 없었다. 욕설을 중얼거리는 것으로 보아, 도미니크도 그 사실을 잘 알고 있는 듯했다.

「그렇다면 우리는 틀림없이 잡힐 거요. 이런 장소에서 방어를 하려면 기사들이 많이 필요한데…….」

「아니에요. 리버스족은 저 바깥쪽 돌도 통과할 수 없어요.」

「덩컨도 말의 눈을 가리고 여기로 따라 들어올 만큼 영리한 사람이오.」

「글쎄요. 나 자신도 그게 효과가 있는지 확신할 수 없었는걸요.」

도미니크는 메그를 뚫어지게 바라보았다.

「그렇다면 왜 그런 제안을 했던 거요?」

「당신이 너무 늦을 때까지 말을 놓지 않을 거란 사실을 알았으니까요. 리버스족은 당신을 수사슴처럼 죽여 버릴 거예요.」

도미니크는 낮게 그르렁거렸다.

「아직 그렇게 할 가능성은 남아 있소.」

「아닐걸요. 천 년 동안 이 돌밭을 통과한 남자는 아무도 없었어요. 심지어 아버지도 못한 일이죠.」

「시도는 해보았소?」

「한 번.」

「이유는?」

메그는 어깨를 으쓱했다.

「아들을 낳는 비결이, 마음이 아닌 이 돌밭에 있다고 생각했어요.」

「혹은 아내의 마음에 있는 건…….」

갑자기 크루세이더가 고개를 치켜들었다. 도미니크는 날쌔게 고삐를 잡아당겼다.

「얌전히. 두려워할 필요 없어.」

말의 목덜미를 쓰다듬으며 도미니크는 낮은 목소리로 말했다.

「물 냄새를 맡은 거예요.」

메그는 고분의 아래쪽에 자리한 덤불과 어지러이 널린 바위를 가리켰다.

「신성한 샘?」

「만약 말이 갈증을 풀고 싶다고 해도 글렌드뤼드는 그것을 방해하지 않을 거예요. 당신이 묻고 싶은 말이 그건가요?」

아무 말 없이 도미니크는 말의 눈가리개를 풀었다. 크루세이더는 호기심 어린 눈으로 주위를 둘러보았으나 두려워하지 않았다. 도미니크는 말을 샘으로 데려갔다.

처음 돌이 있던 곳에서 리버스족이 무엇을 하는지는 쉽게 알 수 있었다. 성스러운 장소로 들어오려고 시도를 하는지, 힘없는 외침과 슬픈 사냥개의 울부짖는 소리가 계속해서 들려 왔다.

돌들은 바람 외에 어떤 것도 허락하지 않았다.

「고분 안에는 무엇이 있소?」

「천장 없는 방이 있죠.」

「그 안에 말을 넣어 둘 공간이 있소?」

메그는 주저했다.

「신경 쓰지 마시오. 크루세이더는 여기에 매 두겠소.」

「말에게 해를 입힐 만한 건 아무것도 없어요.」

「안으로 들어가시오. 만약 덩컨이 용감하거나 돌의 장벽을 뚫고 들어올 만큼 영리하다면, 이곳보다는 안이 더 나을 거요.」

「당신은요?」

「크루세이더를 매어 놓고 곧 들어가겠소. 안으로 들어가기 위해서 특별한 주문이나 마술이 필요한 거요?」

도미니크가 장난스레 물었다.

「하나님이 당신에게 주신 눈 외에 아무것도 필요하지 않아요. 만약 이곳이 악마의 장소라면 내 십자가는 견디지 못했을 거예요.」

메그의 확신에 찬 목소리를 듣고 도미니크는 어깨를 으쓱했다.

「상관없소. 덩컨과 리버스족으로부터 피신처를 얻기 위해서라면 악마하고도 협상할 생각이니까.」

「안 돼요! 그런 말은 하지 말아요!」

공포에 질린 메그의 표정을 보고, 도미니크는 웃음을 터뜨렸다.

「정말 당신은 이상한 마녀요.」

「난 마녀가 아니에요. 난 글렌드뤼드의 딸일 뿐이에요. 마녀와 글랜드뤼느는 같은 뜻이 아니에요.」

「보통 사람들은 그 둘을 잘 구분하지 못하는 것 같소.」

「그래서 보통사람들이겠죠.」

잔뜩 꼬인 말투였다.

「안으로 들어가시오. 나도 곧 따라가겠소.」

메그는 고분 안으로 들어갔다. 좁은 길에는 마른 낙엽들이 두껍게 쌓여 있었다. 조금 더 들어가자 둥근 방이 나타났다. 원래 지붕이 있었을지도 모르지만 지금은 흔적조차 남지 않았다.

풀과 야생화가 두꺼운 카펫처럼 빽빽이 들어서 있었다. 서쪽으로는 기묘하게 생긴 네 개의 하얀 돌이 보였다. 지붕을 떠받쳤거나 사라진 구조물을 둘러쌓던 오벨리스크(이집트 왕조 때 태양신의 상징으로 세워진 기념탑)였거나 혹은 어떤 계절의 변화를 알아보기 위한 기구로 사용했을 것이다. 하지만 그 정확한 용도를 아는 사람은 아무도 없었다.

만약 글렌드뤼드 사람들이 고분과 그 방, 혹은 하얀 돌의 목적이 무엇인지 알았다 해도, 남자들끼리 분쟁이 일고 그 땅의 평화가 글렌드뤼드 울프와 함께 사라진 이래로 몇 세기가 흐르는 동안 그 내용도 잊혀졌을 것이다.

「슬픈 표정이군. 이곳은 당신에게 우울한 장소인 거요? 혹은 덩컨이 당신을 차지할 기회를 놓쳐서 불행한 거요?」

도미니크가 그 방으로 들어왔다.

「그렇게 믿고 싶으세요?」

메그의 말에 기분이 상했는지, 도미니크는 입 속으로 욕설을 중얼거리면서 더 이상 아무 말도 하지 않았다. 전투 후엔 항상 신경이 날카로웠기 때문에, 부하들은 도미니크 주변을 지나갈 때에는 각별히 조심했다.

「난 당신과 맥스웰의 덩컨에 대한 소문을 지겹도록 들었소.」

「나도 마찬가지예요.」

메그의 말투는 남편만큼이나 신랄했다.

도미니크는 애써 분노를 참았다.

「여기에 있으시오.」

「내가 밖에서 망을 보겠소.」

메그는 말없이 나가는 도미니크를 바라보았다.

잠시 후 메그는 풀과 야생화 사이에서 편안한 장소를 찾아냈다. 망토를 벗어, 공들여 놓은 수를 망치지 않으려고 안팎을 뒤집어 돌돌 말아 베개를 만들었다. 미친 듯이 말을 타고 달린 덕에 땋은 머리카락이 반쯤 풀어져 있었다. 황금 방울이 달린 체인을 벗고, 남편에게 선물 받은 빗으로 머리를 빗었다. 빗에 박힌 보석이 유난히 돋보였다.

고분 꼭대기에 앉아 있던 도미니크는 햇살을 받은 아내의 불꽃 같은 머리칼을 황홀한 눈으로 내려다보았다. 손목과 엉덩이에 걸어 놓은 방울들의 조그만 딸랑거림은 새들의 노랫소리처럼 지금 이 순간과 완벽하게 어울렸다.

도미니크는 리버스족을 감시해야 한다고 되뇌면서도, 아내의 아름다움과 음악 소리에 넋을 잃었다. 곧 정신을 가다듬고 아내에게서 주의를 돌려 귀를 기울였다. 하지만 나른한 벌의 붕붕거림과 봄바람의 비밀스런 한숨소리 밖에 들리지 않았다. 위험에 대한 군마의 본능을 믿는 도미니크는 크루세이더를 살펴보았다.

말은 머리를 낮추고 부드러운 새싹에 입을 맞추며 빈둥거리고 있었다. 가끔씩 크루세이더는 고개를 들고 콧구멍을 벌름대며 바람에 실려 오는 위험을 감지하려는 듯 귀를 쫑긋 세웠다. 다가오는 이방인이나 말, 혹은 사냥개의 냄새를 전혀 감지할 수 없었는지, 새싹에 코를 문질렀다. 배가 고프다기보다는 지루한 듯한 태도였다.

태양은 땅 위로 따스한 축복을 내려 주었다. 몸이 나른해지면서 도미니크는 조금씩 전투의 긴장에서 풀어졌다. 방 안을 내려다보니, 풀 위에 메그가 누워 있었다. 머리 둘레로 흐트러진 머리칼이 마치 부드러운 후광 같았다. 함께 하고 싶다는 유혹을 감당하기 힘들었다.

도미니크는 한동안 나른해진 마음에 맞서 대응했지만, 경계심을 돋울 만한 일은 전혀 보이지 않았다. 마침내 고분에서 내려와, 말에게 들키지 않고서는 아무도 들어올 수 없도록 크루세이더를 고분 입구에 매 놓았다.

안에 들어온 도미니크는 투구를 벗어 옆에 놓았다. 검은 망토는 풀과 꽃 위에서 훌륭한 침대가 되어 주었다.

도미니크는 메그를 망토 위에 옮겨 놓고 그 옆에 누웠다. 햇살의 무게는 지금까지 마셨던 어떤 맥주보다도 철저하게 긴장을 풀어 놓았다. 쇠사슬 갑옷과 짧은 바지를 벗고 전쟁의 무게에서 벗어난 자유를 만끽했다. 긴 한숨을 내쉬며, 메그를 팔 안으로 끌어당겼다.

예루살렘에서 부하들과 생명을 맞바꾼 이래 처음으로, 도미니크 르 사브르는 꿈도 꾸지 않는 깊은 잠으로 빠져 들었다.

잠에서 깬 메그는 왜 이곳에 있는지 잠시 어리둥절했다. 하지만 두렵지는 않았다. 눈을 뜨기도 전에, 태양의 열기와 새들의 달콤한 노랫소리는 안전하다고 알려 주었으니까. 그보다 더 메그를 편안하게 해준 것은, 도미니크의 따스한 품과 일정하게 울리는 심장 소리였다.

숲 속을 미친 듯이 달렸다는 사실이 기억났다. 메그는 고개를 들어 통로와 고대의 유적을 둘러싼 나무들을 보았다. 크루세이더가 고분 안으로 들어오는 입구에서, 고개를 숙이고 세 다리에 몸무게를 의지한 채 말 특유의 자세로 잠을 자고 있었다.

고분 입구의 그림자 기울기가 아주 조금밖에 움직이지 않는 것으로 보아, 그리 오랫동안 자지 않았음이 분명했다. 그러나 신기하게도 몸이 가벼웠다. 이곳에 오면 항상 그런 기분을 느꼈다. 마치 돌밭을 빠져 나갈 수 없는 천 년 동안의 평화가 여기에 다 모여 있는 것 같았다.

메그는 도미니크가 갑옷을 벗고 함께 태양 아래 누워 있음을 깨달았다. 그 역시 고대의 장소가 내민 치료의 손길을 분명 느꼈으리라.

깨달음이 번개처럼 메그를 관통했다. 귄은 언젠가, 천 년 동안 이곳을 둘러싸고 있는 돌밭으로 들어올 정도로 불안감을 이겨 내거나, 이 숭고한 평화의 장소에서 잠이 들 수 있는 사내는 없다고 했다.

하지만 도미니크는 그 전설을 깼다. 도미니크는 눈을 꼭 감고 마치 아기처럼 자고 있었다. 도미니크 르 사브르, 영국 왕마저 거북해할 정도로 힘센 전사가 평화와 영적인 교섭을 벌이고 있었다. 믿어지지 않는 일이 바로 눈앞에서 벌어지고 있었다.

'나와 함께 노력합시다. 이 땅에 평화가 오도록 날 도와 주시오.'

너무나 뚜렷하게 들려, 메그는 도미니크가 자신에게 커다랗게 말하는 줄 알았다. 하지만 그 말은, 독의 위험에서 벗어난 도미니크가 고분 아래의 성스런 샘물처럼 맑은 눈동자를 빛내며 자신에게 했던 말이었다.

'당신의 희망을 함께 이루고 싶소. 나와 함께 노력합시다. 이 땅에 평화가 오도록 날 도와 주시오.'

'어떻게요?'

'노르만과 글렌드뤼드의 피를 섞읍시다. 나에게 아들을 낳아 주시오.'

메그는 전쟁용 투구 속에 감추어졌던 도미니크의 곱슬곱슬한 앞 머리카락과 속눈썹을 바라보았다. 자신의 손가락 사이에 닿았던 남편의 머리카락이 얼마나 부드럽고 따스했는지, 손톱이 남편의 피부에 박히는 감촉이 얼마나 좋았는지 떠올렸다.

메그는 조심스럽게 손바닥으로 도미니크가 갑옷 안에 입은 유연한 가죽을 만졌다. 셔츠의 아래쪽으로 검게 난 털이 보였다. 두껍고 탄력적인 머리카락과는 다르게 보였다. 감촉이 어떨지 무척 궁금했다. 곧 셔츠를 헤치고 손가락을 집어넣었다.

메그는 조그맣게 탄성을 내질렀다. 도미니크의 넓은 가슴은 따스하면서 탄력적이었다. 검고 부드러운 털이 손가락을 간질였다. 천천히 남편의 몸을 어루만지며 메그는 행복한 웃음을 지었다.

도미니크의 근육이 희미하게 꿈틀댔다. 잠에서 깨어났음을 알 수 있었다. 메그는 마지못해 셔츠에서 손을 빼내려고 했다.

전쟁으로 단련된 단단한 손이 다가와 메그의 손바닥을 다시 눌렀다.

「그만두지 마시오. 그렇지 않으면 난 지금보다 더 블랙톰을 질투하게 될 거요.」

메그는 활짝 웃으며, 신성한 글렌드뤼드 샘물처럼 맑은 눈동자를 들여다보았다.

「혹시 나보다 털이 더 많다는 이유로 블랙톰을 더 많이 쓰다듬어 주는 거요?」

도미니크가 심술 맞게 물었다.

「글쎄요. 당신 털도 어지간히 많은데요.」

메그의 손이 다시 가슴을 어루만지자, 도미니크의 숨결이 불안정해졌다. 즐거움의 파문이 도미니크의 몸에 퍼졌다. 메그의 표정은 자신도 즐겁다고 말하고 있었다.

「추워요?」

메그가 걱정스럽게 물었다.

「아니.」

도미니크의 목소리는 더욱 깊어지고, 전에는 한번도 보지 못했던 욕망이 눈동자에 뿌옇게 서렸다.

「몸이 떨리잖아요.」

「맞소.」

도미니크는 손을 들어, 메그의 뺨과 턱, 목덜미를 손가락으로 어루만졌다. 그 행동은 메그에게서 떨리는 한숨을 끌어냈다.

「당신은 춥소?」

도미니크는 무슨 대답이 나올지 잘 알고 있었다.

「아뇨. 그게…….」

도미니크는 그르렁거리는 소리를 내며 아내의 손을 다시 눌렀다. 그러고

는 아내의 손바닥으로 자신의 가슴을 문지르며 고양이처럼 몸을 조금씩 뒤
틀었다.

「이것 때문에 떠는 건가요? 내 손길 때문에?」

메그가 호기심 어린 목소리로 물었다.

「그렇소. 당신의 손길 때문에……. 그리고 당신은 내 손길 아래 떨고 있
소. 날 좀더 만져 주시오. 날 떨게 만들어 주시오.」

「이게 좋은가요?」

「나도 모르오. 전에는 여자의 손길에 몸을 떨어 본 적이 한번도 없으니
말이오.」

주저하듯, 하지만 확신에 찬 손길로 메그는 도미니크의 가슴을 어루만졌
다. 미묘한 몸의 움직임이 손바닥으로 전해졌다. 남편의 몸에서 방출되는
따스함은 정말 즐거운 경험이었다.

「당신은 정말 블랙톰 같아요.」

「털이 많아서?」

「따뜻해서요. 그리고 부드러워요.」

메그는 손톱으로 도미니크의 근력 좋은 가슴이 얼마나 단단한지 시험했
다.

「그리고 강해요. 매끄럽고, 그리고……. 여하튼 모두 너무 멋있어요.」

도미니크의 목젖에서 웃음소리가 울렸다.

「게다가 당신도 가르랑대잖아요. 고양이 같은 남자라니, 정말 멋져요. 당
신도 이빨로 쥐를 잡나요?」

「안됐지만 아닌걸.」

「오, 글쎄요, 어쩌면 블랙톰이 방법을 가르쳐 줄 수 있을 거예요.」

도미니크는 순간 웃음을 터뜨렸다. 메그의 가느다란 손가락이 매끄러운
가슴에서 단단한 부분에 닿았다. 메그는 깜짝 놀라 손을 떼었다.

「다시 해줘.」

「그렇게 하는 게 좋아요?」

「당신의 따스한 혀로 만져 주면 더 좋을 거요.」

도미니크가 어떻게 자신의 가슴을 애무했는지 떠올랐다.

「그래요. 기억 나요.」

도미니크는 가죽 셔츠를 벗었다. 따스한 피부와 근육, 탄력 있는 털이 드러났다. 아직 눈을 감은 채 메그는 손으로 남편을 더듬었다.

「당신은…… 아름답군요.」

메그가 황홀경에 취해 중얼거렸다.

「아니, 아름다운 건 당신이오. 난 머리에서 발끝까지 흉터투성이라오.」

도미니크는 손가락으로 메그의 입술을 만졌다.

메그는 깜짝 놀라 눈을 떴다. 도미니크의 어깨와 가슴을 가로지른 흉터가 보였다. 상처가 생겼을 때 그가 받았을 고통을 생각하자, 메그의 입에서 신음 같은 한숨이 흘러나왔다.

환한 햇살 아래에서 옷을 벗은 자신의 우둔함에 조용히 저주를 퍼부으면서, 도미니크는 조금 전 벗어 놓은 셔츠로 손을 뻗었다.

메그의 손이 도미니크를 막았다.

「메그, 그만 두시오. 햇살 아래가 아닌 어두운 곳에서 보는 게 더 나을 거요.」

「아니에요. 당신을 보는 건 즐거움이에요.」

「당신은 끔찍해서 날 제대로 볼 수도 없을 거요. 옷을 입도록 놓아 두시오.」

「그건 고통이에요.」

「무슨?」

「당신의 고통이 흉터에서 비명을 질러요. 난 그저 예상하지 못했을 뿐이에요. 다신 놀라지 않을 거예요. 당신을 보도록 해주세요, 나의 전사님.」

'내가 당신을 치료하게 해주세요.'

천천히 도미니크의 주먹이 펴지면서 셔츠를 포기했다. 메그는 셔츠를 옆으로 밀어 놓고 남편을 보았다. 긴장된 침묵이 지난 다음, 메그는 다시 조심스럽게 근육을 어루만졌다.

「나는 전에도 당신의 힘을 느꼈어요. 당신이 날 들어올릴 때요. 방금 전

느꼈던 고양이같이 따스하고 부드러운 느낌과는 달라요. 하지만 전에는 당신의 벗은 몸에서 나오는 강인함을 본 적이 한번도 없었죠」

도미니크는 눈을 가늘게 뜬 채, 섬세한 아내의 손이 몸을 쓰다듬을 때마다 솟구치는 열정을 참으려 안간힘을 썼다. 찬탄의 시선으로 남편을 바라보는 메그의 모습은 순수하기보다는 요염했다.

「정말 훌륭해요, 나의 전사여. 정말…… 장엄해요.」

메그는 손가락 끝으로 길게 난 흉터를 쓰다듬었다. 아내의 목소리나 손길에 공포가 들어 있지 않음을 확인하며, 도미니크는 낮게 신음했다. 메그의 눈에는 자신의 모습이 아름다워 보인다는 사실을 명확히 알 수 있었다.

도미니크는 몸을 떨었다. 오직 숭고한 마음만이 전쟁의 흉터를 보고도 눈감아 줄 수 있었다.

「이 상처는 당신 힘의 일부예요.」

메그가 속삭이며 다시 한 번 상처를 어루만졌다.

「만약 할 수만 있다면 당신에게서 고통을 내게로 가져올 거예요. 하지만 영예로운 상흔은 가져오지 않겠어요. 두려워 말고 내 앞에서 옷을 벗어요. 난 당신이 잘생겼다는 걸 알고 있으니까요.」

근육으로 뒤덮인 도미니크의 몸에 파장이 일었다. 영혼의 들끓는 열망이 햇살처럼 부드럽게 도미니크를 매혹시켰다. 행복하고 즐거웠다.

「당신은 날 풀어지게 만들어.」

도미니크가 낮은 목소리로 속삭였다.

「그렇다면 뜨개바늘로 당신을 다시 떠야겠군요. 하지만 아프지 않을 거예요, 전사님. 아프지…….」

도미니크가 메그에게 입을 맞추었다. 차가운 불길 같은 머리카락이 도미니크의 피부에 닿았다. 도미니크는 머리카락 사이로 손가락을 집어넣고 메그를 더욱 가까이 끌어당기면서 진한 키스를 퍼부었다.

「당신은 햇살과 따스한 빗줄기의 맛이 동시에 나.」

얼굴을 붉힌 메그가 허기진 듯 남편의 가슴을 쓰다듬었다.

「당신은 와인 같아요. 내 머릿속을 빙빙 돌게 만들거든요.」

「그렇다면 당신이 누워야겠군.」

도미니크는 메그의 머리카락을 모아 잡고 가까이 끌어당기면서 몸을 뒤집었다. 그러고는 메그가 생명줄이라도 되듯 자신에게 매달릴 때까지 키스를 퍼부었다.

도미니크는 입술을 떼고 오랫동안 아내를 바라보았다. 자신의 몸 아래로 반쯤 눕혀진 채, 메그는 나른한 눈으로 남편을 쳐다보았다. 머리카락이 검은 망토 위로 흐트러졌다.

「지금은 덜 어지럽소?」

메그는 웃고 있는 남편에게 행복하단 말을 하고 싶었지만, 관능의 떨림이 목소리를 막았다. 어쩔 수 없이 말 대신 남편의 등을 쓰다듬었다. 손가락 아래로, 꽁꽁 묶인 채 피가 줄줄 흐를 때까지 채찍으로 맞았을 흔적들이 만져졌다.

도미니크의 몸이 정지했다. 마치 햇살이 좋은 숲에서 어두운 동굴로 끌려들어 온 사람처럼 도미니크가 갑자기 냉담해졌다.

「영예로운 전투에서 얻은 상처가 아닌 것 같소?」

잔뜩 속이 꼬인 듯 비아냥거렸다.

「아뇨. 기사들의 고통을 자신의 생명과 바꾼 일보다 더 영예로운 행동은 없을 거예요.」

「누가 말한 거요?」

도미니크가 눈을 크게 떴다.

「사이먼이요. 술탄의 죽음도 순탄치 않았다는 얘기도 해주었어요.」

메그는 도미니크의 그늘진 눈동자를 들여다보았다.

「술탄은 어떤 남자보다도 더 비참하게 죽었소.」

「훌륭해요.」

진심이었다.

「치료사로서는 놀라우리만치 잔인한 말이오.」

「겨울의 상처는 봄이 치료를 하기 전에 심해졌다가, 강한 것들만 살아남죠. 치료는 힘없는 자를 위한 게 아니라, 살아남을 자를 위한 거예요.」

도미니크는 자신을 놀라게 하는 수수께끼 덩어리, 매력적인 글렌드뤼드 아내를 한참 동안 바라보았다.

「내가 당신을 알았던 적이 있던가?」

대답은 들을 생각도 않고, 도미니크는 고개를 숙이고 다시 한 번 입술을 찾았다. 메그는 눈을 감고 황량한 땅에 요동치는 봄의 섬세한 떨림조차 무색하게 만들 정도로 감각을 일깨우는, 흉터투성이 전사에게 몸을 맡겼다.

도미니크의 포옹은 마술의 불길처럼 상처를 입히지 않고 뜨겁게 타올랐다. 도미니크는 메그의 옷을 벗겨 아래로 잡아당겼다. 난생 처음, 메그는 벗은 가슴에 닿는 햇살을 느꼈다. 애무 같은 따스함, 즐거움의 근원에 더욱 가까이 가려는 듯 본능적으로 몸을 움직였다.

도미니크는 돌풍 같은 한숨을 내쉬었다. 관능적인 침략이 메그의 가슴을 간지럽혔다. 메그의 입에서 새어 나오는 떨리는 비명을 듣고, 그는 폭력같이 휘몰아치는 갈증으로 몸이 굳었다. 힘센 팔을 등 밑으로 집어넣고 위로 끌어당기자 메그가 마치 당겨진 활시위처럼 끌려 왔다. 애무의 즐거움으로 신음하며 몸을 비틀 때까지 도미니크는 메그의 가슴을 자극했다.

메그의 체취와 맛과 느낌은 달콤한 발톱처럼 도미니크의 몸으로 파고들었다. 만약 달콤한 즐거움이 아니라면, 괴로움이 분명할 자극 속으로 빨려 들어 갔으리라. 도미니크는 메그의 몸을 들어올리고 한 손으로 나머지 옷들을 벗겨 냈다.

타는 듯한 눈길을 떼지 않고, 도미니크는 아내를 망토 위에 내려놓고 옷을 벗었다. 열정과 함께 뜨겁게 달아오른 남성은, 아직 태어나지 않은 다음 세대의 씨앗과 함께 단단하게 변했다.

메그가 눈을 동그랗게 떴다. 도미니크가 옆에 무릎을 대고 앉자, 메그는 신음 소리를 냈다.

「내가 당신을 겁나게 했나?」

「단지…… 놀랐어요」

메그는 빙그레 웃었다.

도미니크는 피가 거꾸로 솟는다는 느낌을 그제야 알았다.

「하지만 난 알았어야 했어요. 당신처럼 훌륭한 기사는 육신의 칼 또한 대단하다는 사실을요.」

열정이 도미니크의 자제력을 발기발기 찢어 놓았다. 허기가 가득한 시선으로 도미니크는 아내를 바라보았다.

「내가 아니라 당신이야말로 풍성해. 에메랄드 눈동자와 피부는 실크처럼 곱고 매끄럽고.」

도미니크는 메그의 가슴에 다시 키스를 퍼부었다.

「루비 같아. 따스해, 마치 생명의 숨결처럼.」

파도처럼 밀려드는 즐거움 앞에서 메그가 눈을 감았다. 도미니크의 손이 몸을 타고 내려와 가슴과 허리, 허벅지를 어루만졌다. 부드러웠지만 조금도 주저하지 않는 손길이었다.

「값을 정할 수 없는 보석.」

도미니크가 속삭였다.

예상치 못한 즐거움의 맹공격 앞에서 메그의 몸이 바르르 떨렸다. 숨소리는 놀란 외침으로 부서졌다. 도미니크 주변에는 정열의 향내가 거친 애무처럼 소용돌이쳤다.

「백단향나무의 향기 같아. 가장 고귀한 향수…….」

쾌감이 메그를 휩쓸었다. 거친 소리로 도미니크의 이름을 불렀고 도미니크는 애무로 대답했다.

「당신은 완벽해. 당신은 고통 없이 날 태우는 불꽃이고, 그 끝에선 보석이 빛을 발하고 있어. 그 심장은 어떨까, 달콤한 마녀여. 나에게 즐거움을 줄까 아니면 고통을 줄까?」

도미니크는 정열로 몸을 떠는 메그를 보며 즐거워했다.

「신성한 샘물이 지키는 산호. 당신은 정말 마술 같아, 내 글렌드뤼드 신부여.」

메그는 천천히 눈을 떴다. 타오르는 눈동자와 눈이 마주쳤다. 마치 고통스러운 듯 일그러진 도미니크의 얼굴이 보였다. 메그는 부드러운 손길로 남편을 어루만졌다.

「당신은 고통스러워하고 있군요. 내가 당신을 치료해 주겠어요.」

「날 치료할 수 있는 건 단 한 가지야.」

「그렇다면 그걸 주죠.」

도미니크는 주저 않고 메그의 늘씬한 다리 사이로 파고들었다. 온몸을 난타하는 정열의 파도에도 불구하고 천천히 부드러운 문을 열었다. 아내에게 상처를 입힐까 봐 두렵기 때문이었다.

두 사람의 심장이 서로 맞닿자, 도미니크의 열정은 두 배로 뛰어올랐다. 일생 동안 길러온 자제력과 싸움을 벌이는 동안 온몸이 땀으로 뒤덮였다.

메그는 본능적으로 도미니크를 가까이 끌어당겼다.

「메그, 잠시 가만히 있어. 만약 내가 당신을 아프게 하면 두 사람에게 좋지 않을 테니까.」

「존의 주먹보다 더 아플까요?」

「아니. 하지만 당신은 처녀이니까, 만약 내가 깊게 들어가면 피를 흘릴 거야.」

도미니크는 메그의 뺨에 부드럽게 입을 맞추었다.

「칼이 가는 곳에 피가 나는 것은 당연해요.」

「이런 전투에서는 단 한 번뿐이지. 약속할게. 오직 한 번이야.」

유연한 몸놀림으로 메그는 남편을 더욱 깊은 곳으로 유혹했다. 도미니크도 피하지 않았다. 한 손이 메그의 다리 사이로 들어왔다.

메그는 눈을 크게 떴다. 본능적으로 허리를 움직였다. 도미니크는 열정에 휩싸인 아내를 보고 조용히 웃었다.

「더 원해?」

다시 손을 놀렸다.

「오, 도미니크, 난…….」

「얼마나 더 원하지? 이만큼?」

손이 더 움직이자 관능의 불길이 뜨거운 황금 혓바닥으로 메그를 집어삼켰다.

메그는 몸부림치며 도미니크의 이름을 불러댔다. 손에 닿지 않는 무엇인가를 절실하게 원했다.

마침내 도미니크는 메그의 황금 불길 안으로 뛰어들었다. 만약 메그가 고통을 느꼈다고 해도, 그것은 전사와 한몸이 되었다는 더 커다란 즐거움에 압도당했을 것이다.

떨리는 침묵 속에서 도미니크의 말이 메아리쳤다.

'메그, 날 사랑해 주오. 그리고 내 아들들과 함께 이 땅을 치유합시다.'

23

사냥 중에 리버스족이 공격해 온 이후 사흘 동안, 도미니크에게 한 가지 버릇이 생겼다. 해가 지면 블랙소른 성 위의 성벽에 서서 미동도 하지 않았다.

그곳에서 도미니크는 물고기가 자라는 연못과 강, 그리고 멀리 있는 호수 위로 불꽃처럼 반짝이는 안개를 보고 서 있었다. 가까운 산등성이에서 방금 잎이 난 참나무의 검은 실루엣과 붉은 노을이 조금 남아 있는 황야의 검은 경계선이 보였다. 그리고 발 빠른 개들에게 쫓겨 우리 안으로 들어오는 느림보 양도 보였다. 호수에서 밤을 보내기 위해 나선형으로 하강하는 물새 떼도 보였다.

맥스웰의 덩컨과 리버스족은 보이지 않았다. 하지만 도미니크는 그들이 땅거미와 안개 속에서 나와 블랙소른 성의 심장을 칠 기회를 노리고 있음을 잘 알았다.

가장 가까운 탑이 있는 방향에서 발소리가 들렸다. 도미니크는 누가 다가오는지 알아보려고 고개를 돌릴 필요도 없었다. 아주 익숙한 소리였다.

「좋은 저녁이군요.」

도미니크가 불만스런 소리를 냈다.

「그렇다면 불쾌한 저녁이군요.」

도미니크가 다시 똑같은 소리를 내었다.

「기분이 안 좋아요?」

도미니크는 화난 듯 곁눈질만 할 뿐이었다.

「전할 소식이 있어요.」

사이먼은 형의 눈치를 살피며 말을 이었다.

「이곳에서 아흐레 정도 걸리는 지점까지 왔답니다. 만약 폭풍우가 몰아치지 않는다면 말이죠. 진흙투성이 길에 마차가 빠져서 며칠 동안 꼼짝할 수 없었대요.」

「빌어먹을.」

「가재도구를 뒤에 두고 기사들 먼저 오라고 명령할 수도 있습니다.」

「값비싼 물건을 실은 여든아홉 대의 마차를 그냥 내버려 두고? 산적에게서 그것을 보호하지 못하면, 내 재산은 날개 부러진 새처럼 아무짝에도 소용없어.」

사이먼이 주먹으로 다른 쪽 손바닥을 쳤다.

「나와 기사들은 형과 형수님을 위해 리버스족과 대적할 겁니다.」

「그래. 하지만 만약 너는 그렇게 한다고 해도 리버스족은 그렇게 하지 않을 게다. 덩컨은 영리한 자야. 정정당당하게 맞붙으면 질지도 모른다는 사실을 알아. 부하들은 대부분 훈련이 제대로 되어 있지 않으니까.」

「스벤도 그렇게 말했습니다.」

도미니크는 동생에게 시선을 돌렸다.

「스벤이 돌아왔나?」

사이먼이 고개를 끄덕였다.

「그럼 들여보내.」

도미니크의 말이 떨어지자마자 한 남자가 모퉁이 탑에서 걸어나왔다. 부드러운 가죽 신발은 성벽의 돌 바닥 위에서 아무 소리도 내지 않았다. 주변에 무엇이 있든지 그 안으로 섞여 들어가는 것은 스벤이 지닌 오묘한 기술

중의 하나였다. 도미니크는 그렇게 죽은 듯 조용한 사내는 지금까지 본 적이 없었다.

「저녁은 먹었느냐?」

「네. 영주님, 시간이 별로 없습니다. 가축들을 돌볼 만큼 시간이 지나기 전에 칼리슬 영지로 돌아가야만 합니다.」

어둠 속에서 도미니크의 치아가 하얗게 빛났다.

「뭘 알아냈지?」

「리버스족의 수가 갈수록 늘어갑니다.」

「얼마나?」

「기사 여덟 명, 종자(남에게 딸려 따라다니는 사람) 열두 명과 삼십 명의 하인들입니다.」

「군마는 있나?」

「바로 그게 문제입니다. 단지 기사 중 둘만이 좋은 말을 가지고 있습니다. 나머지는 제대로 훈련이 되어 있지 않습니다. 스코틀랜드에서 며칠 안으로 괜찮은 말들이 오기로 되어 있답니다.」

「무기는?」

「우리만큼이나 좋은 무기를 가졌습니다. 기술은 떨어지지만 남자들은 돌처럼 단단하고 무자비합니다. 솔웨이의 스코틀랜드인 중에는 바이킹의 피를 물려받은 자가 많습니다.」

도미니크의 입술에 엷은 웃음이 떠올랐다. 북방인의 혈통에 대한 스벤의 자부심은 기사들 사이에서 웃음거리가 될 만큼 대단했으나, 아무도 그런 문제로 스벤을 놀리지는 않았다.

「종자들은 너무 나이가 들었어요. 화살을 잡을 수 없을 정도로 나이 든 자는 약탈을 하고 있어요.」

안뜰에서 개 짖는 소리가 들려 오자, 스벤은 입고 있는 검회색 순례자 옷자락이 펄럭일 만큼 날쌔게 몸을 돌렸다. 그러고는 번뜩이는 눈동자로 아래쪽의 움직임을 관찰했다.

「리퍼가 빵을 잡아채려는 것뿐이야. 해가 지면 늘 일어나는 일이지.」

「나머지 기사들은 언제 도착합니까?」

스벤이 무뚝뚝하게 물었다.

「아흐레 후에. 혹은 더 걸릴지도 몰라.」

「시간이 충분하지 않아요. 나흘이면 리버스족은 준비를 끝낼 겁니다.」

「대항할 수 있소. 성은 포위 공격을 받아도 끄덕하지 않을 만큼 견고하
니까.」

사이먼이 끼여들었다.

「그렇다면 그들은 먼저 외곽에 있는 집들을 공격하고 나중에 이리로 오
겠지.」

도미니크가 씁쓸한 표정을 지었다.

「그렇습니다. 바로 그것이 덩컨의 계획입니다. 영리한 사내죠.」

「리버스족은 어떤가? 그들은 덩컨을 잘 따르나?」

「괜찮은 기사들은 그렇습니다. 포학한 사람들은 루퍼스를 포함하여 유혈
을 약속하는 사람이면 누구든지 따르죠.」

「덩컨의 사촌……. 그 자식이 지휘권의 절반을 가진 건가?」

도미니크는 생각에 잠긴 표정이었다.

「아닙니다. 덩컨은 영주님과 비슷합니다. 부하들은 덩컨을 따라서라면 지
옥에도 갈 겁니다. 오직 개들만 루퍼스를 따라 방 안에서 서성거리겠죠. 그
것도 양손에 피가 흥건한 고깃덩이를 쥐고 있을 때뿐이죠.」

도미니크는 들판을 내다보며 생각에 잠겼다. 저녁의 평온함이 몸을 휩쓸
도록 내버려 두었다.

시간이 필요했다.

메그가 법적으로 뿐 아니라 진정 자신의 아내가 된 이후로, 매일 밤 온
몸에 식은땀을 흘리며 악몽에 잠을 깼다. 이유를 물을 때마다 대답은 항상
똑같았다. 같은 꿈을 꾸기 때문이었다.

'위험이 다가오고 있어요.'

'어떤 종류의 위험이오? 전염병? 전쟁? 독? 매복병?'

'나도 몰라요. 모르겠어요! 블랙소른 성이 위험하다는 사실만 알 뿐이에

요. 매일 밤 점점 더 가까이 다가와요! 도미니크, 날 안아 줘요. 꼭 안아 주세요. 당신이 걱정스러워요, 나의 영주여. 난 두려워요.'

아내를 안고 머리카락을 쓰다듬어 주다 보면 어느새 동이 텄다.

하지만 밤은 항상 낮의 뒤를 따라온다.

「음, 내가 아는 거라곤 지금이 위험한 때라는 거야. 스벤, 그만 가 보거라. 고맙다. 항상 그렇듯 너의 정보는 값을 헤아릴 수 없을 만큼 귀중한 거야.」

사이먼은 스벤의 발소리가 어둠 속으로 사라질 때까지 기다렸다.

「지금이 위험한 때라니, 그게 무슨 뜻이죠?」

「나의 글렌드뤼드 아내가 꿈을 꾸었어. 하지만 내용은 명확하지 않아.」

「이제 형수님은 형의 진정한 아내입니다. 덩컨에 대한 감정이 어떻든 간에, 형수님은 형에게 자신을 맡겼어요.」

「그래. 메그는 나의 진정한 아내야.」

'하지만 그 여자는 날 사랑한다고 말하지 않아. 즐거움에 대해, 위험에 대해, 웃음에 대해, 성에 대해, 정원에 대해, 봄의 아름다움에 대해서는 말하지만, 사랑에 대한 말은 하지 않아. 메그, 날 낫게 해주오. 날 사랑해 주고, 내게 아들을 주오.'

사이먼은 소리 없는 애정으로 도미니크의 등을 탁 쳤다.

「성안 사람들도 알아요. 형이 태양처럼 환하게 웃고 있는 형수님을 팔에 안고 사냥에서 돌아오던 순간, 모두 안도의 한숨을 내쉬었죠.」

대답이 없었다.

하늘에 초승달의 고요한 흔적만이 남을 때까지, 도미니크는 말없이 장엄한 땅을 바라보았다.

사이먼은 참을성 있게 형이 주의를 돌리길 기다렸다. 도미니크는 스벤의 보고를 받은 다음엔 항상 이렇게 서서 방책을 연구했다. 사이먼에게 이런 기다림은 한두 번의 경험이 아니었다.

「내 생각에, 악마에게 그의 권리를 내줄 때가 온 것 같군.」

마침내 도미니크는 입을 열었다.

「무슨 뜻이죠?」

「컴브릴랜드의 존, 블랙소른 성의 영주를 위한 장례 연회를 베풀어야겠어.」

사이먼은 너무 놀라 아무 말도 하지 못했다.

「음악과 광대와 시합이 있어야겠지.」

「시합?」

사이먼이 눈이 휘둥그레져서 되뇌었다.

「그래. 덩컨과 리버스족이 블랙소른 성의 기사들을 시험할 때야.」

「피 홀리지 않는 전쟁…….」

놀라움이 던진 짧은 침묵이 웃음소리로 변했다.

「아주 좋은 생각이에요. 하지만 좀 위험할 텐데……. 만약 리버스족이 시합하는 척하다가 싸움을 벌이려고 한다면요?」

「그렇다면 전쟁의 개들이 다시 고깃덩이를 두고 축제를 벌이게 되겠지.」

도미니크는 그 고깃덩이가 바로 자신의 육신일지도 모른다는 말은 하지 않았다. 전쟁의 개들을 풀어 놓기 전에 도미니크는 단독으로 전투를 치를 생각이었다. 그 스코틀랜드인은 도미니크가 칼을 빼어 든 이래로 가장 어려운 적이 될 것이다.

마지막으로 주변을 훑어본 후, 도미니크는 생애를 걸고 싸워 얻은 영토와 항상 자신을 피해 가는 평화의 꿈으로부터 돌아섰다. 그러한 것들은 뒤바꿀 수 없는 과거 혹은 손댈 수 없는 미래 속에 있었다. 자신이 손댈 수 있는 것들은 현재뿐이었다.

그리고 아내의 황금 방울이 자신을 불렀다.

도미니크는 말없이 성벽을 떠나 메그의 방을 향해 성큼성큼 걸어갔다. 노크를 하기 위해 멈춰 설 필요가 없었다. 문이 열려 있음을 알기 때문이었다.

에디스는 문 앞에 나타난 도미니크를 보고 깜짝 놀랐다.

「나가 봐라.」

하녀는 빗을 내려놓고 재빨리 명령에 복종했다. 도미니크에게서 어두운 영기처럼 냉랭한 전투의 기운이 느껴졌다. 생동감이 있는 부위는 오직 하나, 메그에게 향한 눈동자뿐이었다.

에디스가 떠나자마자, 도미니크는 빗장을 질렀다. 메그가 의자에서 일어나자, 방울들이 딸랑이며 달콤하게 속삭였다. 하지만 메그는 사랑스러운 그 소리조차 듣지 못했다. 남편의 주변에 떠도는 형체 없는 어두움이 심장을 움켜쥐었다.

「뭐가 잘못됐어요?」

도미니크의 눈동자가 천천히 아내를 훑었다. 엉덩이까지 내려온 머리카락은 마치 불의 폭포처럼 보였다. 녹색 실크로 꼭 맞게 지어진 드레스는 몸의 곡선을 드러냈다 — 특히 풍만한 가슴과 가느다란 허리, 여성미 넘치는 엉덩이를 강조했다. 섬세하게 만들어진 술탄의 금체인은 허리띠처럼 사용되었는데, 아주 조그마한 움직임에도 딸랑거렸다.

도미니크는 천천히 메그를 향해 걸어왔다. 길게 풀어 헤친 머리카락을 쓰다듬는 손은 심장에서 뿜어 내는 맹렬한 갈망 때문에 바르르 떨렸다.

「당신은 아름다워.」

갑자기 도미니크는 눈을 감았다. 머리카락이 손가락 사이로 사르르 빠져나갔다.

「아름답다는 말조차 당신을 표현하기엔 너무 부족해. 그건 겨울은 춥고, 햇살은 따스하다고 말하는 것 같은 거요.」

「도미니크, 문제가 뭐죠?」

메그는 남편의 손을 부드럽게 잡아 주었다.

도미니크는 아내의 우아한 눈썹과 맑은 눈동자, 크림처럼 고운 피부, 관능적이 색과 곡선을 지닌 입술을 모두 기억하려는 듯 메그의 얼굴을 꼼꼼히 어루만졌다. 고통스러울 만큼 조심스럽게, 도미니크의 손가락이 입술을 스치고 지나갔다.

「난 노력했소. 하지만 난 할 수 없소. 메그, 당신이 필요해. 이제 다 아물었소?」

「아물었냐고요?」

「우리가 고대의 장소에 함께 누웠을 때 난 당신에게 상처를 입혔소. 상처는 모두 아물었소?」

「당신은 나에게 상처를 입힌 적이 없어요.」

「당신은 피를 흘렸소.」

「난 즐거운 기억밖에 없어요.」

메그는 자신의 입술을 애무하는 손가락에 키스했다. 미묘한 떨림이 도미니크의 몸을 관통했다.

「날 기꺼이 맞이하겠다는 뜻이오? 나의 육체가 당신을 찬미하도록 해주겠소?」

남편과 하나가 되었을 때를 떠올리며 몸에 흐르는 전율을 감추기란 불가능했다.

바르르 떨리는 아내를 보고 도미니크의 숨결이 거칠어졌다. 남편의 손가락이 입술을 더듬자 메그는 맥박이 빨라졌다.

「당신이 이렇게 빨리 날 원할 줄은 몰랐어요.」

「너무 빠르다고? 며칠이 지났는데……」

도미니크는 아내의 고백에 깜짝 놀라 되물었다.

「에디스가 남자들이 여자를 다시 원할 때까지 시간이 많이 걸린다고 말해 주었어요.」

묘한 웃음이 딱딱한 도미니크의 얼굴선을 바꾸어 놓았다.

「만약 문제의 여자가 에디스라면, 난 평생을 가도 흥미를 느끼지 못할 거요. 하지만 당신을 위해선……」

「반나절?」

메그가 모험을 무릅쓰고 넘겨짚었다.

「당신을 위해, 나의 따스한 글렌드뤼드 아내를 위해, 한 시간의 절반으로 충분하오.」

「그렇게 빨리? 건강한 숫양조차도……」

메그는 자신이 무슨 말을 하는지 깨닫고 말꼬리를 흐렸다. 얼굴이 새빨개졌다.

310

도미니크는 어두운 불안을 잊고 호탕하게 웃어댔다.

「만약 당신에게 다시 아픔을 안겨 줄까 걱정하지 않았더라면, 그곳을 떠나기 전에 다시 한 번 당신을 차지했을 거요.」

메그는 눈을 크게 떴다.

「정말이요?」

「물론. 당신이 한 말도 진심이오? 내가 당신에게 기쁨을 주었소?」

볼이 발갛게 물든 메그는 시선을 돌리고 고개를 끄덕였다.

도미니크는 단단한 손바닥으로 아내의 턱을 들어올렸다.

「작은 매여, 나를 피하지 마시오. 난 꼭 알아야겠소. 내가 정말로 당신을 즐겁게 해주었단 말이오?」

짙은 암갈색 속눈썹이 이동하면서 보석 같은 눈동자가 드러났다.

도미니크의 시선이 메그를 꼭 붙들어맸다. 관능적인 기억들이 쏟아지자 메그는 입술을 벌리고 숨을 들이마셨다.

「네.」

도미니크는 메그를 꼭 끌어안고 머리카락을 쓸어 넘기며 키스했다.

「나도 그랬나요?」

메그가 남편의 입술에 대고 속삭였다.

「무슨?」

「당신이 즐거웠는지.」

「나도 즐거웠소. 정말이오.」

도미니크는 다시 아내에게 입을 맞추었다.

「진짜인가요? 마리 말로는, 남자들은 처녀에게 그리 즐거움을 느끼지 못한다던데요.」

「마리가 그런 거짓말을, 때려 줘야겠군. 그 여자는 순결이나 남자에 대해서 아는 게 별로 없소.」

도미니크는 조심스레 메그의 아랫입술을 깨물었다.

메그는 반신반의한 표정으로 도미니크를 바라보았다. 농담을 하고 있다고 생각했다.

「나는 그렇게 생각하지 않아요. 마리는 남자에 대해 아주 많이 알고 있어요.」

「마리가 잘 하는 거라곤 자신의 다리를 벌리는 것뿐이오. 두 가지는 같은 것이 아니오. 만약 날 믿지 못하겠거든 손을 나에게 내밀어 보오.」

도미니크가 무뚝뚝하게 말했다.

메그는 눈을 깜빡였다.

「어느 쪽 손을?」

「아무거나.」

메그는 오른손을 내밀었다. 도미니크는 손을 잡아 망토 아래로 잡아끌었다. 깜짝 놀라는 아내를 보며 그는 피식 웃었다.

「남자들은 많은 거짓말을 할 수 있지만, 이건 안 돼. 남자의 몸은 욕망에 대해 거짓말을 할 수 없으니까.」

메그의 깨끗한 얼굴에 홍조가 떠올랐으나 손을 잡아 빼지 않았다.

「당신은 숲 속에서 나에게 기쁨을 안겨 줬어. 당신의 몸 속으로 파고들었던 때를 떠올리기만 해도 난 흥분이 돼. 매끄럽고 단단하고 아무도 손대지 않은 곳. 하지만 당신은 날 향한 욕망으로 젖어 들었지. 당신은 마술이야. 처녀의 샘이 내 손길이 닿자 솟아올랐어.」

도미니크는 숨막힐 듯한 신음 소리를 내며 메그에게 열정적으로 키스를 퍼부었다.

「당신의 옷을 벗겨도 될까?」

「물론이죠.」

메그는 남편의 손이 드레스 끈에 닿을 수 있도록 몸을 돌렸다.

「남편인 당신의 당연한 권리……」

「아니. 당신은 글렌드뤼드, 난 당신이 주는 것 외에는 가질 수가 없소.」

도미니크의 목소리는 날카로웠다.

솟구친 슬픔이 메그의 목을 아프게 조여 왔다.

「그래서 날 그토록 조심스럽게 다루는 것이군요. 글렌드뤼드 저주 때문에……」

도미니크의 손가락이 녹색 드레스 끈 위에 멈추었다.

「어떤 경우에도 난 조심스럽게 당신에게 구애를 할 거요.」

「당신이? 아, 그래요, 물론이죠. 아무런 즐거움을 느끼지 못하는 글렌드뤼드 여자들은 아이를 낳지 못하죠.」

도미니크는 잠시 망설이다가 어깨를 으쓱 올렸다.

「나는 그런 미신은 믿지 않소.」

거친 숨소리와 함께 끈이 풀렸다.

「당신은 남자에게서 아무 기쁨도 얻지 못하는 여자가 아기를 가질 수 있다고 생각해요?」

「그럴 수 있다고 알고 있소.」

메그는 고개를 돌리고 어깨 너머로 도미니크를 보았다.

「어떻게요? 여자에게 억지로 아기를 갖게 한 적이 있나요?」

「날 그런 남자로 보는 거요?」

도미니크가 퉁명스럽게 물었다.

메그는 한숨을 쉬며 돌아섰다.

「아뇨. 진정한 기사는 다른 사람의 고통 속에서 쾌락을 느끼지 못할 거예요.」

침묵이 흘렀다.

「내 기사들 중 하나가 혼자 있는 젊은 사라센 여자를 발견했소. 그 여자는 처녀였지. 그 짐승만도 못한 놈은 자신의 욕심만 채우고서 피를 흘리고 아파하는 여자를 그대로 내버려 뒀지. 우린 간신히 그 여자의 목숨을 구할 수 있었소. 난 그 여자가 아무런 즐거움도 느끼지 못했다고 확신하오. 그런데 바로 임신을 했소.」

「세상에, 그건 정말 공평하지 못한 일이에요.」

「사생아로 태어나는 것도 공평하지 못하오. 내 동생과 나도 그런 식으로 태어났소.」

「맥스웰의 덩컨처럼요.」

「사생아들을 좋아하는 게 당신 취미요?」

도미니크가 긴장된 목소리로 물었다.

「내가요? 아뇨. 아마도 사생아들이 블랙소른 성을 원하는 취미를 가졌다고 말하는 게 나을 거예요!」

도미니크의 손이 정지했다. 아내가 결혼 생활에 대해 말할 때마다 덮쳐 오는 분노와 절망감을 조절하기 위해 입을 다물었다. 목소리가 제대로 나오리란 확신이 들자 입을 열었다.

「나는 우리가 결혼한 방법이나 이유, 혹은 상속자를 갖겠다는 마음을 바꿀 수 없소. 만약 바꿀 수 있더라도 난 그렇게 하지 않을 거요. 당신은 어떻소, 다루기 힘든 아내여. 당신은 영국 왕이 명령한 결혼을 하고 싶었소?」

「아뇨. 하지만 거역한다는 건 전쟁을 뜻해요.」

「당신은 블랙소른 성을 귀중히 여기지 않는 남자를 만나길 원한 거요?」

「아뇨.」

「그럼 당신에게 아기를 안겨 줄 수 없는 남자를 원했소?」

「아뇨.」

「당신에게 아무것도 원하지 않는 남자를 원한 거요?」

메그는 입술을 깨물며 고개를 가로 저었다.

「그렇다면 왜 당신은 싸움을 거는 거요? 당신은 내가 이 땅을 방어하고 보호할 수 없다고 생각하오?」

메그는 다시 고개를 가로 저었다.

「내가 나의 아이들을 방어하고 보호할 수 없다고 생각하오?」

「아니에요.」

「내가 나의 아내를 보호해 주지 못할 것 같소?」

메그의 눈동자에서 눈물이 흘러내렸다. 목이 아파 말을 하기가 힘들었다. 천천히, 다시 고개를 가로 저었다.

도미니크의 길고 힘센 손가락들이 마지막 끈을 풀었다. 녹색 실크 드레스가 열리고 메그의 목덜미에서 엉덩이의 갈라진 골짜기까지 드러났다. 도미니크는 아내의 우아한 곡선을 따라 만지고 싶었다. 뜨거운 열정으로 몸이 약하게 떨렸다.

「내가 당신에게 모자란다고 생각하오?」

도미니크의 목소리는 긴장으로 팽팽했다.

「아뇨. 결코 아니에요, 도미니크.」

도미니크의 입술이 목덜미를 간지럽히고 손가락이 속옷 사이로 미끄러져 들어오자, 메그는 가쁘게 숨을 몰아쉬었다.

입술은 천천히 등줄기를 타고 내려오고, 손은 둥그런 엉덩이를 감싸쥐었다. 따스하고 부드러웠다. 도미니크는 옷을 벗어 던지고 아내의 몸 속에서 기다리는 뜨거운 열기 속으로 자신을 몰고 싶다는 생각밖에 들지 않았다.

그러나 아직은 때가 아니었다. 먼저 자신의 이름을 부르는 목소리를 듣고, 살을 파고드는 손톱의 감촉을 느껴야 했다.

조심스럽게, 도미니크가 손을 놀리자 메그의 목소리는 남편의 이름을 부르며 부서졌다. 도미니크는 속으로 승리의 함성을 질렀다.

「당신이 원하는 게 있나?」

메그는 자신의 벗은 등에 닿은 도미니크의 숨결을 느끼고 몸을 바르르 떨었다. 섬세한 이빨의 자극에 심장 고동이 빨라졌다. 부드럽게 공격해 오는 남편의 손가락 앞에 서 있기도 힘들었다.

「당신은 너무 달콤해.」

놀리는 듯 움직이는 도미니크의 손가락은 메그를 신음하게 만들었다. 천천히, 감각에 호소하는 듯, 도미니크는 진한 애무를 했고, 자신의 피부를 자극하는 타는 듯한 맥박을 대가로 얻었다.

「나를 위해 문을 열어.」

열정이 가득한 도미니크의 목소리는 거칠었다.

「당신은 오직 나만이 열 수 있는 자물쇠야.」

메그는 대답을 할 수 없었다. 도미니크가 허리 뒤쪽의 예민한 신경을 입술과 이로 건드렸기 때문이었다.

메그의 몸 안에서 쾌감이 폭발하여 몸이 흔들렸다. 도미니크는 한 팔로 엉덩이를 감아 몸을 잡아 주었다.

숨겨진 메그의 반응이 솟구쳤다.

「도미니크, 서 있을 수가 없어요.」

메그는 도미니크에게 몸을 기댔다.

마지못한 듯, 도미니크는 메그의 몸에서 손을 거두었다. 하지만 놓아주고 싶지 않았다. 신음 소리를 듣고, 부드러움을 느끼고, 독특한 체취를 맡고……, 행복의 순간을 계속하고 싶었다.

「달콤한 마녀여, 한 번만 더. 딱 한 번만……」

메그가 대답하기도 전에, 도미니크의 뜨거운 입술이 등뼈 아랫부분에 닿았다. 마치 불길에 휩싸이는 기분이었다. 낮은 신음 소리와 뜨거운 사랑이 두 사람을 감쌌다.

도미니크는 애무를 멈추지 않고 천천히 몸을 일으키며, 흔들리는 아내의 몸을 한 팔로 안았다. 메그의 입에서 다시 신음 소리가 새어 나왔다. 크림처럼 하얀 등줄기가 비명을 지르는 것 같았다.

「당신의 유혹은 무자비해.」

「어떻게요?」

메그의 목소리는 고양이의 울음처럼 조용하면서도 자극적이었다. 도미니크는 다시 한 번 몸을 떨면서, 무섭게 고동치는 심장에 떠밀려 가는 자제력을 되찾으려고 안간힘을 썼다.

「난 지금 당장 당신 속에서 타오르고 싶어.」

메그의 손톱이 도미니크의 팔에 파고들었다.

「그렇게 해요, 나의 전사님. 지금 당장 날 가지세요! 난 더 이상 버틸 수 없어요. 텅 비어 버린 기분이에요.」

도미니크는 메그의 나머지 옷을 성급히 벗겼다. 황금 방울이 딸랑거렸다.

침대까지는 몇 걸음 가야 했다. 하지만 단 두 걸음만 가면 재봉틀까지 갈 수 있었다.

도미니크는 다급히 재봉틀 위에 놓인 오색의 뜨개실과 바구니를 한 팔로 쓸어 버렸다. 그리고는 메그를 그곳에 앉혀 놓고, 옷을 벗었다.

메그는 놀라움과 욕망에 뒤섞인 표정을 지으며 남편을 바라보았다. 도미니크는 그런 아내의 표정이 너무 우스워 껄껄 웃었다.

316

「재봉틀 위에서?」

「침대보다 가까우니.」

메그는 드러난 도미니크의 몸을 보자 더 이상 말을 할 수 없었다.

「저…… 당신을…… 만져도 돼요?」

「그렇게 해주지 않으면 난 죽어 버릴…….」

메그의 뜨거운 손길이 닿자 도미니크의 목소리는 점점 신음으로 바뀌었다.

「정말 단단해요. 그렇지만 정말 매끄럽군요. 특히 여기가요. 실크를 무색하게 할 정도예요.」

「하나님은 내게 힘을 주었소.」

도미니크가 이를 악물었다. 쾌감이 몸을 뒤흔들었다. 관능의 폭풍우 속에서 겨우 중심을 잡고 서 있었다. 본능의 욕구를 억누르자, 길고 떨리는 숨결과 뜨거운 땀이 온몸을 적셨다. 갈증을 억누르지 못하고 이리저리 몸을 어루만지고 있는 아내의 손을 잡았다.

「내가 잘못 만졌나요?」

「아니. 그 반대요. 당신의 손 안에서 갈가리 찢어질 것 같아.」

메그의 눈동자에 자리한 놀라움이 재빨리 호기심으로 바뀌었다. 도미니크는 메그의 다리를 어루만졌다.

「이렇게, 달콤한 마녀여. 내가 가까이 다가가도록 해주시오.」

도미니크의 손에 실린 힘이 목소리를 앗아갔다. 실오라기 하나 걸치지 않은 자신을 바라보는 남편 앞에서 메그는 그저 숨만 가쁘게 쉬었다. 두려워해야 할 상황이었지만, 욕망만 강렬해졌다.

도미니크의 머릿속에는 아내에 대한 갈증 외엔 아무것도 없었다. 도미니크는 아내의 몸을 어루만졌다. 관능의 비가 쏟아졌다. 손길이 더욱 강렬해지자, 메그의 목소리는 도미니크의 이름 위에 부서졌다. 부드러운 외침은 남편의 손길이 어디로 향하는지를 알려 주었다.

「그래. 내가 당신에게 바라는 게 바로 이거야. 뜨겁고, 매끄럽고, 내 이름을 애타게 부르고…….」

도미니크가 타는 듯한 눈으로 메그를 응시했다.

「난 더 이상…… 견딜 수…… 없어요.」

「나도 마찬가지야.」

도미니크는 껄껄 웃었다.

「다리를 내 허리에 감고 꼭 끌어안아. 그래, 그렇게. 지금이야, 더 세게 끌어안아.」

도미니크의 손이 메그의 엉덩이 아래로 들어갔다.

도미니크의 뜨거운 애무에 메그는 신음으로 대답했다. 순간 메그는 자신의 몸이 찢겨 나가는 기분이었다.

「너무 한 건가?」

도미니크는 물러서려고 했지만, 이내 포기하고 더욱 깊이 들어갔다.

「난…….」

메그는 숨이 끊어질 듯 신음 소리를 냈다.

도미니크가 물러나려 했으나, 메그의 다리가 놓아주지 않았다. 낮은 신음과 함께 다시 메그의 몸 속으로 더 깊이 들어갔다.

복부에 이상한 감각이 스쳤다. 메그는 신음하며 몸을 움직였다. 엉덩이를 들어올리는 커다란 손과 거친 힘, 아찔했다.

도미니크의 이름이 방 안에 메아리치면서, 메그의 손톱이 도미니크의 근육질 어깨 속으로 파고들었다. 도미니크는 더 깊숙이 들어갔다.

이번에는 전혀 아프지 않았다. 메그는 비명을 지르면서 자신의 몸 안으로 깊이 들어오는 전사를 기쁘게 맞이했다.

마침내 메그가 숨을 고르고 눈을 떴다.

도미니크는 아내의 표정을 살피며 조심스레 입을 뗐다.

「괜찮소?」

「네.」

메그는 몸을 떨며 대답했다.

「내가 아프게 했나?」

「훨씬 무시무시했어요. 하지만 아프지는 않았어요.」

「정말? 난 당신을 더 부드럽게 대할 생각이었는데……. 당신은 내 자제력을 엉망으로 만들어.」

「아프지 않았어요. 오히려 그 반대예요. 당신은 나에게 즐거움을 안겨 주었어요.」

메그는 몸을 내밀고 도미니크에게 키스했다.

도미니크가 갑자기 몸을 움직였다. 쾌감의 파편이 사방으로 튀었다. 메그는 눈을 크게 뜬 채 숨을 몰아쉬었다. 몸이 분리되지 않은 자세로, 도미니크는 아내를 안고 침대로 왔다.

「아직 날 떠나지 말아요.」

메그가 부끄러워하며 남편에게 속삭였다.

「이렇게 있으라고, 당신 안에?」

「네. 당신은 즐겁지 않았어요?」

메그는 자신의 위에 누운 도미니크의 몸이 압박을 가해 오자, 즐거워하며 몸을 떨었다. 아주 작은 움직임조차 뜨거운 감각으로 전해졌다.

「난 서 있지도 못할 지경이었소.」

「하지만 당신은 아직도…… 그러니까 준비 상태인 것 같아요.」

「'아직'이 아니라 '또'지.」

「아직 30분도 안 지났어요.」

메그가 눈을 크게 떴다.

도미니크는 웃으면서 다시 메그의 몸 안에서 체온을 맡고, 향기 어린 쾌락의 비를 이끌어 냈다. 도미니크의 열정이 천천히 식어 갔다. 잠시 후, 다시 뜨거워진 욕구가 강렬한 마찰을 일으키며 메그를 불태웠다.

「오, 나의 전사.」

무서운 압력으로 두 배가 된 쾌감이 메그를 희롱했다. 더 이상 아무것도 생각할 수 없었다. 단지 온몸으로 느낄 뿐이었다.

메그는 도미니크와 하나 되고, 함께 움직이고, 함께 숨쉬는 일이 얼마나 행복한지 말하고 싶었지만, 입술에선 쾌락의 신음 소리만 흘러나왔다.

도미니크는 웃었다. 몸부림치는 여인에 의해 힘은 커지고 고통은 사라졌다. 고개를 숙여 아내의 입술에서 조그만 외침을 들이마시며, 도미니크는 날카롭고 다급해진 메그의 외침에 공포가 어릴 때까지 몸을 움직였다.

「도미니크?」

메그가 겨우 입을 열었다.

「날 꼭 잡아. 당신은 이제 아주 높이 날아갈 거야.」

「당, 당신은요?」

「나도 같이 갈 거야. 자, 날아 봐. 태양이 있는 곳까지 날아 올라.」

24

존 영주의 죽음을 애도하는 연회가 열렸다.

사이먼은 망루에 서서, 넓은 목초지를 둘러싸고 있는 사람들의 물결을 바라보았다. 사람들은 마지막 시합을 기다리고 있었다. 말을 타고 겨루는 창 싸움에서 블랙소른 성 기사들은 – 단 두 명을 제외하고 – 리버스족에게 모두 패배했다. 승리한 기사들은 모두 성스러운 십자군 전쟁에서 돌아온 전사였다.

스코틀랜드 귀족은 아직 싸우지 않았다. 도미니크 르 사브르도 마찬가지였다.

「얼굴에 수심이 가득하구나.」

도미니크가 동생에게 속삭였다.

사이먼은 자신의 형을 곁눈질했다.

「형은 오늘 자신만만해 보이는군요.」

「덩컨이 함정인 걸 눈치채고 오지 않을까 걱정했지.」

「말을 탈 줄 아는 리버스족은 모두 데리고 왔더군요.」

「그래. 하지만 우리와 대항할 수 있는 기사는 딱 세 명뿐이던데.」

「덩컨에게는 기사가 열두 명이나 있어요.」

「알아.」

사이먼은 형의 시선을 따라 오합지졸의 리버스족과 떨어져 서 있는 기사 넷을 보았다. 그 중 하나가 덩컨이었다. 그 사내들은 냉철한 시선으로 시합을 관전하고 있었다.

「루퍼스가 이번 시합에서 빠졌다니, 재밌군요.」

동생의 말에 도미니크는 씁쓸하게 고개를 끄덕였다.

「덩컨의 눈은 빌어먹을 정도로 예리해. 루퍼스가 질투하리란 사실을 짐작한 거지. 저 스코틀랜드 귀족은 아마 함께 서 있는 저 기사들만 신뢰할 거야.」

「루퍼스가 리버스족의 지도자가 아니란 사실이 안타깝다니까요. 만약 그랬으면 그 바보를 돼지우리에 던져 넣어 버렸을 거예요.」

「돼지우리 말이 나왔으니 말인데, 오늘 사제를 본 적이 있나?」

「한 손에는 양고기, 다른 손에는 맥주를 들고, 입에 하나 가득 빵을 물고 있었죠.」

「어디에서?」

「덩컨 옆에서지 어디겠어요? 교회는 누구를 지지하는지 절대 숨기지 않아요. 사제를 존의 사생아놈과 함께 북쪽으로 보냈어야 했어요.」

도미니크가 빙긋 웃었다.

「내 생각도 그래. 그랬으면 블랙소른 성이 내 손아귀에 완전히 들어오기 전에 훌륭한 예배실을 내 맘대로 사용할 수 있었을 텐데…….」

「지금 사제가 필요해요?」

사이먼은 뜻밖이었다.

「그래. 한데 무장한 병사들을 다 배치했겠지?」

「명령하신 대로요. 지금 하나님 이름을 걸고 무슨 일을 계획하고 있는지, 말씀해 주지 않으시렵니까?」

「대단한 건 아냐. 그저 내 아내를 강탈하려 했다는 이유로 스코틀랜드놈에게 벌 좀 내릴까 해서.」

「뭐라고요? 리버스족은 형수님이 아니라 형의 죽음을 원해요.」

「아마 그럴지도 모르지. 하지만 그건 처벌할 수 있는 이유가 안 돼. 그러나 남편이 있는 여자를 훔치려 한 남자는 마땅히 죗값을 치러야 해. 아무리 리버스족이라 해도 그런 행동은 묵인할 수 없어. 덩컨 옆에 빌붙어 있는 저 사제놈은 공포에 질려 먹던 걸 다 토해 낼 거야. 넌 추방당한 기사가 전쟁을 일으킬 수 있다고 생각하니?」

사이먼이 눈을 가늘게 떴다. 입매가 도미니크만큼이나 잔인하게 변했다.

「형은 스코틀랜드놈을 죽일 생각이군요, 그렇죠?」

「만약 그래야만 한다면. 그리고 그렇게 해야만 할 것 같아. 리버스족이 너무 강해지고 있어.」

사이먼의 얼굴에서 웃음이 사라졌다.

「그건 전쟁을 의미해요.」

「어쩌면. 하지만 덩컨이 없다면 리버스족을 이기는 건 훨씬 쉬워.」

도미니크는 다음 말을 어떻게 해야 할지 몰라 잠시 망설였다.

불길한 예감에 사이먼의 몸이 차갑게 식었다. 예전에는 한번도 본 적이 없는, 심지어 술탄의 악명 높은 고문실에서조차 보지 못했던 어둠이 형의 눈동자 속에 깔려 있기 때문이었다.

「만약 내가 죽으면 메그를 부탁……。」

「아뇨! 형은 죽지 않아요! 내가 형을 보호할 거예요. 토마스도……。」

「아니, 아무것도 하지 마라. 난 아내를 강탈하려던 죄로 덩컨을 비난할 거야. 그놈은 부인하겠지. 이 문제가 결정 나면 아무도 이의를 제기하지 않도록 승부에 복종하거라.」

「빌어먹을.」

사이먼이 새파랗게 질렸다. 형을 막아야만 했다.

「너무 위험해요. 형도 돌에 걸려 넘어질 수 있고, 혹은 그놈이 재수가 좋거나 그의 부하들이……。」

도미니크는 손을 들어 동생의 말을 막았다.

「전쟁을 피할 수 있는 단 하나의 방법이야.」

도미니크는 담담했다.

한동안 침묵이 흘렀다. 사이먼의 긴 한숨 소리가 들렸다.

「그건 그렇다 치고, 만약 그 스코틀랜드놈이 형을 죽이면, 난 그놈의 머리가죽을 벗겨 잔을 만들고, 그 잔에 그놈의 피를 부어 마실 겁니다.」

도미니크의 얼굴에 웃음이 번졌다.

「네가 그렇게 하리라고 믿는다, 동생아. 네 칼은 무척 날쌔니까.」

「형은 강해요.」

「스코틀랜드 귀족놈도 힘이 세지.」

사이먼은 부인하지 못했다.

「그 바보 같은 사제가 너무 술에 취해 고해성사를 받지 못하게 되기 전에 얼른 찾아봐.」

「벌써 찾았어요.」

도미니크는 동생의 눈길을 따라갔다.

성직자는 정말 거기에 있었다. 덩컨 바로 옆에 서서 고기를 뜯으며 진지하게 이야기를 하는 중이었다. 지루한 내용이었는지, 덩컨은 군중들에게 시선을 돌린 채 건성으로 듣고 있었다.

사이먼과 도미니크가 다가가자 덩컨은 즉시 왕의 검이 어떤지 시험할 기회가 다가왔다는 사실을 눈치챘다.

「아, 마침내 시합에 나서려는가 보군요.」

덩컨은 만족스러운 표정이었다.

「그런 셈이오. 사제님, 우리의 고해성사를 들을 수 있을 만큼 술이 깼습니까?」

덩컨의 몸이 굳었다. 엷은 갈색 눈동자가 도미니크와 사이먼을 번갈아 바라보았다.

「언제부터 이런 간단한 시합에 기사들이 고해성사를 했소?」

덩컨이 의아해하며 부드럽게 물었다.

「아내 강탈은 시합이 아니오.」

도미니크의 목소리와 눈동자는 차고 무뚝뚝했다.

「아내 강탈?」

놀란 덩컨이 되뇌었다.

도미니크와 사이먼이 칼을 빼 들기라도 한 듯, 덩컨의 기사들이 허리춤에 찬 칼에 손을 얹고 재빠르게 시선을 돌렸다.

「그렇소. 당신은 내 아내를 훔치려고 했소.」

「언제?」

「며칠 전 우리가 사냥을 하러 나갔을 때.」

덩컨은 어리둥절한 표정으로 사이먼을 보았다. 한때 우정의 가능성이 보였던 사내의 눈동자에는 이제 냉랭한 지옥의 약속만이 있을 뿐이었다.

「난 무슨 말인지 도통 모르겠소.」

덩컨이 하도 어이가 없어 입을 쩍 벌렸다.

도미니크는 한참 동안 스코틀랜드 귀족을 찬찬히 뜯어보았다. 내키지는 않았지만, 덩컨의 말은 사실일 가능성이 높았다. 하지만 그 일이 덩컨의 소행이 아니라 해도, 도미니크 계획엔 아무 변화도 생기지 않으리라. 덩컨의 막강한 지도력은 언젠가 블랙소른 성의 평화를 위협할 수 있는 소지가 그만큼 높았다.

「메그가 탄 말이 지쳐서 따라오지 못했을 때, 난 함께 가려고 뒤에 남았소. 그때 우리는 또 다른 사냥 나팔 소리를 들었소.」

도미니크는 뒤뜰까지 울리도록 목소리를 높였다.

덩컨이 입을 열려고 했으나 도미니크가 말을 가로막았다.

「메그는 그 나팔 소리를 알아들었소. 당신네 나팔이었소, 덩컨. 나중엔 개들이 우리를 추격하더군.」

「난 그런 짓을 하지 않았소. 메기를 쫓지 않았단 말이오.」

덩컨이 강력하게 부인했다.

도미니크는 희미하게 웃음을 지었다.

「정말이오? 난 당신이라고 생각했소. 그리고 그 생각엔 변함이 없소. 당신은 메그가 블랙소른 성 사람들의 충성심을 받기 위한 열쇠임을 알고 있소. 그리고 메그를 차지하는 사람이 영토를 손에 넣을 수 있다는 사실도.」

「맞소. 사람들도 모두 그렇게 생각하고 있소.」

덩컨이 굳은 얼굴로 대답했다.

「당신은 예전에 메그의 약혼자였고, 결혼식 때 하나님과 헨리 왕이 내게 준 아내를 훔치려고 했소. 블랙소른 성도 아울러 차지하려는 생각으로 말이오.」

「아니오!」

「해가 질 때까지 아니라고 소리칠지 몰라도 난 믿을 수 없소. 그 누구라도 믿지 못할 거요. 선택을 하시오, 덩컨. 이 땅을 떠나 다시는 돌아오지 않든지…….」

「아니.」

덩컨이 말을 막으려고 끼여들었지만, 도미니크는 무시해 버렸다.

「……아니면 지금 여기서 나와 일대일로 시합을 벌이든지.」

연못에 파문이 일듯, 사람들 사이로 침묵이 번져 나갔다.

산파와 권과 함께 아델라의 출산에 대해 이야기를 나누던 메그가 고개를 들었다. 묘한 침묵 속에서 다가올 전투에 대한 소식이 흥분된 목소리로 전달됐다.

메그의 얼굴이 새하얗게 질렸다. 순간 몸이 흔들렸다.

「안 돼. 이래선 안 돼!」

메그는 넋이 나가 중얼거렸다.

하지만 덩컨과 도미니크는 싸움을 하고 말리라. 그리고 둘 중 하나는 죽으리라.

메그는 긴 녹색 드레스 자락을 잡고 기사들이 모인 곳으로 달려갔다. 몸에 단 황금 방울이 경고하듯 울어대자, 사람들이 길을 내주었다.

기사들도 그 소리를 들었다. 동시에 시선이 한 곳으로 쏠렸다. 긴 머리카락을 휘날리며 달려오는 글렌드뤼드 여인에게로.

메그의 시선은 오직 한 사내에게로 가 꽂혔다. 지금까지 그 누구보다도, 심지어 자신보다도, 더 가까이 있기를 바란 남자……. 갑옷과 칼의 차가운 감촉이 피부에 와 닿아도 상관없이, 메그는 그 남자에게 바로 날아갔다.

「나의 작은 매.」

도미니크가 메그를 끌어안았다. 오직 그 말뿐이었다.

메그의 눈동자에 든 감정이 도미니크의 마음 한구석을 도려냈다. 사람들의 시선에도 아랑곳하지 않고 아내의 몸에 팔을 둘러 가까이 안았다. 메그는 격한 감정을 못 이겨 몸을 떨었다. 마음을 어느 정도 진정하자, 도미니크가 메그를 놓아주었다.

「괜찮을 거요. 누가 이기든, 당신은 보살핌을 잘 받을 거요. 당신이 블랙소른 성의 열쇠니까.」

공포와 분노의 눈물을 흘리며 메그는 말없이 남편을 응시했다.

「둘 중 한 명은 죽을 거예요. 사람이 죽는데, 어떻게 괜찮을 수 있죠?」

「블랙소른 성은 살아남을 거요.」

메그는 눈을 감았다. 세상으로 흘러내리는 달빛처럼, 눈물이 메그의 뺨 위로 흘러내렸다. 말하고 싶었지만 목소리가 나오지 않았다. 가슴에 새기려는 듯, 메그는 떨리는 손으로 남편의 얼굴을 더듬었다.

「땅은 항상 살아남아요. 오직 사람만이 살고 죽을 뿐이죠. 그리고 사랑도.」

메그는 손을 목으로 가져가, 어머니가 물려준 십자가 목걸이를 끌렀다. 그러고는 십자가에 입을 맞추고 쇠장갑을 낀 도미니크의 손바닥에 올려놓았다.

「하나님이 당신을 지켜 주실 거예요.」

도미니크는 장갑을 벗고 맨손으로 십자가를 쥐었다. 메그의 가슴에 매달렸던 십자가는 마치 스스로 생명을 가지고 있는 것처럼 따스했다. 그는 십자가에 입을 맞추고 자신의 목에 걸었다.

덩컨은 비참한 표정으로, 한때 약혼녀였던 여자와 적이 된 운명을 지닌 남자를 바라보았다.

「메기, 난 당신을 강탈하고 부정을 강요한 적이 없소. 당신은 내 말을 믿소?」

「네, 믿어요.」

「뜻밖이군.」

「만약 결투가 끝나기 전에 당신들 중 누구라도 칼을 빼 들면, 당신들은 글렌드뤼드의 분노가 어떠한지 알게 될 거예요.」

목소리에서 사람들을 제압하는 힘이 느껴졌다.

메그는 덩컨 가까이 서 있는 사내들을 재어 보듯 둘러보았다. 메그의 얼굴은 창백했지만, 눈은 야성적인 녹색 불길로 활활 타올랐다.

덩컨이 슬픈 웃음을 지었다.

「메기, 당신은 살생을 할 수 없소. 당신이 더 잘 알 텐데……..」

「알아요. 하지만 죽음보다 더 무서운 게 있죠, 덩컨. 당신의 부하들은 꿈을 꾸지 못하고 깨어 있는 채로 살게 될 거예요.」

메그의 얼굴에 차가운 웃음이 떠올랐다.

메그가 돌아서자, 사제는 뜯어먹던 닭다리를 떨어뜨리고 황급히 성호를 그었다. 도미니크를 제외한 모든 사람들이 불안한 표정을 지었다.

도미니크는 죽은 땅에 생명을 피우는 봄같이 타오르는 여인을 바라보았다. 언젠가 메그가 했던 말이 머릿속에서 메아리쳤다.

'겨울의 상처는 봄이 치료를 하기 전에 심해졌다가, 강한 것들만 살아남죠. 치료는 힘없는 자를 위한 게 아니라, 살아남을 자를 위한 거예요.'

더듬거리는 사제의 어투 탓에 더욱 분위기가 가라앉았다. 고요한 침묵 속에서 덩컨과 도미니크는 마지막 고해성사와 의례를 치렀다. 모든 전사들이 하나님을 알현할 준비를 마치자 성직자는 입을 다물었다.

사이먼은 제임슨에게서 투구를 받아 형의 머리에 씌워 주고, 망토를 벗겼다. 한마디 말은 없었지만, 형제간에 끈끈한 정이 소리 없이 오갔다.

메그는 덩컨을 돌아보았다. 어릴 적 마음을 들뜨게 해주었던 맑은 표정이 보였다. 눈물이 앞을 가려, 눈앞이 흐려졌다.

의식이 끝나자, 도미니크는 무표정한 표정으로 아내와 덩컨을 바라보았다. 메그는 남편에게 가 다시 한 번 싸움을 말려 보려고 했지만, 때는 이미 늦었다.

전쟁 나팔 소리가 울렸다. 그 소리는 마치 지옥 문을 지키는 개가 피투

성이 달을 보고 짖는 소리처럼 음산했다. 사람들이 그 자리에 못 박히듯 섰다. 장내를 뒤덮는 침묵.

군마 두 마리가 목초지 반대편에서 이끌려 나왔다. 크루세이더와 덩컨의 힘센 갈색 종마는 덩치가 거의 비슷했다.

도미니크와 덩컨은 말없이 말에게 향했다. 두 남자는 한 번의 도약으로 힘차게 말에 올라탔다. 쇠사슬 갑옷과 투구, 쇠장갑과 짧은 바지, 칼과 방패가 마치 가벼운 망사로 만들어진 것 같았다. 종자들이 두 사람에게 기다란 창을 건넸다.

두 기사는 무기를 비껴 잡고 상대방을 겨누었다.

메그 뒤에서 한 아이가 울음을 터뜨리고, 개가 으르렁대고, 매가 분노의 비명을 질러댔다. 절망으로 터지는 비명이 메그의 숨통을 조여 왔다.

두 마리의 종마가 앞다리를 쳐들자, 지켜보고 있던 기사들이 환호성을 외쳤다. 말이 목초지를 가로질러 달려나가자 먼지가 휘날리고 풀들이 동요했다. 천둥 같은 말굽 소리를 울리면서, 두 기사는 방패를 치켜들고 창을 겨눈 채 상대방을 향해 질주했다.

칼과 방패가 부딪치는 소리가 목초지를 뒤흔들었다. 두 마리 말이 비틀거리다가 중심을 잡고, 다시 목초지의 양끝을 향해 빠른 걸음으로 걸었다. 또다시 금속이 맞부딪치는 소리와 말들의 커다란 울음소리가 허공을 메웠다. 비틀거리는 말들이 또 다른 결전을 위해 자리를 잡았다.

그런 다음 다시, 또다시……

「막상막하야. 말들도 잘 훈련되어 있어. 만약 덩컨이 실수를 하거나 창을 부러뜨리지 않는다면…….」

사이먼은 안절부절못했다.

우지끈 하며 창이 부서지는 소리가 사이먼의 말을 꿰뚫었다. 하지만 부러진 건 덩컨의 창이 아니었다.

도미니크의 창이었다!

방패로 덩컨의 일격을 막아 내긴 했지만, 창이 갑자기 부러지는 바람에 그 충격으로 도미니크는 말에서 떨어졌다. 재빨리 일어나 자신의 말을 향해 걸어갔지만, 덩컨의 말이 도미니크를 크루세이더에서 떼어 놓았다.

덩컨이 말이 다시 방향을 바꾸었고, 어깨를 맞은 도미니크의 몸이 땅에서 굴렀다. 도미니크가 미처 일어나기도 전에 덩컨이 다시 공격했다. 리버스족의 환호성과, 블랙소른 성 기사들의 신음과 저주가 뒤섞였다.

공포에 질린 메그는 거대한 밤색 종마가 도미니크를 짓누르려는 모습을 보고 손가락을 뒤틀면서 목구멍을 찢어 놓을 것 같은 비명을 억지로 밀어 넣었다. 덩컨은 창을 수평으로 들었다. 만약 도미니크가 몸을 돌려 달아나면 말에게 짓밟힐 테고, 칼을 빼 들고 싸우려고 하면 덩컨의 창에 죽음을 당할 게 분명했다.

「안 돼!」

아무도 공포에 질린 메그의 외침을 듣지 못했다. 모두 환호성과 격려로 목소리를 높였기 때문이었다. 싸움터로 달려나가지 못하도록, 사이먼은 강철처럼 단단한 손으로 옆에서 메그를 꽉 붙들었다. 메그는 미친 듯이 몸부림치다가, 자신이 할 수 있는 일이 하나도 없다는 사실을 깨닫고 갑자기 주저앉았다.

도미니크는 머리 위로 다가온 죽음을 받아들이려는 듯 꼼짝도 하지 않고 서 있었다. 지켜보고 있던 기사들은, 도미니크가 창과 말을 피하기 위해 마지막 순간 옆으로 몸을 날려 주길 바랐다. 그것은 말에서 떨어진 기사에게 동료들이 구하러 오도록 충분한 시간을 벌어 주는, 싸움터에서는 흔히 볼 수 있는 전략이었다.

하지만 아무도 도미니크를 구해 주지 않을 것이다. 그것은 금지된 사항이었다. 동료들의 실력이나 숫자가 아닌, 하나님의 뜻이 운명을 판가름하기로 되어 있었다.

도움을 받지 않고도 도미니크는 한동안 덩컨의 공격을 피할 수 있을지 모르지만, 얼마 안 가 지치고 비틀거리게 될 것이다. 그렇게 되면 덩컨은 도미니크를 향해 창을 내려칠 것이다.

밤색 종마가 도미니크를 향해 달렸다. 발을 한 번 내디딜 때마다 가속도가 붙었다. 도미니크는 기다렸다. 반쯤 웅크린 자세로, 발끝에 힘을 주었다.

어느 쪽으로도 몸을 날릴 준비를 하는 듯했다. 덩컨은 안장에서 몸을 약간 일으켜 사냥감을 추적하는 자세를 취했다. 단칼에 베어 버리겠다는 험악한 표정이었다.

도미니크는 말이 다가오는 마지막 순간까지 가만히 서 있었다. 말발굽 아래서 휘날리는 먼지와 함께 내던져질 만큼 말이 가까이 왔다. 막 말굽에 밟히려는 순간, 그의 몸이 솟구쳤다.

숨을 죽이고 있던 사람들이 꿍 소리를 냈다. 덩컨이 다시 공격을 시도했다. 아슬아슬하게 도미니크가 몸을 피했다. 한동안 도미니크는 고양이를 만난 쥐 신세가 됐다. 덩컨은 일방적인 결투를 어서 끝내고 싶다는 열망으로 몸이 달았다.

여섯 번째 공격에서, 도미니크는 한 번 더 몸을 날렸다. 하지만 피하는 것이 아니라 덩컨을 향해서였다. 도미니크는 덩컨의 오른쪽 다리를 움켜쥐고 무서운 힘으로 끌어당겼다. 전략이 효과를 발휘했다. 덩컨이 중심을 잃었다.

말에서 떨어진 덩컨은 쓸모 없는 창을 내던지고 칼을 잡았다. 땅에 어깨를 심하게 부딪히긴 했어도, 몸을 굴리며 고양이처럼 일어났다. 완전히 일어서기 전에 도미니크는 칼등으로 덩컨의 무릎 뒤쪽을 후려쳤다.

덩컨이 앞으로 쓰러졌다. 중심을 바로잡거나 칼을 사용할 기회는 완전히 사라졌다. 도미니크의 칼이 덩컨의 목을 가만히 누르고 있었다.

덩컨은 죽음을 예견한 듯 꼼짝도 하지 않았다. 도미니크는 거칠게 숨을 내쉬었다. 칼끝 아래 있는 덩컨의 목에서 핏방울이 떨어졌다.

「넌 스코틀랜드 왕을 제외한 어느 누구에게도 무릎을 꿇지 않겠다고 말한 적이 있다.」

쥐 죽은 듯 고요한 시합장에서 도미니크 목소리가 쩌렁쩌렁하게 울렸다.

덩컨은 다가올 죽음을 생각하며 눈을 가늘게 뜨고 기다렸다.

네게 기회를 주겠다. 지금 죽든지 아니면 날 너의 군주로 받아들여라.」

침묵이 흘렀다.

덩컨은 칼을 던지면서 억지 웃음을 짓고 더불어 맹세를 했다.

「까마귀 먹이보다는 당신의 신하가 나을 것 같소.」

도미니크는 고개를 젖히며 웃음을 터뜨렸다.

「그렇겠군.」

도미니크는 유연한 동작으로 칼을 칼집에 넣고 손을 내밀었다. 하지만 덩컨은 일어서지 않고, 자신이 도미니크 르 사브르에게 복종하기로 했다는 사실을 모든 사람들에게 명백히 하려는 듯 무릎을 꿇고 고개를 조아렸다.

「일어나게.」

덩컨이 일어서자 도미니크는 덩컨의 칼을 주워 건네주었다.

「자네는 내게 약속을 했네. 그러니 또다시 충성을 표시할 필요는 없어. 무장하지 않은 기사는 군주에게 쓸모가 없지. 자, 받게.」

덩컨은 칼집에 들어 있는 도미니크의 칼을 보더니 씩 웃으며 재빨리 칼을 받아 칼집에 집어넣었다. 사람들이 안도의 한숨을 내쉬었다.

도미니크가 돌아섰다. 날카로운 시선이 리버스족에게 향했다.

「나는 스코틀랜드와 영국 왕의 동의를 얻어 맥스웰의 덩컨에게 큰 영지를 내리겠다.」

덩컨이 눈을 크게 뜨고 도미니크를 응시했다.

「너희들은 덩컨을 군주로 받아들이고 그를 나라고 생각하라. 그럴 생각이 없는 자는 이곳에서 나가도록 하라. 그리고 다시는 내 영토로 돌아오지 말아라.」

25

　스코틀랜드 귀족과 함께 남기보다 루퍼스를 따르기로 결정한 리버스족이 떠났다.

　늙은 권과 메그는 시합을 하며 다친 기사들을 치료하느라고 하루 종일 영주의 일광욕실에서 지냈다. 홀에 연회장이 마련되었기 때문에, 햇살이 많이 드는 이곳을 임시 진료실로 사용했다.

　이제 한 사람만 남았다. 마지막 환자는, 아무렇지도 않다며 제일 나중에 치료를 받겠다고 우긴 덩컨이었다.

　「아야!」

　덩컨은 소리를 지르며 고개를 뒤로 획 젖혔다.

　「가만히 있어요. 칼에 목을 찔렸을 때는 아무 소리도 안 내더니…….」

　「난 죽을 거라 생각했소. 그런데 무슨 소릴 내겠소?」

　메그는 덩컨을 말없이 째려보았다. 결투를 끝낼 준비가 된 도미니크의 칼에 위협을 받으며 죽음을 기다리던 덩컨의 모습을 잊는 데는 시간이 많이 걸리리라.

　「고개를 뒤로 젖혀요. 목을 볼 수가 없잖아요.」

「당신에게 보여 주고 싶지 않소, 메기. 내 목덜미가 늑대 암컷에게 노출되는 기분이…….」

덩컨의 눈에 어린 장난기를 보고 메그는 긴장을 풀었다.

「만약 도미니크가 적을 살려 두었다면, 난 친구의 생명을 구할 수 있어요.」

덩컨은 얼굴을 찌푸리며 고개를 뒤로 젖혔다.

「단지 조금 긁혔을 뿐이오.」

「그런가요? 그렇게 몸을 꼬고 엄살을 떨길래 난 목의 살점이 베어 나간 줄 알았어요.」

방 안에 남아 있던 기사들은, 둘째 가라면 서러울 정도로 용감한 사내가 연약한 여자에게 놀림당하는 모습을 보며 웃음을 터뜨렸다. 메그는 고개를 들고 사람들에게 살짝 웃어 보였다.

「훌륭한 기사님들, 저녁을 먹으러 가세요. 덩컨 경도 곧 따라갈 거예요.」

사내들이 모두 연회장으로 갔다.

모두 나가자, 메그는 섬세한 손가락으로 덩컨의 목을 자극했다. 덩컨은 갑옷을 벗어 던지고 짧은 가죽 바지만 입고 있었다. 메그의 머리카락이 앞으로 주르르 쏟아지며 시야를 가리자, 덩컨은 머리카락을 귀 뒤쪽으로 넘겨 주었다. 오랜 우정에서 나오는 허물없는 행동이었다.

도미니크는 문 앞에 서서 덩컨과 메그를 바라보았다. 창자가 녹아 내리는 것 같았다. 질투를 느낄 필요가 없다고 스스로 타일렀다. 하지만 아내의 손이 상처를 찾기 위해 덩컨의 목을 스치자, 블랙소른 성에 떠도는 소문들이 사실처럼 느껴졌다.

'덩컨의 약혼녀. 덩컨의 정부. 마녀는 때를 기다리고 있어.'

「하나님께 아주 가까이 갔었나 봐요.」

상처를 치료하며 메그가 중얼거렸다.

「그렇소. 메기, 날 그리워할 거요?」

덩컨은 흘러내린 또 다른 머리카락을 넘겨주며 묘한 표정을 지었다.

「고양이가 개를 그리워하는 식이죠.」

덩컨은 웃음을 터뜨렸다. 머리칼을 넘겨주던 손이 우연히 머리장식을 건드리자 황금 방울이 딸랑거렸다. 덩컨은 머리장식을 어루만졌다. 동작마다 방울들이 노래를 불렀다. 메그는 덩컨의 행동을 전혀 거부하지 않았다.

'둘 사이에 사랑이? 지금까지 차가운 노르만 영주와 만족하는 척했단 말인가. 웃어 보이며 때를 기다렸다?'

「아야! 맙소사, 당신 남편이 시작한 일을 당신이 끝내려고 하는 거요?」

「음식을 삼키는 데 문제가 없겠어요?」

「괜찮소.」

「정말 다행인 줄 아세요, 맥스웰의 덩컨.」

「알고 있소. 하지만 난 절대로 당신 같은 아내를 얻지 않을 거요, 메기.」

「그 점에 대해선 감사해야 해요. 도미니크에게 물어 봐요. 고양이나 매처럼 방울을 달아 놓을 정도로 난 그 사람에게 시련의 대상이에요.」

「도미니크가 친절하게 대해 주지 않소?」

덩컨이 진지하게 물었다.

「글렌드뤼드 아내에게 말인가요? 오직 합법적인 상속자만을 바라는 그 사람이? 내 남편이 그렇게 바보 같아 보여요?」

「아니, 그는 여우처럼 빈틈없는 사내요.」

「남편은 여우 한 무리와 맞먹을 정도죠. 아주 잘해 줘요. 이 방울도 남편이 사랑하는 송골매의 것과 거의 똑같을 정도니까요.」

덩컨이 웃음을 터뜨렸다.

메그는 덩컨에게 가만히 있으라며 꾸짖기는 했어도, 여전히 웃음 띤 얼굴로 덩컨의 넓은 가슴에 연고를 발랐다.

'메그는 때를 기다리고 있어. 사랑하는 스코틀랜드 귀족을 위해, 때를 기다리고 있다고!'

「만약 삼키는 데 문제가 있거든, 바로 내게 오세요.」

「난 항상 그렇게 했소, 메기. 마술적인 글렌드뤼드의 약이 아니더라도 당신의 손끝만 닿아도 치료가 되니 말이오.」

기사들을 위해 놓아 둔 맥주 단지가 들썩일 정도로, 도미니크는 투구를 세게 내던졌다.

메그는 재빨리 고개를 들었다. 녹색 시선은 마치 눈에 보이지 않는 손처럼 도미니크를 향해 날아가 숨겨진 상처를 찾았다. 하지만 보이는 것은 차가운 분노였다. 메그는 자신이 덩컨의 허벅지 사이에 서 있다는 사실을 퍼뜩 깨달았다. 뺨이 발갛게 달아올라, 황급히 뒷걸음질쳤다.

덩컨이 고개를 돌려 도미니크를 보았다. 영주의 얼굴에 불쾌해하는 표정이 역력하게 드러났다. 덩컨의 얼굴에 장난스런 웃음이 번졌다.

「왜 영주님이 내게 이곳에서 3일 동안이나 말을 타고 가야 하는 거리에 영지를 주었는지 알 것 같군요.」

「홀에 가 보도록 하시오.」

싸늘한 목소리였다.

「알겠습니다, 영주님. 그렇게 하지요.」

덩컨은 일어나 빠른 걸음으로 일광욕실에서 나갔다. 도미니크의 눈동자가 그 뒤를 따라갔다.

「에디스에게 목욕물을 준비하라고 일러두었어요. 지금쯤 준비가 됐을 거예요. 사이먼을 불러 당신의 시중을 들라고 할까요?」

「아니. 당신의 마술 같은 손길이 주는 즐거움을 느끼고 싶소.」

그 말은 채찍처럼 메그를 후려쳤다. 몸이 굳고 화가 났다.

「그렇게 심술을 부릴 이유가 없잖아요 덩컨과 나 사이에는 아무것도 없어요. 난 당신에게 순결을 드렸어요!」

「하지만 매번 그렇게 할 수 없지 않소? 남자가 여자의 정절을 확인할 수 있는 것은 오직 한 번뿐이오.」

메그는 눈을 둥그렇게 떴다.

「설마 진정으로 하는 소리는 아니겠죠?」

「물론 진정이오. 저 스코틀랜드 사생아를 죽이지 않은 걸 다시 한 번 후회하오.」

밤이 낮을 감싸듯, 정적이 메그의 몸을 덮었다.

「내가 뭘 잘못했다는 거죠?」

메그의 말은, 꺼져 가는 도미니크의 분노라는 불길에 던져진 지푸라기와 마찬가지였다.

「당신은 반나체의 기사, 그것도 서로 사랑한다는 소문이 자자한 그런 남자와 단둘이 있었소. 만약 덩컨의 허벅지 사이에 서 있던 여자가 마리였다면, 난 신나게 웃었을 거요. 하지만 눈웃음을 치던 여자는 마리가 아니라, 바로 내 아내란 말이오!」

「나는 남자에게 눈웃음을 친 적이 한번도 없어요. 난 치료사예요. 매춘부가 아니라고요.」

도미니크가 코웃음을 쳤다.

「이따금 그 둘을 구별하기가 힘들군.」

「덩컨은 힘들어하지 않고 구분해요. 내가 매춘부가 아닌 치료사란 사실을 아주 잘 알죠. 한데 내 남편은 나를 그 절반도 모르고 있군요!」

「난 노력했소. 정말 노력했다고! 하지만 몸을 돌릴 때마다 저 스코틀랜드 놈에게 걸려 넘어지고 있소. 우리가 싸울 때 누구를 응원했소?」

「어떻게 내게 그런 질문을 던질 수 있죠?」

메그는 몸을 돌리고 흩어져 있는 약병을 모았다. 남편이 자신을 얼마나 형편없는 여자로 여기고 있는지 확인할 때마다 마음이 아팠다. 남편은 자신을 전혀 믿지 않았다.

「목욕을 하는 동안 사이먼을 보낼게요.」

「아니.」

칼처럼 차고 딱딱한 말투였다.

「그럼, 뜻대로 하세요. 날 그렇게 믿지 못한다면, 등에 내 단검이 꽂힐까 봐 걱정스러울 텐데…….」

메그는 화가 난 남편을 지나쳐 걸어갔다.

도미니크는 터키어로 욕설을 중얼거리며 메그를 따라갔다. 뜻밖에 터진 분노 때문에, 자신의 혀가 칼날처럼 날카롭다는 사실을 깨달았지만, 어쩔 수 없었다. 결투 후면 늘 흥분된 상태인데, 하필 그때 아내와 반나체의 스코틀랜드인을 보다니…….

도미니크는 욕실로 발을 들이고 가려진 커튼을 홱 젖혔다.

「당신은 그 스코틀랜드놈을 사랑하오?」

「사촌으로서, 친구로서, 나에게는 없는 오라버니로서는요.」

빠르고 무뚝뚝한 동작으로 도미니크는 전투용 복장을 벗었다.

「이성적으로 덩컨을 사랑한 적이 있소?」

「아뇨.」

「하지만 덩컨은 당신을 사랑해.」

메그는 웃음소리라고 불리기엔 너무 슬프고 분노에 찬 소리를 내었다.

「아니오, 영주님. 덩컨은 나에게 어떤 호의를 느끼고 있죠. 그 남자가 진정 사랑하는 건 블랙소른 성이에요. 당신처럼, 덩컨은 위대한 영주가 되기 위한 수단으로 날 보고 있어요. 하지만 당신과는 달리, 왕의 허락을 받지 못했어요.」

「결혼 생활을 통해 가정을 더욱 안전하게 지키는 것은 여성의 의무요.」

「네. 나는 의무를 다하고 있어요.」

도미니크는 여성의 의무에 대해 말하기보다는, 메그를 침대로 데려가고 싶었다. 자신의 손길로 메그를 뜨겁게 달아오르게 만들고 싶었다.

긴장된 침묵 속에서, 메그는 갑옷을 벗는 남편을 도왔다. 남편의 벗은 몸을 보자, 숨이 탁 막혔다. 덩컨과 함께 있는 자신을 보고 남편이 왜 그토록 화를 냈는지 갑자기 이해가 됐다. 전쟁의 열정이 다른 감정으로 돌변한 것이었다.

메그도 마찬가지였다. 남편이 말에서 떨어진 다음부터 느꼈던 끔찍한 두려움이 숨을 돌리자 강렬한 욕망으로 돌변했다. 남편이 살아 있음을, 가장 본능적인 방법으로 축하하고 싶었다.

「남편에게는 웃음도 부드러운 손길도 주지 않을 거요! 날 어루만져서 결투의 상처를 낫게 해주지 않을 거란 말이오.」

욕조로 들어가면서 도미니크는 거칠게 쏘아붙였다.

「당신은 상당히 건강해 보여요. 하지만 당신이 기뻐한다면 어느 부분이라도 만져 드리죠.」

　도미니크는 변한 아내의 목소리에 긴장이 풀어졌다. 물 속에 몸을 담그면서 아내의 눈에 담긴 열정을 보았다. 메그는 망토를 벗고 비누를 한 움큼 들고서 욕조로 다가왔다.

　물은 뜨거웠고, 약초 냄새가 났다. 부드러운 비누 향은 메그의 몸내음 같았다. 뜨거운 물은 상처의 아픔을 잊게 했지만, 육체의 허기는 풀어 주지 못했다. 메그의 손이 움직일 때마다 도미니크의 맥박이 무섭게 뛰었다.

　메그는 도미니크를 목욕시키는 동안, 낮은 목소리로 글렌드뤼드의 노래를 부르면서 그날 하루의 잘못과 고통이 모두 씻겨 나가고, 전사의 건강한 육체에 희망과 생명이 오기를 기원했다. 더 이상 참지 못한 도미니크는 메그의 손을 잡아 물 속으로 끌어당겼다.

　메그의 손길이 닿자, 도미니크의 입에서 신음 소리가 흘렀다.

「메그…….」

　자신도 모르게 입에서 흘러나온 소리 같았다.

　메그는 가만히 도미니크를 바라보았다.

「난 시합을 한 다음에는 야수같이 돌변한다고 사이먼이 그러더군.」

「사이먼 말이 맞아요. 하지만 난 지금 어떻게 야수의 발에 꽂힌 가시를 뽑아야 하는지 알아요.」

　메그가 손에 힘을 주자 도미니크는 또다시 신음했다.

「이건 가시가 아니오.」

　부드러운 웃음이 도미니크에게 공감을 표시했다.

「그래요. 이건 아주 훌륭한 마법의 칼이죠.」

「마법?」

　온몸으로 퍼지는 쾌감을 느끼며 도미니크는 숨을 몰아쉬었다.

「단단하지만 차갑지 않고, 뜨겁지만 고통스럽지 않으면서, 슬픔이 아닌 기쁨을, 죽음이 아닌 생명을 가져다 주니까요. 아주 멋진 마법이에요.」

　도미니크는 고개를 젖혀 욕조에 기대면서 끓어오르는 욕망을 자제하려고 안간힘을 썼다.

「난 한번도 질투를 해본 적이 없소. 하지만 당신이 이렇게 덩컨을 만졌을 것이라고 생각하면 그놈을 죽여 버리고 싶소.」

도미니크의 손이 메그의 옷 아래로 미끄러져 들어가 발목을 쓰다듬었다. 메그는 숨을 혹 들이마셨다. 도미니크는 야릇한 웃음을 지으며 다리를 쓰다듬었다.

「현명하기로 유명한 기사가 질투를 한다니 어울리지 않아요.」

메그가 숨을 가쁘게 몰아쉬었다.

도미니크는 메그의 다리를 다시 쓰다듬었다. 이번에는 종아리에서 멈추지 않고 계속 올라갔다.

「내가 어떻게 질투를 하지 않을 수 있겠소? 남자는 이런 달콤한 불길을 위해서라면 죽음도 마다하지 않을 거요.」

메그는 가늘게 몸을 떨며 도미니크를 어루만졌다.

「날 연인과 친구의 다른 점을 구별하지 못하는 멍청한 여자라고 생각하세요?」

「당신이 날 이렇게 잡고 있으면, 난 아무 생각도 할 수 없어.」

메그는 손에 힘을 주었다.

「당신의 품안에서 나는 천국의 맛을 볼 수 있어요. 덩컨은 친구일 뿐이에요. 난 덩컨을 이런 식으로 만져 본 일도 없고, 앞으로도 없을 거예요. 오직 당신만이 내게 즐거움을 안겨 줄 수 있어요.」

「맙소사. 당신은 날 죽이고 있어.」

메그는 깜짝 놀라 남편을 바라보았다. 하지만 이내 살며시 웃음 지었다.

「당신 때문에 터질 것 같아.」

도미니크는 탁한 목소리로 소리질렀다.

「그렇게 끔찍해요?」

「아니. 하지만 먼저 빗장을 질러야만 할 거요. 내가 원하는 것은……..」

도미니크의 타는 듯한 시선이 메그의 입술에서 가슴으로 내려왔다. 원초적 본능이 온몸으로 퍼졌다.

「뭐죠?」

불길보다 더 뜨거운 시선이 대답을 대신했다.

메그는 귀를 기울였다. 기사들이 술을 마시며, 시합에서 보인 자신들의 용맹을 마구 부풀려 떠드는 아래쪽 홀에서 다가오는 인기척은 들리지 않았다.

「아무도 오지 않아요.」

「위험을 감수해야 하오.」

「날 위협하는 것은 당신이에요. 마치 힘센 칼이 내 몸을 누르고 있는 기분이거든요.」

도미니크가 웃음을 터뜨렸다. 메그의 방까지는 짧은 거리였으나 거기까지 갈 수 있을지 확신할 수 없었다. 도미니크는 열정적인 글렌드뤼드 아내를 향해 활활 타올랐다.

도미니크는 메그를 어루만졌다. 메그는 쾌감에 몸을 움찔했다.

「당신은 정말 민감해. 내 손이 너무 투박하지.」

메그가 몸을 바르르 떨었다. 애무가 점점 더 격렬해졌다.

「당신을 원해.」

「난 이미 당신 것이에요.」

「그래. 당신 같은 여자는 처음이오.」

「당신이야말로 그래요.」

「둘 다 그렇소. 이제 당신은 즐거운 비명을 지를 거요, 분명히.」

「당신은요? 어떻게 하면 당신에게 많은 즐거움을 안겨 줄 수 있는지 나에게 가르쳐 주세요?」

도미니크는 신음했다.

「그럴 수 없소.」

하지만 곧 그렇게 하고야 말았다.

26

「오늘 아침에 매사냥 갈 준비됐소? 아니, 나의 아름다운 매는 아직도 기운을 차리지 못한 거요?」

메그는 도미니크의 야릇한 눈길을 보며 얼굴을 붉혔다. 함께 목욕을 하며 남편이 얼마나 정열적인 연인인지 깨달은 지 이틀이 지났다.

오후가 되기 전에 도미니크는 다시 기운을 차려야 했다. 메그는 남편이 다시는 그런 짓을 하지 말았으면 좋겠다고 생각했다. 얼마나 강한 욕구의 소유자인지 완전히 깨달았던 것이다.

「아침에만 잠시 그래요. 목욕을 하고 나니까 괜찮아졌어요.」

도미니크의 눈동자에 든 희미한 불빛이 허기진 불꽃으로 커졌다. 손가락이 웃음 띤 메그의 입술을 더듬더니, 바로 입술이 다가왔다.

「당신의 목욕은 정말 마법이었소, 달콤한 마녀여. 매사냥을 끝낸 다음 다시 한 번 합시다.」

숨도 제대로 못 쉬며 동의를 표시하는 메그의 태도는 도미니크의 끓는 피를 가라앉히는 데 전혀 도움을 주지 못했다. 키스로 깊어진 유혹은 너무 졌나.

마지못한 듯 도미니크는 고개를 들고 아내의 특이한 눈동자를 찬찬히 들여다보았다. 신성한 봄처럼 맑고 고요한 눈이었다. 하지만 아내는 매일 밤 식은땀을 흘리며 잠에서 깨어났다. 지난밤도 마찬가지였다.

'왜 그렇게 떨고 있소?'

'글렌드뤼드 꿈을 꾸었어요.'

'무엇에 관한?'

'위험이요.'

'무슨 위험이오? 덩컨은 오늘 아침 북쪽으로 떠났소. 리버스족도 둘로 나뉘었고, 루퍼스는 그리 무서워할 사람이 아니오. 그리고 나의 나머지 기사들도 곧 도착할 거요. 그런데 무슨 위험이 남았다는 말이오?'

'나도 몰라요. 단지 꿈이 그렇다는 사실만 알 뿐이에요.'

송골매 특유의 날카로운 울음이 들려 왔다.

「파티마는 성미가 급하군요. 곧 블랙소른 성의 하늘 위로 날 수 있다는 사실을 벌써 눈치챘나 봐요.」

메그가 웃었다.

「날씨가 아주 좋소.」

메그는 성 꼭대기 층의 높고 좁은 창문을 통해 바깥을 내다보았다. 햇살은 소리 없는 노란 폭포수처럼 성안으로 쏟아졌다.

「그렇군요. 아주 맑아요. 마침내 봄이 겨울의 차가운 가슴을 녹였나 봐요.」

하지만 도미니크는 아내가 겨울의 패배를 진정으로 믿고 있지 않음을 목소리를 듣고 알 수 있었다.

안뜰에서 들려 오는 율동적인 말굽 소리는 매사냥을 가고 싶어 안달이 난 말과 기사들이 도착했음을 알렸다. 도미니크와 메그는 그들과 합류하기 위해 급히 발을 옮겼다. 하지만 그때 에디스가 급히 달려나왔다.

「마가렛 아가씨, 기다리세요!」

「무슨 일인가? 우린 매사냥을 가는 길이야.」

도미니크가 성급하게 물었다.

「마리 때문이에요. 아침에 먹은 음식을 모두 토하고 마치 분만하는 산모처럼 뒹굴어요.」

「빌어먹을.」

남편의 욕설을 들으며 메그는 한숨을 쉬었다.

「마리를 돌봐 줘야겠어요. 혼자 매사냥을 가세요.」

「내 작은 매가 없으면 안 갈 거요.」

메그가 에디스를 따라 마리 방으로 걸음을 옮기자, 도미니크도 뒤따라갔다. 아픈 여자에게 이것저것 묻는 아내를 지켜보며 도미니크는 가만히 서 있었다. 마리는 무척 고통스러워했다. 피부는 창백하고 입술도 보통 때와는 달리 하앴다.

메그가 고개를 끄덕이고는 눈을 치켜 뜨고 있는 남편을 바라보았다.

「부패한 생선을 먹은 것 같아요.」

「그럼 그냥 두고 가도 별일 없을 거요.」

메그는 손을 내저으며 거절했다.

「에디스는 아픈 사람을 간호하지 못해요. 환자가 토하거나 하면 더욱 그렇죠. 혼자 가세요. 난 다음에 같이 갈게요.」

도미니크는 주저했다.

메그는 발뒤꿈치를 들고 도미니크의 귀에 대고 부드럽게 속삭였다.

「날 남겨 두고 가세요. 마리는 이런 모습을 당신에게 보이고 싶지 않을 거예요.」

도미니크는 투덜거리며 돌아서서 걸어나갔다. 몇 분 후 매사냥을 떠나는 기사들의 환호성이 성안을 진동시켰다.

메그는 수저에 든 약을 마리의 창백한 입술 사이로 집어넣는 데 온 신경을 집중해 그 환호성을 깨닫지 못했다. 그 일은 인내심을 요구했다. 마침내 약이 충분하게 들어가자 토하는 횟수가 줄었고, 마리는 떨리는 한숨을 내쉬면서 잠 속으로 빠져 들었다.

그림자 지는 각도를 재어 본 메그는 자신의 늙은 말을 타고 사냥 나간 기사들을 따라잡기에는 너무 늦었다는 사실을 깨달았다. 사냥이 끝나고 돌

아올 때쯤에야 만날 수 있으리라. 메그는 한숨을 쉬면서 생각을 마리에게로
돌렸다.

「아가씨!」

「에디스, 무슨 일이지?」

메그는 하녀의 다급한 목소리를 듣고 벌떡 일어났다.

「도미니크 영주님이 낙마해서 심하게 다쳤대요. 아가씨가 빨리 가시지
않으면 생명이 위독하답니다!」

앞이 캄캄했다. 메그는 마음을 진정시키고 크게 심호흡을 했다.

'이것이 내가 두려워하던 위험이었나?'

「어디를 다치신 거냐?」

「시종이 그런 말은 하지 않았어요.」

「내 말을 끌고…….」

「끌고 왔어요.」

에디스가 성급하게 대답했다.

「퀸은?」

급히 방에서 나오며 메그는 퀸을 찾았다.

「찾아보라고 하녀를 보냈어요.」

「퀸을 찾을 때까지 마리와 함께 있어. 만약 다시 구토를 하면 이 병에
든 약을 열두 방울 먹여야 해.」

메그는 에디스에게 꼭 잠겨진 약병을 건네주고는, 방울 소리를 요란하게
울리며 계단을 뛰어내려 약초실로 향했다. 약들을 움켜쥐고 밖으로 뛰어나
갔다. 안뜰에 들어서자 해리가 보였다.

해리는 오래된 부상이 무색할 정도로 힘차게 메그를 말에 앉혀 주었다.

「그 멍청한 시종이 말을 하자마자 바로 가 버렸어요. 아가씨를 기다리지
도 않고서 말이에요.」

❧「새로 온 시종보다는 내가 이곳 지리를 더 잘 알아요. 영주님은 어디에
있죠?」

「그 시종 말로는, 북쪽 늪지대, 그러니까 홀리크로스 시내가 습지에서 홀

러나오는 곳의 남쪽이랍니다.」

「그렇게나 멀리.」

메그는 공포에 질렸다.

「사냥하기에 적합한 장소가 아니에요. 바보라도 그곳이 송골매가 사냥하기에 장애물이 너무 많다는 사실을 금방 알아볼 텐데요.」

해리가 혼잣말을 하는 동안, 메그는 늙은 말에 박차를 가하며 도개교를 건넜다. 닭들과 사람들이 흩어졌다. 뒤에서 누가 불렀지만, 무시했다.

메그의 머릿속엔 어딘가에 심한 상처를 입고 누워 있을 남편 생각뿐이었다. 지금 남편은 자신을 필요로 하고 있었다.

메그는 빨리 가도록 늙은 말을 엄하게 몰아 댔다. 경작지가 뒤로 멀어지고, 가장 멀리 떨어진 농가들이 보이지 않았다. 늙은 말도 땀을 뻘뻘 흘렸다. 가파른 경사와 울창한 숲이 나타났을 때, 말의 숨소리는 점차 거칠어지고, 옆구리와 어깨에서 거품 땀이 흘러나왔다.

메그는 마지못해 말을 천천히 몰았다. 하지만 가능한 빠른 속력을 요구했다. 보통 걸음으로 간다면, 사고가 났다는 지점까지 적어도 한 시간은 더 가야 했다. 그건 너무 긴 시간이었다. 에디스의 말이 비수처럼 메그에게 와 꽂혔다.

'도미니크 영주님이 낙마해서 심하게 다쳤대요. 아가씨가 빨리 가시지 않으면 생명이 위독하답니다!'

가장 경사가 심한 비탈길이 앞을 가로막았다. 그 길은 울퉁불퉁하고 옆으로 숲이 빽빽했다. 메그는 불만스럽게 말의 속도를 다시 줄였다.

그때, 숨어 있던 리버스족이 숲에서 달려나와 메그를 에워쌌다. 황급히 오른쪽으로 고삐를 돌려 두 기사 사이의 틈으로 말을 몰았다.

말은 너무 느렸다. 리버스족은 늙은 말이 도착하기도 전에 틈새를 막아 버렸다. 메그가 계속 앞으로 나가려고 시도했지만, 리버스족의 군마는 꿈쩍도 하지 않았다.

메그는 곁눈질로 뒤쪽을 막아서는 남자들을 보았다. 고삐를 왼쪽으로 틀며 필사적으로 탈출을 시도했다. 숨이 찬 말이 미처 반응을 보이기도 전에

한 기사가 앞으로 다가와 늙은 말의 옆구리를 공격했다.

말이 비틀거리며 무릎을 꿇는데, 한 사내가 뒤에서 메그를 낚아채어 자신의 안장에 올려놓았다.

「안 돼! 내 남편이 다쳤어! 난 그에게 가야만 해!」

메그는 소리를 지르며 그 사내의 눈을 할퀴려고 대들었다.

그 사내가 메그의 입을 손수건으로 막았다. 메그는 힘없이 쓰러졌다.

정신을 차려 보니, 자신은 말에 걸쳐져 있었다. 번개처럼 숲 속을 가로지르고 있는 리버스족 기사가 머리를 누르고 있어 꼼짝도 할 수가 없었다.

'도미니크! 나의 전사여, 이 사람들이 당신에게 무슨 짓을 했나요?'

말굽 소리만 요란할 뿐 아무런 대답도 들리지 않았다. 등골이 오싹했다. 꿈이 이렇게 끔찍하게 현실화되다니……

영혼의 침묵 속에서, 메그는 자신의 일부가 된 남자를 부르고 또 불렀다.

「빌어먹을. 형은 마치 젖은 풀 위를 걷는 고양이 같아요. 뭐가 잘못됐어요? 파티마도 아주 멋지게 날잖아요.」

사이먼이 도미니크에게 으르렁댔다.

도미니크는 동생을 곁눈질한 다음, 차가운 시선으로 동쪽 늪지대를 계속 바라보았다. 파티마는 도미니크의 안장에 설치된 횃대에 조용히 앉아 있었다. 금실로 수놓아진 눈가리개가 햇살을 받자, 가죽 위에 새겨진 터키식 디자인에 타는 듯한 생명력이 꿈틀거렸다.

「군마를 타고 쇠사슬 갑옷을 입어야 한다는 생각이 자꾸 들어.」

「왜죠? 덩컨이 배신을 할 것 같아서요?」

「만약 내가 그런 생각을 했다면 이미 이틀 전에 죽였을 거야.」

사이먼이 툴툴댔다.

「어제 덩컨이 북쪽의 영지로 떠날 때 솜씨가 좋은 기사들은 모두 그를 따라갔어요. 이제 리버스족은 산적보다 조금 나을 정도예요.」

「암.」

「루퍼스는 걱정할 필요 없어요. 2주일만 있으면 리버스족은 바람에 날리는 왕겨처럼 흩어져 버릴걸요.」

「오늘 아침에 메그에게도 같은 말을 해줬지. 해뜨기 전에 말이야.」

「그런데요?」

「그래도 달랠 수가 없었어.」

사이먼은 결혼한 남자들에게 어려움을 안겨 주는 글렌드뤼드 여자들에 대해 무슨 말인가를 혼자 중얼댔다.

「저기 보상할 만한 것들이 있군.」

도미니크는 혼자 쓴웃음 지었다.

자꾸 불길한 예감을 떨쳐 버릴 수가 없었다. 도미니크는 아내에게 돌아가기로 결정했다. 더 이상 머뭇거리지 않고 왔던 길로 말 머리를 돌렸다. 회색 종마가 즉시 반응을 보였다. 크루세이더만큼 크진 않았지만, 그 말은 걸음이 빠르고 가벼워서 사냥에 제격이었다.

「도미니크 형?」

「오늘 매사냥은 이것으로 충분해. 이제 나의 작은 매를 돌볼 시간이야.」

「맙소사. 형은 형수님을 홀로 놔 두는 게 아직도 불안해요?」

도미니크는 대답도 않고 파티마를 손목에 앉힌 채 말을 재촉했다. 사이먼은 투덜대면서 자신의 매를 손목에 얹고서 뒤를 따랐다. 다른 일행들도 재빨리 뒤따랐다.

매사냥에 나섰던 기사들이 마침내 들판을 지나 울타리가 쳐진 영작지로 들어서자, 소작인들이 들고 있던 농기구를 떨어뜨리고 마치 유령을 쳐다보듯 블랙소른 성의 영주를 멀겋게 바라보았다.

처음에는 도미니크도 신경 쓰지 않았다. 하지만 점점 더 많은 사람들이 일손을 멈춘 채 말을 타고 지나가는 자신을 바라보자 점점 불안해졌다. 사이먼도 뭔가 이상한 듯 형을 쳐다보았다.

사이먼이 양치기를 불렀다.

「무슨 일이지? 왜 그렇게 바라보는 거냐?」

그 남자는 성호를 긋더니 돌아서서 달아나 버렸다. 아무도 가까이 오지 않았다. 마치 도미니크를 두려워하는 것 같았다.

「기분 나쁜데……」

사이먼이 머리를 갸웃하며 중얼거렸다.

도미니크는 말을 재촉하여 빠르게 성으로 향했다. 도개교에 들어서서야 고삐를 당겼다.

절룩거리며 나오던 해리가 놀란 표정으로 도미니크를 보더니, 이내 손을 덥석 잡았다.

「하나님께 감사할 일입니다. 아가씨께서 영주님을 구할 거라 믿었어요!」

「나를 구해? 무슨 뜻이지?」

해리는 입을 딱 벌리고 생채기 하나 없는 사내를 멀뚱멀뚱 바라보았다.

「아가씨가……」

해리는 침을 삼키려고 노력했다.

「마가렛?」

도미니크의 목소리가 날카로웠다.

해리는 고개를 끄덕였다.

「말해 보아라. 메그는 어디에 있지?」

「시종이 왔어요. 북쪽의 습지 근처에 영주님이 심하게 다쳐 쓰러져 계신다고 말했어요.」

사이먼이 뭐라 말하려 하자, 도미니크가 손짓으로 막았다.

「네가 보고 있듯이 난 다치지 않았다. 내 아내는 어디에 있지?」

「영주님을 찾으러 갔죠. 걱정을 하시면서 말이죠.」

「북쪽 습지에? 거긴 칼리슬 영지가 있는 곳이지, 그렇지?」

도미니크가 다그쳤다.

「네.」

「누구와 함께 갔느냐?」

해리의 표정은 모든 걸 말해 주었다.

「빌어먹을. 메그를 혼자 보냈단 말이냐?」

안뜰에서 여자의 비명 소리가 들렸다. 높고 절망적인 울음소리를 듣자 도미니크는 목덜미의 털이 곤두섰다. 에디스가 마치 지옥의 사자라도 뒤쫓아오는 것처럼 안뜰 자갈 위로 달려오는 모습이 보였다.

「영주님, 절 채찍질하지 말아 주세요. 최선을 다했지만 말릴 수가 없었어요.」

에디스는 말에 탄 도미니크 앞에 몸을 내던지며 흐느꼈다. 도미니크가 말을 하려 했지만, 흐느껴 울며 말을 계속했다.

「아가씨는 어린 시절부터 덩컨을 사랑했어요. 그래서 따라가기로 결심한 거예요. 아무리 말해도 제 말을 듣지 않았어요! 전 노력했어요, 영주님. 제가 얼마나 노력했는지는 하나님만이 아실 거예요! 하지만 아가씨는 귀를 기울이지도 않았어요!」

「대체 무슨 말을 하는 거지?」

도미니크의 얼굴이 심하게 일그러졌다.

「혼자 밖으로 나갈 수 없다는 사실을 알고서 소년 하나를 돈으로 매수해 영주님이 상처를 입었다는 거짓말을 하도록 시킨 거예요. 그런 소동 속에서 아가씨는 간단하게 말을 타고 도망가 버린 거예요!」

「얼마나 됐지?」

「정오쯤이었어요.」

도미니크는 사이먼에게 몸을 돌렸다.

「저녁이 되기 전에 메그를 찾아올 수 있어. 그 늙은 말로는 그리 멀리 가지 못했을 거야.」

사이먼은 믿을 수 없었다.

「형수님이 그런 짓을 할 리가 없어요. 형 생명을 구하려고 얼마나 필사적이었는데, 그럴 리가…….」

「내가 아는 것은 메그가 이곳에 없다는 사실뿐이야.」

듣는 사람들이 오싹할 만큼 차가운 목소리였다.

「그럼, 넌 메그가 여기 있다고 생각하나?」

사이먼은 블랙소른 성 사람들의 얼굴에 떠오른 공포를 보았다. 다시 한 번 자신들에게 재난이 닥쳤다는 사실을 분명히 아는 표정들이었다.

에디스는 두 사람의 얼굴을 번갈아 쳐다보았다.

「영주님, 시간을 낭비하지 마세요. 아가씨의 말은 늙었지만, 덩컨이 중간에서 기다리고 있을 거예요.」

도미니크는 날카로운 눈으로 에디스를 흘긋 본 다음, 몸을 돌려 뒤따라온 기사들에게 명령을 내렸다. 기사들은 즉시 복종했다. 아무도 영주의 흉포한 눈을 마주 보지 못했다. 술탄의 왕궁에서 고문의 상처로 피범벅이 된 그를 구해 냈을 때도 그렇게 살벌한 눈빛은 보이지 않았다.

긴 혓바닥을 가진 사냥개가 나타났다. 메그의 말이 어디로 갔는지 알려 주자, 리퍼는 즉시 말의 자취를 따라갔다. 사이먼과 도미니크는 그 뒤를 따라 빠르게 말을 몰았다. 다른 기사들은 영주의 명령대로 성에 남았다.

리퍼가 마침내 숲 속 경사면에 도착했고, 말 발자국이 어지럽게 찍혀 있는 곳까지 정신없이 갔다. 긴장된 침묵 속에서 리퍼가 숲 속으로 향하는 길을 택했다. 도미니크와 사이먼은, 숨을 거세게 몰아쉬는 말에게 채찍을 가하며 나무 사이를 뚫고 앞으로 나아갔다.

'저기예요!」

사이먼은 소리를 지르며 좀더 속력을 냈다.

도미니크도 메그의 늙은 말을 보았다. 하지만 아내의 모습은 보이지 않았다. 에디스의 말이 맞았다. 누군가 숲에서 메그를 기다렸던 것이다.

도미니크는 솟구치는 분노를 억누르지 못한 채, 말 발자국이 어지러이 널린 곳으로 되돌아왔다. 이제 메그가 어느 말을 타고 갔는지 알 방법이 없었다. 또한 그럴 필요도 없었다.

황금 방울 소리가 도미니크를 불렀다. 도미니크는 깜짝 놀라 얼른 뒤를 돌아보았다. 늙은 말이 자신을 향해 빠른 걸음으로 다가오고 있었다. 도미니크는 자신의 말에 박차를 가해 늙은 말에게 다가갔다. 안장에 둘둘 말린 양피지와 사제가 쓴 쪽지가 꽂혀 있었다.

도미니크는 잽싸게 그 쪽지를 집어 한눈에 읽었다. 고개를 든 형의 얼굴을 보고 사이먼은 숨을 훅 들이마셨다. 아마 바보라도 한눈에 도미니크의 분노를 짐작할 수 있으리라.

「성으로 돌아가자.」

사이먼은 아무런 질문도 하지 않았다. 아무 말 없이 형을 따라 블랙소른 성으로 향했다. 말들이 달그락거리며 도개교로 들어서자, 도미니크는 안뜰로 달려나온 사람들을 하나하나 살폈다.

찾는 얼굴은 거기에 없었다.

「에디스를 불러오너라.」

모여든 사람들 사이에 술렁거림이 일었으나, 늙은 귄이 앞으로 나서기 전까지 말을 하는 사람은 하나도 없었다.

「에디스는 리버스족에게 갔습니다. 내일 달이 뜰 때까지 몸값을 내지 않으면, 아가씨는 리버스족의 매춘부가 될 거라고 메모를 남겼습니다.」

예상한 일이었지만, 도미니크는 치솟는 분노를 참을 수가 없었다.

도미니크는 꼼짝하지 않았다. 모여든 사람들이 웅성거렸다.

「영주님, 그놈들이 아가씨를 잡아갔나요?」

「그렇소. 잡혀 갔소.」

「몸값은 얼만가요?」

도미니크는 눈을 감았다. 잠시 후 다시 눈을 떴다. 사람들은 영주의 눈에 떠오른 잔인함을 보고 본능적으로 뒤로 물러났다.

「메그 몸무게의 3배가 되는 금과 보석이오.」

「맙소사. 말도 안 돼. 그렇게 되면 블랙소른 성은 거지가 될 겁니다!」

사이먼이 치를 떨었다.

「바로 그걸 원하는 거지. 내가 기사들을 먹여 살릴 수 없도록 말이야. 기사들이 떠나면 성은 쉽게 함락될 테니까. 사실 그것도 볼 수 있을지 모르겠지만……」

「무슨 뜻이죠?」

「단 한 사람의 기사만 데리고 나에게 직접 몸값을 가지고 오라고 되어 있어. 사제가 무슨 약속을 하든, 날 죽이겠다는 뜻이겠지.」

「그렇게 하면 안 돼요. 미친 짓이라고요!」

「그래. 정말 미친 짓이지.」

도미니크의 눈에 살기가 떠올랐다.

27

마침내 메그는 말에서 내려졌다. 몸이 뻐근하고 아팠다. 성을 둘러보았다. 그 어떤 것도 메그를 안심시키지 못했다.

스무 명도 넘는 사내들이 지저분한 안뜰에서 어슬렁거렸다. 오직 한 사람만이 값비싼 옷을 걸치고 있었고, 나머지는 모두 지저분하고 초라했다.

감시자들은 안뜰에 둘러진, 너덜대는 울타리 가장자리를 따라 나른하게 앉아 있었다. 덩컨을 따랐던 사람은 전혀 보이지 않았다. 거친 행동, 남루한 옷……. 조심스레 다루는 것은 무기뿐이었다. 칼과 단도는 난방과 요리를 목적으로 켜 놓은 횃불에서 흘러나온 빛을 받아 번들거렸다.

메그가 커다란 참나무에 걸려 넘어졌을 때에도, 남자들은 짜증스런 표정으로 바라만 보았다. 말에 매달려 오는 동안 꾼 꿈 생각에 메그는 상스런 사내들이나 아픈 몸에 전혀 신경을 쓰지 못했다.

글렌드뤼드의 녹색 눈동자로 자신을 바라보며 웃던 갓난아이.

만약 꿈이 이루어진다면 이제 아홉 달도 남지 않았다.

'도미니크, 당신이 아기에 대해 알 수 있을까요? 만약 안다면, 그 아기가 당신 자식이라는 걸 믿으시겠어요?"

한 손이 메그를 거칠게 흔들었다.

「마녀, 일어나라. 그리고 저녁을 준비해.」

메그는 깜짝 놀라 고개를 들었다.

「에디스! 여기서 뭘 하고 있지? 그들이 너도 잡아온 거야?」

에디스의 얼굴에 비웃음이 떠올랐다.

「내 이름에는 그리 많은 돈이 걸려 있지 않아. 왜 날 잡아오겠어? 아니지. 난 내 발로 리버스족에게 온 거야.」

「물은 제 높이에 맞추어 흐르지, 그렇지 않나?」

「입 조심해, 마녀 같으니.」

에디스는 메그를 찰싹 때렸다.

「난 오랫동안 이런 순간을 기다렸어. 어서 그 느린 궁둥이를 들고 일어나 저녁을 준비해. 그렇지 않으면 '잔인'이라는 별명을 가진 에드몬드가 너의 새로운 직업에 대해 가르쳐 주게 될 거야.」

「루퍼스가 좋아하지 않을 거야. 저 마녀를 이용할 계획을 가지고 있거든. 그리고 자신이 직접 저 마녀를 다루고 싶어해. 오늘 아침에 분명히 말했어, 기억해?」

한 기사가 조용히 끼여들었다.

에디스는 화가 나서 입술을 악물었지만, 메그를 때리려고 들지는 않았다. 에디스는 글렌드뤼드 마녀에 대한 루퍼스의 계획을 잘 알았다. 리버스족이 만든 흉계의 많은 부분이 에디스의 머리에서 나왔기 때문이었다.

「이게 블랙소른 성의 친절에 대한 보답이냐? 배신으로?」

메그는 일어나서 축축한 안개와 탐욕스런 리버스족의 시선에서 자신을 보호해 줄 망토를 매만졌다.

「무슨 친절이지? 난 블랙소른 성만큼 커다란 성의 영주 딸이었는데 평범한 하녀가 되어 버린 거야!」

「너의 성은 노르만족에게 정복됐어.」

분노로 일그러진 에디스의 표정이 더욱 험상궂게 변했다.

「그건 공평한 전투가 아니었어. 성안에 배신자를 심어 놓은 거지.」

「공평하든 않든 간에, 결과는 같아. 네 가족과 남편은 죽음을 당하고, 넌 이웃사람들의 자비에 맡겨졌어. 집도 없고 아이도 없는 미망인을 존 영주가 구해 줬지. 그리고 적절한 지위를 주고 남편감을 찾아 주겠다고 약속했지.」

에디스가 코웃음을 쳤다.

「하지만 그것보다 먼저 존은 날 임신시키려고 했어.」

메그의 눈이 휘둥그레졌다.

「몰랐어? 그 성의 영주는 결혼을 허락하기 전에 모든 여자들을 건드리려고 했지.」

메그가 반박하려고 했지만, 에디스는 틈을 주지 않았다.

「존은 모든 여자들에게 똑같은 약속을 했지. 자신의 아이를 가지면 성의 안주인이 될 수 있다고 말이야. 하지만 그런 일은 일어나지 않았어. 저주스런 마녀 아내가 떠났기 때문이야. 어떤 매춘부가 재간을 부려도 존은 여자를 임신시킬 수 없었지.」

숲 속에서 들려 온 고함 소리가 에디스의 주의를 끌었다. 루퍼스가 칼리슬 영지로부터 얻은 물품들을 가지고 돌아오는 중이었다. 기사 한 명과 우울한 표정의 지저분한 밀렵꾼을 제외한 모든 사람들이 그날 생긴 물건들이 무엇인지 보기 위해 몰려들었다.

「맥주는?」

한 사람이 소리쳐 물었다.

루퍼스는 히죽 웃으며 말에서 내렸다. 그러고는 불 옆으로 걸어가더니 투구를 벗었다. 지저분한 빨간 머리털이 모습을 드러냈다.

「음식이 있나요?」

에디스가 보다 날카롭게 물었다.

「고기, 빵 그리고 치즈」

「여자는 어때요?」

다른 사람이 소리질렀다.

「부엌에서 일할 여자 하나를 보내 주기로 했다.」

「왜 기다려야 하죠? 게다가 여자 하나면 부족한데.」

한 사람이 불평을 했다.

메그는 못 들은 척했다. 본능적으로 망토 아래로 몰래 배를 만졌다. 갑자기 한기가 엄습했다.

「노르만놈에게선 아무 연락도 없던가요?」

에디스의 물음에 루퍼스는 어깨만 으쓱 올릴 뿐이었다. 그러고는 반대편에 서 있던 메그를 보더니 눈동자를 빛냈다.

「내 옆에 서라.」

겉으로는 침착하게, 메그는 루퍼스를 향해 불 옆쪽으로 걸어가 그에게서 가까운 곳에 멈추었다. 자신에게 향한 루퍼스의 시선을 보자, 메그는 위장이 뒤틀리고 담즙이 목까지 올라왔다.

에디스는 짜증과 체념이 뒤섞인 표정을 지었다. 블랙소른 성의 안주인에 대한 루퍼스의 욕망은 잘 알려진 터였고, 바로 그 점이 에디스가 루퍼스를 부추길 수 있었다. 루퍼스가 자신의 욕망을 드러낸다고 해도, 에디스는 불평할 처지가 아니었다.

「내일 달이 뜰 때까지는 기다리시죠.」

에디스가 초조하게 말했다.

「노르만놈이 보는 데서 건드리면 더 만족스러울 겁니다.」

혐오감이 메그를 뒤덮었다. 횃불의 열기에도 불구하고 한기가 살갗 아래로 깊숙이 파고들었다.

「이게 무슨 미친 짓이냐?」

메그는 가까스로 침착을 유지하며 에디스를 꾸짖었다.

「미친 게 아냐. 노르만놈과 글렌드뤼드 마녀에 대한 복수지.」

「복수……」

「넌 내가 노르만 사생아놈에게 독을 먹였을 때 그냥 죽도록 내버려 뒀어야 했어. 그랬다면 난 덩컨에게 성을 점령하라고 설득했을 테고 모든 일이 잘 풀렸을 거야. 그런데 그 사생아놈은 살아났지. 하지만 너의 방해에도 불구하고 난 결국 복수를 하게 된 거야.」

「덩컨? 덩컨이 어디에 있지?」

에디스는 어깨를 으쓱했다.

「북쪽으로 갔지. 잘 된 거야. 국경의 부족들이 그가 반역의 열매를 즐기기도 전에 생명을 끊어 놓을 테니까. 그는 우릴 배반했어.」

「덩컨이 너희와 한패가 아니라니 다행이군.」

「우린 반역자는 살려 두지 않아. 넌 예외지, 마녀. 하지만 너도 그리 오래 살려 놓진 않을 거야.」

메그는 눈 하나 깜짝하지 않았다. 섬뜩할 정도로 평온한 글렌드뤼드 여자의 태도에 리버스족 사람들은 불안해하며 웅성거렸다.

물러섬이 없는 메그의 녹색 눈동자를 두려워하지 않는 사람은 에디스뿐이었다. 가족들이 노르만인에게 죽음을 당한 이후로 품어 온 복수가 마침내 실현되는 순간이었다.

「무슨 일이 널 기다리고 있는지 말해 주지. 내일 달이 뜰 때쯤 너의 사생아 영주가 네 몸무게의 세 배에 달하는 금과 보석을 가지고 올 거야.」

남편에 대한 얘기에 메그가 멈칫했다. 몸에 남아 있던 방울들이 조그맣게 울리다가 곧 멎었다. 에디스는 그 소리를 들으며 씩 웃었다.

「우리는 몸값을 받을 거야. 그런 다음 네 남편이 보는 앞에서 넌 리버스족에게 넘겨지는 거지. 그런 재미있는 광경은 눈 씻고 찾아봐도 없을걸? 그리고 우린 노르만 사생아놈을 죽일 거야. 네가 노르만인 편에 가담했기 때문에 어떤 값을 치러야 할지 이해하기엔 머리가 너무 둔하겠지.」

메그가 아무 말도 하지 않자, 에디스는 화를 내며 다그쳤다.

「내가 어떤 일을 겪었는지 너도 곧 알게 될 거야. 넌 부모형제도 없고, 미망인에 아이도 없고, 더럽혀질 테니까!」

메그가 고개를 들었다. 황금 방울이 조그맣게 울렸다.

「도미니크 르 사브르는 나를 위해 오지 않을 거다.」

에디스가 가소로운 듯 깔깔대며 웃었다.

「올 거야, 반드시. 오지 않으면 네가 죽는데, 어떻게 오지 않겠어.」

「그렇다면 내가 죽겠지. 고해성사를 할 수 있도록 사제를 불러 줘.」

　확신에 찬 메그의 목소리는 마침내 에디스의 승리감에 찬물을 끼얹었다.
에디스는 아무 말 없이 메그를 응시했다.
　「무슨 뜻이지?」
　에디스와 메그를 흥미롭게 바라보던 루퍼스가 메그에게 바싹 다가가 고
개를 젖히며 다그쳤다.
　「물론 도미니크는 널 구하기 위해서 온다. 네가 없으면 블랙소른 성을
유지하지 못하니까.」
　「덩컨이나 너는 성을 갖지 못해.」
　「우린 할 수 있어.」
　「우리가 할 거야.」
　루퍼스와 에디스가 자신만만하게 외쳤다.
　메그는 한 걸음 물러나 주위를 둘러보았다.
　「그때 내가 이미 죽어 있다는 게 안타깝군. 이 오합지졸들이 블랙소른
성을 공격하는 장면을 즐기고 싶은데 말이지. 칼이 웃음을 멈추고 나면 도
미니크가 너희를 베어 까마귀의 밥이 되도록 해줄 거야.」
　「그때 성의 방어를 위해 남은 사람은 토마스뿐일걸.」
　에디스가 끼여들었다.
　「토마스는 강한 사내지만 멍청해. 사이먼은 도미니크처럼 맹렬하고 영리
하게 싸울 거야.」
　「사이먼은 거기에 없을걸. 우린 도미니크에게 몸값과 더불어 한 사람의
기사를 대동하고 오라고 했으니까.」
　루퍼스의 대꾸에 메그는 고개를 끄덕였다.
　「알겠군. 그 기사는 물론 충성스런 사이먼이 되겠지.」
　「그래.」
　루퍼스는 만족스러운 웃음을 지었다.
　「둘 다 죽이려는 게 루퍼스, 당신의 계획이군.」
　「노르만 사생아놈이 살아남아 널 사랑하고, 네가 그놈을 사랑하기 시작
한 이후로 다른 방법이 없었어. 상속자가 태어날 게 분명하니까. 만약 아기

가 태어나면, 우린 영원히 블랙소른 성을 차지하지 못해.」

「그래서 넌 사냥 중에 내 남편을 죽이려고 했군. 하지만 우린 그 위험을 잘 빠져 나갔지.」

「넌 루퍼스를 피했어. 하지만 내가 던진 올가미는 피하지 못했지.」

에디스가 증오 어린 시선으로 메그를 노려보았다.

「그래, 네가 마리를 아프게 만들어서 내가 성에 남도록 했구나.」

「그 매춘부가 게우는 모습을 보니 재미있던걸. 하지만 그보다, 네가 덩컨과 만나기 위해 도망갔다는 말을 듣더니 푸르락붉으락하던 그 노르만놈 표정이 더 끝내 줬지.」

「멍청하군. 복수에 눈이 어두웠어.」

메그가 고개를 절레절레 저으며 혀를 찼다.

「뭐라고?」

「너는 도미니크가 내 몸값을 가지고 오길 바란다면서, 그에게 내가 다른 남자를 위해 도망갔다는 말을 했다니…….」

에디스는 어깨를 으쓱했다.

「상관없지. 난 단지 약을 올려 주고 싶었으니까.」

「그럼 덩컨과 내가 연인 사이라고 계속 유언비어를 퍼뜨린 사람도 바로 너로구나.」

메그는 그제야 그런 터무니없는 소문이 퍼진 이유를 알 수 있었다.

「그래. 그 사생아놈이 질투하는 모습을 보는 게 얼마나 재밌던지……. 너는 마법으로 그놈을 홀렸어, 마녀 같으니. 이제 그 값을 치르는 거야.」

메그가 씩 웃었다.

그 부드러운 웃음은 저주의 말보다 더 충격이었다. 리버스족은 유령이라도 나올 것처럼 점점 짙어지는 어둠 속의 안개를 불안하게 바라보았다.

「하녀야, 넌 네 꾀에 스스로 넘어간 거야. 그건 대단한 일도 아니고 인정을 받지도 못할 거야. 마녀에겐 매우 재미있는 일이지만.」

메그의 목소리에서 배어 나는 차가운 경멸이 채찍처럼 에디스의 몸을 후려쳤다.

「무슨 말을 하는 거지?」

에디스가 어리둥절한 표정을 지었다.

「홀렸다고? 그 칼 같은 사내를, 내가? 에디스, 넌 정말 바보로구나.」

메그는 다시 한 번 웃었다. 그 웃음소리에 리버스족이 움찔했다.

메그는 리버스족을 보면서 으스스할 만큼 고요하고 청명한 목소리로 말을 이었다.

「내 말을 잘 들어라. 도미니크 르 사브르는 내가 아니라 블랙소른 성을 원할 뿐이야. 나에게 잘 대해 준 이유는 내 몸에서 상속자를 낳게 하기 위함이지, 내가 매혹시켜서가 아냐.」

에디스는 반박하려 했지만, 루퍼스가 손짓으로 가로막았다.

「그런데 어째서 사내아이는커녕 아기도 갖기 힘든 쓸모 없는 글렌드뤼드 마녀를 위해 몸값을 지불한단 말이냐? 단지 나를 내버리면 백성들이 들고 일어날까 봐 날 그냥 둔 것뿐이야.」

상당히 타당한 논리였다.

「그에게는 몸값을 지불할 이유가 있어.」

다시 한 번 메그는 웃음을 터뜨렸다. 리버스족은 끔찍할 정도로 여유 만만한 글렌드뤼드 마녀에게서 조금이라도 멀리 떨어지길 바라는 듯 옆을 둘러보며 뒷걸음질쳤다.

「에디스, 넌 너무 탐욕스러워. 하지만 언젠가 욕심의 대가를 받을 거야.」

「말 돌리지 마!」

「내 몸무게의 세 배나 되는 금과 보석을 지불하면 블랙소른 성은 망해.」

「그래, 그걸 노린 거야!」

「너와 같은 무리들에게서 사람들을 보호할 기사들은 누가 먹여 살리지? 기사들을 사기 위해 성의 금고를 채울 세금은 누가 내지? 만약 영주가 가난해지면 누구의 생활이 궁핍해지는 거지?」

메그의 말을 이해한 리버스족 사이에 웅성거림이 일었다.

「그래, 백성들만 힘들어지는 거야. 블랙소른 사람들이 날 좋아하긴 하지만, 자신의 아이들을 먹여 살리는 것만큼은 아냐.」

「저 마녀의 말을 듣지 말아요. 우릴 홀리는 거예요.」

에디스가 리버스족의 심경 변화를 눈치채고 얼른 나서서 소리쳤다. 하지만 루퍼스가 거친 태도로 에디스의 입을 막았다. 메그는 말을 계속했다. 자신 역시 어느 순간 에디스와 같은 취급을 당하게 되리라.

「당신이 여기에 서서 받지도 못할 몸값을 세고 있는 지금, 블랙소른 성의 영주는 결혼을 무효화하기 위해 대주교를 찾아가고 있을 거야.」

루퍼스는 얼굴을 찌푸린 채 자신의 기다란 콧수염을 홱 잡아당겼다.

「대수도원에선 그러기에 충분한 이유를 요구할 텐데.」

루퍼스의 지적에, 메그는 부드러우나 가차없는 태도로 대답했다.

「하지만 도미니크는 영리한 전술가지. 아마도 돌로 지은 교회를 선사하겠다고 할걸.」

「무슨……」

메그는 루퍼스가 말할 기회를 주지 않았다.

「내 살이 무덤에서 썩기도 전에 도미니크는 예쁘고 아기를 잘 낳을 수 있는 노르만 신부와 결혼하겠지. 너희들은 스스로 친 덫에 걸린 거야. 블랙소른 성은 이제 노르만인의 손에 완전히 들어간 거라고. 너희들의 바보 같은 탐욕에 감사하며, 하나님의 세상이 땅 위에 건설될 때까지 노르만인들은 풍요로운 삶을 누리겠지.」

「리버스족을 혼란스럽게 하려고 그런 말을 했을 거야. 한데 메그가 널 알아보더냐?」

도미니크는 스벤의 이야기를 듣더니 조용히 말했다.

「그런 것 같지는 않았습니다. 나에게 말을 붙이려는 시도는 하지 않으셨으니까요.」

스벤은 망설이며 커다란 홀을 둘러보았다. 사이먼과 늙은 퀸 이외에 그들의 말을 엿들을 만큼 가까이 있는 사람은 아무도 없었다.

「리버스족 중 적어도 두 사람은 덩컨의 스파이가 아닌지 의심이 들었습니다.」

스벤이 덧붙였다.

「그리 놀라운 일은 아니지. 그놈은 성질 때문에 자신을 망치지 않을 만큼은 영리하니까.」

「스파이들 중 한 명은 저보다 먼저 그곳을 빠져 나갔습니다.」

「그렇다면 곧 덩컨을 만나게 되겠구나. 메그가 또 무슨 말을 했지?」

이 성의 영주는 투구에서 바지까지 전쟁터로 나갈 모든 준비를 갖추고 있었다. 스벤은 번뜩이는 날을 가진 칼자루가 영주의 손에서 멀리 떨어져 있는 적을 본 적이 없었다. 손가락으로 지저분한 머리카락을 쓸어 넘기며 입을 열었다.

「부인께선 한 번 더 성직자를 불러 달라고 요청하셨습니다. 만약 고해성사를 하지 않고 죽는다면 어머니 애나가 성을 배회하듯 자신도 리버스족을 따라다니며 괴롭히겠다고 하셨습니다.」

「칼의 방향을 돌리려는 의도지. 메그는 리버스족이 자신에게 한 짓에 대한 복수를 조금 맛보여 준 거야. 나의 작은 매는 상당히 사납거든.」

도미니크가 껄껄 웃었다.

스벤은 늙은 퀸을 돌아다보았다.

「부인은 거짓말에 능합니까?」

「아뇨. 메그 아가씨는 신성한 봄과 같아서 영혼 깊숙한 부분까지도 드러날 정도로 맑아요.」

「내 생각도 그래요.」

스벤이 동의했다.

도미니크는 두 사람을 번갈아 보았다. 웃음이 사라지고 얼굴이 굳었다.

「무슨 뜻이지?」

「부인께선 진심이었습니다. 그래서 리버스족도 믿은 겁니다.」

스벤이 간단히 대답했다.

「정신이 온전하다면 어떻게 그 말을 믿지 않을 수 있단 말이오?」

퀸은 오직 도미니크만을 바라보았다.

「당신에게 아들을 낳아 줄 수 없는 아내의 몸값을 지불하기 위해 당신의 영토를 망치는 건 미친 짓일 겁니다.」

「그만!」

하지만 노파는 도미니크의 명령에는 아랑곳 않고 말을 이었다.

「내일 달이 뜬 후, 리버스족은 메그 아가씨를 더럽힐 거예요. 만약 그들이 한 짓에도 불구하고 아가씨가 살아난다 해도, 당신은 아가씨를 아내로 받아들일 수 없을 겁니다. 당신은 아가씨를 내버릴 테고, 성은 곧 새 여주인을 맞게 되겠죠. 그리고 영주님은……, 그렇게 되면 당신은 세상에서 가장 원하던 상속자를 안아 보실 수 있을 겁니다.」

「사이먼.」

도미니크는 더 이상 말하지 않았지만, 동생은 형의 뜻을 잘 알았다.

「나의 형은 전술가로서 명성이 드높습니다. 만약 아무것도 얻지 못하는 전쟁에서 이기려고 애를 쓰다 지기라도 한다면 형편없는 전술가인 셈이죠.」

도미니크는 고개를 끄덕였다.

「설명해라.」

사이먼은 망설였다. 그렇게 가라앉은 형의 목소리를 들어 본 적이 없었다. 그리고 다시는 그런 목소리를 듣고 싶지 않았다.

「형은 땅과 상속자를 위해 이곳에 왔습니다. 이것은 전쟁입니다. 이제 절반은 이겼습니다. 영토를 얻었으니까요.」

도미니크는 아무 말도 하지 않았다. 사이먼이 다시 말을 이었다.

「만약 리버스족이 계획한 대로 싸움에 응한다면, 아무것도 얻지 못할 뿐 아니라 많은 걸 잃게 됩니다. 블랙소른 성의 백성들조차 백해무익한 전투에서 형님에게 모든 것을 희생하라고 요구하지는 못할 겁니다. 그건 형수님도 잘 알고 있고, 이제는 리버스족도 잘 알 겁니다.」

사이먼은 형에게서 시선을 돌렸다. 목소리와 마찬가지로, 분노와 고통이 혼합된 도미니크의 표정은 끔찍스러울 정도였다.

「말을 끝내라.」

도미니크가 냉랭하게 말했다.

「형수님도 우리가 자신의 몸값을 지불하길 기대하지 않습니다.」

무거운 망토가 펄럭거릴 만큼 빠르게, 도미니크는 사람들에게서 등을 돌렸다. 추억들과 메그의 말들이 비수처럼 자신의 영혼을 마구 찔러대는 동안, 눈동자에 드러난 감정을 보이고 싶지 않기 때문이었다.

‘내가 거짓말쟁이, 사기꾼, 도둑놈이라 해도 당신에겐 전혀 문제가 아니란 말이죠? 난 단지 블랙소른 성과 함께 묻어 온, 아들을 낳을 자궁일 뿐이겠죠.’

도미니키는 쇠장갑을 낀 채 주먹을 불끈 쥐었다.

‘도미니크가 친절하게 대해 주지 않소?’

‘글렌드뤼드 아내에게 말인가요? 오직 합법적인 상속자만을 바라는 그 사람이? 내 남편이 그렇게 바보 같아 보여요?’

‘아니, 그는 여우처럼 빈틈없는 사내요.’

‘남편은 여우 한 무리와 맞먹을 정도죠. 아주 잘해 줘요. 이 방울도 남편이 사랑하는 송골매의 것과 거의 똑같을 정도니까요.’

도미니크는 주먹을 쥔 채 가만히 서 있었다.

‘당신은 고통스러워하고 있군요. 내가 당신을 치료해 주겠어요.’

‘날 치료할 수 있는 건 단 한 가지야.’

‘그렇다면 그걸 주죠.’

전율이 파문처럼 흐르며 도미니크의 자제력을 건드렸다.

오랫동안 도미니크는 그만한 대가를 치르고 배운 자제력을 발휘하려고 안간힘을 썼다. 고통에 대해서는 더 이상 새로이 배울 게 없다고 확신했었다. 하지만 잘못된 생각이었다.

‘메그, 난 당신에게 상처를 줄 생각은 추호도 없었소. 당신은 내 속을 훤히 들여다보면서도, 그토록 관대한 태도로 나를 대해 주었소. 지금 당신은 나에게서 무엇을 볼 수 있을까?’

안뜰에서 억눌려 있던 수백 명의 목소리가 나지막하게 들려 왔다. 군중들의 웅성거림이 변덕스러운 바람처럼 거세게 일었다.

「영주님, 사람들이 모여 있어요.」

귄이 도미니크에게 다가와 보고했다.

「무엇 때문에?」

늙은 글렌드뤼드 마녀조차도 도미니크의 목소리를 듣자 움찔했다. 잠시 후 권이 대답했다.

「당신을 위해서요. 저들은 도움이 필요하고 당신은 영주님이십니다.」

한마디 말도 없이 도미니크는 별채로 나갔다. 무거운 망토 아래 번쩍이는 쇠사슬 갑옷을 입은 영주가 모습을 드러내자, 안뜰은 점점 조용해졌다.

도미니크가 뭐라 말하기 전에, 해리가 계단을 올라왔다. 손에는 작은 가죽 가방이 들려 있고, 그 안에서 동전의 쟁그랑 소리가 들렸다.

「아델라와 저는 무슨 일이 일어났는지 들었습니다. 리버스족이 엄청난 몸값을 요구했다면서요.」

해리가 열어제친 가방을 본 도미니크는 너무 놀라 움직일 수가 없었다.

「많지는 않지만 보태 쓰세요. 가진 돈이 이뿐이라…… 영주님, 아델라가 고통에 몸부림칠 때 아가씨께서 오셔서 치료해 주셨어요. 제발, 아가씨를 구해 주세요.」

해리가 돌아서기도 전에 매 조련사가 계단을 올라왔다. 손에는 귀중한 동전이 조금 담긴 나무 그릇이 들려 있었다.

「제 둘째 아들녀석이 네 살 때 군마에 밟혔어요. 아가씨는 진흙탕에 무릎을 꿇고서 죽어 가는 제 아이를 구해 주셨어요. 아가씨 자신도 아홉 살이 채 되지 않았을 때 말입니다.」

매 조련사가 도미니크의 발 밑에 그릇을 내려놓았다.

다른 사람들도 한 사람씩 얼마 되지는 않지만 일생 동안 힘들게 번 돈을 손에 들고 계단을 올라왔다. 그리고 모두 한두 마디씩 메그에게 빚진 일을 이야기했다.

「아가씨는 우리 아버지가 아플 때 간호를 해주셨어요.」

「그분이 아니었다면 제 아기가 죽었을 겁니다.」

「아가씨는 절 위로해 주셨어요.」

결혼식 피로연에서 나누어 주었던 돈이 은으로 된 비처럼 그릇 안으로 쏟아졌다. 글렌드뤼드 여인에 대한 사람들의 사랑이 도미니크를 가슴 뭉클하게 만들었다.

「아가씨는 제 손을 낫게 해주셨죠.」

「내 아내에게 도움이 필요할 때 와 주셨어요.」

「모든 사람들이 저에게 저주가 내렸다고 따돌릴 때, 아가씨는 저를 따뜻하게 감싸 주셨어요.」

「전 장님입니다. 메그 아가씨의 목소리는 저의 희망이자 빛이에요.」

마침내 계단에는 아홉 살이 채 돼 보이지 않은 소년 하나만 남게 되었다. 아이 옆에는 절룩거리는, 크고 지저분한 개 한 마리가 있었다. 조심스럽게 꼭 쥔 아이의 손을 보면서, 도미니크는 저렇게 조그만 아이가 무엇을 낼지, 무슨 사연이 있을지 궁금했다.

말을 할 용기를 불러모으는 듯, 소년은 한 손을 개의 두툼한 목둘레에 묻고 다른 손을 불쑥 내밀었다. 손바닥에는 아이의 가장 커다란 보물 - 도미니크가 은동전과 함께 사람들에게 나눠 주었던 터키 사탕이 놓여 있었다. 매일 조금씩 맛을 음미하며 핥았는지 사탕의 한쪽이 닳아 있었다.

「아가씨는 덫에 걸린 제 개를 구해 주셨어요.」

소년은 동전 더미에 사탕을 떨어뜨리고 달아났다. 아이를 따라가는 개가 마치 지저분한 밤색 그림자처럼 보였다.

도미니크는 목이 멨다.

강물이 되기 위해 시내와 개울로 모여든 물방울처럼, 선물과 감사의 말 한마디를 전하기 위해 모여든 성안 사람들은 메그가 그들에게 어떤 존재인지 잘 보여 주었다. 메그는 전쟁과 기아 속에 핀 평화요, 희망이었다. 힘겨운 고통을 겪을 때면, 햇살이고 웃음이고 치료사였다.

영토와 아들을 위해 결혼했지만, 지금 도미니크에게 메그는 삶과 사랑을 받은 전사의 모든 것이며 그 이상이었다.

마침내 도미니크가 입을 열었다.

「우리의 심장을 도둑맞았다. 만약 메그가 살아서 웃음 띤 얼굴로 우리에게 돌아오지 않는다면, 결코 잊혀지지 않을 돌풍이 북쪽 지방을 휩쓸게 될 것이다.」

사람들 사이로 웅성거림이 번졌다.

「나는 리버스족과 그 혈족들을, 남자나 여자나 아이나 할 것 없이 모두 잡아 그 자리에서 죽여 버릴 것이다.」

먹이를 찾아 배회하는, 속박 없이 나돌아다니는 짐승처럼 험악한 함성이 번졌다.

「난 그들의 집을 불태우고 가축들을 도살하고 우물에 독을 풀어 넣을 것이다.」

「나는 그들의 돌 울타리를 무너뜨리고, 땅에 소금을 뿌려 아무것도 자랄 수 없게 만들 것이다. 그런 다음 고해성사도 못하고 죽은 유령들에게 그 저주받은 땅을 남겨 두리라!」

무서운 함성이 안뜰을 진동했다.

늙은 권이 천천히 계단을 올라 블랙소른 성의 영주 앞에 섰다. 놀라운 일이 벌어졌다. 전쟁용 투구로 가려진 눈에, 그릇에 쌓인 은전만큼이나 많은 눈물이 맺혀 있는 게 아닌가.

「나는 오늘 같은 날이 돌아오길 바라며 천 년을 기다렸습니다.」

노파는 기쁨의 눈물을 글썽이며, 재빠르게 도미니크의 검은 망토에 은으로 된 무거운 핀을 달았다.

권이 물러섰다.

내리쬐는 햇살로 인해, 글렌드뤼드 울프의 머리 부분이 타오르는 불꽃처럼 보였다. 맑은 수정 눈동자는 마치 살아 있는 늑대처럼 번뜩였다.

사람들은 거대한 함성과 함께 글렌드뤼드 울프를 맞이했다.

어둠이 내릴 무렵, 기사들은 말에 올라 블랙소른 성의 북쪽으로 나아갔다. 어슴푸레 빛나는 강철 무기가 군마들의 움직임에 따라 부딪치며 날카로운 소리를 냈다. 그들 뒤로 도개교가 올라가고 문은 굳게 닫혔다.

글렌드뤼드 울프는 전쟁터로 향했다.

28

「안 돼. 자네는 금방 눈에 띄어 위험하네. 그런 말은 다시 꺼내지도 말게. 만약 자네가 우리에게 그렇게 하찮은 사람이었다면, 난 아마 지금까지 두 번은 자네를 죽였을 거야.」

도미니크는 덩컨을 향해 무뚝뚝하게 말했다.

덩컨의 무리는 오후 중반쯤 도미니크를 발견했다. 스코틀랜드인과 글렌드뤼드 울프는 만난 이후 계속 논쟁을 벌였다. 덩컨은 고운 녹색 불꽃의 눈동자를 다시 볼 수 있기를 기대하며 머리 위의 참나무를 올려다보았다. 덩컨은 이를 악물었다.

「우리가 공격할 때 만약 그 안에 우리 편이 하나도 없다면, 메기는 죽게 될 겁니다.」

「내가 그것을 모를 거라 생각하나? 그래서 어두워지자마자 내가 안으로 들어가려는 걸세. 재빠르게……」

「맙소사!」

덩컨과 사이먼이 동시에 외쳤다.

「형은 안 돼요. 망토에서 반짝이는 늑대 모양의 핀이 아니더라도, 몸집 때문에 금방 들킬 게 뻔해요!」

사이먼은 언제 갑자기 진짜 늑대로 변할지도 모른다는 듯, 조심스레 늑대 핀을 들여다보았다.

「영주님, 제가 가겠습니다. 그건 제가 가장 좋아하는 일입니다.」

스벤이 조용히 나섰다.

「지금쯤 그들은 자네가 없어져서 이상하게 생각할 텐데. 그 동안 어디에 있었냐고 물으면 어떡할 건가?」

도미니크가 걱정스레 충직한 자신의 부하를 바라보았다.

「가축들이 걱정돼 성에 가 보았노라고 말하겠습니다.」

「나조차도 믿기 힘든 변명이야.」

「루퍼스는 영주님이 아닙니다.」

도미니크는 쉽게 결정을 못하고 이리저리 궁리했다.

「부인께서는 사슬로 나무에 묶여 있습니다. 영주님께서 공격하실 때 몸을 피할 만한 곳도 없죠. 누군가가 부인을 보호해 드려야 합니다.」

「그렇게 위험한 일을 자네에게 부탁할 수는 없어.」

스벤은 묘한 웃음을 지었다.

「오, 영주님. 절 그렇게 모르십니까? 위험은 저의 아내요, 정부요, 제 아이입니다. 바로 그것 때문에 당신의 기사가 된 것입니다.」

아무리 생각해 봐도 별다른 방법이 없었다. 한숨과 함께, 도미니크는 포기했다.

「가기 전에 사제를 만나거라. 이번에는 살아남을 기회보다 위험이 더 많으니…….」

도미니크는 마음이 편치 않았다.

「제 주인의 부인을 보호하기 위해 목숨을 바치는 건, 그리 나쁜 죽음이 아닙니다. 그럼…….」

「내가 스벤과 함께 가겠습니다. 난…….」

「아뇨.」

사이먼의 제안을 스벤이 즉시 반대했다.

「당신은 영주님이나 덩컨만큼 몸집이 큽니다. 리버스족은 한눈에 알아볼 겁니다. 만약 그들이 못 알아본다고 해도, 에디스가 알 겁니다.」

「당신도 그리 작은 몸은 아니지 않소?」

「그들은 날 알아요. 언제 공격하실 겁니까?」

스벤은 사이먼을 무시하고 도미니크에게 돌아섰다.

「해질 무렵에. 그 정도면 시간이 충분할까?」

스벤은 고개를 들어 태양의 각도를 재어 보았다.

「그 정도면 충분할 겁니다. 뒤에서 공격할 보병들을 보내 주십시오. 운이 따른다면 비상문을 열어 놓을 수 있을 겁니다.」

스벤은 누가 미처 대꾸하기도 전에 숲 속을 향해 총총걸음으로 사라졌다.

「어디서 저런 사람을 발견했습니까?」

덩컨이 스벤에게서 눈을 떼지 못하고 도미니크에게 물었다.

「사라센의 감옥에서.」

「비상문을 열어 놓을 수 있을까요?」

「만약 누군가가 그 일을 했다면, 스벤일 테지. 안에서 문을 열어 놓은 적이 여러 번 있으니까.」

「의심할 여지가 없군요. 마치 고양이처럼 움직이는 사내군요.」

덩컨이 중얼거렸다.

도미니크 뒤에서 참을성 없는 말이 코를 킁킁대며 동요했다. 영주와 두 기사가 공격에서 서로 위험한 임무를 맡겠다고 입씨름을 벌이는 동안, 다른 기사들과 시종들은 말에서 내린 채 기다렸다. 덩컨의 부하들은 도미니크의 부하들과 비슷했다. 많은 전투를 치르면서, 강인하고 유능하며 냉정하게 단련되었다.

대부분의 기사들은 무거운 갑옷을 벗고 무기를 점검했다. 석궁과 화살들, 창과 곤봉, 철퇴와 칼과 전쟁용 도끼가 깨끗하게 정렬되어 갔다. 기사들은 누가 적의 울타리를 가장 먼저 넘을지, 누가 처음으로 적을 죽이게 될지 내기하며 무기를 손질했다.

370

꽤 멀리 떨어지긴 곳에 있었지만, 도미니크는 농담과 대화들을 모두 들었다. 하지만 머릿속에는 오직 한가지 생각뿐이었다, 메그! 만약 자신의 작은 매가 무사히 살아난다면 천국과 지옥을 흔쾌히 바꿀 용의가 있었다.

「기사들에게 내릴 지시 사항이 있습니까?」

준비가 다 되자, 사이먼이 도미니크에게 물었다.

「사정없이 공격하라. 한 사람도 살려 두지 마라.」

울타리 안에서 왔다갔다하는 감시자를 무시한 채, 메그는 손목에 감겨 있는 무거운 사슬을 조심스럽게 잡아당겼다. 녹이 좀 슬긴 했지만, 상당히 튼튼했다.

태양을 흘깃 올려다보았다. 황량한 뜰을 둘러싼 조잡한 나무 울타리 너머로는 아무것도 보이지 않았다. 곧 땅거미가 내려 그림자와 공허가 고이고 어둠이 땅을 가득 채우리라. 그리고 달이 떠서 은빛 광채를 자랑하리라. 그리고 리버스족이 자신에게 오리라.

에디스는 모닥불 앞을 서성였다. 거기에는 꼬챙이에 꿰인 사슴고기가 아직 남아 있었다. 안달이 난 표정으로, 칼리슬 영지로 가는 길이 가장 잘 보이는 곳에 서 있는 보초에게 고개를 돌렸다.

「아무것도 안 보여요?」

「그렇소」

그 남자는 무뚝뚝하게 대답했다.

루퍼스는 단검으로 고기를 잘라 입 속에 쑤셔 넣고 우적우적 씹었다.

「반드시 올 거예요. 그 남자는 저 마녀에게 단단히 홀려 있거든요.」

에디스의 확신에 찬 말에 루퍼스가 그르렁댔다.

에디스는 다시 초조하게 서성거렸다.

너저분한 리버스족 사내가 계단을 올라왔다. 그러고는 단검으로 질긴 고기를 쓱싹 베었다.

「어때요, 양치기 양반? 말을 탄 사람들이 보여요?」

에디스가 다그쳤다.

「못 봤습니다. 내 양들은 동쪽에 있어요.」

에디스는 욕설을 내뱉으며 보초에게 갔다.

양치기는 야영지 뒤쪽을 향해 어슬렁거리며 걸어갔다. 메그 앞에서 그 남자는 고깃덩어리를 떨어뜨렸다. 고기를 줍기 위해 몸을 수그린 그 남자는 메그에게 작은 목소리로 속삭였다.

「해질 무렵에 옵니다.」

메그는 눈을 동그랗게 뜨고, 이상한 양치기를 바라보았다.

「내 남편은 오지 않아요.」

「부인, 준비하십시오.」

스벤은 살며시 웃고는 고깃덩이를 집어던지고 뒤쪽 문을 향해 걸어갔다. 바라던 대로 덩컨이 몰래 심어 놓은 기사가 근처에서 거대한 전쟁용 도끼 날을 갈고 있었다.

「해질 무렵에.」

스벤은 걸어가며 중얼거렸다.

돌에 강철이 부딪히는 소리가 잠시 멈춘 것으로 보아, 그 기사가 스벤의 말을 들었음이 분명했다.

「보초!」

에디스가 잠시 후 소리를 쳤다.

「내가 볼 수 있는 거리에서는 아무도 보이지 않소.」

칼을 갈던 사내가 따분한 목소리로 대답했다. 그날 오후 수백 번도 더 받은 질문이었다.

땅거미가 망토처럼 온 땅을 감쌌다. 달은 아직 뜨지 않았지만, 그 은빛 광채가 서쪽 하늘에 서서히 나타났다. 루퍼스는 소매에 칼을 닦고 야수 같은 시선으로 메그를 바라보았다.

덩컨의 기사가 일어나 마치 중심이 제대로 잡혔는지 재어 보듯 도끼의 무게를 점검했다. 그러고는 한 손으로 공기를 가르는 소리가 날 만큼 빠르게 휘둘렀다. 그 남자가 리버스족에게 가담한 후 도끼로 장난치는 일은 몇 번 있었지만, 언제나 솜씨가 형편없는 사내들의 호기심을 북돋았다.

도끼를 가지고 노는 기사의 기술은 사람들의 시선을 잡아끌었다. 그때를 틈타 스벤은 뒷문으로 갔다. 보초 앞을 지나가는데 칼날이 번뜩했다. 보초의 몸이 푹 쓰러졌다. 스벤은 그 보초를 울타리에 기대어 앉혀 놓고, 마치 잠든 것처럼 망토를 몸에 둘러놓았다.

재빨리 칼날을 땅에 문질러 닦았다. 스벤은 칼을 칼집에 도로 꽂고 기다렸다. 전투는 곧 시작되리라.

갑자기 캠프 제일 전방에 있던 보초가 소리를 질렀다.

「누가 온다! 기사 두 명이야. 하나는 검은 옷을 입었는데 노르만 사생아 놈이 분명해!」

「보물을 가지고 오나요?」

에디스가 다그쳤다.

「무거운 짐 때문에 비틀거리는 말들을 몰고 옵니다.」

거친 함성이 일었다. 리버스족은 자신들을 곧 부유하게 만들어 줄 보물들을 먼저 보려고 서로 마구 밀쳐 댔다.

비상문의 빗장을 조용히 벗긴 다음, 메그를 향해 걸어오는 스벤을 아무도 보지 못했다.

「이제 곧, 부인.」

메그는 너무 놀라 대답을 할 수 없었다. 잠시 후 도미니크가 비상문을 통해 살짝 들어왔다. 그 모습이 마치 밤의 일부처럼 보였다. 천천히 짙어지는 어둠 속에서 예리한 칼과 은편이 번뜩였다. 도미니크는 돌아서서 캠프를 한눈에 훑어보았다.

그 뒤로 칼을 빼 들고 사이먼과 덩컨이 어둠 속에서 모습을 드러냈다. 하지만 메그의 눈에는 도미니크의 어깨에서 무섭게 빛나는 글렌드뤼드 울프만이 보일 뿐이었다.

저주가 풀렸다!

전율이 메그의 몸을 타고 흘렀다. 더 이상 자신의 어깨 위에 사람들의 희망을 걸머지지 않아도 됐다.

글렌드뤼드 울프가 태어났으나, 글렌드뤼드 여인에게서가 아니었다.

도미니크가 커다란 참나무에 묶인 메그를 보았을 때, 앞쪽 문 둘레에 모인 사내들의 입에서 고함 소리가 터졌다.

「무기를 들어! 그놈이 이 안에 있다!」

리버스족은 칼과 방패를 들고 정신없이 세 사람을 향해 공격했다. 덩컨과 사이먼, 도미니크는 다른 기사들이 비상문을 통해 안으로 들어오는 동안 맹렬하게 싸웠다.

강철이 부딪치면서 불꽃이 튀었다. 달빛 아래 흩뿌려진 피는 검게 보였다. 고함, 욕설, 비명, 전투는 피 흘리는 미친 야수처럼 땅을 뒤흔들었다.

메그는 경외와 공포 속에서 남편을 지켜보았다. 도미니크가 어떻게 명성을 얻었는지 알 만했다. 만약 교회에서 일어난 반역과 창 시합에서 보여 준 관대함 때문에 누군가가 그의 명성에 이의를 제기했다고 해도, 지금은 아무 말도 할 수 없을 것이다. 도미니크는 잡초를 낫으로 베듯 리버스족을 쓸어 버렸다. 아내를 훔친 사내들에게 보여 줄 관용은 없었다.

메그는 누군가가 뒤쪽에서 자신을 향해 다가오는 것을 보았다. 돌아보는 순간 어둠 속에서 도끼날이 번뜩했다. 참나무에서 사슬이 떨어져 나왔다. 도끼는 거의 자루까지 나무에 박혔다. 쇠장갑을 낀 손이 메그의 손목을 잡아끌었다.

「부인, 빨리. 여긴 위험…….」

기사의 말은 숨막힌 비명과 함께 거기서 끝났다. 석궁에서 날아온 화살이 그 기사의 투구에 꽂혔다. 아무 소리도 내지 못한 채, 그는 땅으로 쓰러졌다.

무릎을 꿇고 기사를 살펴보았지만, 메그가 할 수 있는 일은 아무것도 없었다. 재빨리 무거운 사슬을 끌며 일어났다. 공포가 점점 커졌다. 두리번거리며 아수라장에서 도미니크를 찾았다. 땅바닥에 누워 있는 사람들 중에 그 사람만큼 몸집이 큰 사람은 없었다. 하지만 방금 출현한 글렌드뤼드 울프를 잃을지도 모른다는 두려움에 몸이 떨렸다. 메그는 미친 듯이 남편을 찾았다.

'안 돼! 우린 아주 오랫동안 글렌드뤼드 울프를 기다렸어!'

잘 훈련된 도미니크의 기사들이 리버스족을 휩쓸었다.

도미니크는 보이지 않았다. 루퍼스도 마찬가지였다.

글렌드뤼드 울프의 눈에 박힌 수정이 달빛을 받아 반짝였다. 메그는 고개를 돌렸다. 도미니크가 저 끝에서 자신을 향해 달려오고 있었다. 주변에서 일어나는 전쟁의 마지막 소용돌이를 무시한 채.

위험.

메그는 무의식중에 오른쪽을 보았다. 가까운 곳, 자신을 묶어 두었던 참나무 뒤에서 루퍼스가 모습을 드러내고는 글렌드뤼드 울프를 죽이기 위해 석궁을 쳐들었다.

「안 돼!」

메그는 필사적으로 자신의 손목에 매달린 사슬을 무섭게 휘둘렀다. 2미터 정도의 사슬이 뻗어 나가 루퍼스가 쏜 화살에 얽혔다. 화살이 밤하늘로 솟구쳤다.

루퍼스는 석궁을 떨어뜨리고 오른손에 칼을 빼 든 채, 자신의 목표를 망쳐 놓은 여자를 향해 왼손을 뻗었다. 쇠장갑을 낀 주먹이 얇은 옷을 뚫고 살 속으로 파고들었다. 메그는 비틀거리며 옆으로 쓰러지면서 쇠사슬로 감긴 손을 남편을 향해 내밀었다.

「도미니크!」

그 순간, 도미니크가 앞으로 껑충 뛰어 왼팔로 아내를 잡았다. 오른팔이 무섭게 휘둘러지면서 횃불에 반사된 칼날이 번뜩였다.

루퍼스는 도미니크를, 그리고 메그도 함께 두 동강 내려는 듯 두 손으로 칼을 휘둘렀다.

도미니크의 칼이 번뜩이며 어둠을 갈랐다. 강철끼리 강하게 부딪치며 만든 반동이 두 사내의 뼛속까지 전달되었다.

루퍼스는 욕설을 퍼부으며 다시 두 손으로 칼을 들었다. 두 사람은 간신히 몸을 피했다. 도미니크는 한 손으로 메그를 안은 채 루퍼스와 싸움을 벌였다.

루퍼스가 세 번째 공격을 가했다. 도미니크는 미끄러져 넘어지면서 몸을 돌려 자신의 몸으로 메그를 보호했다. 승리의 함성과 함께 루퍼스는 칼을 쳐들고 달려왔다.

글렌드뤼드 울프가 벌떡 일어났다. 루퍼스는 자신의 목을 향해 창처럼 겨누어진 칼을 피할 수 없다는 사실을 깨달았다. 하지만 때는 이미 늦었다.

도미니크는 칼을 집어 칼집에 넣고, 메그를 안아 올렸다. 메그는 신음 소리를 내며 남편을 향해 몸을 돌렸다. 활활 타오르는 횃불에 비친 메그의 얼굴은 창백했다. 한쪽에선 여전히 전투를 벌이고 있었다. 하지만 이제 곧 싸움은 끝이 나리라.

도미니크는 싸우고 있는 기사들을 한 번 쳐다보았을 뿐 신경 쓰지 않았다. 오직 아내에게만 관심이 있을 뿐이었다.

「메그, 어딜 다친 거요?」

메그가 천천히 눈을 떴다. 반사된 불빛 때문에 도미니크의 망토에 달린 핀이 타오르는 것처럼 보였다. 메그는 늑대의 사나운 수정 눈동자를 조용히 들여다보았다. 떨리는 손가락으로 글렌드뤼드 울프를, 그리고 그것을 단 사내를 만졌다.

「전사여, 두려워 말아요. 내가 죽더라도 블랙소른 성과 백성들은 당신의 것이에요.」

메그가 속삭였다.

「빌어먹을 땅, 빌어먹을 내 욕심 같으니!」

메그는 아무런 말도 하지 않았다. 도미니크의 손이 메그의 몸을 더듬으며 상처 난 곳을 찾았다. 루퍼스의 쇠장갑에 옷이 찢겨 있었다. 갈비뼈 부근이었다.

「나의 작은 매, 똑바로 누워 보시오. 얼마나 다쳤는지 봐야겠소.」

「피가 조금 나고 멍이 좀 들었을 뿐이에요.」

「당신은 기절했었소.」

「한 대 맞은 충격 때문이에요.」

도미니크는 상처를 몇 번 가볍게 만져 보았다. 메그의 말이 옳았다. 얻어맞긴 했지만, 심하게 다치지는 않았다. 운이 아주 좋았다. 루퍼스는 메그를 죽이지는 않아도 불구로 만들 작정이었음이 분명했다.

「당신은 그런 위험스러운 행동을 하지 말아야 했소.」

「루퍼스가 당신을 죽이려고 했어요.」

「그놈이 당신을 죽일 뻔했소! 빌어먹을, 만약 당신이 죽었다면……」

도미니크는 목이 메 말을 이을 수 없었다.

「나의 죽음은 그리 문제될 게 없어요.」

메그는 도미니크를 보며 가만히 웃었다. 떨리는 손으로 망토에 달린 글렌드뤼드 핀을 어루만졌다.

「당신이 중요해요. 당신이 땅을 치유할 거예요. 내가 아니죠. 글렌드뤼드 울프는 당신을 존의 올가미에서 자유롭게 해줄 거예요. 나도 자유의 몸이 되었어요. 이제 나도 나를 오직 '아들을 위한 자궁'으로 간주하는 남자에게 더 이상 몸과 마음과 영혼을 주어야 하는 고통을 감수하지 않아도 돼요.」

「지금 무슨 말을 하는 거요?」

도미니크가 파랗게 질린 채 물었다.

「블랙소른 성의 사람들은 이제 나 없이도 안전해요. 당신은 원하는 아내를 얻을 수도 있고, 나는 마침내 야생의 매처럼 자유롭게 됐어요.」

도미니크는 눈을 감고, 안도와 공포와 분노의 감정을 다스리려고 안간힘을 썼다. 메그는 살아 있고 안전하지만, 슬픈 표정을 지으며 자신에게서 멀리 떠나려 하고 있었다.

메그는 남편의 눈동자를 마주 보려 하지 않았다. 저 멀리 아득한 곳에 시선을 두고 있었다.

「난 절대로 당신을 보내지 않을 거요.」

도미니크가 단호하게 말했다.

「걱정하지 말아요, 글렌드뤼드 울프 사람들은 당신을 받아들일 거예요. 당신이 살아 있는 한 블랙소른 성은 당신의 것이에요. 이제 어느 누구도 그 사실을 바꿀 수 없어요.」

「당신이 없다면, 땅과 백성들은 죽은 사람을 위한 축제일 뿐이오. 나를 보시오. 내 눈을 봐요.」

「아뇨. 난 참을 수 없어요. 내가 얼마나 당신을 사랑하고, 당신이 얼마나
날 사랑하지 않는지 보고 싶지 않아요.」

메그는 더듬더듬 중얼거렸다.

도미니크는 한동안 가만히 있었다. 잠시 후, 몸을 수그리고 아내의 눈에
부드럽게 키스했다. 혀끝에 눈물이 묻었다. 메그의 몸에 잔잔한 파문이 일
었다. 마치 부드러운 애무가 아닌 채찍으로 내려치기라고 한 것처럼.

「나를 보시오. 그리고 내가 무엇을 깨달았는지 보시오.」

도미니크는 다시 아내에게 진한 키스를 했다.

「자, 눈을 뜨고 내 영혼을 보시오.」

메그는 천천히 눈을 뜨고 남편을 바라보았다. 아, 짧은 탄성을 지르며,
남편의 입술을 어루만졌다.

「글렌드뤼드 마녀, 당신은 내 몸과 마음과 영혼의 상처를 고쳐 주었소.
그리고 내게서 그것들을 훔쳐 갔소. 상속자가 있거나 없거나, 내 아내는 당
신뿐이오.」

도미니크는 메그의 손가락에 입을 맞추고 가만히 끌어안았다. 그리고 가
슴에 얼굴을 묻고 고백했다.

「당신을 사랑하오, 달콤한 마녀여. 언제까지나 당신을 사랑할 거요.」

에필로그

겨울은 늑대처럼 스산하게 윙윙대며, 차가운 발톱으로 블랙소른 성을 할퀴었다. 풍성한 수확에 사람들은 자비로운 영주와 그의 아내에게 감사했다. 그리고 글렌드뤼드 울프의 씨를 키우는 안주인의 소식을 기다렸다.

「늙은 귄이 있었으면.」

도미니크가 아쉬운 맘으로 중얼거렸다.

「귄은 천 년 동안 자신의 부정에 대한 대가를 치렀어요. 더 이상 부탁할 수가 없었어요.」

도미니크는 크고 두툼한 손으로 머리카락을 쓸어 넘겼다. 아직도 믿을 수 없었다. 자신 있게 할 수 있는 말은, 은빛 웨딩드레스와 수정이 달린 은 체인, 늙은 글렌드뤼드 여인이 마치 존재하지 않았다는 듯 사라졌다는 사실이었다.

메그는 불안한 표정으로 곰곰이 생각에 잠겨 있었다. 도미니크는 동이 튼 이래로 그런 표정을 짓는 아내를 자주 보았다.

「기분이 어떻소?」

「얕은 욕조이긴 해도 당신의 단단한 팔로 날 안아서 꺼내 주어야 할 것 같은데요.」

도미니크는 부드럽게 메그를 욕조에서 들어올려 마른 수건으로 몸을 감싸 주었다.

「이젠 하녀를 구해야겠어요. 성의 영주가 하녀처럼 아내의 시중을 드는 건 보기 안 좋아요.」

도미니크는 아내의 부풀어 오른 배를 어루만졌다.

「내 손으로 아기의 태동을 느끼는 기분이 얼마나 좋은지 아시오?」

도미니크가 반박했다.

갑자기 진통과 함께 메그의 몸이 굳었다.

「도미니크, 산파를 불러요. 아기가 나오려고 요동을 쳐요.」

성안에 소동이 일었다. 도미니크는 아내를 침대로 옮겼다. 아기를 낳을 때 쓰기 위해 미리 준비해 놓은 침대였다. 향기로운 약초와 말린 꽃들의 향기가 기분을 상쾌하게 해주었다. 묵직한 벽걸이 장식이 새어 드는 바람을 막아 주었다.

방 안에 들어선 산파는 시간이 임박했음을 한눈에 알아보았다. 바로 글렌드뤼드 의식대로 주문을 외면서 몸을 씻었다.

「자, 이제 행복하세요?」

산파는 작업복을 입었다.

「네.」

목소리가 가늘었다. 메그는 손톱이 파묻힐 만큼 남편의 손을 꼭 잡았다. 도미니크는 아내의 머리카락을 쓰다듬으며 사랑한다고 말해 주었다.

산파는 도미니크를 힐긋 보았다. 전투 중엔 그렇게 잔인하던 남자가 지금은 누구보다도 부드러웠다.

'사정없이 공격하라. 한 사람도 살려 두지 마라.'

어느 누구도 글렌드뤼드 울프 핀을 단 남자의 영토를 침범하지 못했다.

겨울 폭풍우가 성을 괴롭히며 덧문을 뒤흔들었다. 길게 울리는 바람 소리를 들은 산파는 불안하게 주위를 둘러보았다.

도미니크의 어깨에서 늑대의 눈동자가 번쩍였다. 마치 태어날 희망의 아들을 보고 있는 듯이.

「영주님은 나가서 일을 보셔도 좋습니다. 부인은 제가 돌보겠습니다.」

「아니. 평화로울 때나 전쟁이 날 때나, 병들거나 건강할 때나, 난 내 아내 곁에 있어야 하오.」

산파는 놀라 눈만 끔벅이며 아무 말도 하지 못했다. 놀라움이 진정되기도 전에, 출산의 고통이 엄습한 듯 메그가 신음을 했다.

도미니크가 아내의 산고를 나누는 동안, 늑대의 눈동자는 그의 움직임에 따라 번쩍였다.

바람이 스산하게 울었다. 그와 함께 또 다른 울음소리가 들렸다. 자유의 바람을 처음 맞은 아기의 울음소리였다.

「도미니크 영주님, 아들입니다!」

몇 년이 지난 후, 블랙소른 성은 아이들의 웃음소리로 가득 찼다. 도미니크는 아들들에게 싸우는 기술과 가능한 평화를 지킬 수 있는 지혜를 가르쳤다. 메그의 딸들은 물과 생명체, 정원과 약초, 치료술에 대해 배웠다.

글렌드뤼드의 딸과 글렌드뤼드 울프는 대화와 침묵, 웃음과 눈물로 아이들에게 가장 중요한 진실을 가르쳤다. 세상에는 사랑의 영혼보다 더 중요한 것은 없노라고.

·················· 끝

현대문화센타에서 드리는 '98 신년 선물

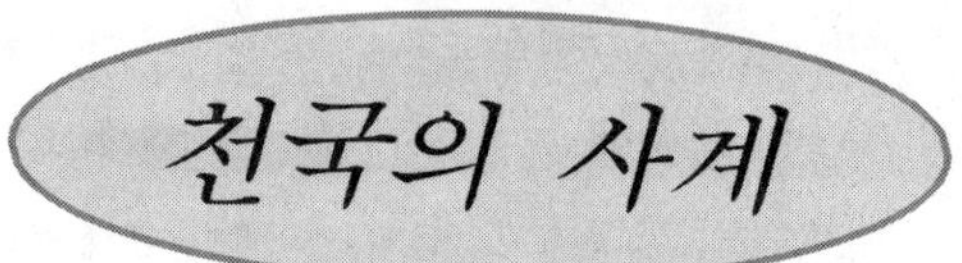

천국의 사계

All We know about Heaven

문제는 사랑이 아니라 그 *진지함*이다

부동산 중개인 '돌로레스'가 오스틴이라는 한 남자를 만나 서로 사랑하다가 오스틴이 **AIDS** 보균자라는 사실이 밝혀지면서 갈등하게 된다는, 뻔하다 못해 식상하기 이를 데 없는 스토리.

단순히 줄거리에만 관심이 있다면 이 소설은 여기에서 끝이다.

문제는 *진지함*이다.
언어 하나하나에 서린 사색의 깊이와 그 진지함의 깊이.
마지막 페이지가 넘어가는 순간까지 우리의 감성은 자유롭지 못하다. 가슴 한구석이 쓸려 나가는 느낌과 함께 우리는 사랑의 깊이를 강요받게 될 것이다.

두 연인의 발자국을 따라가는 중에 언뜻 보게 될 영상,
그건 바로 천국을 엿볼 수 있는 기회가 되는지도……
천국으로 향하는 레퀴엠을 들으며 말이다.

안나 터틀 빌리거스 지음/서율택 옮김

조안나 린지

사로잡힌 오후

정혼

말괄량이 아가씨, 알렉스.
진흙투성이 승마바지에 헝클어진 머리, 그녀는 언제나 제멋대로이다.
날벼락 같은 아버지의 정혼 선언,
반항할 틈도 없이 정혼자인 바실리 백작이 찾아온다.

알렉스만큼이나 이 정혼을 못마땅해하는 바실리―,
두 사람 사이에 상상을 초월하는 신경전이 벌어진다.
하지만 명예를 존중하는 탓에, 어느 누구도 먼저 정혼을 깰 수는 없다.

여행

서로가 정혼을 포기해주길 바라며 몸달아하는 두 사람,
그들은 수단과 방법을 가리지 않고 서로의 약점을 캔다.
언젠간 치를 떨며 떠나가리라는 기대와 달리,
두 사람 사이를 가로막는 장애물.
그들의 목적지에는 전혀 예기치 않았던 감정이 숨어 기다리고 있다.
바로 뜨거운 사랑!

조안나 린지 지음/박혜선 옮김
1998년 2월 발간 예정입니다.

LINDA HOWARD

14세기의 프랑스

프랑스 국왕 필립 4세와 교황 클레멘트 5세는 재물에 눈이 어두워 수도원을 파괴할 음모를 꾸민다. 이를 눈치챈 수도원장은 템플 - 수도원의 비밀 군사 조직 - 의 기사 니엘에게 특별 임무를 내린다.

1996년 봄

고고학자 그레이스는 자신의 회사 사장 패리시가 오빠와 남편을 살해하는 장면을 목격하는데……. 하지만 그들이 원하는 건 자신의 컴퓨터에 저장되어 있는 옛 문서.

경찰과 패리시에게 쫓기는 그레이스는 비밀의 열쇠인 옛 문서를 해석하는 데 주력하면서, 중세의 용감한 기사 니엘을 알게 된다. 어느 날 그레이스는 꿈속에서 만났던 바로 그 남자, 니엘을 직접 대면하는데……. 패니시와 니엘은 도대체 무슨 관계이며, 옛 문서는 그레이스에게 어떤 해결책을 제시해 줄까?

1998년 3월 발간 예정입니다.